Emrah Serbes

BEHZAT Ç.

jede berührung hinterläßt eine spur

Emrah Serbes

BEHZAT Ç.
jede berührung hinterläßt eine spur

Aus dem Türkischen von Oliver Kontny

binooki

Die Originalausgabe erschien unter dem Titel
her temas iz bırakır

Zur Aussprache des Türkischen

c wie dsch in Dschungel
ç wie tsch in Kutsche
ğ weiches, nicht hörbares g;
es verbindet den voranstehenden Vokal
mit dem nachfolgenden Buchstaben
ı kurzes i wie das e in Katze
s stimmloses s wie in Maus
ş wie sch
z stimmhaftes s wie in Hase

Für Gökçen

1

Es waren noch fünfundvierzig Minuten bis zum neuen Jahr. Jetzt, nach der Bereitschaftsübergabe, war Behzat Ç auf dem Weg zu Hüseyins Kneipe. Es fiel ein mieser Schnee, der sich beim ersten Bodenkontakt in Matsch verwandelte. Hüseyin hatte ihn aus unverbindlicher Freundschaft heraus eingeladen, mit ihm zwei Doppelte zu trinken und gemeinsam ins neue Jahr zu feiern. Als er den Wagen über die Mithat-Paşa-Straße in Richtung Sakarya steuerte, war er sich nicht nur bewußt, irgend etwas vergessen zu haben, sondern auch, daß es ihm nicht unmittelbar wieder einfallen würde. Sobald er sich nur festlegen könnte, ob es sich um eine Sache handelte, die er zu erledigen hatte, oder um ein Wort, wäre es ein Leichtes, sich zu erinnern. Seine Vergeßlichkeit rief in ihm weniger Besorgnis als vielmehr ein Gefühl des Mangels hervor. Wenn er sich überhaupt Sorgen machte, dann darum, wie er auf der Heimfahrt bei diesem Schnee heil nach Dikmen gelangen sollte.

Um nicht ins Schleudern zu geraten, verlangsamte er und schaltete auf den zweiten Gang runter. Auf der Sakarya fanden die Menschen keinen Platz mehr in den Bars und Kneipen und drängten sich stattdessen auf den Gehwegen. Er wollte gerade einbiegen, da prallte ein Mann mit einer seltsamen Last gegen seine Kühlerhaube und lief weiter, als wäre nichts geschehen, als müßte er um sein Leben rennen. Er schaute in den Rückspiegel; hinter dem Mann lief jemand her. Bestimmt zwei Besoffene, dachte er, sinnlos, da einzuschreiten. Als er sah, daß es sich bei der Last des flüchtenden Mannes um ein Kind von sechs oder sieben Jahren handelte, bremste er ab und schaltete den Warnblinker an. Der Wagen rutschte leicht weg und kam ein wenig schräg zum Stehen. Als er ausstieg, sah er in der Hand des Verfolgers ein Messer aufblitzen, er kam zu spät, sie hatten rund 30 Meter Vorsprung. Er tastete nach seiner Waffe und begann zu laufen. Vor dem Postamt von Yenişehir verlor er die beiden Männer aus den Augen.

Die Gehsteige waren vereist. Er mußte sich sehr anstrengen, um zwischen den Menschentrauben nicht auszurutschen. Dafür lief er recht schnell. Ein Mann, den er anrempelte, beleidigte ihn, aber er drehte sich nicht einmal zurück, um ihm eine Antwort zu verpassen. So waren die Fußgänger in Ankara, wenn man es eilig hatte, verstellten sie einem den Weg. Als er seine Waffe zog, wurde das Gemurre weniger und die Bahn vor ihm freier. Er fand die beiden Männer, die er verloren hatte, vor einem Kaufhaus wieder. Einer von ihnen war zusammengesunken und versuchte mit den Armen die Messerstiche abzuwehren, die in schneller Reihenfolge auf ihn niedergingen. Aus dem Mund in seinem schmerzverzerrten Gesicht rann Blut. Das kleine Mädchen direkt neben ihm schrie wie am Spieß, die Messerstiche prasselten weiter auf den Bauch des Mannes ein, als sei er ein Sandsack. Behzat Ç schrie: »Messer weg, Polizei!«

Er war völlig außer Atem und spürte den Puls an seinem Hals pochen. Er entsicherte seine Waffe und lud durch. Der Lauf zielte auf das Bein des Messerstechers, sein Abzugsfinger verkrampfte sich. Er gab einen Warnschuß ab und richtete die Waffe wieder auf den Mann. Eine Frau, die aus nächster Nähe zusah, stieß einen schrillen Schrei aus, der Messerstecher hielt einen Augenblick inne.

»Polizei! Messer weg!«

Der Mann mit dem Messer guckte ihn blöd an. Behzat Ç wiederholte: »Messer weg, Polizei!«

Der Mann ließ das Messer los.

»Hinlegen! Hinlegen, Mann, sofort hinlegen!«

Als der Mann sich auf den Boden legte, war er in Windeseile bei ihm.

»Kopf unten lassen. Laß bloß den Kopf unten!«

Er sah, daß der Mann am Boden Anstalten machte, sich zu bewegen, und verpaßte ihm mit dem Spann einen solchen Tritt, daß er, wäre er ein Ball gewesen, gleich noch den Torwart mitgerissen hätte. Die Frau, die soeben aufgekreischt hatte, zog jetzt den Mann neben ihr am Arm.

»Laß uns gehen, sonst müssen wir noch als Zeugen aussagen!«

Kommissar Ismet von der Mordkommission war trotz seines fortgeschrittenen Alters immer noch der erste Beamte vor Ort, wenn es Verletzte oder Tote gab. Er verstand etwas von Medizin und vermochte einzuschätzen, welche Verletzten sterben und der Mordkommission erhalten bleiben würden. Aus diesem Grund wurde er seit langen Jahren mit dem Spitznamen ›der Geier‹ angeredet, an dem er sich nicht groß störte. Er hatte sich auch nie darüber beschwert, daß sein bürgerlicher Name in Vergessenheit geraten war. Er reichte Behzat Ç, der sich das Blut von den Fingern wischte, ein weiteres feuchtes Tuch.

»Hattest du heute nacht nicht frei?«, fragte er.

Behzat Ç warf das Tuch fort und zündete sich eine 216 an.

»Frei? Was ist das denn?«

Der Geier lachte und fragte mit seinem furchtbaren Gesichtsausdruck: »Ist das Kind im Minibus die Tochter des Toten?«

»Ja.«

»Wie hat sie es erfahren?«

»Sie war bei ihm, als er erstochen wurde.«

Hinter der Absperrung begafften Schaulustige den letzten Mord des alten Jahres, beziehungsweise seine Überbleibsel. Vor dem Kaufhaus lag, mit zerrissenem Kragen, blutverschmiert und schlammnaß, das Opfer an jener Stelle auf dem Rücken, wo es erstochen worden war. Das Blut aus seinen Wunden hatte eine Lache auf seinem Bauch gebildet. Behzat Ç hatte versucht, die Blutung zu stoppen, aber aufgegeben, als er die Gedärme in seinen Händen hielt.

Der Geier schaute zunächst auf den Mann, dann auf Behzat Çs 216. Er seufzte: »Gib mir doch auch mal eine. Dieses Taxifahrervölkchen ist doch völlig übergeschnappt. Da ersticht der einen Mann vor den Augen der Tochter. Warum eigentlich?«

»Er sagt, der hätte seine Mutter beleidigt, aber ich bin mir nicht sicher, vielleicht haben sie auch um Geld gestritten.«

Am Funkgerät fragte Suat, ob er einen Einsatzwagen schicken solle.

»Nein, wir sind schon vor Ort.«

»Wer ist denn noch da?«

Der Geier nahm das Funkgerät und sagte: »Ich, wer sonst?«

Behzat Ç glaubte mittlerweile felsenfest an die Legende, daß der Geier aus der Ferne den Geruch sterbender Menschen riechen könne.

»Was machst du eigentlich hier?«

»Ich hab mich zu Hause gelangweilt. Ich hab es über Funk gehört.«

»Du sitzt am Silvesterabend zu Hause und hörst Funk?«

»Was soll ich machen, im Fernsehen gab es wieder nichts. Hat man schon die Angehörigen verständigt?«

Während Behzat Ç versucht hatte, die Blutung zu stillen, hatte das Mobiltelefon des Mannes geklingelt.

»Seine Frau hat angerufen. Ich hab mit ihr gesprochen.«

Die Schreie der Frau hallten noch in seinen Ohren wider.

»Die Angehörigen des Mordopfers sind unterwegs. Ich nehm den Taxifahrer mit. Wenn der Krankenwagen kommt, soll er zur Gerichtsmedizin. Wärst du doch bloß Krankenwagenfahrer.«

Der Geier lächelte. Es ließ sich schwer unterscheiden, ob aus seinem Mund der Rauch der 216 oder der Dampf seines Atems hervorquoll. Er wies ein paar Betrunkene zurecht, die über die Absperrung traten. Sein Haar war grau, seine Augen eingefallen, und mit der Warze auf seiner Nase und der rötlichen Gesichtsfarbe gab er ein scheußliches, angsteinflößendes Bild ab. Wer seine Visage sah, entfernte sich sofort von der Absperrung.

Behzat Ç nahm das Funkgerät.

»4570 Zentrale.«

»Zentrale hört, Herr Vorgesetzter.«

»Ich hab die Person und komme jetzt. Den Geier am Tatort kontaktieren.«

»Verstanden.«

Er stapfte auf den Taxifahrer zu, der in Handschellen im Wagen wartete. Neben dem Auto machte er Harun aus.

»Hast du das auch über Funk mitbekommen?«

»Ja.«

Da Harun zu den Beamten gehörte, die letztes Jahr keinen Urlaub über Silvester bekommen hatten, hatte er heute nacht frei. Er hatte auch Behzat Ç in die Bar eingeladen, in der sich die jüngeren

Polizisten treffen wollten. Der hatte aber das Angebot ausgeschlagen, weil er laute Orte nicht mochte.

»Nun geh schon. Und richte den Kollegen aus, sie sollen sich den Rakı schmecken lassen.«

»Ich bin schon seit zwei Stunden nicht mehr bei denen.«

Harun hatte vom Alkohol gerötete Augen. Behzat Ç packte ihn kräftig am Arm.

»Bloß nicht!«, sagte er. »Bloß nicht!«

Harun wußte, was dieses »Bloß nicht« heißen sollte.

»Nein, Herr Vorgesetzter, die hab ich ein für allemal abgeschrieben.«

»Ob du sie abschreibst oder nicht, ich will keine Spannungen am Arbeitsplatz. Du kriegst auch keine Extrawurst gebraten, ich schick dich in eine andere Abteilung.«

Er fuhr den Dienstwagen eilig vom Tatort weg. Mitten in Kızılay gerieten sie an eine rote Ampel. Harun sagte vom Beifahrersitz aus: »Es ist frei, du kannst fahren.«

Er antwortete nicht, sondern starrte auf die Leuchttafel über der roten Ampel, auf der die Sekunden von sechzig beginnend rückwärts gezählt wurden. In der Ferne machte er die Lichter des Krankenwagens aus. Die Sirene mischte sich in das Lied, das eine Menschenmenge auf dem Platz gemeinsam angestimmt hatte.

»Endlich haben sie es hierher geschafft.«

Diesmal war es an Harun, nicht zu antworten. Er stierte auf die Lichter des Krankenwagens, als sei er in eine fremde Welt versunken. Da die Stille im Wagen eine nervtötende Atmosphäre verursachte, wandte sich Behzat Ç an den Taxifahrer auf dem Rücksitz: »Warum hast du den Mann umgebracht?«

»Der hat meine Mutter beleidigt.«

»Ich hab mit seiner Tochter gesprochen. Hat er nicht.«

»Gottverdammt, hat er wohl, Herr Kommissar.«

Harun war endlich zu sich gekommen und grollte mit seiner tiefen Stimme: »Paß auf, wie du mit uns sprichst, Bursche!«

Der Taxifahrer schwieg. Behzat Ç kippte den Innenspiegel und fragte: »Wie hat der Streit angefangen?«

»Er hat das Taxameter nicht akzeptiert. Er wollte weniger zahlen.«

»Wieviel?«

»Fünf Lira.«

»Für fünf Lira hast du den Mann umgebracht?«

Der Taxifahrer blickte auf den Boden. Die Menschenmenge am Eingang des Güven-Parks begann mit dem Countdown. Feuerwerkskörper wurden gezündet; die auf dem Platz versammelten Menschen gingen in großem Durcheinander und mit viel Geschrei ins neue Jahr.

Behzat Ç betrachtete sich selbst im Innenspiegel. Er sah einen stinknormalen Polizisten. Einen Hauptkommissar bei der Mordkommission, einen Experten für Straftaten gegen das Leben, der kurz vor seiner Pensionierung stand. Die Kinder, die zur Welt gekommen waren, als er diese Arbeit begann, waren heute in dem Alter, in dem Sultan Fatih Mehmet Istanbul erobert hatte, einschließlich seiner eigenen Tochter. Er hatte sich inzwischen scheiden lassen, hatte sich zwar keine große Menschenkenntnis, aber eine umso größere Leichenkenntnis erworben und darüber eine etwas melancholische Natur angenommen. Er hörte nie Musik, sondern immer Polizeifunk. Er las keine Bücher und begann die Tageszeitung mit der Sportseite. Es war, als sei die Redewendung »ein Mensch aus der Mitte der Gesellschaft« ursprünglich auf ihn gemünzt worden. So stinklangweilig war sein Leben.

Harun berührte ihn an der Schulter.

»Herr Vorgesetzter, es ist grün.«

Da er zu stark Gas gab, schoß der Wagen wie ein Pfeil nach vorne. Als sein Mobiltelefon klingelte, fiel ihm plötzlich ein, woran er sich seit zwei Stunden zu erinnern versuchte. Er hatte vergessen, seine Tochter Berna anzurufen. Das Gefühl des Mangels, das ihn die ganze Nacht über beschlichen hatte, wich jetzt dem der Besorgnis. Er versuchte, mit einer Hand am Steuerrad zurechtzukommen und holte sein hartnäckig klingelndes Telefon hervor. Der Anrufer war Hüseyin, der in vorwurfsvollem Ton fragte: »Sag mal, wo bleibst du denn?«

»Ich muß arbeiten.«

Er rückte den Innenspiegel zurecht und fuhr weiter. Als er in den dritten Gang hochschaltete, spürte er einmal mehr, daß er diese Arbeit, die er seine Arbeit nannte, ebenso haßte wie sich selbst.

2

Gönül schaute Behzat Ç an, doch der schaute zur Decke.

»Hast du Hunger, soll ich dir was zubereiten?«

Er gab keine Antwort. Er versuchte, aus den Flecken an der Decke eine Weltkarte zusammenzusetzen. Das erste Mal seit Monaten hatte er einen ganzen Tag frei gehabt. Da es nicht zu einem Treffen mit seiner Tochter Berna gekommen war, hatte er hier eine Verschnaufpause eingelegt. Gönül führte ihre Hand über Behzat Çs nackten Bauch spazieren. Er hatte Berna den ganzen Tag über fünfmal angerufen; war es denn möglich, daß sie es einfach nicht gehört hatte? Die ihn sanft streichelnde Hand glitt ein Stück weiter hinab.

»Möchtest du hierbleiben?«

Wann war er denn jemals über Nacht geblieben? Er beobachtete Gönül. Drückten sich in dieser Frage etwa Erwartungen aus? *Das fehlte gerade noch*, sagte er zu sich selbst, *Gönül und ich.* Seit er sich von seiner Frau getrennt hatte, war sein Vertrauen zum anderen Geschlecht stark lädiert, aber mit Gönül war es anders. Er wußte nicht genau, was dieses Anderssein ausmachte, witterte es nur undeutlich. Es war anders als jene Emotionen, die wie Strohfeuer entflammten und wieder erloschen, es war ein tief im Innern glühendes, nie verlöschendes Gefühl der Duldsamkeit. Er nahm sie in den Arm und drückte sie ein wenig an sich. Er streichelte ihre auf seinen Hals herabfallenden Haare. Dann stand er auf und zog seine Hose an.

Seit einer Woche hatte es ununterbrochen geschneit, die Bäume trugen schwere Last, die Gehwege waren weiß eingefärbt. Während die Wischblätter die Schneeflatschen auf der Windschutzscheibe herumschoben, stieg aus seinem Funkgerät eine knisternde Melodie auf. Es war lange nach Mitternacht. Beim Abbiegen am Parlament in die Dikmenstraße fiel ihm auf, wie menschenleer die Straßen waren. Es war niemand draußen, bis auf die Soldaten, die im Nachtfrost Wache stehen mußten.

»Zentrale 3340, 4570.«

Er griff nach dem Funkgerät.

»4570 hört, Zentrale.«

»Herr Vorgesetzter, Selbstmordfall Mithat-Paşa-Straße, Ecke Sakarya. Bitte eine Einsatzgruppe vor Ort. Ende.«

»Verstanden. Ende.«

Behzat Ç erreichte Harun über Funk.

»Habt ihr gehört?«

»Ja, Herr Vorgesetzter. Begeben uns an Tatort.«

»Wer ist denn bei dir?«

»Ich, wer sonst.«

Es war die Stimme des Geiers. Er bremste ab und fuhr rechts ran. Er zündete eine 216 an und blieb im verrauchten Wagen eine Zeitlang unentschlossen sitzen. Er mußte nicht hinfahren. Er würde am Morgen die Protokolle lesen und, falls es Zeugen gab, diese vernehmen. Von den offiziell vierundsechzig Beamten bei der Mordkommission verrichteten nur dreizehn tatsächlich ihren Dienst. Zwölf Männer und eine Frau, die sich um sämtliche Morde, Körperverletzungen und Suizide von ganz Ankara zu kümmern hatten. Er hatte sein Team in zwei Schichten von jeweils zwölf Stunden eingeteilt. Er selbst hatte keinen Schichtdienst. Meistens fuhr er nach Hause, wenn gerade zwischen zwei Fällen etwas freie Zeit blieb, und kehrte zurück, wenn man ihn anrief.

Als er das Fenster öffnete, strömte mit der kalten Luft der Geruch von Schnee ins Wageninnere. Jedes Jahr nahmen sich Dutzende Polizisten das Leben. Und wenn das einer von ihnen ist? Er mußte an Sezai denken, den ehrlichsten Hauptkommissar, den er je kennengelernt hatte, der noch beim Selbstmord darauf bedacht war, keine Munition aus Staatsmitteln zu vergeuden, und daher auf die Ordonnanzwaffe zurückgriff, die sein Vater einst mit in Pension genommen hatte.

Er drückte die 216 im Aschenbecher des Wagens aus und schloß das Fenster. An der Kreuzung weiter vorne wendete er. Einsatzleiter Suat hatte heute nacht frei, und sich bei dem Schnee bis nach Dikmen durchzukämpfen wäre mindestens genauso anstrengend, wie sich mit einem Selbstmordfall abzugeben.

Bis er zum Tatort gelangte, gingen ihm immer dann, wenn gerade keine Rutschgefahr herrschte, böse Gedanken durch den Kopf: *Wenn Berna nicht ans Telefon geht, dann hat sie dafür vielleicht ihre Gründe. So ist das eben, wenn man ein Kind jahrelang vernachlässigt. Das kam damals alles wegen dieses Mordes an dem Gebrauchtwagenhändler. Man kommt doch hinten und vorne nicht mehr zurecht bei dieser Arbeit. Warum sonst sollte ich vergessen, sie anzurufen? Ich muß mich von Kreditkarten fernhalten, sonst werde ich auch eines Tages wie Sezai...* Als er von der Straße der Konstitutionellen Revolution auf die Mithat Paşa einbiegen wollte, schoß blitzschnell ein blutroter Käfer an ihm vorbei. Lange konnte er seinen Blick nicht von dem Auto losreißen. Als Berna noch klein war, zählte sie immer rote Käfer auf der Straße und wünschte sich etwas. Man mußte tagsüber neunundneunzig rote Käfer zählen, und abends vor dem Schlafengehen zehn Sterne, dann ging der Wunsch in Erfüllung. Was für eine verrückte Form von Aberglauben, das könnte doch heute niemand mehr machen, so viele Käfer sind gar nicht mehr auf der Straße, geschweige denn rote. Etwas knallte gegen den rechten Vorderreifen. Er trat auf die Bremse und konnte den Wagen gerade noch fangen, bevor er über den Bordstein ging. Er stieg aus, konnte aber nichts entdecken, es war nur ein kleiner Aufprall gewesen...

Harun hatte den Einsatzwagen bis vor die Nase der mit Zeitungspapier bedeckten Person gefahren. Am Tatort hatte sich eine Menge Schaulustiger angesammelt, die sich aus den Bars in der Umgebung losgerissen hatten. Trotz all des Alkohols, den sie zu sich genommen hatten, ließen sie sich von den bedrohlichen Blicken des

Geiers daran hindern, näher heranzukommen. Er stapfte so schnell auf die Absperrung zu wie ein Kind, das aus Leibeskräften rennt.

Sofort kam Harun zu ihm: »Herr Vorgesetzter, warum bist du denn hergekommen?«

»Red nicht so'n Quatsch.«

Harun war überrascht. Er hielt einen Personalausweis in der Hand. Behzat Ç nahm ihn entgegen, schaute aber nicht darauf.

»Was hat das Auto hier zu suchen?«

Harun blickte ihn fragend an, vermutlich hatte er nicht verstanden. Genau das war das Problem, bei der Mordkommission mußte jeder seine Arbeit von der Pike auf lernen. Was ein Tatort war und wie man sich dort verhielt, kapierte man erst mit den Jahren.

»Sie hat sich an ihrem Geburtstag das Leben genommen.«

Behzat Ç schaute zuerst zu Harun, dann auf den Personalausweis in seiner Hand. Als Geburtsdatum war der erste Januar eingetragen. Er verspürte eine Mischung aus Sorge und Trauer; sie war im gleichen Alter wie seine Tochter.

»Die haben nur den ersten Ersten eintragen lassen, damit sie früher eingeschult wird.«

»Nein, Herr Vorgesetzter,« antwortete Harun, »sie hat heute mit ihren Freunden ihren Geburtstag gefeiert. Wer bringt sich denn an seinem Geburtstag um?«

»Versteh einer die jungen Leute. Von wo ist sie runtergesprungen?«

Harun zeigte auf das oberste Stockwerk des Gebäudes, vor dem sie standen. Es war genau gegenüber jener Stelle, an der vor zwei Tagen ein Taxifahrer ermordet worden war.

»Von der Terrassenbar. Also von der Terrasse der Bar namens Terrassenbar.«

»Wo ist der Inhaber?«

»Im Minibus.«

Während Behzat Ç auf den Minibus zuging, gab er die Anweisung: »Fragt die Ladeninhaber aus der Umgebung, ob sie irgendwelchen Lärm gehört haben.«

»Das Phantom ist da. Er untersucht das gerade.«

Das Phantom war der einzige männliche Mitarbeiter der Mordkommission, der weniger Gewicht auf die Waage brachte als Behzat Ç. Er war ein in Personenobservation und Informationsbeschaffung äußerst erfahrener Beamter. Wie er am Zigarettenkiosk unweit vom Tatort lehnte und mit den Umstehenden plauderte, sah er fast aus wie ein eilig hingekritzeltes Strichmännchen. Auch ihm war vor langer Zeit von einem phantasievollen Kollegen ein Spitzname verliehen worden, und so war sein bürgerlicher Name – es war irgend etwas in Richtung Sami oder Sabri – längst in Vergessenheit geraten. Behzat Ç rief das Phantom auf seinem Mobiltelefon an und fragte: »Bist du am Tatort?«

»Ja.«

»Warum ist das Mädchen da runtergesprungen?«

»Vermutlich aus Frust, was weiß ich.«

»Wenn du was erfährst, sag mir Bescheid.«

»Verstanden, Herr Hauptkommissar.«

»Und bring eine 216 mit, wenn du kommst. Ich bin beim Minibus.«

Während das Phantom mit seinen Augen die Umgebung abscannte, winkte er ihm zu, um besser gesehen zu werden. Schließlich telefonierten sie auf dem Diensthandy umsonst. Wenn man sich solchen Unfug auch noch verkneifen würde, wären die Mordgeschichten völlig unerträglich.

Er öffnete die Vordertür des Minibusses und holte aus dem Handschuhfach Einmalhandschuhe hervor.

»Wer ist hier der Barbesitzer?«

Ein dicker Mann mit Brille, der ohnehin sofort ins Auge fiel, meldete sich eifrig zu Wort: »Ich, Herr Kommissar.«

Er hatte eine spiegelblanke Glatze und einen dichten Vollbart, was ihm das Aussehen eines kahlgeschorenen Pilgervaters verlieh.

»Schön. Komm uns bloß nicht abhanden. Wir haben noch einiges mit dir zu bereden.«

»Selbstverständlich, Herr Kommissar. Ich bin in meinem Leben noch nicht mit dem Staat und seiner Polizei in Konflikt geraten.«

»Genau deshalb sag ich das ja.«

Es saßen noch vier oder fünf weitere Personen im Minibus. Eine junge Frau weinte, mehrere Männer starrten auf den Boden und bliesen Trübsal.

»Und wer seid ihr?«

Es kam keine Antwort.

»Wer ihr seid, verdammt!«

Die Frau mit den vom Weinen geschwollenen Augen sagte: »Wir sind ihre Freunde.«

Behzat Ç sprach sein herzliches Beileid aus und warf die Tür zu. Eine Hand faßte ihn an der Schulter. Er schreckte zusammen und drehte sich um. Der Mann, den er zuerst kaum erkannt hatte, war Metin von der Abteilung für Terrorbekämpfung.

»Was machst du denn hier?«

»Ich wollt mal auf'n Sprung bei euch vorbeischauen.«

Auf Metins Gesicht klebte ein blödes Grinsen. Wie im Nachtfrost eingefroren und dort hängengeblieben. Behzat Ç ahnte, daß dieser abgeschmackte Humor nichts Gutes zu bedeuten hatte.

Er hob die Zeitungsbögen an, unter denen Betül Gülsoy lag. An den nicht zersplitterten Teilen ihres Gesichtes sah man, daß es, ebenso wie ihr Körper, wohlgeformt war. Er blickte auf die Blutlache im Schnee. Warum nimmt sich jemand in so jungem Alter das Leben, noch dazu, wenn sie so schön ist. Während er darüber sinnierte, hatte sich Sıtkı von der Spurensicherung unter der Absperrung hindurchgebückt, seine riesige schwarze Tasche abgestellt und war jetzt dabei, sie mit schwerfälligen Bewegungen zu öffnen.

»Hast du's endlich auch mal hierher geschafft?«

Sıtkı war mit den mannigfaltigen Fächern seiner Tasche beschäftigt.

»Immerhin bin ich schneller als die 112«, sagte er.

»Wer ist das denn nicht?«

»Die Feuerwehr.«

Sie beugten sich zu Betül herab. Behzat Ç suchte die Manteltaschen der jungen Frau ab. Aus der rechten Tasche holte er ein Telefon, aus der linken ein in der Mitte gefaltetes Stück Schreibpapier hervor. Auf dem Blatt stand ein mit fünf Punkten beginnender

Text in einer Handschrift, die sich gut für eine Persönlichkeitsanalyse eignen würde.

..... Es ist nichts zu Verherrlichendes am Selbstmord. Man sollte es lediglich verstehen, rechtzeitig zu sagen: Freunde, bis hierhin und nicht weiter. Shakespeare ist an seinem Geburtstag gestorben, was für ein wunderbarer Zufall.

Niemand ist für meinen Tod verantwortlich, und somit sind letzthin alle verantwortlich, denke ich. Ja, bis hierhin und nicht weiter. Es wird gebeten, von Blumengaben Abstand zu nehmen. Bleibt gesund.

Betül.

Inzwischen war eine halbe Stunde vergangen, die neugierige Menge hatte sich zerstreut, und nur die Gäste der Bar waren übriggeblieben.

Harun hielt ihm einen aufgerollten Stapel Papiere hin.

»Die Polizeiregistereinträge der Leute aus der Bar.«

Die Gäste der Terrassenbar hüpften vor Kälte auf und ab. Vermutlich fluchten sie insgeheim über das Mädchen, das sich heruntergestürzt hatte. Ab und an waren auch gemurrte Beschwerden zu hören. Aber im großen und ganzen legten sie jene Hochachtung vor der Polizei an den Tag, wie sie von einem normalen Staatsbürger zu erwarten ist. Behzat Ç überflog die Liste und fragte: »Und welcher von denen hat das Mädchen runtergeworfen?«

Harun lachte.

»Keine Ahnung. Einer hat einen Eintrag wegen Körperverletzung, einer wegen BTM. Und zwei von ihnen haben als Geburtsort Tunceli.«

Der Nachtfrost machte sich jetzt ganz schön bemerkbar. Erst jetzt traf der private Sanitätsdienst ein, den man hatte kommen lassen, da die 112 sich nicht gerne um Tote kümmerte. Das Phantom kam näher, das Paket in seiner Hand schwenkend. Behzat Ç schob sich eine 216 in den Mundwinkel, die das Phantom mit seinem

Feuerzeug anzündete und dabei verkündete: »Sie ist exakt um ein Uhr zehn gesprungen.«

»Woher weißt du das?«

»Der Kioskbesitzer. Jemand hat ihn nach der Uhrzeit gefragt, sofort danach war ein Schrei zu hören und das Mädchen ist unten aufgeprallt.«

»Habt ihr die Eltern schon verständigt?«

»Ihr Cousin sitzt im Minibus.«

Harun ergänzte: »Der ist auch wegen der Geburtstagsfeier hier.«

Behzat Ç ging zum Minibus zurück, riß die Tür auf und fragte: »Wer ist der Cousin?«

Ein dunkler junger Mann von riesiger Statur hob seinen Kopf zwischen seinen Händen hervor. Er hatte Tränen in den Augen.

»Ich«, sagte er.

Diesen Augenblick wollte der Barbesitzer ausnutzen, indem er fragte: »Herr Kommissar, darf ich jetzt gehen?«

Doch auf die Antwort »Darfst du nicht« schwieg er lieber.

»Cousin, komm mal her, wir müssen mit dir reden.«

Der Cousin stieg aus dem Minibus aus. Mit seinen spitzen Stiefeln aus schwarzem Glanzleder zerquetschte er den Schnee am Boden.

»Herzliches Beileid. Hast du gesehen, wie sie gesprungen ist?«

»Nein.«

»Hat sie sonst noch Verwandte in Ankara?«

»Nein. Nur eine Großmutter.«

»Ruf sie um diese Zeit lieber nicht an, nicht daß sie es nicht verkraftet. Wo sind die Eltern?«

»In Urfa.«

»Ruf sie morgen früh an. Der Sanitätswagen ist da. Ihr fahrt mit meinen Kollegen zur Gerichtsmedizin. Hast du genug Geld für den Sanitätswagen?«

»Nicht dabei.«

»Bist du auch Student?«

»Ja.«

Behzat Ç rechnete nach, ob das Geld in seiner Tasche im Notfall für den Sanitätswagen reichen würde. Selbst wenn, bis zum Fünfzehnten war es noch lange hin.

»Ich kann Aykut fragen, der hat bestimmt was dabei.«

»Wer ist das?«

Der Cousin schwieg eine Weile, bevor er antwortete: »Ihr Freund.«

Behzat Ç freute sich. Private Sanitätswagen fuhren nicht von A nach B, bevor sie ihr Geld hatten.

»Gut. Wenn der auch nicht genug hat, komm zu mir. Wie heißt du?«

»Yavuz.«

Behzat Ç gab dem Cousin mit den feuchten Augen einen tröstenden Klaps auf die Schulter.

»Komm morgen mal bei der Mordkommission vorbei und mach deine Aussage, ja?«

Yavuz kehrte zum Minibus zurück. Als Aykut das Geld aus seiner Hosentasche Yavuz gegeben hatte, fragte er: »Herr Kommissar, kann ich auch gehen?«

Harun war gerade damit beschäftigt, die Polizeiregistereinträge der Übriggebliebenen einzuholen, und fragte: »Bist du ein Verwandter?«

»Ich bin ihr Freund.«

»Bleib schön da sitzen!«

In diesem Moment platzte ein ziemlich Dicker, der sich unter den Wartenden befand, plötzlich heraus: »Warum laßt ihr die Leute bei dieser Kälte hier rumstehen?«

Anscheinend war an der Theorie, daß dicke Menschen weniger frieren, etwas faul. Harun wollte ihn mit dem Ausruf: »Mund halten!« zum Schweigen bringen, doch das sorgte nur für einen kleinen Aufruhr in der Gruppe. Da eine körperliche Auseinandersetzung am Tatort das letzte war, was Behzat Ç gebrauchen konnte, ging er sofort dazwischen und entfernte Harun. Harun war in punkto Kontaktpflege zur Öffentlichkeit recht schlecht. Die halbstündigen Menschenrechtsseminare, an denen sie einmal im Jahr teilnehmen mußten, reichten einfach nicht aus.

Soweit er es aus den Körpersprache-Lehrgängen mitgenommen hatte, die Hauptkommissaren als Teil der internen Fortbildung erteilt wurden, versuchte er sich in schön beruhigenden, entspannten Bewegungen.

»Liebe Leute, habt bitte noch fünf Minuten Geduld, wir müssen kurz noch unsere Arbeit machen und dann können wir alle nach Hause gehen.«

Der Dicke aber wollte sich partout nicht entspannen.

»Von wegen fünf Minuten, wir stehn hier jetzt schon seit einer geschlagenen Stunde«, schrie er.

Daraufhin schob Behzat Ç die mühsam erlernte Körpersprache sowie alles, was ihm aus den teilnahmeverpflichtenden Psychologiekursen in Erinnerung geblieben war, beiseite und ging ihn an wie ein stinknormaler Hauptkommissar: »Ist ja gut, Bursche! Sei einfach nur still, ja? Still! Der redet ja immer noch?!?«

Als Yavuz zusammen mit den Sanitätern die Bahre in den Sanitätswagen trug, kam Harun mit den restlichen Einträgen.

»Über die anderen ist nichts vermerkt. Was sollen wir machen?«

»Nehmt den Barbesitzer und die Geburtstagsgäste mit, ich guck mir die Bar mal an.«

»Was sollen wir mit den Vorbestraften machen? Einer Körperverletzung, der andere BTM.«

»Die sollen morgen vorbeikommen. Wo sind Sıtkı und das Phantom?«

»Schauen sich wohl die Terrasse an, von der das Mädchen gesprungen ist.

»Schön.«

Harun hakte sich bei ihm unter und flüsterte: »Sollen wir den schreienden Fettwanst auch mitnehmen?«

Der Fettwanst nörgelte inmitten der Wartenden aufrührerisch herum. Er hatte seine Brille abgenommen und wischte mit einem Papiertaschentuch die beschlagenen Gläser ab.

»Nein. Ich will keinen Aufstand. Laßt die Leute gehen.«

Harun zeigte auf zwei dunkelhäutige Männer, die in einer Ecke standen, und fragte leise: »Was sollen wir mit denen machen?«

Bevor er das Gebäude betrat, entgegnete Behzat Ç im gleichen Tonfall: »Die Leute aus Tunceli könnt ihr auch gehen lassen.«

Das Haus hatte keinen Aufzug. Er mußte die steilen Treppenstufen bis zum obersten Stockwerk nehmen. Unterwegs ging zweimal die Flurbeleuchtung aus. Er nahm sich vor, einen Blick auf den Ort zu werfen, von dem sich Betül in den Tod gestürzt hatte, und dann nach Hause zu fahren und ein paar Stunden zu schlafen. Genau vor dem Eingang zur Bar kam ihm ein kompakter Typ, der bestimmt fünfzehn Zentimeter kleiner war als er, entgegen und drängte sich vorbei. Er drehte sich um und musterte den Mann. Der kam ihm nicht bekannt vor.

»Entschuldigen Sie?«, sprach er ihn an.

Als der Mann sich mit dem Ausruf »War was?« umdrehte, fragte er ebenso hart zurück: »Wer bist du denn?«

»Was geht dich das an? Wer bist du überhaupt?«

Behzat Ç packte den Typen am Kragen und knallte ihn dank seines Größenvorteils an die Wand. Das Phantom und Sıtkı hatten die Stimmen gehört und waren vor die Tür gekommen. Sie gingen sofort dazwischen. Nun trat aus der Bar ein Mann mit schwarzem Überzieher, militärischem Aussehen und angegrautem Haar und stellte sich neben Behzat Ç. Er zeigte seinen Ausweis, deutete auf den kompakten Mann und sagte: »Er gehört zum Dienst.«

Als er sah, wie der kompakte Mann tief durchatmete und sich anschickte zu sprechen, brachte er ihn mit einem Fingerzeig zum Schweigen.

»Du geh.«

Der Kompakte schüttelte demonstrativ den Kopf und schnalzte wiederholt mit der Zunge: »Ts, ts, ts.«

Wankenden Schrittes stieg er die Treppen hinab. Der Mann, der aus der Bar herausgetreten war, raffte seinen Überzieher zusammen und sagte: »Es kann gut sein, daß wir in diesem Fall zusammenarbeiten werden. Wir müssen einander helfen.«

»Was haben Sie denn mit dem Fall zu tun?«

Der Mann kniff die Augen zusammen und strich seinen Schnurrbart glatt. Sie standen jetzt Auge in Auge. Es war eine unerwartete Frage, die vom Tonfall her gegen die alteingesessenen Verhaltensregeln verstieß. Die Flurbeleuchtung verlosch. Eine Weile blieben sie in der Finsternis stehen. Hätte das Phantom nicht den Lichtschalter gefunden und gedrückt, hätte die Finsternis sicher noch länger angehalten. Als das Licht anging, starrten sich Behzat Ç und der grauhaarige Mann immer noch an, ohne dem Blick des anderen auszuweichen. Der Mann brach die Stille, indem er sagte: »Wir haben von dir gehört, du sollst ein fähiger Beamter sein.«

Als er die Treppen herunterstieg, drehte er sich noch einmal um: »Der Ton macht die Musik.«

Von der Bar führte nur ein sichtbarer Ausgang auf die Terrasse. Sie bot eine Postkartenaussicht. Der dichte Schneefall zauberte aus den Lichtern der Sakarya ein Ensemble warmer Farbtöne. Ein Mann mit einem um den Kopf gewundenen Schal sammelte aus Mülltonnen Bierdosen zusammen und kälteunempfindliche Betrunkene schlitterten Arm in Arm die Straße entlang, bald fallend, bald sich aufraffend, immer mit Schlagseite dorthin, wo der schwerste von ihnen ging.

Das Geländer der Terrasse, das Sıtkı nach Spuren untersuchte, war etwas höher als einen Meter. Behzat Ç fragte in einer Lautstärke, die nur das Phantom vernehmen konnte: »Was haben die denn hier gemacht?«

»Wer weiß?«

»Metin von der Terrorbekämpfung war auch unten. Er wollte mal auf einen Sprung bei uns vorbeischauen...«

Behzat Ç bemerkte das ausgefuchste Lächeln auf den Lippen des Phantoms und lachte mit einem ähnlichen Gesichtsausdruck zurück. Als er auf der Herrentoilette eine in Zeitungspapier eingewickelte Tüte mit Captagon-Pillen fand, trug er immer noch das gleiche Lächeln. Als er aber auf der Damentoilette eine im Wasserkasten versteckte Pistole fand und sah, daß ihr ein Schalldämpfer aufgeschraubt war, verschwand das selbstsichere Lächeln aus seinem Gesicht und er gab den Gedanken auf, nach Hause zu fahren.

3

Behzat Ç las die ersten Aussagen und versuchte sich, da die Teeküche noch zu hatte, an einem schlammtrüben Nescafé. Er betrachtete die eingetütete Waffe der Marke Beretta vom Kaliber 22. Um den Schalldämpfer aufsetzen zu können, war ein Gewinde geschnitten worden, vielleicht hatten sie dafür sogar den Lauf ausgewechselt. Harun kam mit einer Tüte Poğaça herein.

»Frühstück. Möchtest du mit Käse oder mit Oliven?«

Er drückte die 216 in dem bis zum Rand mit Zigarettenstummeln gefüllten Aschenbecher aus und brummte mit kratziger Stimme: »Laß mal.«

Cevdet stürmte tollpatschig ins Zimmer. Er war von Haus aus Agraringenieur und hatte von einem Gesetz profitiert, das arbeitslosen Akademikern die Möglichkeit gab, sich für den Polizeidienst zu bewerben. Ausgerechnet für die Mordkommission hatte er sich entschieden. Als habe er eine äußerst bedeutsame Nachricht zu überbringen, richtete er aus: »Herr Vorgesetzter, der Inhaber der Bar wünscht Sie zu sprechen.«

Behzat Ç massierte seine Augen.

»Er soll warten, ich komm gleich«, sagte er. »Besorg du mir mal ein Aspirin.«

Das Telefon auf seinem Tisch schrillte hektisch. Er zuckte zusammen und nahm den Hörer ab. Er hörte zwei bis drei Minuten lang zu und machte sich eifrig Notizen. Als er auflegte, war sein Gesicht bewölkt.

»Wer war das?«, fragte Harun.

»Metin. Vor vier Monaten haben sie das Mädchen wegen einer politischen Straftat verhaftet. Jetzt ist mir auch klar, warum der Metin da rumstrolcht.«

»Genau, am zweiten Tag wurde sie entlassen«, sagte Harun, »und bekam eine Anklage wegen Teilnahme an einer verbotenen Demonstration und Widerstand gegen die Staatsgewalt, ist aber nichts draus geworden.«

»Woher weißt du das?«

»Hat mir auch Metin erzählt.«

»Was ist das nur für ein Diensteifer in aller Herrgottsfrühe? Hm... Egal, laß uns mal die Mitbürger draußen vorknöpfen.«

Harun nahm einen großen Bissen von seinem Poğaça.

»Erstmal will ich aufessen.«

Bevor er die Aussagen der Zeugen aufnahm, faßte Behzat Ç den Hergang folgendermaßen zusammen: »Das Todesopfer Betül Gülsoy studierte an der Fakultät für Geschichts- und Kulturwissenschaften im dritten Jahr türkische Sprache und Literatur. Gegen ein Uhr nachts tritt sie auf die Terrasse. Die letzte Person, die mit ihr gesehen wurde, ist Ayşen. Waren die beiden eng befreundet?«

»Ja. Nach eigenen Angaben soll sie ihre beste Freundin gewesen sein.«

»Also war das die Verheulte im Minibus?«

»Richtig.«

»Hat sie ihre beste Freundin von der Terrasse gestürzt? Könnte durchaus sein. Freundschaft ist ja heutzutage auch nicht mehr das, was sie mal war. Es gibt nur einen bekannten Ausgang zur Terrasse. Aber anscheinend gibt es von der Rückseite der Bar einen zweiten Ausgang. Der soll in der fraglichen Nacht abgeschlossen gewesen sein. Und angeblich hat nur der Barbesitzer einen Schlüssel.«

»Warum?«

»Er dient gleichzeitig als Getränkelager. Den Kerl habt ihr gesehen, ein ganz gerissener. Anscheinend traut der nicht einmal seinen Angestellten übern Weg. Befragt trotzdem mal das Barpersonal, ob es wirklich nur einen Schlüssel gibt.«

Behzat Ç nahm die Personalausweise, die neben dem Schalldämpfer lagen, und wendete sie hin und her.

»Kısmet Güleryüz, Fedai Özcan. Wo sind denn bitte die Inhaber dieser Ausweispapiere?«

»Keine Ahnung. Die waren nicht mehr da, als wir die Ausweise wieder ausgeteilt haben.«

»Das heißt, die Herren sind euch durch die Lappen gegangen.«

»Sozusagen. Aber ihre Polizeiregistereinträge sind sauber.«

Behzat Ç hatte von Herren gesprochen. Den Paßbildern nach zu urteilen handelte es sich allerdings eher um Kinder. Er suchte nach einem Mittelweg und fragte: »Warum sind die beiden Heranwachsenden abgehauen?«

»Vielleicht vor Kälte.«

»Red nicht so'n Quatsch!«

»Die lassen sich aber leicht finden.«

»Du willst also Überstunden machen. Wenn sonst niemand flüchtig ist, gehört die Waffe vielleicht ihnen. Und bringt gleich den mit BTM-Eintrag mit, der hat die Captagon-Pillen im Wasserkasten versteckt, der stellt ja eine Gefahr für die öffentliche Gesundheit dar.«

Nachdem Haruns Auflachen in ein Grinsen übergegangen war, winkte er ab: »Ach was, das Phantom findet die bis heute abend.«

Behzat Ç verspürte einen stechenden Schmerz, der sich von der Mitte seiner Stirn zu den Schläfen hin ausbreitete. Er stützte seine Ellenbogen auf den Tisch und massierte die Schmerzregion mit kreisenden Bewegungen. Wenn er zum Arzt ginge, würde er erfahren, daß es sich um Migräne im Frühstadium handelte, doch bisher begnügte er sich mit dem Verzehr von drei Aspirin pro Tag. Da er die Schulmedizin für den Zerfall seiner Familie verantwortlich machte, nahm er keine Medikamente außer rezeptfrei verkäuflichen Schmerztabletten. Schließlich hatte er auch seinerzeit eine Nierenkolik überwunden, indem er auf Hippokrates geflucht und sich an dem von den Staatlichen Alkoholfabriken produzierten Bier festgeklammert hatte. Um den sich wellenförmig ausbreitenden Schmerz unter Kontrolle zu bekommen, kniff er die Augen zusammen und fixierte einen Punkt, wobei er sein Gesicht in Falten legte.

»Nichts da, die mußt du finden«, griff er mit seiner heiseren Stimme an. »Und nimm Cevdet mit, damit der auch mal was lernt und nicht immer nur euren Laufburschen spielt.«

Als Harun das Poğaça im Hals steckenblieb und er einen Hustenanfall bekam, stand er auf, um ihm auf den Rücken zu klopfen.

»Iß langsamer.«

Er hielt ihm den Kaffee, den er lustlos getrunken hatte, vor die Nase. Harun trank den lauwarmen Kaffee in zwei Schlucken aus und sagte: »Ich hab aber nachmittags schon was vor.« Bei den letzten beiden Worten zwinkerte er leicht mit dem rechten Auge.

»Gut so«, lobte Behzat Ç.

Beide wußten um die Bedeutung dieses Lobes. Denn seit die Spannungen am Arbeitsplatz begonnen hatten, saßen alle hier auf heißen Stühlen. Der über das Lob sichtlich erfreute Harun fragte: »Glaubst du denn nicht, daß es Selbstmord war, Chef?«

»Ich weiß es nicht.«

Das Phantom und Sıtkı von der Spurensicherung standen längst schon unbemerkt im Zimmer.

»Wir glauben es nicht.«

»Warum nicht?«

»Das Geländer der Terrasse ist ziemlich niedrig. Das Mädchen war sowieso ein zierliches Ding. Es dürfte kein Problem sein, sie zu packen und runterzuwerfen.«

»Aber bei all den Leuten in der Bar...«, sagte Harun.

»Von innen kann man die Terrasse aber nicht sehen. Außerdem ist es dort so laut, daß es nicht einmal jemand mitbekommt, wenn sie dich da runterwerfen.«

Alle lachten. Haruns stattliche Statur hatte die Ausmaße einer handelsüblichen Stahltür. Er konnte mitlachen, weil er sich seines Körpers nicht schämte, knurrte aber zurück, um nicht den kürzeren zu ziehen: »Sie hatte einen Abschiedsbrief in der Tasche. Einen Selbstmordbrief!«

»Genau das ist der springende Punkt«, sagte Behzat Ç. Er überreichte Sıtkı den Brief und die Waffe. »Bring das ins Labor. Aber Recep soll sich selbst darum kümmern, sie sollen das nicht irgendwo liegenlassen. Schaut nach dem Eintrag der Waffe. Für die Schriftanalyse des Briefes besorgen wir uns noch ein Heft mit ihrer Handschrift und schicken es zum Vergleich nach. Schließlich ist sie Studentin.«

Er war der Überzeugung, die Frage der beiden flüchtigen Heranwachsenden ernsthaft ansprechen zu müssen. Er reichte dem Phantom die beiden Personalausweise, die auf seinem Tisch lagen.

»Schnapp dir Harun und findet die Kerle, die euch entwischt sind, bis Mittag.«

»Die hab ich doch schon längst. Waren in die Kneipe nebenan, weil ihnen kalt war. Da wollen sie sich verquatscht haben, und als sie rauskamen, sollen alle schon weggewesen sein.«

Harun breitete seine Hände nach beiden Seiten aus, um ein Siehst-du-hab-ich-es-dir-nicht-gesagt anzudeuten. Behzat Ç kaute die Tablette, die Cevdet ihm gebracht hatte.

»Wenn das mal stimmt«, kommentierte er.

Cevdet war schon wieder im Laufschritt verschwunden, um für das Aspirin ein Glas Wasser zu bringen.

Auf seinem Stuhl im Vernehmungszimmer hatte Behzat Ç die Hände hinter dem Kopf verschränkt und entspannte seine Augen, indem er den Flecken an der Decke Formen verlieh. Harun ging ziemlich hart ran.

»Wehe, das stimmt alles nicht!«

Die beiden Jugendlichen wanden sich förmlich vor ihm.

»Ich schwöre bei Gott!«, riefen beide im gleichen Augenblick.

»Halt, einer nach dem anderen.«

Fedai nutzte Kısmets Stutzen, um das Wort zu ergreifen: »Uns war doch so kalt. Und dann hat der da gesagt, laß uns in die Kneipe nebenan gehen. Bis sie die Ausweise wieder austeilen, trinken wir ein Bier.«

Kısmet wehrte sich: »Stimmt ja gar nicht, Herr Kommissar, der lügt. Zuerst hat der da gesagt, laß uns in die Kneipe gehen.«

Dafür bekam er Fedais Ellenbogen ab. Fedai war ziemlich stämmig, Kısmet dafür umso schmächtiger.

Harun gab erst Fedai, dann Kısmet eine Ohrfeige.

»Was soll das denn, seinem Freund in den Rücken zu fallen! Seid ihr denn keine Männer?«

Jetzt, wo er gerade den Atlantischen Ozean an der Decke ausgemacht hatte, senkte Behzat Ç den Blick auf die Jugendlichen, die schwiegen und einander mit leichter Scham anschauten.

»Gehört die Waffe euch?«

Kısmet und Fedai stammelten beide gleichzeitig so etwas wie: »Nein, ich schwöre…«

»Und die Pillen hier?«

»Wirklich nicht, bei Gott und dem Koran, beim heiligen Allah, der Blitz soll uns treffen...«

Harun verlor die Geduld.

»Einer nach dem anderen hab ich gesagt!« Er stieß Fedai vor die Schulter.

»Zuerst du.«

»Mit Pillen und Gras und so haben wir nichts zu tun, Herr Kommissar. Sowas machen wir nicht!«

»Aber sonst macht ihr anscheinend allen möglichen Scheiß.«

»Nein, Herr Kommissar. Wir trinken schön unser Bier oder mal ein paar Rakı, aber so mit Gras und Piece, oder Pillen und so... echt nicht... Wir sind doch alles Ankaraner Jungs, wir wissen, was sich gehört.«

Harun setzte sich.

»Das werden wir dann ja sehen, wenn wir die Ergebnisse der Blutproben haben.«

Behzat Ç schaute ihnen etwas genauer ins Gesicht. Zwei junge Männer, bei denen gerade der Schnurrbart zu sprießen begann. Fedai, der eine grüne Jacke trug, wrang nervös die Hände und rutschte mit seinen Stiefelspitzen, die im Halblicht des Vernehmungszimmers glänzten, auf dem Boden herum, als müßte er andauernd Zigarettenkippen austreten.

»Warum hast du so komische Stiefel an?«

»Das ist Glanzleder, Herr Kommissar, die sind wasserdicht.«

»Wieviel haben die gekostet?«

Fedai stockte.

»Weiß ich nicht, Herr Kommissar, ich glaube neunzig, weiß nicht mehr so genau.«

»Was ist dein Vater von Beruf?«

»Wir haben einen Stand auf dem Markt in Ayrancı.«

Behzat Ç stand auf und öffnete das Fenster, das zum Parkplatz hinausging. Er wanderte auf und ab und kratzte sich dabei mit dem Zeigefinger an der Wange. Er stellte sich neben den beiden ängstlich blickenden Jugendlichen auf. Es gab einmal eine Zeit, da er diese Angst sofort erkannt hatte. Diese Angst der anderen, die einen dazu brachte, sich für ganz was Tolles zu halten. Die Angst, der Polizei in die Finger zu geraten, auf irgend einer Wache zu landen, wie sie jedem Staatsbürger ganz tief eingebrannt war. Am Anfang hatte es sein Selbstwertgefühl gekitzelt, diese Angst bei seinem Gegenüber zu spüren. Mit der Zeit aber verging das Lustempfinden und mittlerweile hatte er es einfach nur satt, immer wieder denselben scheiß Gesichtsausdruck zu sehen.

»Hier, nehmt eure Personalausweise«, sagte er. »Ihr dürft die Stadt nicht verlassen. In drei Tagen kommt ihr zu mir ins Büro. Und wehe, wenn nicht…«

Als die beiden Jugendlichen erleichtert aus dem Vernehmungszimmer stürmten, kam Cevdet herein: »Sollen wir den Barbesitzer bringen?«

»Her mit ihm.«

Er setzte sich wieder auf seinen angestammten Platz in einer abgelegenen Ecke des Raumes und fuhr fort, seine Augen zu entspannen. Dieses Mal versuchte er an der Decke die Umrisse einer Beretta mit aufgesetztem Schalldämpfer auszumachen. In der Nähe einer Verstrebung meinte er, den Pistolengriff identifizieren zu können, aber das andere Ende kam nicht hin. Wenn er nur wollte, könnte er bestimmt wunderbar Kaffeesatz lesen.

Harun empfing den Barbesitzer und fragte: »So, mein lieber Barbesitzer, wie heißt du denn?«, obwohl er ein Papier mit den Personalangaben des Mannes vor seiner Nase liegen hatte. Der Mann rückte seine Brille zurecht, strich über seinen Bart und antwortete: »Ramazan.«

Er hatte einen Bauch, als hätte er einen LKW-Reifen um seine Hüfte geschnallt. Auf ein Zeichen hin setzte er sich. Harun stolzierte vor ihm auf und ab.

»Lieber Ramazan«, sagte er. »Jetzt hast du so viele Läden aufgemacht, und nicht einmal bist du gekommen und hast uns eingeladen.«

»Aber Herr Kommissar, der Laden gehört ganz Ihnen, kommen Sie nur, wann Sie wollen.«

Der liebe Ramazan war recht froh, daß die Unterhaltung auf dieser Ebene verlief. Er war von Berufs wegen ein Herz und eine Seele mit seiner Polizei und hatte geplant, ein wenig Schmiergeld zu geben und damit aus der Sache herauszukommen, und sogar schon begonnen, im Kopf eine Summe zu veranschlagen.

»Kommen Sie nur, wann Sie wollen«, wiederholte er.

»Wenn wir was wollen?«

»Also, vorbeischauen, meine Gäste sein.«

»Das ist aber ziemlich teuer bei Ihnen, soviel verdienen wir gar nicht.«

»Aber ich bitte Sie, um Geld soll es doch zwischen uns nicht gehen, das wäre mir peinlich.«

Harun blieb stehen und riß an dem Halfterband, mit dem seine Waffe befestigt war. Unter seinem Hemd kam ein schreckliches, schnappendes Geräusch hervor. Noch furchterregender aber war sein Grollen: »Bietest du etwa der Türkischen Polizei Schmiergeld an, Bursche?«

»Aber ich bitte Sie, das haben Sie mißverstanden.«

»Halt's Maul. Ist das deine Waffe?«

Der liebe Ramazan betrachtete die Waffe aufmerksam.

»Nein.«

»Warum hast du so lange geguckt?«

»Ich habe selber eine Waffe mit Waffenschein, deshalb.«

Behzat Ç nahm seine Augen von der Decke.

»Lieber Ramazan, du wolltest mich anscheinend sprechen? Bitte schön…«

Der Barbesitzer verstand nicht sofort, woher die Stimme kam. Erst jetzt nahm er Behzat Ç überhaupt wahr.

»Ich bitte Sie, Herr Kommissar, so hatte ich das nicht gesagt.«

»Ach, wirklich? Hast du mir nicht eben noch eine Nachricht zukommen lassen?«

Der liebe Ramazan wußte nicht, wohin mit seinen Händen.

»Nein, das müssen Sie falsch verstanden haben. Es ist doch schon Morgen, und zu Hause warten Frau und Kinder, deshalb dachte ich…«

»Wenn du so weitermachst, müssen Frau und Kinder noch ziemlich lange auf dich warten«, schaltete sich Harun ein. »Herr Vorgesetzter, ich will Ihnen mal was sagen, aber Sie werden es mir kaum glauben. Der liebe Ramazan hat mir soeben Schmiergeld angeboten.«

»Das gibt's doch nicht. Das kann ich mir bei dem gar nicht vorstellen. So etwas würdest du doch nie machen, oder, lieber Ramazan?«

Ramazans Aussage dauerte eine halbe Stunde. Dreiundvierzigmal schwor er, daß die Waffe nicht ihm gehöre, und vierundvierzigmal, daß er von den Pillen nichts wußte. Rund dreißig Schwüre bezogen sich auf den Umstand, daß nur er allein einen Schlüssel besaß zum Getränkelager, von dem aus man auf die Terrasse gelangte und daß er in der vergangenen Nacht dort niemanden gesehen hatte. Zu guter Letzt sagte Harun: »Leugnen ist die Schutzburg des Tapferen, mein lieber Ramazan.«

»Ich bitte Sie, Herr Kommissar.«

»Wenn du noch einmal ›Ich bitte Sie‹ sagst, brech ich dir die Nase, lieber Ramazan.«

Ramazan hatte jeden Satz mit »Ich bitte Sie« begonnen. Behzat Ç war das furchtbar auf den Geist gegangen, ohne daß er sich etwas hätte anmerken lassen. Von der dunkelsten Ecke des Raumes aus erhob er die Stimme: »Die Sachen, die auf deinen Toiletten gefunden wurden, sind ziemlich ausgefallenes Zeug. Vergiß die Pillen. Sagen wir, jemand hat sie da reingestopft, weil er wußte, daß die Polizei kommen wird. Halten wir uns auch nicht mit der Pistole auf. Jeder hat eine dabei heutzutage. Aber was hat es mit diesem Schalldämpfer auf sich? Nicht einmal ich habe bisher einen Schalldämpfer gehabt. Bist du eine terroristische Vereinigung, mein lieber Ramazan?«

Ramazan schickte sich an, »Aber ich b...« zu sagen, ließ aber davon ab, als er Haruns geballte Fäuste sah.

»Du hast auf der Toilette eine Waffe versteckt, und du hast Pillen versteckt. Du hast allen möglichen Dreck da versteckt und erzählst uns, der gehört nicht dir. Dann werfen sie ein Mädchen von der

Terrasse deiner Bar und du erzählst uns, daß du nichts mitgekriegt hast. Daß nur du einen Schlüssel zum Lager hast, das Mädchen nie vorher gesehen hast, warum solltest du auch das arme Mädchen da runterwerfen? Was bist du nur für ein mieser Geschäftsmann, was ist das nur für eine miese Aussage.«

Mit der rhetorischen Frage »Sagst du auch die Wahrheit?« schloß Behzat Ç seine Ausführungen.

»Möge Gott mich strafen, wenn ich nicht die Wahrheit sage, Herr Kommissar.«

Harun guckte nach seinem Vorgesetzten, und als er grünes Licht bekam, sagte er: »Läßt sich arrangieren. Beim Verhör bei der Drogenfahndung werden sie dir den Arsch wundficken. Du wirst dich noch nach uns zurücksehnen.«

Schweißgebadet und nach Haruns letzter verbaler Beleidigung tief in seinem Stolz verletzt, verließ der liebe Ramazan das Vernehmungszimmer. Bisher hatte er mit Polizisten jeglicher Rangstufe ein leidlich gutes Auskommen gehabt. Drinnen hatte er ja nichts gesagt, aber bei der erstbesten Gelegenheit wollte er sich beschweren. Nachdem Cevdet ihn hinausbegleitet hatte, holte er Ayşen herein. Ayşen hatte immer noch vom Weinen geschwollene Augen und konnte kaum auf ihren Beinen stehen. Damit sie nicht ohnmächtig würde, setzte man sie umgehend auf einen Stuhl. Mit ihren Einsfünfundsechzig, fülliger Figur und riesigen braunen Augen ging sie als attraktives Mädchen durch, und wenn man etwas Wodka getrunken hätte, würde sie einem gar den Kopf verdrehen.

Als sie fragte, ob sie eine Zigarette bekommen könnte, holte Harun sofort ein Päckchen Marlboro Light aus seiner Tasche hervor. Obwohl er innerhalb von drei Tagen nur zwei geraucht hatte, trug er immer eine Schachtel bei sich. Für Behzat Ç war dies der seltsamste Charakterzug an Harun, daß er mit absonderlichem Genuß rauchen konnte, ohne nikotinabhängig zu werden.

Während Harun Ayşens Zigarette anzündete, fragte er in vollkommen ruhigem Tonfall: »Warum hast du Betül da runtergeworfen?«

Ayşen blieb der Rauch ihrer Zigarette im Hals stecken. Sie hustete und fing erneut an zu weinen. Harun war charmant wie eh und je, er zog ein Papiertaschentuch hervor und reichte es ihr.

4

Im Lokal Rumeli auf der Sakarya, das vierundzwanzig Stunden geöffnet ist, befand sich niemand, außer ein paar hartgesottenen Trinkern, die die Nacht durchgezecht hatten. Behzat Ç las die Aufschrift auf der Tür rückwärts: »EPPUS EHCSIRF SNEGROM«. Der Hilfskellner, ein Junge aus Diyarbakır, knallte die Tür zu, als wollte er sie zerschlagen. Die Aufschrift verschwand aus seinem Blickfeld. Er stellte seine Linsensuppe beiseite, statt weiter in ihr herumzurühren, damit sie abkühlte, und begann, die Zeilen der Zeitung rückwärts zu lesen. Das entging Harun nicht, er reichte die farbige Sportzeitung *Fotomatch*, die er vor sich ausgebreitet hatte, seinem Vorgesetzten und machte sich wieder an seine Suppe von Lammkopf und Haxe.

Kurz vor Dienstbeginn hatte sich Eda nur einen Tee bestellt. In das schmalhüftige Gläschen warf sie sechs Würfel Zucker und rührte, den staunenden Blicken ihrer Kollegen ausgesetzt, lange darin herum. Abgesehen davon, daß sie als Frau bei der Mordkommission arbeitete, war das vielleicht ihre seltsamste Eigenschaft. Bis vor zwei Jahren, also bis Eda bei ihnen anfing, hatte Behzat Ç noch nie mit einer Polizistin zusammengearbeitet.

»Warum tust du sechs Zuckerwürfel in deinen Tee?«, fragte er.

»Weil sieben über der Sättigungsgrenze liegen. Bei kleinen Gläsern bringt alles über sechs Würfel keinen Geschmackszugewinn mehr.«

»Weiter so, Mädchen!«, sagte Behzat Ç und blätterte in der *Fotomatch* herum. Auch nachdem im letzten Jahr Spannungen aufgetreten waren, hatte er ihr nur einen Satz gesagt: »Schuld daran sind unsere Hornochsen«, und das Thema damit abgehakt. Er legte die Zeitung wieder vor Haruns Nase.

»Keine einzige Zeile über die Gençler.«

»Was soll schon drinstehen«, konterte Harun, bis er den strengen Blick seines Vorgesetzten sah und seinen Witz zurücknahm.

Behzat Ç hatte nie ein Spiel der Gençlerbirliği verpaßt, selbst wenn halb Ankara abgestochen wurde.

»Wo spielen sie denn dieses Wochenende?«, fragte Eda.

»Diese Woche auswärts. Die nächsten beiden Wochen haben wir Heimspiele.«

»Gegen wen?«

»Galatasaray.«

»Schwieriger Gegner. An welchem Tag?«

Er bestellte einen Tee beim Kellner.

»Sonntag. Wenn du mitkommen möchtest, kannst du auf meiner Dauerkarte mit rein.«

»Mal schauen«, sagte Eda. »Wenn ich an dem Abend nichts vorhabe, komme ich vielleicht mit.«

Harun musterte Eda mißtrauisch. Behzat Ç tat so, als bemerkte er diesen Blick nicht, und sprach Harun an: »Welche Rolle spielt deiner Meinung nach die Waffe in der ganzen Sache?«

Harun wischte sich den Mund mit seiner Serviette ab.

»Keine Ahnung. Vielleicht gar keine. Jemand hat sie aus irgend einem Grund im Wasserkasten versteckt. Wir sollten den lieben Ramazan nochmal in die Mangel nehmen.«

»Wer ist das?«, fragte Eda.

»Der Barbesitzer.«

»Wie heißt die tote Frau?«

»Betül. Studierte Geschichts- und Kulturwissenschaften.«

Behzat Ç faßte die Ereignisse – abgesehen von den Herren, auf die sie in der Bar getroffen waren – für sie zusammen. Eda hatte ein phantastisches Gedächtnis und eine schwache Konstitution. Sie verstand sofort alles, auch wenn man es ihr nur einmal erklärte. Mit den Worten »Wenn du ins Büro kommst, sprich doch auch noch mal mit Ayşen« beendete Behzat Ç seinen Vortrag. »Vielleicht gibt es Dinge, die sie uns nicht sagen wollte.«

Während ihrer fünfundvierzigminütigen Vernehmung war Ayşen dreimal bewußtlos geworden.

»Vor uns hat sie glaub ich Angst«, sagte Harun lachend. »Viel konnten wir nicht erfahren. Sie sagte, daß das Mädchen eine Krise hatte, das wußte jeder. Vielleicht hat sie sich wirklich das Leben genommen, und wir mühen uns umsonst ab.«

Eda war dabei, einen Blick auf die Kopie des Abschiedsbriefes zu werfen. »Meines Erachtens war es kein Selbstmord«, sagte sie.

»Woher weißt du das?«

»Weil man so keinen Abschiedsbrief schreibt.«

Harun suchte nach einer Gelegenheit, sich zu zanken.

»Wie denn? Du hast anscheinend schon so einige geschrieben?«

»Wenn ich einen schreiben würde, würde ich nicht reinschreiben, daß Shakespeare an seinem Geburtstag gestorben ist.«

»Aber sie hat sich an ihrem Geburtstag umgebracht.«

»Der erste Januar könnte auch nur das im Personalausweis eingetragene Datum sein, wie bei vielen Leuten aus ländlichen Gegenden.«

Harun sagte: »So kommen wir doch nicht weiter. Das ist das erste, was ich fragen werde, wenn der Vater kommt.«

»Mal schauen...«, sagte Behzat Ç und legte eine lange Pause ein. »Betül hat letzte Nacht an jemanden eine SMS verschickt. Was stand da drin?«

»Bin auf der Terrasse. Warte auf dich.«

»Genau. Findet den Inhaber der Telefonnummer. Wenn es sein muß, reden wir mit dem Staatsanwalt und besorgen uns die Verbindungsnachweise des letzten Monats.«

Als der Hilfskellner aus Diyarbakır den Tee vor Behzat Ç abstellte, verlangte Harun ebenfalls einen. Der Hilfskellner störte sich ohnehin schon daran, daß der Zucker am Tisch so rapide dahinschwand, und schaute jetzt, als wollte er fragen, warum die Herrschaften ihren Tee jeweils einzeln bestellten. Doch seinen Blick bemerkte niemand außer Eda.

»Und forscht mal nach, und befragt die Zeugen, wer Betüls Freund im Ausland ist.«

Eda blickte ihn fragend an.

»Ayşen hat gesagt, daß sie einen Freund im Ausland hatte.«

»Freund?«

»Das haben wir auch nicht so recht verstanden. Ein Freund im Ausland, sagte sie. Dem soll sie immer alles erzählt haben.«

»Seltsame Beziehung«, sagte Harun. »Am wenigsten verstehe ich diesen Aykut. Der weiß von allem, und trotzdem läuft er noch rum und erzählt, er war ihr Partner.«

Eda hob ihre Brauen.

»Wie meinst du denn das? Darf ein Mensch keine Freunde außer seinem Partner haben?«

»Darf er nicht. Das ist ein Verstoß gegen die türkischen Familienstrukturen.«

»Du bist sehr witzig heute morgen.«

»Danke.«

Harun hielt einen Augenblick inne, als hätte er eine grundlegende Wahrheit just in diesem Augenblick begriffen.

»Ihre engsten Freunde wissen von der Existenz dieses Freundes, aber sie kennen seinen Namen nicht. Das ist doch wirklich seltsam, oder?«, sagte er.

Eda gab den Abschiedsbrief zurück. Sie war nachdenklich, und ihr blasser Teint unterstrich ihre lebendigen, grünbraunen Augen.

»Vermutlich mochte sie es nicht, ihre verschiedenen Freundeskreise miteinander bekanntzumachen«, sagte sie. »Oder aber, er war jemand ganz Besonderes.«

»Das klingt logisch«, sagte Behzat Ç und warf einen erneuten Blick auf den Abschiedsbrief. Die Handschrift war charakteristisch genug, um leicht zu bestimmen, ob der Brief wirklich von ihr verfaßt worden war. »Und dann gibt es da noch diesen Vahap Hoca. Sie sollen sich sehr nahegestanden haben, bevor sie sich zerstritten haben.«

»Wer ist das?«

»Vahap Beyaz. Ein ehemaliger Schiri, der uns um einen ganz klaren Elfmeter betrogen hat. Das werde ich ihm nie vergessen.«

Behzat Ç und Harun lachten gleichzeitig auf. Haruns Gelächter schallte durch den gesamten Suppenladen, und ein paar von den traurigen Trinkern schauten neidvoll zu ihm herüber.

»Ihr seid aber lustig«, sagte Eda. Abrupt hörte Harun auf zu lachen.

»Sprich gefälligst respektvoller zu deinem Vorgesetzten!«

Da Behzat Ç befand, daß der Scherz ohnehin ausgereizt war, griff er ein: »Betüls Hochschullehrer Vahap Sarı. Wenn diese Ayşen nicht andauernd in Ohnmacht gefallen wäre, hätten wir noch viel mehr erfahren.«

»Er ist, glaub ich, Lehrbeauftragter bei den Geisteswissenschaften, oder Konrektor oder sowas.«

»Wissenschaftlicher Mitarbeiter und Dozent«, verbesserte er ihn. »Den müssen wir uns mal anschauen. Würde mich interessieren, warum sie sich zerstritten haben.«

»Soll ich ihn für morgen bestellen?«

»Lieber nicht. Das ist bestimmt einer mit Eiern in der Hose. Da müssen wir uns schon hinbequemen.«

Der Rauch der 216 stieg in Spiralen über dem Tisch auf.

»Habt ihr mal was von der Zeitschrift *Verzogen* gehört?«

»Hab ich. So eine Kulturzeitschrift ist das doch«, antwortete Eda.

»Beide haben angeblich für diese Zeitschrift geschrieben.«

»Betül und ihr Freund im Ausland?«

»Genau.«

»Hochgebildete Leute sind das«, sagte Harun. »Wie du.«

Eda las weitaus mehr Bücher und Zeitschriften als alle anderen bei der Mordkommission. An zweiter Stelle kam Behzat Ç, der jeden Tag einen Blick in die *Milliyet* warf und monatlich die Zeitschrift *Polis* bezog. Der Geier holte sich jeden Morgen eine *Posta* und löste ab und an die Kreuzworträtsel darin. Das Phantom hatte die Memoiren des ehemaligen Leiters der paramilitärischen Einheiten beim Nationalen Nachrichtendienst MIT, Mehmet Eymür, durchgelesen. Nicht, um Neues zu erfahren, sondern um zu kontrollieren, ob Eymür alles richtig dargestellt hatte. Harun bewahrte sich davor, das Alphabet zu vergessen, indem er die Sprechblasen der Karikaturen im *Penguen* und die Bildunterschriften der Fußballreportagen in der *Fotomatch* las. Die anderen lasen nichts als Vernehmungsprotokolle.

Behzat Ç bestellte die Rechnung und wehrte ab, als Harun Geld aus seiner Tasche holen wollte.

»Das übernehme ich«, sagte er. Denn Haruns Vater war krank, so daß er vermutlich kaum Geld zu erübrigen hatte.

»Wie geht es deinem Vater?«

»Noch immer keine Diagnose. Einfach nur bettlägerig.«

Eda wünschte ihm baldige Genesung.

»Danke. Ich glaube, er ist krank geworden, weil er in Rente ging. Vierzig Jahre lang war er Busfahrer, und als er von einem Tag auf den anderen aufhören mußte, lag er plötzlich flach. Ich finde, die Stadt sollte den pensionierten Busfahrern einen Bus schenken.«

Sie verließen das Restaurant. Die Straßen waren jetzt voll von mißmutigen Menschen, die im Morgenfrost zur Arbeit hetzten. Beim Einsteigen sagte Behzat Ç: »Die Barangestellten kommen heute, und Betüls Cousin. Ihr müßt die Aussagen aufnehmen.«

»Alles klar«, sagte Eda, und fügte mit einer Aura des Wichtigen hinzu: »Und jemand muß den Taxifahrer zum Gericht bringen.«

Behzat Ç hatte den Taxifahrer, den er am Silvesterabend festgenommen hatte, vollkommen vergessen.

»Darum soll sich Selim kümmern.«

Als der Name fiel, verfinsterte sich Haruns Gesichtsausdruck, was auch Eda nicht entging. Behzat Ç regte sich über diese Konstellation auf, ohne sich etwas anmerken zu lassen. Beim Schließen der Autotür wunderte er sich, daß Harun nicht einstieg.

»Herr Hauptkommissar, du weißt doch, ich hab heute nachmittag noch was vor«, wobei er einen Seitenblick auf Eda warf, um zu sehen, wie sie damit klarkam. Eda blickte in eine andere Richtung, damit er sehen konnte, daß es ihr völlig egal war. »Deswegen würde ich gern nach Hause und mich etwas ausruhen.«

»Gut, aber komm morgen früh nicht zu spät.«

Eda fragte ihn: »Wohin fahren Sie?«

»Ich will die Großmutter von Betül besuchen.«

Am Zeitungskiosk gegenüber der Nationalbibliothek kaufte er eine *Verzogen*, eine *Milliyet*, Pfefferminzbonbons und zwei Schachteln 216. Er war wieder ins Auto gestiegen und hatte begonnen, sich die Zeitschrift anzuschauen, als ein junger Verkehrspolizist an die Scheibe klopfte.

»Kann ich mal bitte Ihre Papiere sehen?«

Aus der Tatsache, daß der Junge ihm ein Knöllchen schreiben wollte, zog er die Schlußfolgerung, daß an der Polizeiakademie weiterhin die Tradition bestand, die Tranigsten unter den Absolventen zur Verkehrspolizei zu schicken.

»Aber Herr Beamter, ich bin doch schon weg.«

»Keine Widerrede. Die Papiere bitte.«

Er reichte dem Beamten also seine Papiere. Der wurde plötzlich aschfahl, sagte: »Entschuldigen Sie, Herr Hauptkommissar!«, und gab die Papiere zurück.

5

An der Nationalbibliothek bog er in die 7. Straße ein. Hier lag deutlich weniger Schneematsch auf den Gehsteigen, da die Stadtverwaltung sich um die Vorzeigemeilen besser kümmerte. Er fuhr an Menschentrauben entlang, die an den Auslagen der Geschäfte vorbeiflanierten, bis er am Ende der Straße eine beidseitig zugeparkte Wohnstraße erreichte. Vor dem Haus, in dem Betül mit ihrer Großmutter gewohnt hatte, hielt er an.

Er begann, in der *Verzogen* zu blättern. Auf den ersten Blick schien sie ihm sehr befremdlich. Im Gegensatz zu den Zeitschriften, die er so kannte, war sie auf länglichen, aber schmalen Bögen braunen Papiers gedruckt. Zwar gab es auch hier Abbildungen von nackten Frauen, doch daneben standen lange Artikel in winzigkleiner Schriftgröße, die ihn an die arabischen Gebetstexte in Postkartenformat erinnerten, wie man sie zur Abschreckung von Ameisen an der Küchenwand aufhängte. Irgendwo in Richtung

Heftmitte entdeckte er Betüls Gedicht. Man hatte ihren paar Zeilen eine halbe Seite gewidmet, die mit einem ganz komischen Bild unterlegt war.

abschiedsbrief 3
mauern errichtete ich aus
gegen den strom fließenden worten
indem ich sie wegstrich
kohlenaugen, karottennase und kieselmund
gab ich meiner schneeliebe. sie schmolz
des lebens überdrüssig
sah meine stirn noch den frühling

Er las das Gedicht ein zweites Mal und verglich es mit dem wirklichen Abschiedsbrief in seiner Hand. Vielleicht war der veröffentlichte Text Betüls letzte Botschaft an die Außenwelt, die sie mit Hilfe der Zeitschrift ausgesandt hatte. Doch wenn sie gewohnheitsmäßig ganze Serien von Abschiedsbriefen verfaßte, so konnte der Brief auch von jemandem stammen, der um ihre Angewohnheit wußte. Er war nicht unterschrieben, sondern wies lediglich in Blockschrift die Worte »Unterschrift: Betül« auf. Niemand unterschrieb in Druckbuchstaben. Selbst bei Menschen, die keine ausgeprägte Unterschrift hatten, sah man das Bemühen, den einen oder anderen Buchstaben abzuändern, um dem Schriftzug etwas Unverwechselbares zu verleihen.

Er blätterte noch durch den Rest der Zeitschrift, um Betüls im Ausland lebenden Freund zu identifizieren. Es konnte jede Person sein, die hier einen Artikel veröffentlicht hatte. Ayşen und Aykut hatten sehr schwammige Aussagen über ihn gemacht. Ein Freund im Ausland. Aber was für eine Art Freund, und welches Ausland? Er konnte sich in Griechenland aufhalten, aber ebensogut in Patagonien. Man wußte nicht einmal, was dieser Kerl genau mit Betül zu tun hatte. Behzat Ç wußte aus Berufserfahrung, daß Suizidkandidaten im vorhinein Signale an die Menschen in ihrer Umgebung aussandten. Ayşen hatte auf eine entsprechende Frage geantwortet,

Betül habe darüber mit ihr zwar nie gesprochen, doch sie habe da einen Freund im Ausland, dem sie es sicher anvertraut hätte. Ayşen wisse, daß Betül ihm alles erzähle. Er hatte sie nicht gefragt, woher sie das wisse.

– *Woher weißt du das?*

– *Sie hat das selber öfters gesagt.*

– *Hör mir doch auf. Wer sagt denn: Du, ich will dir meine Probleme zwar nicht erzählen, aber ich hab da einen Freund im Ausland, dem ich immer alles sage.*

– *Das mußte sie ja nicht so direkt ausdrücken, enge Freunde spüren sowas.*

– *Quatsch. Blödsinnige Verallgemeinerung.*

Der imaginierte Dialog in seinem Kopf spann sich fort. Doch die Wirklichkeit war anders: trocken, phantasielos und roh. Vielleicht hatten Ayşen und Aykut diesen Freund erfunden, um den Verdacht von sich abzulenken. Wie würden sie reagieren, wenn sich herausstellte, daß dieser Freund erfunden war? *Betül hat uns vorgeschwindelt, daß sie so einen Freund hatte.* Er spürte, daß er mal wieder in eine verworrene Angelegenheit hineinrutschte. Meistens war es so, daß mit der Zahl der vernommenen Zeugen der Haufen an Informationen wuchs, in dem die wichtigsten Erkenntnisse verlorengingen, unter lauter Aussagen, von denen man nie wußte, wo und wann sie zu etwas gut sein würden. Unwillkürlich wünschte er sich, daß Betül Selbstmord begangen hätte, und da er der Vater eines Mädchens in ihrem Alter war, mischte sich auch Scham in seinen Blick, als er sein Spiegelbild in der Windschutzscheibe betrachtete. Trotz seines dauerübernächtigten Gesichts mit dem ewigen Stoppelbart und dem Zinken, der einen Tick schief stand, seit er ihn sich im Alter von siebzehn Jahren gebrochen hatte, fühlte er sich fit. Er riß die Fahrertür auf und sprang auf die Straße.

Ein Name stand weder am Klingelbrett unten noch an der Wohnungstür, doch an einer Vielzahl abgestellter Schuhe konnte man ablesen, daß die Todesnachricht sich schon längst herumgesprochen hatte. Eine junge Frau von hoher Statur öffnete ihm die Tür.

Als er sagte, daß er von der Polizei kam, verfinsterten sich ihre blauen Augen, ihr hübsches Gesicht versteinerte, und sie bat ihn nur widerwillig herein. Sie näherte sich einer der im Wohnzimmer eigens zum Weinen versammelten Frauen und beugte sich herab, um ihr etwas ins Ohr zu sagen.

Betüls Großmutter war nicht so alt, wie er sie sich vorgestellt hatte. Auf ihrem Gesicht lag ein Ausdruck von Hilflosigkeit und Mattheit, als habe sie immer noch nicht ganz begriffen, was geschehen sei. Behzat Ç dachte kurz nach, bevor er zu sprechen begann. Seine Sätze formulierte er mit der Prägnanz und Kürze eines Mannes, der sein Leben damit verbracht hatte, in den Wunden der Angehörigen von Todesopfern herumzustochern. Er wolle gern einige Fragen stellen, um den Fall aufzuklären, und – falls es möglich sei – einen Blick in das Zimmer der Verstorbenen werfen. Das schrille Geheule der versammelten Nachbarinnen schuf eine alptraumhafte Atmosphäre. Er musterte die weinenden Frauen eine nach der anderen. In solchen Runden heulten meist diejenigen am heftigsten, die den Verstorbenen am wenigsten kannten. Oder die Mörder, die den Verdacht von sich selbst ablenken wollten. Die Großmutter konnte kaum auf ihren Beinen stehen. Sie führte ihn zu Betüls Zimmer. Die junge Frau hatte noch den gleichen Gesichtsausdruck, mit dem sie ihn hereingebeten hatte.

»Haben Sie denn einen Durchsuchungsbefehl?«, fragte sie.

Ach Mädchen, halt doch mal den Ball flach, maulte Behzat Ç innerlich. Früher hatten nur Leute diese Frage gestellt, die zu viele amerikanische Spielfilme schauten. Aber seit um die EU-Mitgliedschaft der Türkei verhandelt wurde, lag sie plötzlich in aller Munde.

»Ich bin gar nicht für eine Hausdurchsuchung gekommen.«

Als die Großmutter ihr einen strengen Blick zuwarf, bewegte sie ihre hübsche Figur in die Küche.

»Mein Name ist Hafize. Ich bin Betüls Amme.«

Ihr Kopftuch aus weißem Tüll war an den Rändern durchnäßt, weil sie allzu oft ihre Tränen damit abgewischt hatte.

»Ich dachte, Sie wären ihre Großmutter väterlicherseits.«

»Nein. Aber sie hat mich Oma genannt. Ich hab sie großgezogen. Als Betül zur Welt kam, war die Mutter von ihrem Vater schon tot. Hat sie sich denn wirklich selbst umgebracht?«

»Das wissen wir nicht, das untersuchen wir gerade. Dürfte ich eines ihrer Schreibhefte von der Uni mitnehmen? Wir müssen nämlich die Schrift vergleichen.«

Hafize öffnete den Schrank neben dem Bücherregal. Er war angefüllt mit übereinandergestapelten Schreibheften und Kladden.

»Ich weiß ja nicht, was Sie da so brauchen«, sagte sie. »Gucken Sie sich am besten selber um. Sie hat nie viel geredet, ich weiß auch nicht, was sie hatte.«

Hafize wischte sich die Augen ab und verließ das Zimmer.

Behzat Ç öffnete das erste Schreibheft, das oben auflag. Es war in arabischer Schrift vollgeschrieben. Auf der ersten Seite stand der Eintrag: *Seminar Osmanisch/Dozent: Lehrbeauftragter Dr. Vahap Sarı.* Das mußte der berüchtigte Vahap Hoca sein, von dem Ayşen berichtet hatte. Aber für einen Schriftvergleich würde sich dieses Heft nicht eignen. Also nahm er ein anderes. *Literarische Strömungen.* Er verglich die Schrift in dem Schreibheft mit der des Briefes und war leicht erstaunt, daß sie vom Charakter her einander ähnelten. Falls es sich beim Abschiedsbrief nicht um eine Fälschung handeln sollte, mußte man die Geschichte auf sich beruhen lassen. Dennoch war es notwendig, auf ein genaues Ergebnis aus der Forensik zu warten.

Auf dicht an dicht vollgestellten Regalbrettern standen fast fünfhundert Bücher. Sofort kam ihm die bedrückende Frage aller Menschen, die nicht gerne lesen: Ob sie die wohl alle gelesen hat? Er wäre froh gewesen, wenn er ein Tagebuch hätte finden können. Er öffnete die Schublade neben dem Computertisch. In ihr befand sich eine in schwarzes Leder eingeschlagene Kladde. Unter den Einträgen war jeweils das Datum vermerkt. Er glaubte, gefunden zu haben, wonach er suchte. Er schlug die erste Seite auf. In Großbuchstaben stand dort *NACHTBUCH.* Er schaute sich die Uhrzeiten an, die neben den Datumsvermerken eingetragen waren. Sämtliche Einträge waren nach zwölf Uhr nachts entstanden. Er hatte auf ein Tagebuch gehofft und ein Nachtbuch gefunden. Ein nachts geführtes Tagebuch. Schon beim ersten Anblick der Leiche hatte er gespürt, daß dieses Mädchen irgendwie einen Knacks hatte, war dem aber nicht weiter nachgegangen. Wenn er nach Hause fahren und ein paar Stunden schlafen könnte, würde er sicherlich effektiver über diesen Knacks, diese Ungereimtheiten nachdenken können.

Auf dem Schreibtisch lagen drei Bücher. Das erste trug den Titel *Porno*. Er schlug das Buch auf, doch es enthielt keine Bilder. Unzählige Zeilen waren mit Bleistift unterstrichen, die Ränder voll von Notizen. Er nahm ein zweites Buch in die Hand, *Die Pornografie des Zeichens*. Auch hier waren alle möglichen Sätze unterstrichen. Das dritte Buch war ganz schmal und dünn, es hieß *Pornographische Schriften von Boris Vian*. Da er der Meinung war, daß sich Mädchen für so etwas eigentlich nicht interessierten, wußte er nicht so recht, wo er diese Pornobegeisterung hinstecken sollte.

Übrigens würde jemand vorbeikommen müssen, der etwas von Computern verstand, um sich ihren PC anzuschauen, die Festplatte auszubauen und aufs Präsidium mitzunehmen. Behzat Ç hatte nie begriffen, wie auf so ein Ding dermaßen viele Informationen paßten. Aber unter welchem Verdacht könnte man die beschlagnahmen? Es würde schwierig werden, eine gute Antwort zu liefern. Er ließ seine Finger über die Tastatur gleiten. Letztes Jahr hatte er sich von Eda überreden lassen, einen Heimcomputer in sechzehn Raten zu kaufen, die er immer noch abbezahlte. Den Computer hatte er bestimmt noch keine sechzehnmal angeschaltet. Ab und zu gab er etwas bei Google ein, weil das mehr Ergebnisse brachte als die Personenregistereinträge aus der Polizeidatenbank.

Er stapelte zwei Schreibhefte und unterzeichnete ein schlampiges Protokoll darüber, daß er sie mitnahm. Unterdessen war Hafize mit einem Tablett ins Zimmer getreten. Darauf befand sich Tee sowie einige frisch frittierte Sigara Böreği, die gefüllten Blätterteigröllchen. Wie sie die mal eben schnell gezaubert hatte, konnte er sich beim besten Willen nicht vorstellen. Die unzerstörbare Gastfreundschaft einer anatolischen Frau, die nicht einmal genug Zeit hatte, um in Ruhe zu trauern. Als Behzat Ç die getrockneten Tränen in den Augenwinkeln der Frau sah, schämte er sich und aß zwei Röllchen, obwohl er eigentlich gar keinen Hunger hatte.

»Oma Hafize«, redete er die Frau an, die höchstens zehn Jahre älter war als er, »gab es da jemanden, der Betül bedroht oder belästigt hat?«

»Weiß ich nicht. Ich glaube nicht. Und wenn ja, hat sie's nicht gesagt. Die war doch die ganze Zeit in ihrem Zimmer, hatte immer das Licht an und hat gelesen und gelesen. Ich hab einen festen Schlaf. Die könnte die ganze Nacht rumspuken, ich würd das gar nicht hören. Aber von so viel Lesen tränen einem doch die Augen, da wird man doch blöd im Kopf. Das kommt dann davon.«

Haßerfüllt starrte Hafize auf einen Stapel von Büchern, die nicht mehr in die Regale hineingepaßt hatten.

»Wann sind Sie zu Betül gezogen?«

»Na, das werden so vier Monate her sein, da sind wir hier eingezogen. Die ist ohne mich doch nicht klargekommen. Als sie das erste Mal wegging, hab ich auch so geweint, damals in Urfa. Zwei Jahre hab ich geweint. Endlich hat dann Hayrettin Bey sich ein Herz gefaßt, Gott segne ihn, und weil er mein Weinen nicht mehr ausgehalten hat, hier die Wohnung für uns beide gemietet.«

»Hayrettin Bey?«

»Ihr Vater. Der liebte seine Tochter über alles. Sie war ja auch seine Jüngste. Immer hat er sich Sorgen gemacht, daß ihr mal was passiert. Jeden Abend hat er angerufen, da haben sie telefoniert. Und jetzt machst du mir sowas, meine kleine Betül!«

Ihr Blick erstarrte für eine Weile, als fixierte sie einen bestimmten Punkt. Es folgten riesige Kullertränen. Hafize weinte still vor sich hin wie ein Wasserhahn, der tropfte, ohne störende Geräusche zu machen. Sofort verscheuchte er diesen befremdlichen Gedanken.

»Es hieß, sie hätte in einem Studentenwohnheim gewohnt. Warum ist sie da raus?«

Die Frage war gut plaziert, sie hörte auf zu weinen.

»Weiß ich nicht. Soweit ich gehört habe, war sie in schlimme Sachen verwickelt.«

»Was für schlimme Sachen?«

»Politik. Das war der Punkt, wo ich in Hayrettin Bey gedrungen bin. Es kann doch nicht sein, daß ich eine Natter an meiner Brust gesäugt hab, hab ich ihm da gesagt. Entweder schickst du mich zu ihr, oder du bringst sie her zu mir. Da hat er, Gott sei Dank, diese Wohnung hier finanziert.«

»Ist sie manchmal über Nacht weggeblieben?«

Einen Augenblick dachte Hafize nach. Eine Wolke voller Zweifel huschte über ihr Gesicht.

»Nein, nie. Nur, manchmal vor einer Prüfung ist sie zu einer Freundin lernen gegangen.«

»Zu wem?«

»Weiß ich nicht. Da war doch die Ayşe.«

»Meinen Sie vielleicht Ayşen?«

»Genau, die Ayşen. Und dann war da noch die Nazlı, die hatte gar keinen Vater, ein Waisenmädchen. Aber herzensgute Menschen. Zu denen ist sie immer gegangen.«

»Die junge Dame, die mir die Tür aufgemacht hat?«

»Ja. Sie waren in der gleichen Klasse. Ich hab dem Yavuz die Ohren langgezogen, hör mal, sag ich, das Mädchen hat keinen großen Bruder, da mußt du sie beschützen, einen Mann braucht sie ja an ihrer Seite. Hat er aber nicht gemacht.«

»Ist Yavuz ihr Cousin?«

»Nein, der Sohn vom Bruder ihres Vaters.«

Behzat Ç gab nicht viel darum, ihr zu erklären, daß ein Sohn eines Bruders eines Vaters auch ein Cousin sei.

»Die hab alle ich großgezogen«, fuhr Hafize fort. »Hayrettin Bey wollte immer so gern einen Sohn, aber Allah hat ihm keinen beschert, was will man da machen, nur vier Töchter. Betül war die klügste von allen. Die andern sind schon längst verheiratet, aber Betül hat ja immer so gute Noten mitgebracht. Da hat der Vater sie zum Studieren hierher geschickt. Ach, hätten wir sie lieber auch unter die Haube gebracht.«

Behzat Çs Mobiltelefon klingelte. Es war seine Exfrau Ceyda. Die damals bei ihm unter die Haube gekommen war. Konnte sie sich jetzt auch nichts mehr von kaufen. »Entschuldigen Sie«, sagte er. Während er sprach, schaute Hafize ihn voller Sorge an, sie fürchtete wohl, es ginge in dem Gespräch um Betül. »Wir müssen reden, es ist wichtig«, sagte Ceyda. Einen kurzen Augenblick lang dachte Behzat Ç, *endlich hat's bei ihr geklingelt, sie will zurückkommen.*

»Was ist los?«

»Es geht um Berna.«

Als er aufsprang, schreckte Hafize hoch.

»Ist was passiert? Ich ruf sie schon seit Tagen an und kann sie nicht erreichen.«

»Nein, es geht ihr gut.«

»Warum geht sie denn nicht ans Telefon, Mensch?«

»Jetzt tu doch nicht so, als wenn du das nicht wüßtest.«

In Ceydas Stimme schwang die Bereitschaft mit, jederzeit die alten Geschichten wieder aufzurollen und Behzat Ç seine Verantwortungslosigkeit ins Gedächtnis zu rufen.

»Ja, was ist es denn dann? Sag schon!«

»Komm morgen nachmittag vorbei. Wir müssen reden.«

»Okay.«

»Komm in die Tunalı-Hilmi-Straße. Zu Yunus in die Praxis.«

»Wohin bitte?«, fragte Behzat Ç, sich leicht vorbeugend und in der Hoffnung, sich verhört zu haben, doch mit dem ruhigsten Tonfall, der ihm in diesem Moment möglich war. Und der von niemandem in der ganzen Wohnung überhört werden konnte. Ceyda sagte nur knapp: »Yunus hat ebenfalls ein Mitspracherecht, wenn es um Berna geht, er ist schließlich seit zehn Jahren wie ein Vater zu ihr«, und legte auf.

Als er sah, daß Hafize, die direkt vor ihm stand, ihn immer noch mit einer Mischung aus Neugier und Kummer anschaute, wurde er ein wenig verlegen.

»Entschuldigen Sie bitte, das war eine private Angelegenheit«, sagte er. Und dachte: *Jeder Mensch kann zum Mörder werden. Sogar ich.*

6

»Ich geh dann«, sagte Gülsün, die Frau des Hausmeisters, die gerade den Wohnungsputz beendet hatte.

»Alles klar, Gülsüm!«

Behzat Ç suchte den Flaschenöffner in seinen Küchenschubladen und hatte die Schnauze voll davon, daß nach jedem Hausputz sämtliche Dinge, die er brauchte, sich nicht mehr da befanden, wo sie vorher waren. Nachdem er alle Gegenstände innerhalb von vierzehn Tagen nach seinen eigenen Maßstäben angeordnet hatte, kam Gülsün und schuf wieder eine neue Ordnung. Sie hielt das für den ehrenwerten Versuch, eine unordentliche Wohnung aufzuräumen. Dieses gegenseitige Ordnen und Umordnen zog sich nun schon seit einem ganzen Jahr wie ein schwelender Bürgerkriegskonflikt hin, der offiziell nicht beim Namen genannt werden durfte.

Von der Haustür her drang eine Stimme zu ihm empor: »Gülsün.«

»Was?«

»Ich heiße nicht Gülsüm, sondern Gülsün.«

Er hatte sie also ein Jahr lang beim falschen Namen angeredet, und heute hatte sie ihn das erste Mal berichtigt. Als er die Wohnungstür schließen wollte, rief er ihr hinterher: »Und ich dachte die ganze Zeit, du heißt Gülsüm.« Es klang eher nach einer Rechtfertigung, als könne er sich darauf berufen, daß Gülsüm ein angemessenerer Name für eine Hausmeisterfrau sei als Gülsün. Ihr Mann ließ sich alles Geld, das sie verdiente, sofort aushändigen, wobei sie ihm laut vorzählte, wieviel es war. Sie rückte ihr Kopftuch zurecht und lachte über ihr früh gealtertes Gesicht: »Das denken viele, aber in Wirklichkeit heiße ich Gülsün.«

»Wo hast du den Flaschenöffner hingetan?«

»Neben die Messingpötte für den Mokka.«

Er fläzte sich in seinen Relaxsessel und schaltete den Fernseher an. Der Sessel war das einzige Möbelstück, das er aus seiner ehemaligen Wohnung mitgenommen hatte. Eine Weile verfolgte er ein Vormittagsprogramm, in dem jeder Studiogast, der das Mikrofon in die Hand bekam, anfing herumzukeifen, was ihn an die Massenprügeleien im Zigeunerviertel erinnerte. Er schaltete auf NTV um, wo gerade der Wetterbericht kam. In Ankara sollte auch in den nächsten drei Tagen Schnee fallen. Er nippte an seinem staatsmonopolistisch gebrauten Bier, lehnte den Sessel nach hinten und ließ seine Augen ein ganz klein wenig zufallen.

Aha, Yunus hatte also ebenfalls ein Mitspracherecht, wenn es um Berna ging, weil er schließlich seit zehn Jahren wie ein Vater zu ihr war. Toll. Bedachte man, daß Berna einundzwanzig Jahre alt war, führte er gegen Yunus mit elf zu zehn. Im nächsten Jahr würde der Ausgleich erspielt werden. Er rief Berna an, doch sie nahm nicht ab, auch nicht, als er es elfmal läuten ließ. Er führte im Vatersein zwar noch numerisch, aber ihm war klar, daß er irgendwo einen nicht wieder gutzumachenden Fehler begangen hatte. Seit einem Monat antwortete Berna nicht auf seine Anrufe. Obwohl jeder gescheiterte Versuch seinen Stolz ein Stück mehr ankratzte, probierte er es störrisch immer wieder, und Berna ging ebenso störrisch nicht ran. Da er wußte, daß an dieser vererbten Dickköpfigkeit weniger ihre hysterische Mutter als vielmehr er selbst Schuld war, konnte er nicht so recht sauer auf sie sein. Vor Sylvester hatte Berna unerwarteterweise angerufen und ihn gedrängt, am nächsten Tag unbedingt miteinander zu reden. Aber zuerst waren die illegalen Parkplatzwächter dazwischengekommen, die sie wegen des Mordes an dem Gebrauchtwagenhändler zu verfolgen hatten, und dann der Mord an dem Taxifahrer. Darüber hatte er vergessen, sie anzurufen.

Insgeheim fragte er sich, ob sie darauf achtgäbe, ihre Jungfräulichkeit zu bewahren. Dafür schnauzte ihn eine andere Stimme in seinem Kopf an: *Was soll denn diese Frage, sie ist doch noch ein Kind. Von wegen Kind, sie ist in dem Alter, in dem ihre Mutter sie zur Welt gebracht hat, einundzwanzig. Hey, reißt euch mal zusammen da, ich will nichts davon hören.*

Er brachte die Stimmen in seinem Kopf zum Schweigen. Als er auflegte, klingelte das Telefon. Er wurde von der nervösen Hoffnung erfaßt, daß Berna ihn zurückriefe. Doch während er noch nach einer Abstellmöglichkeit für sein Bier suchte, stellte sich der Anrufer als Suat heraus.

»Wie geht es Ihnen, Herr Hauptkommissar?«

»Geht so. Was Neues?«

»In welcher Sache?«

»Die kleine Selbstmörderin.«

»Nichts Besonderes.«

»Was macht ihr denn den ganzen Tag?«

»Tee trinken.«

»Na toll. Und warum rufst du dann an?«

»Der Cousin der Toten ist gekommen. Was sollen wir mit ihm machen?«

»Vernehmen und gehen lassen. Ich komm heut nachmittag vorbei. Falls jemand von den Barangestellten auftaucht, frag unbedingt, ob es noch einen zweiten Schlüssel für die Terrassentür gibt. Falls jemand von den Vorgeladenen nicht erscheinen sollte, schreib den Namen auf. Die dürfen nicht die Stadt verlassen. Was ist mit dem Taxifahrer?«

»Selim hat ihn dem Richter vorgeführt.«

Selim war ein kleiner Beau mit Casanovanaturell, den man für alles Mögliche halten könnte, bloß nicht für einen Polizisten. Nicht umsonst verzog Harun das Gesicht, wenn der Name Selim fiel. Als die beiden sich ihre unvergeßliche Prügelei lieferten, mußte Behzat Ç ihnen beiden die Ohren langziehen. Danach hatte Harun von seinem Vorgesetzten eine bevorzugte Behandlung erwartet, da er schließlich für seinen Hauptkommissar alles tun und ihm treu bis in den Tod folgen würde. Als er die bevorzugte Behandlung nicht bekam, war er beleidigt.

»Der schnöde Fisch«, murmelte Behzat Ç in seinen Bart.

»Haben Sie was gesagt?«

»Nee. Ich brauch 'nen Beistelltisch. Einen von der Art, wo man vier Stück übereinander stapeln kann, und dann einen rauszieht, wenn man ihn braucht. Wie heißen die nochmal?«

Vor lauter Schlaflosigkeit vergaß er manchmal, die inneren Stimmen zu unterdrücken. Sein Kopf wurde von zusammenhangslosen Bildern durchflutet, er vermochte sich nicht auf eine Sache zu konzentrieren.

»Ist bei Ihnen alles klar, Herr Hauptkommissar?«

»Red nicht so'n Quatsch. Wo ist das Phantom?«

»Keine Ahnung. Bestimmt wieder irgend jemandem auf den Fersen. Wir müssen dieses Mädchen namens Ayşen übrigens gehen lassen.«

»Wieso? Ist die schon wieder in Ohnmacht gefallen?«

»Nein. Ihr Vater ist Filialleiter von Migros.«

»Was für'n Migros?«

»Der mit den drei M, oder wieviele das sind, dieser Großmarkt in Istanbul. Die haben bei Tahsin angerufen. Der spuckt jetzt Feuer.«

»Also gut. Wenn Eda schon mit ihr geredet hat, soll sie gehen. Diesen anderen Typen, Aykut, könnt ihr auch laufen lassen, damit das Mädchen nicht denkt, sie kriegt bei uns 'ne Extrawurst gebraten. Aber nicht, daß die sich verdrücken. Mach Tahsin nochmal klar, daß wir niemanden in U-Haft genommen haben, die sind nur zur Vernehmung auf dem Präsidium. Habt ihr eigentlich schon die Waffe zur Ballistik geschickt? Recep wollte sich doch darum kümmern.«

»Ja, der hat angerufen. Er hat Waffe und Schalldämpfer erhalten. Außerdem hat der Staatsanwalt angerufen.«

»Welcher?«

»Dieser neue mit dem stacheligen Schnauzer. Er will mit Ihnen sprechen.«

»Worüber?«

»Hat er nicht gesagt.«

»Hast du was? Deine Stimme klingt so komisch.«

»Şükran und ich haben uns in der Wolle.«

»Na fein. Wenn du dich auch noch scheiden läßt, haben wir auf der ganzen Kommission keinen verheirateten Mann mehr.«

Er öffnete das Nachtbuch, das er aus Betüls Zimmer mitgenommen hatte. Auf der ersten Seite stand: *»Dies ist nicht unser Land, sondern das derjenigen, die uns umbringen wollen. T. Ö.«* Für was oder für wen stand wohl die Abkürzung T. Ö.? Die Buchstaben klangen auf Anhieb nach einer Terrororganisation.

Er begann, in den Aufzeichnungen zu lesen, wobei er bei den meisten Sätzen nicht so ganz verstand, was sie bedeuten sollten. Da die Kladde nicht mit langen Aufsätzen, sondern vielen kurzen Absätzen vollgeschrieben war, kam man eigentlich ganz gut durch. Über jedem Absatz standen fünf kleine Punkte, und unter jedem das Datum und die Uhrzeit des Eintrages. Im Grunde hatte Betül eine recht deutliche Handschrift, aber an einigen Stellen wurde sie zunehmend unleserlich. Insbesondere dort, wo sie über ihre Sorgen oder ihren Überdruß schrieb. Dieses Mädchen schien nicht nur vom Leben an sich, sondern sogar vom Schreiben darüber andauernd die Krise zu kriegen.

Noch bevor er zehn Seiten gelesen hatte, fielen ihm die Augen zu, und die Stimmen aus dem Fernsehen kamen ihm vor wie eine Unterhaltung in der Ferne, die er nur zufällig mithörte. Was hatte diese Waffe in der Bar zu suchen? Warum war sie in der Toilette versteckt gewesen? Warum war dieser Abschiedsbrief so komisch? Was noch viel komischer war, war die Tatsache, daß Betül eine Unmenge an Abschiedsbriefen verfaßt hatte. Doch die Frage, die ihn am intensivsten beschäftigte, vermochte er seltsamerweise nicht zu formulieren. »Es kann gut sein, daß wir in diesem Fall zusammenarbeiten werden«, hatte der Grauhaarige gesagt, der vor ihm in der Bar gewesen war. Aus welchem Grund konnte es gut sein, was veranlaßte den Geheimdienst, an diesem Fall mitarbeiten zu wollen?

Auch wenn Tahsin Feuer spuckte, war er zu stolz, ihn anzurufen. Schließlich war es sein Vorgesetzter. Obwohl er erst zwei Semester nach ihm die Polizeischule abgeschlossen hatte. Auf der Akademie hatte er sich sogar noch um diesen tollpatschigen Fettwanst gekümmert und ihn vor den anderen beschützt. Und jetzt erwartete er eine Beförderung in den dritthöchsten Rang im Polizeidienst. Deshalb war er auch so nervös und genierte sich sogar vor der Tochter eines Migros-Filialleiters, damit bloß niemand etwas Schlechtes über ihn sagte. Klar, wer Behördenleiter werden will, muß einen Filialleiter mit Samthandschuhen anfassen, man ist schließlich ranggleich. Wer wohl bei Tahsin angerufen hatte? Bestimmt nicht der alte Koç selbst, dem die Migros-Kette gehörte. Der war doch mit seinem Segelboot auf Weltreise, hörte man immer in den Medien. Da wird er ja wohl nicht in Ankara anrufen. Eigentlich würde er gern auf Tahsins Position nachrücken, da könnte er endlich einmal tief durchatmen. Aber bei seiner Personalakte war das nicht realistisch. Die meisten Kollegen aus der Akademiezeit waren schon längst in den höheren Dienst aufgerückt. Er aber würde bis zu seiner Pensionierung Kriminalhauptkommissar bleiben.

80 Gas, 30 Strom, 20 Wasser, 80 Gülsüm, nein, 80 Gülsün, 40 Betriebskosten, wenn man noch die Miete dazurechnete, reichte das Geld gerade aus. Wenn überhaupt. Bis zum Fünfzehnten würde er sich etwas zusammennehmen müssen. Und er wollte noch ein Geschenk für Berna kaufen, die hatte ja schon am Achtundzwanzigsten Geburtstag. Darum würde er sich erst kümmern, wenn sein Gehalt zur Monatsmitte überwiesen wäre. Der 28. Januar war gleichzeitig Jahrestag seiner Scheidung von Ceyda. Und dann noch Oberst Rahmet... Gott habe ihn selig. Als ob sich sämtliche guten wie schlechten Ereignisse ausgerechnet diesen Tag ausgesucht hätten. Es war manchmal wie verhext. Was konnte er ihr denn nur schenken? Wenn es ein Mobiltelefon gäbe, das automatisch aufgleitet und ihr ans Ohr schnellt, wenn er anruft, dann würde er ihr das sofort kaufen.

Auf der verschneiten Straße vergaß er all diese Sorgen. Der Himmel war kaffeebraun und mit schwarzen Wolken verhangen; ein charakterloses Wetter. Man konnte kaum ausmachen, ob es Tag oder Nacht war. Als er zwei Schüsse hörte, fuhr seine Hand sofort an seine Waffe. Er lief in die Richtung, aus der die Schüsse gekommen waren. Er meinte, das Gebäude zu kennen. Er inspizierte die Eingangstür, dort war seine ehemalige Ehewohnung in Yenimahalle. Es war ganz schön schwierig gewesen mit der Miete. Sein Schwiegervater, ein leitender Bankangestellter, hatte mehrmals aushelfen wollen. Als könne er nicht selber seine Familie ernähren. Es hatte ganz schön Streit gegeben. Wer jetzt wohl hier wohnte? *Ob ich mal anklingeln sollte?* Er streckte seine Hand nach der Klingel aus, konnte sie aber nicht drücken. Er zog seine Hand zurück und da klingelte es von alleine. Wo waren die Schüsse hergekommen? Seine linke Hand hatte sich um den Knauf der Pistole in seinem Hüftholster gekrampft. Sein Herz pochte, als wollte es seinen Brustkorb sprengen. *Warum? Wovor hast du Angst? Wer ist da drinnen?*

»Wer ist da?«

»Aufmachen, Polizei!«

Die Tür öffnete sich nur allmählich. Es war Bahar!

»Was machst du denn hier? Wie bist du hergekommen?«

»Ich hab schon immer hier gewohnt«, sagte Bahar. »Die Frage ist eher, was du hier zu suchen hast.«

»Wie lange haben wir uns schon nicht mehr gesehen?«

»Zehn Jahre... Komm rein.«

»Danke, ich wollte nicht stören.«

»Da ist jemand, der dich sehen will.«

»Wer?«

»Kenn ich nicht.«

Behzat Ç trat ein. Abgesehen von dem Sessel, den er in seine neue Wohnung mitgenommen hatte, standen alle Möbel noch an ihrem Platz.

»Woher hast du diese Einrichtung?«

»Keine Ahnung. Die war schon drin, als ich eingezogen bin.«

»Wo ist sie?«

»Na, hier.«

»Wo ist die Person?«

»Welche?«

»Die mich sehen will.«

»Im hinteren Zimmer.«

Er schritt auf das hintere Zimmer zu. Die Tür war abgeschlossen. Halbherzig versuchte er, sie aufzubrechen. Das Mädchen im Zimmer schrie: »Macht die Tür auf«, und heulte aus Leibeskräften. Er mußte an den Tag denken, als er Berna in ihr Zimmer eingeschlossen hatte, weil sie ihn einen Faschisten genannt hatte. Wenn ihr das mal nicht ihre Mutter eingeflößt hatte, die von Tag zu Tag hysterischer wurde. Woher sonst sollte eine Elfjährige solche Wörter haben? Und dann noch dem eigenen Vater gegenüber. *Soll sie doch da drinnen krepieren. Wir haben noch um Erlaubnis gebeten, bevor wir uns in Gegenwart von Oberst Rahmet überhaupt hingesetzt haben.*

Oder war er wirklich ein Faschist? Bahar und er blickten sich in die Augen. In den Korridor strömten Sonnenstrahlen, unter denen sich der Rauch ihrer Zigarette in bewegtes Gewölk verwandelte. *Ich dachte, es soll drei Tage Schnee geben in Ankara, diese verpennten Meteorologen. Ist doch egal, freu dich doch mal über den sonnigen Tag nach so vielen verschneiten.* Er empfand ein Gefühl der Freude, ohne sagen zu können, ob es vom Wiedersehen mit Bahar oder von der Sonne herrührte, die seine Knochen erwärmte.

»Bin ich ein Faschist?«

»Ja, bist du.«

Seine Freude blieb ihm im Halse stecken. Er rüttelte an der Klinke, stemmte sich gegen die Tür, doch sie ließ sich nicht öffnen. Die Schreie des kleinen Mädchens hinter der Tür klangen immer verzweifelter.

»Soll ich sie einschlagen?«

»Du liebst es, immer alles kaputtzumachen. Ich mache dir auf.«

Ceyda streckte ihre Hand aus, und sofort öffnete sich die Tür. In dieser Wohnung ging ja alles drunter und drüber, wie in seinem Leben. Er riß Ceyda an ihren Schultern und schüttelte sie kräftig.

»Wo kommst du denn auf einmal her, du hysterisches Weib? Wo ist Bahar?«

»Wer ist das?«

»Hat mir gerade die Tür aufgemacht.«

»Nein, das war ich. Yunus kommt auch gleich. Er will mit dir sprechen.«

»Sag Yunus, er braucht gar nicht erst zu kommen, sonst brech ich ihm die Nase. Wenn du was zu sagen hast, sag es mir jetzt.«

»Du bist so grob.«

Behzat Ç stand eine Weile vor der Tür und fürchtete sich davor, einzutreten. Er mußte Ceyda recht geben, und das schmerzte ihn.

Zum ersten Mal spürte er so deutlich, daß er wirklich ein grober Mensch war.

»Geh doch rein.«

Mitten auf dem Teppich lag ein junges Mädchen der Länge nach ausgestreckt. Er erkannte sie an ihrer Kleidung. Es war Betül.

»Ist sie bei ihrem Selbstmord hier aufgeprallt?«

»Nein, das gerichtsmedizinische Institut hat sie hierher gebracht.«

»Warum?«

»Damit du sie identifizierst.«

»Ist denn ihr Vater nicht gekommen?«

»Doch. Aber der hat sie nicht erkannt. Du mußt sie dir auch noch einmal ansehen.«

Behzat Ç näherte sich dem Mädchen und drehte ihr Gesicht zu sich. Es war nicht Betül, sondern seine eigene Tochter Berna. Er wollte aufschreien, doch seine Stimme versagte.

Er schreckte hoch. Der Sessel hatte Spuren in sein Gesicht gedrückt. Er hatte sich mit Bier bekleckert. Obwohl er sich fühlte, als wäre er gerade vor zwei Minuten weggenickt, waren geschlagene fünfundvierzig Minuten vergangen. Sein Herz pochte immer noch wie wild. *Ich muß unbedingt einen Beistelltisch kaufen.* Auf NTV hatten schon die Sportnachrichten angefangen. Er stopfte sich ein paar von den gerösteten Kichererbsen auf dem Dessertteller in den Mund und schaute auf die Uhr. Es war fast elf.

Er rief das Phantom auf seinem Mobiltelefon an.

»Wo bist du?«

»Ich kaufe gerade was für Zuhause ein.«

»Hör mal, in der Tasche des Mädchens haben wir doch Adressen gefunden. Laß sie dir von Sıtkı geben und guck dich mal bei denen um, die in der Nähe sind.«

»Da bin ich doch schon längst bei.«

»Hast du nicht gesagt, du kaufst was für Zuhause ein?«

»Ja, ich bin zwischendurch mal in den Laden gegangen.«

»Schön. Kommst du heut noch ins Büro?«

»Nein, ich geh nach Hause. Ich bin müde.«

»Ich wußte gar nicht, daß du auch schläfst.«

»Ab und an durchaus.«

Er legte auf. Solange man das Phantom nicht fragte, was er tat, sprach er nicht davon. Und meistens sagte er auch nichts, wenn man ihn fragte. Obwohl er für die Tagschicht eingeteilt war, wußte niemand so recht, wann genau er Dienst machte. Er hatte überall Bekannte. Selbst wenn er in ein beliebiges Sammeltaxi stieg, würde er zufällig jemanden treffen. Über ganz Ankara verteilt hatte er, in eigenen Worten, »eine Million Kumpels«, von denen die wenigsten wußten, daß er Polizist war.

Da sein Magen knurrte, ging er in die Küche, steckte ein Stück abgepackten Rohmilchkäse in einen Kanten Weißbrot und preßte die Deckel des Toastgrills aufeinander. Er schaute aus dem Fenster. Noch unter dem Eindruck seines Alptraumes, erwartete er beinahe, Sonnenstrahlen zu sehen. Doch das Tal von Dikmen lag unter Schnee. Er strich noch Butter auf das Brot in der Maschine, da klingelten gleichzeitig seine beiden Telefone. Er schaute auf das Mobiltelefon, es war sein Bruder Şevket. Also ging er zuerst an den Festnetzanschluß. Es war Eda.

»Ruf mich in zwei Minuten nochmal an.«

»Es ist wichtig.«

»Was ist los?«

»Wir haben den Typen von der Zeitschrift. Gökhan Biryol heißt er.«

»Wer ist das?«

»Der ominöse ausländische Freund von Betül, der für die gleiche Zeitschrift schreibt.«

»Bleib mal kurz dran.«

Er ging ans Mobiltelefon.

»Bruder, kannst du mich in zwei Minuten nochmal anrufen?«

»Keine Zeit. Komm gegen Mittag in unser Hotel. Wir können zusammen essen. Ich hab was mit dir zu bereden.«

Er zögerte kurz.

»Du mußt unbedingt kommen. Es ist wichtig.«

Er fürchtete, sein Bruder würde mit der ewig gleichen Leier anfangen, sagte nur knapp »Okay« und legte auf. Dann nahm er den Hörer des Festnetzanschlusses und sagte zu Eda: »So, was war los?«

»Gökhan war in der Türkei.«

»Woher weißt du das?«

»Von der Terrorbekämpfung.«

»Von Metin?«

Eda schwieg eine Weile.

»Hm«, sagte sie dann. »Er ist mit einem falschen Paß eingereist, sie haben ihn verfolgt, aber nicht gekriegt, und heute morgen um sechs ist er wohl wieder nach England geflogen.«

»Was heißt das? Wird nach ihm gefahndet?«

»So genau weiß ich das nicht. Können wir das nicht lieber besprechen, wenn Sie kommen, Herr Hauptkommissar?«

Behzat Ç ärgerte sich.

»Warum erzählst du mir das dann am Telefon?«, wollte er sie anfahren. Aber er beherrschte sich. Aus der Küche roch es nach verbranntem Toastbrot. Entweder war Eda paranoid, oder – wenn selbst die Telefone der Kriminalpolizei abgehört wurden – ging es mit dem Land ziemlich den Bach runter.

Er parkte direkt neben dem Parkverbotsschild. Jetzt fand er Gökhans Artikel in der Zeitschrift *Das Migrantenproletariat*. Er schaffte es bis zur Hälfte. Mehr als die Namen Marx und Engels und die Aussage, daß es zwei verschiedene Formen von Proletarisierung gebe, behielt er nicht im Kopf. Das einheimische Proletariat, und die durch Migration proletarisierten Einwanderer. Von dem ersten hatte er schon mal was gehört, aber was das zweite sein sollte, konnte er sich nicht so recht zusammenreimen. Vielleicht, daß die gebildeten Leute auswandern? Er legte die Zeitschrift auf das Armaturenbrett und stieg aus.

In der Konurstraße suchte er das Mietshaus, in dem sich die Redaktion der Zeitschrift *Verzogen* befinden sollte. Während um sie herum Männer Flugblätter verteilten, schrie eine junge Frau mit schriller

Stimme: »Beim Hungerstreik gegen Isolationshaft sind schon 122 Menschen gestorben, wußten Sie das?« Am Straßenende hatten zwei Reihen Sondereinsatzkommandos Position bezogen, und es wimmelte von Zivilbeamten, von denen selbst er die meisten nicht kannte. Eine Hand berührte seine Schulter, er drehte sich in Panik um.

»Unterschreiben Sie auch gegen…«

Er riß sich los, die Frau wiederholte mit einem leicht säuerlichen Blick ihre Bitte. Ein magerer Bärtiger, der aussah, als hätte er einen Besenstiel verschluckt, führte die Frau weg und flüsterte ihr etwas ins Ohr. Dann musterten ihn beide mit einer Mischung aus Haß und Geringschätzung, er kannte diesen Blick nur zu gut.

Die Zeitschrift *Verzogen* befand sich im dritten Stock eines lebendigen Bürohauses, in dem gleich mehrere Cafés und Buchläden betrieben wurden. Er stand eine Weile vor der Redaktionstür. Ohne Frage war jemand dahinter, doch er hörte keine Stimmen. Endlich öffnete ihm ein hochgewachsener Junge mit Bart.

»Ja bitte?«

»Kann ich bitte mit dem Herausgeber Ihrer Zeitschrift sprechen?«

»Wer sind Sie?«

»Polizei.«

Wieder der gleiche Blick. Die Linken guckten alle so. Manchmal war Behzat Ç bereit, den Blick zu verzeihen, wenn derjenige, der ihn schickte, noch so jung war, manchmal kratzte der Blick ihn nicht, manchmal bemühte er sich, mit einem vergleichbaren kontra zu geben. Dieses Mal tat er so, als könne er den Blick aufgrund des Alters seines Gegenübers verzeihen.

»Warten Sie einen Augenblick«, sagte der Junge und schloß die Tür vor seiner Nase. Als sie sich wieder öffnete, traute er seinen Augen nicht. Vor ihm stand Bahar. Es war, als wollte sein Herz seinen Brustkorb sprengen. *Woher kommt mir dieser Moment nur bekannt vor, woher nur, woher…*

7

Er hatte nur ein paar Bissen von seinem Iskender Kebap genommen, die Gabel beiseite gelegt und spielte nun mit den Enden des Tischtuchs. Şevket stopfte in sich hinein, als legte er es darauf an, zu platzen, und sowie er dabei eine Gelegenheit zum Sprechen fand, sprach er auch. Sie saßen im Restaurant des Vier-Sterne-Hotels, dessen Miteigentümer er war. Die Kellner widmeten ihnen noch mehr Aufmerksamkeit, als sie es den Gästen ohnehin entgegenbrachten. Einer von ihnen bemerkte, daß Behzat Ç nicht weiteraß, und kam sofort an den Tisch.

»Darf ich das schon mitnehmen?«, fragte er.

»Bitte.«

Şevket schaute auf den noch vollen Teller und befand: »Lassen Sie ihn noch stehen.«

Er gefiel sich mal wieder in der Rolle des älteren Bruders. Als nun Behzat Ç sagte: »Bring mir mal einen Mokka mit wenig Zucker«, wußte der Kellner nicht mehr aus noch ein. Er stellte den Teller wieder ab und entfernte sich, offensichtlich bereuend, daß er überhaupt an den Tisch getreten war, und vermutlich mit einem lautlosen Fluch.

Seine Augenlider zuckten, in seinem Kopf hörte er ein Rauschen. Die Begegnung in der Zeitschriftenredaktion hatte ihm ziemlich zugesetzt. Sie nach zehn Jahren wiederzusehen und vorher davon zu träumen war ein seltsames Gefühl. Als wäre ihm damit etwas mitgeteilt worden. Und es konnte sogar passieren, daß die Umstände es nötig machten, sich noch mehrere Male zu treffen.

»Nun komm, nimm den Job an. Das Gehalt ist fürstlich, und du bist mein Bruder. Wieso sollte ich jemanden Fremdes einstellen?«

Seit geraumer Zeit schon wollte Şevket ihn zum Security-Chef des Hotels machen.

»Dazu werd ich dir noch ein Mädchen finden; ich hab meiner Frau schon Bescheid gesagt, sie guckt sich um. Neue Ehe, neues Glück. Damit mal Ordnung in dein Leben kommt.«

»Red doch keinen Blödsinn, Bruder.«

»Red du keinen Blödsinn, Junge. Dein Leben ist völlig aus der Bahn geraten, du bist schon vierzig und rennst immer noch mit dem Funkgerät durch die Gegend…«

»Zweiundvierzig.«

»Umso schlimmer. In deinem Alter kriecht doch keine Schildkröte mehr allein durch den Taurus. Das ist doch kein Leben.«

Şevket wischte sich die Tomatensoßenspritzer vom Kinn. Um bei den Gästen an den Nebentischen keinen schlechten Eindruck zu erwecken, dämpfte er die Stimme.

»Wer sonst würde schon so ein Gerippe wie dich einstellen? Achte ein bißchen auf deine Ernährung. Wenn du mir nur ein einziges Mal recht geben würdest. Aber dafür bist du viel zu stur.«

Während er sprach, hob und senkte sich sein Adamsapfel. Behzat Ç hörte ihm wie immer geduldig zu.

»Bist du fertig?«

»Nein. Du wirst diesen Job annehmen. Ich hab schon mit Reşat gesprochen, er hat seine Zustimmung gegeben. Dein Bruder ist unser Bruder, hat er gesagt. Jetzt muß nur noch der Franzose unterschreiben.«

Das Hotel hatte auch einen französischen Miteigentümer. Şevket beugte sich vor und sagte leise: »Der Franzose kann den jetzigen Security-Chef sowieso nicht leiden.«

Behzat Ç sprang zornig auf. Şevket packte ihn am Arm.

»Hiergeblieben. Wir bekommen noch Kaffee.«

Er setzte sich. Eine Weile sprachen sie nicht. Şevket wußte, daß sein jüngerer Bruder nicht bei ihm arbeiten würde, aber er versuchte, ihn in einem Moment der Unachtsamkeit zu überrumpeln, indem er seinen wunden Punkt ansprach: »Warum hat deine Frau dich verlassen? Du hast dir mit deinem Polizistengehalt eine Bankierstochter geangelt, die noch nie ihre Hand in Spülwasser getaucht hat. Klar, daß die frustriert war und mit einem Psychologen abgehauen ist.«

»Bruder, bitte fang doch nicht wieder mit der gleichen Leier an.«

»Ist ja schon gut. Hör mal, wenn du nicht bei mir arbeiten

willst, weil du nicht von deinem Bruder lohnabhängig sein willst – das wär auch gar nicht der Fall. Wir leben ja nicht mehr im Zeitalter der Arbeiter und Bosse. Selbst ich bekomme mein Gehalt von der Firma ausgezahlt und der Franzose auch, das wird schön Monat für Monat verbucht. Komm zu uns! Sogar Reşat ist hier Gehaltsempfänger, sogar Reşat, Junge, der großartige Reşat. Unser Reşat!«

Er hatte seine Augen so ins Leere gerichtet, daß es nicht als unhöflich aufgefaßt werden konnte. Das Klappern und Kratzen zahlloser Bestecke auf den Tellern schien von weit her zu kommen und in seinem Kopf monoton widerzuhallen, *Re-Schatt, Re-Schatt, Reşat!* Der große Miteigentümer des Hotels. Nicht nur dieses Hotels, sondern vieler Hotels in der ganzen Türkei, und dazu noch Vertriebschef mehrerer Autofirmen. Es war ja nicht so, daß Şevket unrecht hatte. Wenn er mal ordentlich Geld in der Tasche hätte, sich nicht mehr so abhetzen müßte und wenigstens für eine Woche an einen sonnigen Strand fahren könnte, wenn er ausgelaugt war. Vielleicht könnte er dann auch Berna mitnehmen. Und wenn Bahar auch ja sagen würde... *Ja zu was? Jetzt mach aber mal einen Punkt, Junge.* Er brachte die Stimmen in seinem Kopf zum Schweigen. Währenddessen sprach Şevket mit dem Mund voller hauchdünn geschnittenem Dönerfleisch unbeirrt weiter. Er bekam Hitzewallungen und hätte gern seinen Pullover ausgezogen, wenn das nicht unhöflich gewesen wäre.

»Und? Was sagst du?«

»Wozu?«

»Wo warst du denn gerade?«

»Ich hab heute Bahar gesehen.«

Der Kellner stellte die Kaffeetassen auf dem Tisch ab. Es entstand ein Schweigen, während dessen er sich fragte, warum er das jetzt erzählt hatte.

»Welche Bahar?«

»Vergiß es.«

»Welche Bahar, Kleiner?«

»Die von damals.«

»Ach nee. Du Schwerenöter! Wenn du ein bißchen Verstand hättest, hättest du dir die geangelt statt diesem hysterischen Weib.«

»Bruder, sprich bitte nicht so über die Mutter meines Kindes.«

»Schon gut. Ist die nicht Lehrerin geworden?«

»Sie hat aufgehört.«

»Zu Recht. Beamtentum, das war mal. Aber Kleiner, sieh dich bloß vor. Das kann gefährlich werden.«

»Was meinst du denn?«

»Ihren Mann. Gehörnte Ochsen werden leicht wild.«

»Ach, red doch nicht so'n Quatsch, Mann... Bruder!«

Er schlug die Faust so stark auf den Tisch, daß die Tassen umhertanzten. Sämtliche Gäste an den Nebentischen schauten zu ihnen herüber. Şevket lächelte sie alle persönlich, einen nach dem anderen, an, bevor er entgegnete: »Etwas leiser hier, ja? Was hab ich denn Schlimmes gesagt?«

Er nahm sich zusammen.

»Tut mir leid. Aber sowas sagt man doch wirklich nicht. Außerdem ist sie geschieden.«

»Echt? Na, was willst du mehr?«

Wenn Behzat Ç nur wüßte, was er wollte; wenn er so gut gepolstert wäre wie Şevket, wenn er ebenfalls ein glückliches Familienleben mit seiner Frau, seinen beiden Kindern und seinen Seitensprüngen hätte. Wenn er sich in Zukunft Sorgen über Zinssätze und Wechselkurse machen und etwas zunehmen würde, so daß sein Adamsapfel auf- und abhüpfte beim Sprechen, dann würde vielleicht diese unerträgliche Spannung von ihm abfallen.

Şevket nahm den ersten Schluck von seinem Mokka und sagte: »Jetzt sei nicht so dickköpfig. Laß uns das Haus verkaufen, bevor es zusammenfällt.«

»Und wo soll Mutter dann leben?«

»Ich sag ja nicht, daß wir die Erlöse verjubeln sollen. Wir kaufen natürlich ein neues.«

Es war noch keine halbe Stunde vergangen, und schon waren sie erwartungsgemäß wieder bei diesem Thema gelandet. Beklommen rückte Behzat Ç den Kragen seines Pullovers zurecht.

»Oberst Rahmet«, sagte Şevket in einem Tonfall, der signalisieren sollte, daß jetzt ein wenig Nostalgie angebracht war. »Gott sei seiner Seele gnädig. Nach außen hart, aber tief im Inneren weich wie Hefeteig. Er wollte immer, daß wir entweder Soldaten oder Ingenieure werden. Und was ist aus uns geworden? Ein Hotelier und ein Polizist. Du bist seinem Wunsch zumindest ein bißchen nähergekommen, aber nur wegen deiner Dickköpfigkeit. Wegen deiner Dickköpfigkeit…«

Şevket schwieg. Beide dachten an das Gleiche, an etwas, das keiner von ihnen aussprechen wollte. Behzat Ç legte seine Serviette auf den Tisch und stand auf.

Er fuhr den Dienstwagen in die Waschanlage. Während die rotierenden Bürsten sich herabsenkten, kontrollierte er noch einmal, ob alle Fenster geschlossen waren. Er klemmte sich hinters Lenkrad und stellte sich vor, den Wagen durch einen Wolkenbruch zu steuern. Als sich die Tür der Zeitschrift *Verzogen* zum zweiten Mal öffnete, hatten sie verblüfft voreinandergestanden und sich angeschaut, als versuchten sie, sich nicht wiederzuerkennen, obwohl sie genau wußten, daß sie sich kannten. Wenn man davon absah, daß sie sich vor rund zehn Jahren einmal auf der Straße begegnet waren, waren mittlerweile zwanzig Jahre vergangen. Bahar war aus dem Schuldienst ausgeschieden und Herausgeberin der Zeitschrift geworden. »Ich war schon immer ein verzogenes Gör«, hatte sie gesagt. Menschen ändern sich, und wie, aber dennoch bleibt an ihnen etwas Unveränderliches, wie eine Reminiszenz an alte Bekanntschaften. Die Grübchen, die Augen, die zwischen grün und braun changierten, und das unveränderte Gesicht, von dem immer noch die gleichen Flammen ausgingen, die einst jugendlicher Unsicherheit zu entspringen schienen.

Als sie später in ihrem Büro ihren Tee umrührten, war sein Blick unweigerlich auf ihren Ringfinger gefallen. *Der ist zu eng geworden, deshalb hat sie ihn bei der Arbeit nicht auf.* Doch das Fragezeichen blieb nicht lange im Raum.

»Ich hab sie zu Ertan geschickt.«

»Wer ist das?«

»Mein Ex-Mann. Er ist Anwalt.«

Betül und Bahar hatten sich demnach gut verstanden. Über die Beziehung zwischen Herausgeberin und Autorin hinaus waren sie privat befreundet. Und als Betül ihr erzählte, daß sie einen Anwalt brauchte, hatte Bahar sie an Ertan verwiesen. Worum es ging, hatte sie nicht erwähnt. Aber Behzat Ç war sowieso nicht mit dieser Frage beschäftigt, sondern mit der Formulierung Ex-Mann. Er freute sich insgeheim. *Soll ich sie fragen, ob sie am Abend etwas vorhat?*

Gut, daß er nicht gefragt hatte, er schämte sich ohnehin schon, als hätte er die Frage ausgesprochen.

Der Wagen kam aus der Waschanlage heraus und er fuhr ihn zur Öl- und Reifenkontrolle herüber. Der junge Tankwart schlug mit einer Bürste gegen den Reifen. Er ließ das Fenster herunter.

»Ist was mit dem Reifen?«

»Sie haben 'ne Katze oder sowas überfahren.«

Er stieg aus und schaute nach. Auf dem Reifen war eine undeutliche, dunkle Spur. Jetzt wußte er, woher der Knall an dem Abend herrührte, als er den roten Käfer gesehen hatte. Als er sein Mobiltelefon klingeln hörte, das neben der Gangschaltung lag, stieg er wieder ein. Es war der Geier.

»Hast du schon gehört?«

»Was denn?«

»Du kriegst ja auch gar nichts mit. Hörst du keinen Funk?«

»Was ist denn?«

»Am Çankaya-Gymnasium hat irgend ein Psychopath einen Lehrer angeschossen.«

»Motiv?«

»Keine Ahnung.«

»Wo bist du?«

»Im Krankenhaus, beim Opfer.«

»Wer ist am Tatort?«

»Suat.«

»Wie geht es dem Mann?«

»Ich gebe ihm noch eine Stunde. Er gehört uns.«

Behzat Ç verließ die Tankstelle und fuhr zügig über die Talat-Paşa-Straße in Richtung Sıhhiye. Auf der Mithat-Paşa-Straße geriet er in den Stoßverkehr. Auf dem Weg nach Çankaya dachte er, wieviele Paschas es doch gab. Vor der Schule drängten sich bereits die Kamerateams. Die Kameraleute filmten die weinenden Schülerinnen und Schüler und brachten diejenigen zum Weinen, die es von selbst nicht taten. Im Flur waren Blutspuren zu erkennen. Er wies zwei Streifenbeamte an, die Journalisten hinauszuwerfen, und ging ins Lehrerzimmer, das in einer Blutlache lag. Suat hakte sich bei ihm ein.

»Wo bleiben Sie denn, Herr Hauptkommissar?«

»Bin ja schon da.«

Am anderen Ende des Zimmers stand der Polizeivizepräsident. Er war gekommen, um den Eindruck einer allzeit bereiten, dienstfertigen Polizeiorganisation zu erwecken, da die Fernsehsender in letzter Zeit immer mehr über die Gewalt an Schulen berichteten. Als Behzat Ç ihn sah, bekam er schlechte Laune.

»Wer hat auf ihn geschossen?«

»Der Freund einer Schülerin.«

»Habt ihr die Personenbeschreibung?«

»Ja.«

Jemand reichte ihm die Hand.

»Ich bin der Rektor dieser Schule. Dieser tragische Vorfall hat uns alle tief getroffen.«

»Red nicht so'n Quatsch, Junge. Raus mit dir, wir haben hier zu tun.«

Man begleitete den Rektor hinaus. Während er über Funk die Personenbeschreibung durchgab, schaute ihn der Polizeivizepräsident mißbilligend an. Die Spurensicherung markierte die Patronenhülsen und schoß Fotos. Die Zimmertür ging auf. Ein Dutzend Kameraleute, die sich vor der Tür drängten, begannen Aufnahmen vom Lehrerzimmer zu machen. Es wurde ihm zu bunt, er öffnete den Mund, um sie anzufahren, als eine Hand ihn an der Schulter berührte: der Polizeivizepräsident.

»Wehe«, raunte er. »Schön ruhig!«

Suat hakte sich wieder bei ihm unter. Sie verließen das Zimmer. Er hatte seine 216 im Wagen vergessen.

»Gib mal 'ne Zigarette.«

»Hab gestern aufgehört.«

»Ich gratuliere zu diesem Scheißentschluß.«

Der Polizeivizepräsident hielt unterdessen am Tatort mir nichts dir nichts eine Pressekonferenz ab: »Unsere Teams arbeiten von vier Seiten her an dem Fall, so daß wir in kürzester Zeit diesen feigen Mord aufklären und den oder die Täter der Justiz übergeben werden.«

»Falls die Herren die Güte hätten, uns dabei nicht allzu sehr im Weg zu stehen«, flüsterte Behzat Ç in Richtung der Journalisten, während er die Zigarette anzündete, die ihm einer der Angestellten gegeben hatte. »Warum hat dieser Typ den Lehrer abgeknallt?«

»Es wurden verschiedene Behauptungen aufgestellt«, klärte Suat ihn auf. »Vermutlich hat der Lehrer die Freundin des Täters sexuell bedrängt, aber wenn es nach dem Rektor geht, gab es natürlich keinerlei Belästigungen, sondern das Mädchen hat sich die Anschuldigungen ausgedacht, weil sie schlechte Noten bekommen hat.«

Sie betraten den Raum, in dem das Mädchen unter der Aufsicht zweier Beamtinnen festgehalten wurde. Sie hieß Melis. Sie starrte nur auf den Boden und antwortete nicht auf die Fragen, die ihr gestellt wurden. Sein Telefon klingelte.

»Der Herr Lehrer ist aus unserer Mitte geschieden«, verkündete der Geier.

Es war genau eine Stunde seit seinem ersten Anruf vergangen. Sie ließen sich von Melis das Kennzeichen des Wagens ihres Freundes geben und funkten Anweisungen an die Verkehrspolizei. Während er mit dem Funkgerät in der Hand auf- und abhetzte, schnitten ihm ein paar Kameraleute den Weg ab. Einen von ihnen stieß er mit der Schulter weg, einem anderen rammte er seinen Ellenbogen zwischen die Rippen. Dann gab er die Personenbeschreibung an den Zentralen Busbahnhof und den Flughafen durch und schickte zwei Streifenwagen zu den nächsten Verwandten des Jungen, bei denen er, neuesten Informationen zufolge, Zuflucht suchen könnte. Als er gerade grübelte, was es sonst noch zu tun gebe, kam von der Funkzentrale eine Durchsage. Der Typ war zur Wache in Dikmen gefahren und hatte sich dort gestellt.

Behzat Ç freute sich, ohne es sich anmerken zu lassen.

»Du Idiot«, sagte er. »Wenn du schon jemanden abknallst, dann versteck dich wenigstens ordentlich, damit wir unsere Arbeit machen können.«

8

Am nächsten Morgen parkten sie den Dienstwagen vor dem städtischen Leichenschauhaus und warteten auf die Ankunft von Betüls Vater Hayrettin. Die Identifizierung der Toten war Routine; für die beiden Beamten ging es eher darum, mit ihm zu sprechen und etwas mehr über Betül zu erfahren. Der Radiomoderator verkündete, es sei der kälteste Winter seit acht Jahren und Ankara trage wieder ein weißes Brautkleid.

Behzat Ç rieb sich die Hände warm und spottete: »Von wegen Brautkleid, ein verdrecktes Leichentuch ist das!«

Es waren minus achtzehn Grad; in der Nacht waren zwei Obdachlose erfroren.

Mit einem Lachen im Gesicht erzählte Harun: »Herr Hauptkommissar, gestern abend warst du auf allen Sendern in den Hauptnachrichten.«

»Was?«

»Na, mit dem Psychopathen, der den Lehrer erschossen hat. Die haben immer wieder dich gezeigt, wie du mit dem Funkgerät rumläufst.«

»Das gibt's doch nicht.«

»Ehrlich. Wär ich mal auch dabeigewesen. Zweimal haben sie auch Suat gezeigt, aber weil der nicht so richtig wie ein Polizist aussieht, haben sie immer wieder dich genommen.«

Ein schwarzer Mercedes hielt vor dem Leichenschauhaus.

»Das müßte er sein.«

Der Morgenfrost war beißend. Sobald Harun das Auto verlassen mußte, klagte er: »Wir sind ja alle in Ankara großgeworden, aber so eine Kälte hab ich noch nie erlebt.«

Behzat Ç zog seinen Schal höher und sagte: »Ich muß mir neue Stiefel kaufen.«

»Aber Herr Hauptkommissar, die sehen doch noch gut aus.«

»Sind aber undicht. Ich hab nasse Füße.«

Sie gingen auf Hayrettin zu und schüttelten ihm die Hand. Der Mann schaute ihnen nicht ins Gesicht, sondern starrte schmerzerfüllt wie ein entrückter Derwisch ins Leere. Er trug einen schwarzen Anzug, war hochgewachsen, penibel rasiert und gutaussehend. Es war deutlich, daß Betül das schöne Gesicht von ihrem Vater hatte. Der einzige Makel an seinem Gesicht war eine Narbe unter dem linken Auge.

Im Leichenschauhaus war es recht angenehm, weil die Temperatur im Kühlraum höher war als die Außentemperatur. Der Angestellte zog eine Bahre hervor und hob das Tuch an. Hayrettin schloß die Augen.

»Schauen Sie bitte noch einmal.«

Hayrettin war wie versteinert, brach unvermittelt zusammen und stöhnte vor sich hin.

Behzat Ç schaute sich Betül an. Obwohl eine Hälfte ihres Gesichtes zerschmettert war, fand er sie immer noch sehr schön. Der sanfte Bogen zwischen Kinnpartie und Hals, das auf die Schultern fallende Haar, die makellose Haut… Der Anblick war wirklich kaum zu verkraften. Er sagte »Danke« und der Angestellte die Bahre zurück. Ein Weile ließen sie Hayrettin allein. Der Mann schlug seinen Kopf gegen die Wand und stöhnte dabei unentwegt. Als er nach fünf Minuten ein wenig nachließ, nahmen sie ihn bei den Armen und führten ihn hinaus.

In der Kantine der Gerichtsmedizin brachte Harun auf einem winzigen Tablett drei Teegläser an den Tisch. Behzat Ç zündete sich eine 216 an und bot Hayrettin die Packung an.

»Herzliches Beileid.«

Hayrettin schaukelte seinen Kopf vor und zurück.

»Es mag nicht der angebrachteste Zeitpunkt sein, aber wir müssen Ihnen leider ein paar Fragen stellen.«

Von Hayrettin kam ein hilfloses Murmeln, das wie ein »Bitte« klang. Während Behzat Ç darüber nachdachte, wie er anfangen sollte, preschte Harun vor: »Wurde sie am ersten Januar geboren, oder haben sie das Geburtsdatum so eintragen lassen, damit sie früher eingeschult wird?«

»Erster Januar.«

Harun blickte zu Behzat Ç hinüber, öffnete seine Hände nach beiden Seiten und setzte seinen Hab-ich's-dir-nicht-gesagt-Blick auf. Dann begann er, den Zucker in seinem Tee umzurühren. Hayrettin hatte seine Hand zur Faust geballt, schlug sich damit mit voller Wucht gegen den Kopf und sagte: »Sie kam sogar in die Zeitung, als erstes Neugeborenes des neuen Jahres.«

»War sie suizidär? Hatte es in der Vergangenheit bereits Selbstmordversuche gegeben?«

»Auf keinen Fall.«

Voller Wut starrte Hayrettin die Polizisten an. Es war das erste Mal, daß sie Blickkontakt hatten.

»Oder denken Sie etwa in diese Richtung?«

»Wir denken noch gar nichts. Wir ermitteln. Hatte sie Feinde, ist sie von irgend jemandem bedroht worden?«

»Darüber hat sie mir nichts gesagt, aber…«

»Aber?«

»Es könnten die Terroristen gewesen sein.«

»Wie meinen Sie das?«

»Ich erzähl es Ihnen am besten von Anfang an, Herr Kommissar. Lassen Sie sich in Ihren Ermittlungen nicht davon beeinflussen. Aber falls die Mörder meiner Tochter die Kommunisten, diese Terroristen, sein sollten, müssen Sie die ausfindig machen und stellen. Betül wurde vor vier Monaten verhaftet. Davon werden Sie gehört haben.«

»Nein, bisher nicht. Wußtest du das?«

»Ich auch nicht, Herr Vorgesetzter.«

»Dann kümmern Sie sich um die Sache.«

Wie immer waren sie bedacht, nicht zu zeigen, was sie wußten und was sie nicht wußten.

»Nun, Sie werden das sicher schnell in Erfahrung bringen. Die haben Betül das Gehirn gewaschen. Die Geisteswissenschaften sind sowieso ein einziges Kommunistennest. Ich war schon auf Habacht, als sie sich immatrikulieren wollte. Aber dann hab ich mir gesagt, meine anderen Kinder haben nicht studiert, wenigstens soll aus Betül was werden. Also hab ich sie nach Ankara geschickt. Das hab ich nun davon.«

Hayrettin schwieg, seine Augen wurden feucht, doch er versuchte, sich zusammenzureißen.

»Wir haben ja, Allah sei Lob und Dank, recht viel Landbesitz und eine große Familie in Urfa. Seit unserem seligen Vater sind wir alle Anhänger der Demokratischen Partei, der gesunden Mitte. Aus den Grabenkämpfen zwischen rechts und links haben wir uns gottlob immer herausgehalten. Wenn unser Vaterland so verkommen ist, dann wegen der Politik. Es kann doch nicht sein, daß jeder Dahergelaufene so tut, als würde er etwas von Politik verstehen. Das ist eine Sache für Fachleute. Es muß doch einen klaren Unterschied geben zwischen Staatslenkung und Politik.«

»Weshalb verdächtigen Sie die Kommunisten?«

»Das will ich Ihnen sagen. Ich bin nur nicht ganz bei mir, entschuldigen Sie, wenn ich abschweife. Hab ich also meiner jüngsten Tochter erlaubt, nach Ankara zu gehen. Ich hab sie in ein Wohnheim gegeben, damit ihr nicht noch was passiert. Da sagt sie mir: ›Papa, ich fühl mich hier nicht wohl, es gibt da ein privat betriebenes Wohnheim, kann ich nicht da wohnen?‹ Hab ich ihr auch noch erlaubt. Wir haben ja schließlich Geld, wir haben gute Beziehungen, ich hätte ihr auch ein Hotel zahlen können, solange sie da nur in Sicherheit ist. So denke ich nämlich. Konnte natürlich nicht ahnen, daß sie in Richtung Politik abgedriftet ist. Als ich das hörte, hätte ich fast einen Schlaganfall bekommen.«

»Wie haben Sie es erfahren?«

»Als sie verhaftet wurde. Herr Aybars, ein leitender Beamter bei der Terrorbekämpfung, den werden Sie kennen.

»Kennen wir.«

»Der ist auch ein Kind unserer Heimatstadt. Zu unserer Familie ist er wie ein Bruder. Jedesmal, wenn er nach Urfa kommt, stattet er uns einen Besuch ab. Wir sind ja eine gut situierte Großfamilie. In jeder Legislaturperiode hat einer aus unserer Familie im Parlament gesessen. So eine Familie sind wir. Rief also der Herr Aybars an, so und so, deine Tochter haben wir in Gewahrsam genommen. Aber mach dir keine Sorgen, ich werd ihr nur gehörig die Ohren langziehen und sie dann freilassen. Ich dachte, jemand schüttet mir siedendes Wasser über den ganzen Körper. Bloß nicht, Herr Aybars, hab ich gesagt, bloß nicht die Ohren langziehen, ich hab meine Tochter bis heute nicht einmal richtig geschlagen. In meinem Zustand bin ich dann zum Flughafen und hierher gekommen. Am nächsten Tag haben wir dann Betül aus der Haft geholt. Sie war in einer Einzelzelle, sie wurde nicht mit den anderen zusammen festgehalten. Und deshalb ist das alles so gekommen.«

»Was ist so gekommen?«

»Ja, da haben die gesagt, also diese Organisation da, die terroristischen Kommunisten, diese Frau ist ein Spion. Also diese widerlichen Gesellen, die kennen doch weder Vaterland noch Gott.«

»Und wann haben Sie das erfahren?«

»Im nachhinein. Hätt ich das gewußt, wär ich doch nicht ohne meine Tochter aus Ankara abgereist.«

»Von wem haben Sie es erfahren?«

»Das tut nichts zur Sache. Der Herr Aybars. Also nicht nur Herr Aybars, wir pflegen ja als Familie gute Kontakte zur Staatsebene, das hab ich Ihnen ja bereits erklärt. Als Betül freigelassen wurde, sagte sie: ›Papa, ich habe mich falsch verhalten, das war nicht gut, es tut mir wirklich leid. Ich will nie wieder was mit denen zu tun haben, ich weiß, daß das nicht richtig war. Bitte laß mich doch weiter studieren, ich hab doch nur noch ein Jahr, dann werd ich Lehrerin und komm zu euch zurück.‹ Ja, da hab ich natürlich nicht nein sagen können, ich hab meiner jüngsten Tochter ja jeden Wunsch erfüllt. Und jetzt mach ich mir solche Vorwürfe...«

»Sie haben also eine Wohnung angemietet.«

»Ja. Wir haben ja eine Hausdienerin, die Hafize, sie war Betüls Amme. Die hat sie geliebt und beschützt wie ihre eigene Tochter. Da dacht ich mir, wenn ich die in die Wohnung in Ankara versetze, dann wird der Betül doch nichts mehr passieren.«

»Hatten Sie denn keine anderen Bekannten oder Verwandten in Ankara, die sich um Ihre Tochter hätten kümmern können?«

Hayrettin dachte eine Weile nach.

»Da haben Sie aber meinen wunden Punkt angesprochen, Herr Kommissar. Es gibt da den Yavuz, den Sohn meines ältesten Bruders. Dem haben wir natürlich auch eingeimpft, auf sie achtzugeben. Hat er aber nicht getan. Er hat seine Pflicht nicht erfüllt. Ich werde ihn nicht mehr als meinen Neffen akzeptieren, so sehr hat er mich verletzt.«

Es wurde voller in der Kantine.

»Wann kann ich meine Tochter mitnehmen?«, fragte Hayrettin.

»Nach der Obduktion.«

Hayrettin stockte.

»Werden die jetzt meine Betül auseinanderschneiden?«

Behzat Ç wußte nicht so recht, ob er nur nicken oder standhaft »Ja« sagen sollte. Hayrettin hatte wieder Tränen in den Augen, dieses Mal würde er sich wohl nicht mehr halten können.

»Haben Sie denn da gar keine andere Alternativmöglichkeit, Herr Kommissar?«

»Leider nicht, das ist Vorschrift.«

Hayrettin sah ein, daß er inmitten der Menschenmenge nicht würde weinen können und stand auf. Harun führte ihn am Arm auf die Toilette. Nach einer Weile kam Harun zurück.

»Wollen wir gehen?«

Behzat Ç nickte nur.

Harun hatte das erste Mal als Vierjähriger auf dem Schoß seines Vaters am Steuer eines städtischen Omnibusses gesessen. Im Laufe der Jahre war er zu einem meisterhaften Fahrer geworden.

Während die anderen Autos auf Eis und Schnee schlitterten und irgendwo auffuhren, legte Harun recht unorthodoxe Manöver hin, und obwohl Behzat Ç immer wieder fürchtete, er würde einen Wagen rammen oder jemand würde ihnen hinten reinfahren, kamen sie ohne größere Vorkommnisse zügig voran.

Als von der Nachrichtenzentrale zwei Durchsagen hintereinander durchgegeben wurden, drehte Behzat Ç sein Funkgerät lauter. Es war wieder ein bewegter Tag angebrochen und vor der Neuen Bühne in Sakarya jemand angeschossen worden. An der Landstraße in Richtung Konya hatte man einen Taxifahrer mit durchgeschnittener Kehle gefunden. Der Geier meldete sich über Funk: »Herr Hauptkommissar, welchen möchtet ihr haben?«

»Fahr du mal zum Theater, wir kümmern uns um den Taxifahrer.«

Harun wendete und fragte: »Warum fahren wir nicht zum Theater?«

»Ich hasse Theater.«

»Und wieso?«

»Auf der Mittelschule haben sie mich gezwungen, in so einem Stück mitzuspielen.«

»Hast du gut gespielt, Herr Hauptkommissar?«

»Es ist gar nicht dazu gekommen! Ich hatte nur eine kleine Rolle in einer einzigen Szene. Wir haben sechs Monate geprobt, und da bleibt der Idiot, der vor mir dran war, einfach während meiner Szene auf der Bühne und ich mußte hinter den Kulissen stehenbleiben. Fahr mal langsamer.«

Widerwillig drosselte Harun die Geschwindigkeit.

»Meinst du, daß diese Organisation da ihre Finger drin hat?«

»Keine Ahnung. Aber welche Organisation bringt denn jemanden um und tut dann so, als wär es Selbstmord. Wenn sie sie umgebracht hätten, hätten sie schon längst ein Flugblatt rausgebracht, daß sie eine Verräterin bestraft haben.«

»Die Zeiten ändern sich. Auch die Extremisten ändern sich.«

»Da hast du recht. Ich glaub auch, daß die Sache irgendwie mit Politik zu tun hat. Wir müssen mit allen Eventualitäten rechnen.«

Behzat Çs Telefon klingelte.

»Herr Hauptkommissar, mach doch bitte endlich einen anderen Klingelton.«

»Ich weiß doch nicht, wie man das macht.«

»Gib es mir, wenn du mit dem Gespräch fertig bist, ich mach das. Wer ist es denn?«

Er schaute nach der Nummer, er kannte sie nicht.

»Keine Ahnung.«

Es war der junge Staatsanwalt mit dem stacheligen Schnauzer.

»Ich rufe wegen der jungen Frau an, die sich das Leben genommen hat, Betül Gülsoy«, sagte er.

»Wir wollten Ihnen heute die erste Akte fertigmachen und rüberschicken. Wir brauchen eine Obduktionsanordnung.«

Der Staatsanwalt redete mehrere Minuten lang. Behzat Ç starrte nur auf den Schneematsch am Straßenrand und hörte schweigend zu. An einer Stelle verfinsterte sich sein Gesicht.

»Verstanden. Danke schön«, sagte er und legte auf.

Die beiden Beamten in ihrem Dienstwagen blickten sich einen Moment lang in die Augen.

»Was ist los?«, fragte Harun.

»Die Sache hat interne Dimensionen.«

9

Am Türschild stand nur Rechtsanwalt Ertan Cansun. Behzat Ç spürte wieder einmal, daß da irgend etwas war, das er inmitten der Rennerei vergessen hatte. Harun drückte die Klingel. Eine trotz überstarkem Make-up recht passable Sekretärin in einem weniger als knielangem Rock öffnete ihnen die Tür. Sie hätte sie sicher auch mit ihren Brüsten aufstoßen können.

»Bitte schön.«

»Wir hätten gern Herrn Cansun gesprochen.«

»Wen darf ich anmelden?«

»Polizei.«

»Mordkommission«, fügte Harun hinzu. Das tat er ab und an, wenn er sein Gegenüber beeindrucken wollte. Dem Blick nach zu urteilen, mit dem ihn die Sekretärin musterte, war es ihm gelungen.

»Folgen Sie mir bitte.«

Sie folgten ihr, wobei beide ihre Blicke unweigerlich auf die Schenkel richteten, die abwechselnd je einen Schritt in Richtung Wartezimmer taten. Sobald die Sekretärin sie angemeldet hatte, wurden sie hereingerufen. Herr Cansun stand auf und reichte ihnen die Hand.

»Kennen Sie eine Betül Gülsoy?«

»Ja. Ist etwas mit ihr?«

»Sie hat sich das Leben genommen.«

Ertans Gesicht verfinsterte sich, bevor er fassungslos ausrief: »Wann? Ist sie tot?«

»Ja. In der Nacht vom ersten auf den zweiten Januar.«

Ertan mußte sich setzen, um den Schock zu überwinden. Schweigend zündete er sich eine Zigarette an.

»Verzeihung«, sagte er dann und bot den Polizisten seine Marlboro Light an. Harun nahm keine und Behzat Ç bediente sich seiner eigenen.

»Dieses Laster habe ich mir noch nicht abgewöhnen können«, sagte Herr Cansun. Da Behzat Ç es haßte, wenn Raucher sich über das Rauchen beschwerten, kam er sofort zur Sache.

»Soviel ich weiß, hat Betül sich von Ihnen zu einem bestimmten Thema beraten lassen.«

»Woher wissen Sie das?«

»Das ist unsere Sache.«

Wie gern hätte er gesagt: Das hat mir deine Ex-Frau erzählt. Er konnte sich ohnehin kaum konzentrieren, mußte an seine Ex-Frau Ceyda, seine Ex-Freundin Bahar, den Ex-Mann seiner Ex-Freundin denken, alles Ex, und gutaussehend war dieser Ertan ja nun nicht, eher klein und untersetzt, wobei er anscheinend in den letzten Jahren zugenommen hatte; auf seinem jugendlichen Foto an der Wand sah er schlanker aus. Wenn Ertan sprach, traten die Adern an seinem Hals hervor, wie es bei ihm selbst der Fall war.

»Sie hat sich von mir beraten lassen. Vor rund zwei Monaten.«

»Worum ging es?«

»Ich weiß es nicht genau.«

»Wie meinen Sie das?«

»Das ist meine Sache.«

Ein Schweigen lag über dem Bürozimmer. Hinter Herrn Cansuns freundlichem Lächeln war der Gesichtsausdruck eines Mannes zu erkennen, der sich nur schwer würde knacken lassen.

»Es war kein Mandatsverhältnis im herkömmlichen Sinne. Frau Gülsoy hat mich um allgemeine Informationen gebeten. Ich helfe gerne bei derlei Fragen.«

»Das ist uns bekannt«, sagte Harun. »Daher übernehmen Sie die Verteidigung von Straftätern aus der illegalen Organisation, der Sie früher angehörten, nach wie vor unentgeltlich.«

»Das hat Sie nicht zu interessieren. Wenn Sie keine weiteren Fragen mehr haben…«

»Doch, haben wir, wenn Sie erlauben«, antwortete Behzat Ç. »Im Zusammenhang mit dem Selbstmord der Betül Gülsoy stehen verschiedene Verdachtsmomente im Raum. Aus diesem Grund hat uns alles, was sie angeht, dringend zu interessieren. Wir fragen uns natürlich, zu welchem Thema sie sich von Ihnen Informationen eingeholt hat.«

»Ich bin nicht verpflichtet, Ihnen darüber Auskunft zu geben.«

Behzat Ç bekam von diesem höflichen Eiertanz Kopfschmerzen. Er mußte sich auf die Zähne beißen, um die halbamtliche Atmosphäre nicht zu zerstören.

»Selbstverständlich sind Sie nicht verpflichtet. Aber es hat doch niemand etwas davon, wenn wir uns gegenseitig Steine in den Weg legen. Vielleicht ist Ihnen aufgefallen, daß ich Sie noch gar nicht gefragt habe, wo Sie sich in der Tatnacht aufgehalten haben.«

»Wollen Sie mich einschüchtern?«

Harun wollte einen Vorstoß wagen, doch Behzat Ç gebot ihm mit einer Handbewegung zu schweigen.

»Nein. Aber wenn Sie uns nicht behilflich sein wollen, werden wir Ihre Aussage auf dem Amtsweg einholen müssen. Für einen vielbeschäftigten Mann wie Sie kann das einen empfindlichen Zeitverlust bedeuten. Dabei unterhalten wir uns doch gerade so nett.«

»Ich habe Sie noch gar nicht gefragt, was Sie trinken möchten«, sagte Herr Cansun.

Sie hatten in Herrn Cansuns Büro nichts trinken wollen. Stattdessen waren sie nach dem Gespräch in ein Teehaus im historischen Basar von Ulus gegangen. Eda stieß mit Neuigkeiten von der Kommissionsarbeit zu ihnen.

»Der Typ hat eine Fresse zum reinschlagen«, erzählte ihr Harun. »Hach, ich bin doch nicht verpflichtet, Ihnen Auskunft zu geben, bla bla bla. Nee, biste nicht, die können wir auch aus dir rausprügeln, die Auskunft. Was meint der denn, wer da vor ihm sitzt? Als ob wir zu ihm hinrennen, weil wir nichts Besseres zu tun haben. Am Ende hat er dann doch geredet, aber nur so schwammiges Zeug. Ich glaub, der hat was zu verbergen.«

Als Haruns Mobiltelefon vibrierte, zitterten die Teegläser auf dem kleinen Tisch. Aus einiger Entfernung hörte man den atonalen Singsang der Markthändler.

»Wie? Ich hab nicht verstanden. Okay. Okay. Ich trink noch schnell meinen Tee aus, dann komm ich.«

»Wer war das?«

»Das Phantom. Er ist wohl hinter dem Psychopathen her, der dem Taxifahrer die Kehle aufgeschlitzt hat.«

»War er nicht eben noch dem lokalen Führungskader dieser Organisation auf der Spur?«

»Ich glaub, der überwacht fünf Leute auf einmal. Letztens hat er sogar mich beschattet, und als ich in Hüsyeins Kneipe ein Bier trinken wollte, hat er sich plötzlich zu mir gesetzt.«

Nachdem Harun mit einem Schluck die Hälfte seines Teeglases geleert und bedrohliche Geräusche von sich gegeben hatte, sagte er: »Der ist aber heiß.«

»Dann trink doch langsam.«

Eda lachte auf.

»Was gibt's da zu lachen?«

»Nichts.«

»Wir sind eben den ganzen Tag auf Achse, da bleibt nicht mal Zeit für einen Tee. Das ist nicht so wie bei euch, den ganzen Tag nur sesselfurzen.«

Mit dem zweiten Schluck war das Teeglas leer.

»Verdammt. Können die keinen lauwarmen Tee bringen wie anderswo auch? Also, ich mach mich auf die Socken. Gab's noch was zu bereden?«

Leicht säuerlich, aber immerhin mit lauwarmer Stimme sagte Eda: »Falls du es auf die Kommission schaffen solltest, die Videoaufnahmen aus der Bar müssen auf CD gebrannt werden. Vielleicht könntest du der Technik sagen, sie dürfen das nicht verschlampen. Wir müssen dem Mann sein Handy zurückgeben.«

»Fährst du denn nicht auf die Kommission?«

»Sie kommt mit mir zu den Geisteswissenschaftlern«, sagte Behzat Ç. »Wir nehmen uns den Herrn Dozenten vor. Sonst muß sie sich hinterher noch anhören, daß sie den ganzen Tag nur in ihrem Büro hockt.«

Harun quittierte den Satz mit einem Lachen und ging.

»Hast du die Aufnahmen schon gesehen?«

»Ja«, sagte Eda. »Betül ist an zwei Stellen zu sehen. Einmal beim Tanzen und ein anderes Mal bei der Unterhaltung mit einem Mann.«

»Ist der Mann gut zu erkennen?«

»Eher nicht. Aber für eine Personenbeschreibung wird es reichen.«

»Sag mal, der Typ, der die Aufnahmen gemacht hat, war doch wegen Körperverletzung vorbestraft, oder?«

»Genau. Und sein Freund wegen Drogen. Der muß sich jetzt für das Captagon auf dem Klo verantworten. Angeblich hatten sie sich zwei Jahre lang nicht gesehen und die Videos an dem Abend als Erinnerung aufgenommen. Aber in Wirklichkeit haben sie sich nicht gegenseitig gefilmt, sondern die Mädchen beim Tanzen.«

»Was? Spanner?«

»Der eine stand in Richtung Tanzfläche, und der andere hat so getan, als ob er ihn aufnehmen würde, und dabei die Linse auf die tanzenden Mädchen gehalten.«

Dursun, der Betreiber des Teehauses, trat an den Tisch, um sich nach dem Befinden der Beamten zu erkundigen. Der ältere Mann stellte kurz seine dynamische Frohnatur zur Schau, ohne länger zu stören.

»Hat sich Betül bei dem Anwalt denn nur über sexuelle Nötigung erkundigt?«

»Ja. Wieviel darauf steht, wie man eine Anzeige erstattet, welche konkreten Beweise man dem Gericht vorlegen kann, und so weiter.«

»Hat der Anwalt sie nicht gefragt, ob sie jemand belästigte?«

»Nein. Oder falls doch, wollte er es uns nicht sagen.«

»Vielleicht hat ja eine Freundin von ihr sowas erlebt.«

»Auch möglich.«

Der Heizpilz über dem Tisch verbreitete eine unerträgliche Hitze. Er mußte den obersten Knopf seines Hemdes lösen.

»Diesen Cansun müssen wir gut ausleuchten. Der hat bestimmt auch Verbindungen zu Gökhan. Falls es nicht sogar Gökhan war, der Betül von der Dachterrasse gestürzt hat und dann wieder nach England abgehauen ist. Ist es mittlerweile sicher, daß Gökhan mit einem falschen Paß in die Türkei eingereist ist?«

»Das sagt Metin.«

Behzat Ç dämpfte die Stimme.

»Metin ist nicht besonders vertrauenswürdig«, sagte er. »Ansonsten hätte er dir diese Info erst gar nicht gegeben. Was ich mich aber frage, wenn nach diesem Typen gefahndet wird, warum haben sie ihn dann nicht geschnappt?«

»Er ist ihnen entwischt.«

»Ach komm, das klingt doch absurd. Er ist ihnen entwischt, aber sie wissen genau, welchen Linienflug nach London er genommen hat.«

»Es ist nicht einmal sicher, daß er nach London geflogen ist. Das ist nur eine Vermutung.«

»Wann ist das ballistische Gutachten für die Waffe fertig? Hat Recep schon was sagen können?«

»Kein Datum. Aber er hat die Waffe erhalten.«

Er massierte seine Schläfen mit Kreisbewegungen seiner Zeigefinger. Obwohl er erschöpft war, hatte er gestern kaum schlafen können, sondern sich die ganze Nacht im Bett gewälzt.

»Was wollen wir eigentlich von dem Dozenten wissen«, fragte Eda beim Aufstehen. Beide schienen einen ähnlichen Verdacht zu haben, ohne ihn aussprechen zu wollen.

»Nichts Besonderes,« antwortete Behzat Ç. »Nur, wie es ihm so geht.«

10

Auf der Campuswiese vor der Geisteswissenschaftlichen Fakultät tummelten sich die Zivilbeamten. *Ach, einige von den Jungs hab ich ja schon ewig nicht mehr gesehen*, dachte er gerade, als er am Eingang zum Hauptgebäude Metin entdeckte.

»Was macht der denn hier?«, flüsterte er Eda zu.

»Vielleicht herrscht mal wieder angespannte Lage.«

Mit einem kalten Gruß gingen sie an Metin vorbei. Im Universitätsgebäude war alles friedlich. Durch die breiten und hohen Steinhallen hallten die Stimmen von Studenten, die auf dem Weg zur Mensa waren. Die Wände waren mit Plakaten überzogen. Er bat Eda um ein feuchtes Tuch und wischte sich vor einem Poster gegen die militärische Besatzung des Irak die Stiefel sauber. Er wollte nicht mit matschigen Schuhen einem Hochschullehrer gegenübertreten.

Unterdessen sprach Eda am Mobiltelefon und wandte sich an Behzat Ç: »Den Taxifahrermörder haben wir. Und das Phantom läßt fragen, ob wir Özcan in die Mangel nehmen wollen?«

»Wer is'n das?«

»Dieser Führungskader besagter Organisation.«

»Wenn es kein Aufsehen erregt, gerne. Betül war ohnehin nur eine Sympathisantin. Wir können ihm ein paar Fragen stellen, dann kann er wieder gehen.«

Beim Institut für Turkologie fragten sie nach dem Zimmer von Vahap Sarı. Es befand sich in der Mitte des langen Ganges. Edas Funkgerät piepste; ein paar Studenten schickten ihr abfällige Blicke.

»Schalt es aus«, riet ihr Behzat Ç. »Hat sich eigentlich etwas aus den Adressen in Betüls Tasche ergeben?«

»Nein. Es waren ohnehin nur zwei. Die eine von der Zeitschriftenredaktion und die andere ist eine tote Adresse. Eine leerstehende Wohnung in Ulus.«

Von einem Fenster aus konnte man den begrünten Innenhof des Hauptgebäudes überblicken. Eine Zeitlang beobachtete Behzat Ç die Studenten, die mit Büchern in der Hand durch den Hof gingen, trotz der Kälte auf Bänken herumsaßen oder sich gar Schneeballschlachten lieferten. Der Anblick erfüllte ihn mit ein wenig Sehnsucht nach so einem Studentenleben, und mit Neid, sobald er ihm seine eigene Zeit auf der Akademie gegenüberstellte.

Als er von der militärischen Oberschule geflogen und mit seinem Koffer in der Hand in Ankara eingetroffen war, hatte Oberst Rahmet sich reglos wie eine Statue vor ihm aufgebaut. Selbst als er ankündigte, die Aufnahmeprüfung für die Polizeiakademie ablegen zu wollen, erntete er nur ein Naserümpfen: ›Dann werd doch gleich Fußballer in der ersten Amateurliga‹, hatte der Vater gesagt. ›So einen wie dich rettet auch der Polizeidienst nicht mehr. Du wirst niemals mehr als ein Hauptkommissar werden.‹ ›So einer wie du wird auch niemals mehr als ein schnöder Oberst‹, hatte er entgegnen wollen, sich aber zusammengerissen. Seine Mutter hatte furchtbar geweint und den Vater angefleht, er möge bei diesem oder jenem Paşa vorsprechen; wo der Junge doch so ein schlechtes Führungszeugnis bekommen habe, werde er sicher nicht einmal dann in die Polizeiakademie aufgenommen, wenn er die Prüfung schaffen sollte. Doch vergeblich. Oberst Rahmet sagte nur: ›Strafe muß sein. Das hätte er sich überlegen sollen, bevor er dem Kommandanten die Faust ins Gesicht schlug. Bittstellerei und Amigotum kommen für uns nicht in Frage.‹ Auch als die Mutter sagte, der Kommandant habe schließlich zuerst ihrem Sohn die Nase gebrochen, blieb Oberst Rahmet hart: ›Mit Fug und Recht. Ein Kommandant bricht nicht nur Nasenbeine, sondern auch Schädel, wenn es sein muß…‹ Da er letztendlich ohne Schwierigkeiten auf die Polizeiakademie durfte, hatte der Vater vielleicht doch insgeheim vorgesprochen, gar eine Verletzung seines Stolzes und guten Namens in Kauf nehmend für den Sohn; eine zärtliche Geste, die er als Geheimnis mit ins Grab nahm. Denn die Aufnahme seines Sohnes in die Akademie hatte Oberst Rahmet nicht mehr miterlebt. Şevket und er hatten den Leichnam ins ausgehobene Grab herabgelassen, an einem verschneiten Tag wie dem heutigen. *Möge seine Seele in Frieden ruhen, dich trifft keine Schuld, es war göttliche Vorsehung… Fick dich*, herrschte Behzat Ç seine innere Stimme an, *von wegen Vorsehung. Sprich nicht so, sonst trifft dich noch der Schlag.*

»Haben Sie was gesagt?«

»Hä?«

»Ob Sie was gesagt haben«, wiederholte Eda.

»Nein. Such doch mal das Büro von diesem Hoca.«

An der Tür zu Vahap Sarıs Büro standen noch zwei weitere Namen. Sie klopften an und traten ein. Es war ein kleiner Raum, in den gerade mal drei Schreibtische paßten. Sein eigenes Büro bei der Kommission war mindestens doppelt so groß. Eine Frau Mitte zwanzig blickte von ihrem Bildschirm auf.

»Ja bitte?«

»Wir suchen Vahap Sarı.«

»Der ist zu Tisch.«

»Wann kommt er wieder?«

»In einer guten Viertelstunde.«

Die Frau klang genervt, vermutlich hatten sie sie bei ihrer Arbeit gestört. Sie verließen den Raum und gingen auf das Korridorfenster zu. Als Behzat Ç die Studenten mit Zigaretten in der Hand sah, zündete er sich eine 216 an und fragte: »Warum sind die denn bei der Kälte alle im Hof?«

»Das sind Linke«, klärte ihn Eda auf. »Die hintere Mensa gehört jetzt den Rechten, und die Querulanten haben eine kleine Baracke im Mitteltrakt gebaut bekommen, da passen die aber nicht alle rein.«

Behzat Ç blickte zum hinteren Teil des Hofes und machte eine riesige türkische Flagge aus, die vor dem Weg zum Eisenbahndamm aufgehängt war. Jetzt verstand er die geopolitische Anordnung der Universität. Der Hof im Zentrum des Hauptgebäudes war in zwei Hälften geteilt. Die Mitte und den Bereich links von der Mitte hatten die Linken für sich, während der hintere, rechte Hofteil den Rechten gehörte. Hier durfte sich kein Linker herwagen. Es schien, daß beide Seiten um ihre Grenzen wußten, alles sah nach Außen hin still und friedlich aus. Unterdessen war ein Kerl mit Augenbrauenpiercing an Behzat Ç herangetreten und verlangte Feuer. *Wie läuft der denn rum*, dachte er sich und steckte seine 216 in den Mundwinkel, um sein Feuerzeug aus der Tasche zu holen. Dann sah er eine befremdlich gekleidete, junge Frau mit knallblau gefärbten Haaren, die links von der Mitte herumstreunte.

»Ist sowas auch eine Linke?«

»Die hat bestimmt keine politische Meinung«, sagte Eda. »Aber weil sie sich so nicht auf die andere Seite wagen darf, läuft sie unter den Linken rum.«

Ohne es überhaupt für nötig zu befinden, mit der Hand zu zeigen, fragte er: »Und wer sind die Spinner, die mitten im Schnee auf dem Boden liegen?«

»Das sind Anarchisten. Laß dich von deren Rumgeliege nicht täuschen; wenn es zu Konflikten kommt, können die ganz schön fies werden.«

»Woher weißt du denn das alles?«

»Mein Cousin studiert hier, hab ich das nicht erzählt? Ich war schon öfter hier, und es ist eine winzige Uni, alle sind auf engstem Raum zusammengepfercht.«

»Das sieht man«, sagte Behzat Ç. »Auf vierzig Quadratmetern hast du fünfzig Gattungen von Mensch.«

»Aufgrund der räumlichen Gedrängtheit herrscht hier Einheit unter den Linken, sagt mein Cousin immer.«

»Ist dein Cousin etwa auch so ein Linker?«

»Ich bitte dich. Er teilt mit ihnen nur das gleiche Gelände.«

Inzwischen hatte ein mittelgroßer, dicklicher Mann mit Brille nach der Klinke der Tür gegriffen, vor der sie warteten. Sie zögerten, da erst ein paar Minuten vergangen waren.

»Herr Sarı?«

»Ja?«

»Haben Sie einen Augenblick für uns Zeit?«

Vahap blickte sie fragend an.

»Polizei.«

Sie folgten Vahap ins Zimmer und bekamen zwei Stühle an einer Seite seines Schreibtisches angeboten. Vahap rückte seine dickglasige Brille zurecht. Sein Arbeitsplatz machte einen aufgeräumten Eindruck. Die Frau vor dem Bildschirm blickte wieder genervt.

»Wir wollten uns mit Ihnen über Betül Gülsoy unterhalten.«

Traurig nickte Vahap.

»Ja, das ist ein schreckliches Ereignis.«

»Wie haben Sie davon erfahren?«

Er geriet für einen Augenblick durcheinander.

»Na, also, wir haben ja alle davon gehört und waren natürlich zutiefst betroffen.«

»Was für eine Studentin war Frau Gülsoy?«

»Man kann sagen, daß sie sehr gewissenhaft gearbeitet hat. Sie war regelmäßig anwesend. Unsere Seminare sind meist recht voll, aber sie hat sich immer bemerkbar gemacht.«

»Auf welche Weise?«

»Durch ihren Fleiß und ihr regelmäßiges Erscheinen.«

»Auch durch ihre Schönheit?«

»Ich verstehe nicht recht«, sagte Vahap. Er rückte ein wenig näher und blickte sie über seinen Brillenrand an. Behzat Ç konnte diesen Mann auf Anhieb nicht leiden. Er hatte wimpernlose, blaue Augen, fleischige Wangen und eine schmierige Haut, auf der man sich das Schallen einer Ohrfeige vorstellen wollte. Die Frau vor dem Bildschirm hatte sich zu ihnen gedreht und hörte mit. Vahap fragte sie, ob sie denn keine Mittagspause machen wolle, woraufhin sie begann, ihre Tasche einzupacken. Eine nervtötende Stille breitete sich aus.

»In solchen Momenten sagt man wohl, daß jemandem eine Tochter geboren wurde«, sagte Behzat Ç.

Vahap lachte.

»Stimmt, das Sprichwort kommt mir bekannt vor.«

Die Frau schlug die Tür von außen zu. *Die armen Studenten*, dachte Behzat Ç, *falls so eine unterrichten darf.* Manchmal erschien es ihm wie ein großer Verlust, daß man nicht alles sagen durfte, was einem gerade in den Sinn kam.

»Was möchten Sie trinken?«

»Nichts, danke. Falls Sie einen Aschenbecher hätten…«

Während Vahap einen leeren Plastikbecher vor Behzat Ç aufstellte, fragte Eda: »Wie haben Sie sich mit Betül verstanden?«

»Gut. Also, soweit das Verhältnis zwischen Studenten und Hochschullehrern dies zuläßt. Da sie in letzter Zeit öfter fehlte, habe ich sie ein- oder zweimal in angemessenem Ton verwarnt. Ich hätte nie gedacht, daß sie so etwas tun würde. Sie muß wohl sehr ernste Probleme gehabt haben.«

»Hat sie mit Ihnen über ihre Probleme gesprochen?«

»Insofern diese Probleme den Hochschulbereich tangierten, durchaus. Ich bin immer für meine Studenten da und als ein guter Zuhörer bekannt.«

»Welche Probleme, die den Hochschulbereich tangieren, hat Betül Ihnen gegenüber zum Beispiel angesprochen?«

Wieder geriet Vahap ein wenig aus der Fassung, er rieb sich nervös die Hände, als wüßte er nicht, was er mit ihnen anfangen sollte.

»Das kann ich Ihnen nicht mehr sagen. Es wird wohl um den Unterrichtsstoff gegangen sein.«

»Haben Sie sie öfter angerufen?«

»Also, ich, äh…«

Behzat Ç kniff seine braunen Augen zusammen und sagte: »Hör

zu, Hoca. Ich bin von Berufs wegen nicht auf offene Worte eingestellt. Aber ein paar offene Worte sollten wir heute sprechen. Hatten Sie ein Verhältnis mit Frau Gülsoy jenseits des Verhältnisses zwischen Studenten und Hochschullehrern?«

Er lehnte sich in seinem Stuhl zurück und verschränkte die Hände hinter dem Kopf. Die 216 wippte in seinem Mundwinkel. Das waren in der Tat offene Worte.

»Ne… ne… ne…«, brachte Vahap stotternd heraus, es sollte wahrscheinlich »Nein« heißen. Doch sein Versuch, offene Worte zu erwidern, wurde von einem furchtbaren Lärm unterbrochen, der aus dem Korridor kam. Die rechteckige Luke über der Tür zerbarst und das anschwellende Geschrei drang mit den Glassplittern zusammen ins Bürozimmer. Behzat Ç und Eda sprangen reflexartig auf und versicherten sich, daß ihre Schußwaffen einsatzbereit waren. Die Angst in Vahaps Augen hatte eine neue Dimension angenommen.

»Nicht schon wieder!«

»Was schon wieder?«

»Schon wieder Prügelei.«

Sobald Behzat Ç und Eda auf den Korridor getreten waren, schloß Vahap die Tür hinter ihnen ab. Rund dreißig Männer mit Eisenstangen benutzten den Flur als Schlachtfeld. Behzat Ç verstand nicht ganz, was vor sich ging. Als er sah, wie vor einem Seminarraum Eisenstangen und Handbeile in die Luft fuhren und sich gen Boden senkten, rannte er in jene Richtung.

Acht Männer umringten einen Studenten, der auf dem Boden lag. Einige versetzten ihm Tritte, andere schlugen mit Eisenstangen auf ihn ein. Er stieß einen der Männer beiseite und knallte einen zweiten gegen die Wand. Als ihn eine kräftige Hand an seiner Schulter zerrte, drehte er sich um und stand Auge in Auge mit einem Mann, der im Begriff war, mit seinem Handbeil auf ihn einzuschlagen. Doch als er Behzat Ç sah, hielt er inne. Einen Augenblick lang froren die beiden ein, als posierten sie für eine Fotoaufnahme. Irgendwoher kannte er diesen Fettwanst mit der Brille, aber in der Panik des Augenblicks fiel ihm nicht ein, woher.

»Polizei«, brüllte er, »sofort alles auseinander!«

Der Mann mit dem Handbeil zog sich zurück, die anderen taten es ihm nach und stellten sich in einiger Entfernung von dem am Boden Liegenden auf. Noch während des Rückzuges trat einer von ihnen dem Studenten mit voller Wucht gegen den Kopf. Noch einmal schrie Behzat Ç: »Polizei! Auseinander, ihr Säcke!«

Sofort rief einer aus der Gruppe: »Ich dachte, Polizisten wären Staatsdiener. Aber du legst dich hier für Terroristen ins Zeug!«

Ein anderer: »Immer schön schützen. Wir Nationalgesinnten kriegen nur den Schlagstock ab, aber für die Terroristen gibt es Menschenrechte!«

Der bebrillte Fettwanst verpaßte einem der Agitatoren einen Hieb in den Nacken, drehte sich um und rannte den Korridor entlang. Die anderen folgten ihm. Ein Mädchen mit orangefarbenem Haar, das der Meute entgegenkam, riß voller Panik ein Fenster auf und schrie aus vollem Halse. Der Anführer gab ihr im Vorbeilaufen eine Ohrfeige und brüllte: »Halt's Maul, Schlampe!« Die Frau fiel zu Boden, schrie weiter und versuchte, mit den Händen ihren Kopf zu schützen, um von den Tritten, die auf sie einprasselten, möglichst wenig Schaden zu nehmen.

Behzat Ç und Eda beugten sich über den am Boden liegenden Jungen. Er war vielleicht achtzehn Jahre alt, dunkelhaarig und hatte spärlichen Bartwuchs. Blut rann aus einer Wunde hinter seinem Ohr.

»Ich hab nichts«, sagte er ängstlich.

Behzat Ç hob den Kopf des Jungen vom Boden und preßte die Wunde hinterm Ohr zu.

»Guck mal, ob dieser Vahap Mullbinden oder sowas hat!«

Eda lief zu Vahaps Büro und rüttelte an der Tür: »Es ist zugeschlossen.«

»Wie?«

»Er hat abgeschlossen.«

Von draußen hörte man Sprechchöre, dann das Splittern weiterer Scheiben. Er schaute auf den Hof. Dort, wo noch vor zehn Minuten Schneebälle geflogen waren, hagelte es jetzt Steine. Ein

Student, der stark aus einer Wunde an der Hand blutete, kauerte sich neben Behzat Ç.

»Was ist dir passiert?«

»Sie haben mir mit der Axt auf die Hand geschlagen.«

Er hatte eine klaffende Schnittwunde, die quer über seine Handfläche verlief.

»Na, besser als auf den Kopf.«

Eda rüttelte noch an anderen Türen, aber sämtliche Dozenten hatten ihre Büros von innen verriegelt. Ein Dutzend Studenten kam herbeigerannt und umringte den am Boden liegenden. Da Behzat Ç wieder nicht verstand, was vor sich ging, faßte er den Jungen am Arm und ließ ihn nicht los. Jemand stieß gegen seine Schulter und schrie: »Verpiß dich, du Fascho!«

Wankend stand er auf und schaute sich um; der Gang war jetzt gedrängt voll. Er suchte denjenigen, der ihn beleidigt hatte, um ihm eine Ohrfeige zu verpassen. Ein Mädchen mit wilden Locken herrschte ihn an: »Was glotzt du so, Bullenschwein?«

»Macht, daß ihr wegkommt, und zwar schnell!«

»Mörder!«

Ein Stein flog über seinen Kopf hinweg, direkt in die Fensterscheibe hinter ihm. Unterdessen schulterte ein stämmiger Junge aus der Menge seinen verletzten Freund und entfernte sich im Laufschritt.

Vor dem Haupteingang wischte er sich die Hände an einem weiteren feuchten Tuch ab, das ihm Eda gegeben hatte. Eine Hundertschaft Sondereinsatzkommandos hatte sich mit Gasmasken bewehrt und war kurz davor, das Gebäude zu stürmen. In einer Ecke stand auch Aybars, mit einem seltsamen, dreisten Grinsen auf dem Gesicht, und gab über Funk Befehle an jemanden durch. Als Behzat Ç ihn sah, fragte er: »Was hast du denn hier zu suchen?«

»Weiß auch nicht...«

Er sprach nicht weiter, weil sein Telefon klingelte. Es war Ceyda. Da fiel ihm ein, daß er ihre heutige Verabredung vergessen hatte.

Die Sondereinsatzkommandos feuerten in schneller Folge mehrere Salven Tränengaspatronen ins Hauptgebäude. Die Geschosse zerstörten die letzten noch heilgebliebenen Glasscheiben und drangen in den Innenhof. Ceyda sprach ohne Punkt und Komma. Inmitten des Getöses verstand er nur einzelne Wortfetzen: »Wo bleibst du... verantwortungslos... Berna... Vaterschaft... aufopfern... änder dich endlich...«

Der Einsatzleiter baute sich vor den Polizisten auf und erteilte mit einer Stimme, die keiner seiner Beamten überhören konnte, seinen ultimativen Befehl: »Stürmen! Kein Schaden an Scheiben, Türen und sonstigem Staatseigentum. Nur auf die Ziele konzentrieren!«

Die Polizisten brachen die Türen ein und stürmten das Gebäude. Sie ließen ihre Schlagstöcke auf alles niederprasseln, was sich bewegte und konzentrierten sich dabei nur auf ihre Ziele. Behzat Ç legte auf.

»Vorsicht, Herr Vorgesetzter!«

Plötzlich schloß Eda Behzat Ç in ihre Arme und riß ihn zur Seite. Nur so konnte sie gerade noch verhindern, daß ein aus dem Gebäude geworfener Stein seinen Kopf traf. Behzat Ç spürte Edas pralle Brüste an seinem Körper. Sie gingen auseinander. Beide lachten.

»Laß uns gehen, bevor sie uns die Köpfe einhauen.«

Es stellte sich als Glücksfall heraus, daß sie nicht mit dem Dienstwagen auf den Campus vorgefahren waren, sonst hätten sie inmitten des jetzt entstehenden Chaos kaum ausparken können.

»Kanntest du den Mann mit dem Handbeil?«, fragte Behzat Ç.

»Welchen?«

»Den bebrillten Fettwanst. Mit dem ich mich in der Wolle hatte.«

»Nein.«

»Von irgendwoher kam der mir bekannt vor.«

11

Er bat Eda, im Auto zu warten und eilte in Yunus' Praxis. Ceyda war schon längst weg. Er war etwas verärgert, sie nicht mehr anzutreffen. Doch was Yunus zu sagen hatte, traf ihn wie ein Schlag.

»Was sagst du da? Sag das nochmal!«

»Setzt dich doch lieber erst.«

»Sag es nochmal, ich hab nicht alles mitbekommen.«

Da legte Yunus die synthetischen Drogen vor ihm auf den Tisch.

»Die haben wir in Bernas Zimmer gefunden.«

Behzat Ç setzte sich auf die Kante des Sessels und untersuchte mit einer Hand gründlich die Pillen, während er seinen Kopf mit der anderen Hand abstützte. Ceyda hatte Bernas Namen im Traum empfangen, als sie im sechsten Monat war. Träume hatten für ihn etwas Heiliges; daher hatte er gegen den Namen nichts einzuwenden gehabt. Das erste Mal waren sie vor zwölf Jahren, auf Empfehlung seines Schwiegervaters hierher gekommen. Ceyda hatte sich nicht von ihren Depressionen und Angstzuständen befreien können. Er war schon immer der Überzeugung gewesen, daß er seine Frau und seine Tochter hier, in dieser Praxis, verloren hatte, und in einer Hinsicht hatte er damit recht. Ununterbrochen fragte er sich, wann es wohl angefangen hatte zwischen den beiden, denn schon ein Jahr nach der Scheidung heirateten Ceyda und Yunus.

»Sie braucht professionelle Hilfe. Sie ist suizidär.«

»Wie?«

»Sie ist suizidär.«

»Red nicht so'n Quatsch!«

»Sie braucht professionelle Hilfe.«

Behzat Ç ließ die Pillen auf den Tisch fallen. Sein Kopf war leicht geneigt, seine Stirn stand in bösen Falten, und mit unzähligen Fragen im Blick starrte er Yunus aggressiv an.

»Ich darf Berna nämlich nicht therapieren, das muß jemand außerhalb der Familie übernehmen.«

Er senkte seinen Kopf noch weiter, vor seinen Augen flackerten abrupte Bilder auf, in denen er Yunus am Schlawittchen packte und ihn anschrie: *Als ob du Teil unserer Familie wärst, Arschloch*, ihn durchschüttelte und ihm mit der Schädelplatte einen Stoß vor die Stirnmitte versetzte. Doch dann hob er den Kopf, holte tief Luft und nahm sich zusammen.

»Woher hat sie die Pillen?«

»Von ihrem Freund.«

»Was für ein Freund? Hat sie etwa einen Freund?«

Fahrig fuhr er mit den Händen über seine Oberschenkel, suchte nach Zigaretten, ohne zu wissen, was er überhaupt tat.

»Sie ist jetzt einundzwanzig, da ist das nur natürlich.«

»Warum habt ihr mich herbestellt?«

»Damit du Bescheid weißt.«

Das war der Satz, der bei Behzat Ç sämtliche Sicherungen durchbrennen ließ. Er sprang auf.

»Damit ich Bescheid weiß, ja? Und du erzählst mir das alles erst jetzt!«

Was auch immer er auf dem Schreibtisch fand, schmiß er nach Yunus.

»Beruhig dich bitte!«

Aktuell schleuderte er einen riesigen Terminkalender nach seinem Gegenüber.

»Und, soll ich auch leise bis zehn zählen?«

Diese Methode hatte man ihm bei den psychologischen Seminaren beizubringen versucht, die Teil der internen Weiterbildung waren. Der Stiftständer traf Yunus am Kopf.

»Beruhig dich doch mal, mein Freund!«

»Ich bin nicht dein Freund, du Wichser!«

Er zog seine Waffe und entsicherte sie, ohne sich am Gesetz über Aufgaben und Befugnisse der Türkischen Polizei zu stören. Er lud durch. Yunus wurde kreidebleich.

»Tu das nicht!«

Er hielt Yunus die Waffe an die Schläfe. Die Sekretärin, die in diesem Moment eintrat, stieß einen Schrei aus und rannte davon.

»Wenn Berna auch nur ein Haar gekrümmt wird, knall ich dich ab.«

Yunus stotterte.

»Hast du mich verstanden, Drecksack?«

»Ja.«

»Schön.«

Er steckte die Pillen in seine Hosentasche und spurtete aus dem Behandlungszimmer. Die Sekretärin hing schon am Telefon.

»Na, möchtest du die Polizei sprechen?«

Er riß ihr den Hörer aus der Hand.

»Vielleicht kann ich ja weiterhelfen.«

Mit ihren vor Furcht geweiteten Pupillen sah sie ganz süß aus. Dann starrte er auf die Entspannung verheißenden Gemälde im Wartezimmer und regte sich etwas ab. Ihm fiel noch eine Sache ein, er eilte zu Yunus zurück. Die Sekretärin schrie noch einmal auf. Yunus war immer noch leichenblaß.

»Wer ist ihr Freund?«

»Alp heißt der Junge. Sie studieren zusammen.«

»Woher weißt du, daß er dealt?«

»Hat Berna gesagt.«

»Berna? Weiß sie, daß ihr die Pillen gefunden habt?«

»Ja. Wir reden über alles.«

Als er zum Auto zurückkehrte, fiel Eda sofort sein veränderter Zustand auf. Da es sich allerdings um eine heikle Angelegenheit handelte, wagte sie nicht, ihn darauf anzusprechen.

»Fahr du«, sagte er. »Ich bin ein bißchen durcheinander.«

Sie tauschten die Plätze. Er rief Berna auf ihrem Mobiltelefon an, doch auch, als er es zwanzigmal läuten ließ, ging sie nicht ran.

Am nächsten Tag trafen sie sich in der Mordkommission, um miteinander die Aufnahmen von der Bar anzuschauen, die die beiden Voyeure gemacht hatten. Es waren drei Clips. Der längste dauerte rund zwei Minuten. Nach zweimaligem Anschauen schalteten sie die VCD aus. Harun schlug auf die Kladde in seiner Hand und rief: »Jetzt hört euch mal diesen Satz hier an.«

Er las laut aus Betüls Nachtbuch vor: »Egal, welchen sozialen Status Männer haben, sobald sie einer Frau begegnen, die sich ein bißchen unverkrampft verhält und ihr Leben nach ihren eigenen Maßstäben zu gestalten versucht, versteifen sie sich darauf, sie zu vögeln.«

Die Männer im Raum lachten. Gleichzeitig aber linsten sie aus den Augenwinkeln zu Eda herüber und konnten kaum ihre Neugier darüber verhehlen, was sie wohl zu der Angelegenheit zu sagen hatte. Allen Erwartungen zum Trotz lief sie nicht rot an. Wäre sie eine Frau gewesen, die dem Bild ihrer männlichen Kollegen entsprochen hätte, wäre sie inmitten all der behaarten Herren von der Mordkommission sicher schon längst untergegangen. Doch als sie lakonisch sagte: »Diese Frau nimmt kein Blatt vor den Mund«, richteten sich sämtliche Augen auf sie. Insgeheim beglückwünschte Behzat Ç Eda für ihre manchmal abgebrühten, niemals aber defensiven Kommentare. Eda nahm Harun die Kladde aus der Hand und sagte: »Und jetzt hört euch bitte folgenden Satz an: Seltsame Erfahrung, in einem Sexshop auf den eigenen Osmanischdozenten zu stoßen.«

»Echt, ist die auch in Sexshops gegangen?«

»Ja«, bestätigte Eda. »Auf ihrem Tisch fand man Literatur über Pornographie. Mir stellen sich zwei Fragen. Erstens, was hatte sie in dem Sexshop vor? Zweitens, wer war der Dozent, auf den sie dort stieß? Und ich finde, wir können uns beide Fragen leicht beantworten.«

»Also, wer der Dozent war, weiß ich nicht«, sagte Harun. Er mußte eine Weile nachdenken: »Sagt bloß nicht, es war dieser Vahap Hoca?«

»Guten Morgen!«

»Und warum verhaften wir ihn dann nicht?«

»Immer mit der Ruhe«, sagte Behzat Ç. »Laßt uns zuerst dahinterkommen, was es mit diesem Mann auf sich hat. Und wir sollten auch herausfinden, um welchen Sexshop es sich handelt. Diese Pornobegeisterung bei dem Mädchen irritiert mich irgendwie. Was steckt wohl dahinter? Wen können wir fragen?«

Da ihm die nackten, fragmentierten Körper in den Sinn kamen, die in *Verzogen* abgebildet waren, dachte er für sich, daß Bahar wahrscheinlich die beste Ansprechpartnerin sein würde. Wenn die beiden sich wirklich so gut verstanden hatten, mußten sie auch darüber gesprochen haben. Während er an Bahar dachte, schien sich der Rhythmus seines Herzens zu verdoppeln. Es hatte heute die ganze Zeit so lustlos geschlagen; er hatte gedankenversunken dagesessen und sich nur widerwillig am Gelächter der anderen beteiligt.

»Laßt uns die Migros-Prinzessin fragen«, sagte Harun. »Die wollten wir uns heute sowieso vornehmen.« Seit ihr Vater und Tahsin sich eingeschaltet und Ayşen aus den Fängen der Mordkommission befreit hatten, wurde sie von den Beamten so genannt. »Ich bin ja besonders auf dieses Mädchenwohnheim gespannt, wo sie untergebracht war.«

Gänzlich unbegründet war Haruns Neugier nicht, da das private Mädchenwohnheim den Namen *Ideal* trug. Wieder einmal brachen die Männer im Raum in kollektives Gelächter aus.

Cevdet platzte herein und warf einen leeren Stuhl um. Er hatte eine Fotografie mitgebracht. Behzat Ç drückte auf die Play-Taste des VCD-Spielers und rückte näher an den Bildschirm. Sie betrachteten erneut die Aufnahmen.

»Mal sehen, ob er auf dem Foto gut aussieht.«

Auch die anderen näherten sich dem Monitor. Harun blickte auf das Bild und sagte: »Irgendwoher kenne ich den.«

Alle drehten sich zu ihm um.

»Woher?«

»Kann ich nicht sagen.«

Behzat Ç ließ die Aufnahmen ein weiteres Mal laufen. In der riesigen Bar befanden sich vielleicht dreißig Personen.

»Warum war es dort so leer?«

»Weil es die Nacht nach Neujahr war.«

Auf der ersten Videostrecke war Betül zu sehen, wie sie selbstvergessen tanzte.

»Sie kann gut tanzen. Hat einen eigenen Stil. Ob sie wohl viel getrunken hat?«, fragte Harun.

»Das wird die Obduktion klären.«

Die Kamera wechselte von Hand zu Hand. Die Aufnahmen waren einen Moment lang verwackelt und kehrten dann zur Tanzfläche zurück. Behzat Ç spulte ein paar Frames zurück. Während der eine Voyeur die Kamera an den anderen weiterreichte, war kurz die Theke zu sehen, wenn auch schief aufgenommen. Er gab Harun die Fernbedienung und sagte: »Halt das Bild genau da an.«

Harun gehorchte.

»Wer ist der Mann mit den Stiefeln dort an der Theke?«

Als niemand sich zu Wort meldete, beantwortete Behzat Ç seine eigene Frage: »Yavuz. Es sei denn, jemand anderes hätte in der Nacht die gleichen Stiefel getragen. Und wäre genauso kräftig gebaut. Wissen wir, wann die Aufnahmen gemacht wurden?«

»Vor zwölf Uhr nachts. Es gibt auch noch eine Strecke, die genau um Viertel vor eins aufgenommen wurde. Das haben sie wohl aus Versehen gefilmt; man sieht den Rücken eines Mannes an der Bar und den Gang, der nach hinten führt. Vermutlich ist es wieder Yavuz. Aber jemand hat sich zu ihm gesellt.«

»Warum saß Yavuz an der Theke und nicht mit den anderen am Tisch?«

»Es gibt überhaupt keine Tische in der Bar. Es ist eine Hardrockkneipe, da mußt du dein Getränk im Stehen trinken und dabei tanzen.«

Behzat Ç schüttelte verwundert den Kopf.

»Versteh einer diese jungen Leute…«

Es blieb unklar, ob sich das auf das Ausgehverhalten der heutigen Jugend bezog oder ein allgemeiner Stoßseufzer war. Er hatte den Kopf in die Hände gestützt und schien sehr nachdenklich. Nur Eda konnte sich ungefähr vorstellen, worüber er sich so den Kopf zerbrach.

»Geht es Ihnen gut, Herr Hauptkommissar?«, fragte sie.

Er haßte diese Frage.

»Red nicht so'n Quatsch. Weiter mit dem nächsten Clip.«

Der zweite Clip konzentrierte sich auf eine junge Frau, die vor der Theke tanzte. Das Objektiv zoomte auf die Beine der Frau, die einen Minirock trug.

»Das sind echt so richtige Spanner.«

Die Männer im Raum schmunzelten und kicherten. Im Bildhintergrund sah man einen Mann an Betül herantreten.

»Stop. Genau hier.«

Er hielt das Foto, das Cevdet hereingebracht hatte, neben den Bildschirm.

»Und? Ähnlichkeit?«

»Auf dem Foto sieht er besser aus.«

»Klar, das ist ja auch durch die Bildbearbeitung gegangen. Dieser Mann befand sich nicht unter denen, die in der Tatnacht vor der Bar warten mußten, oder?«

Harun blätterte durch die Ausweiskopien, die sie in der Nacht angefertigt hatten.

»Nein.«

»Es sei denn, er ist euch durch die Lappen gegangen.«

Nachdem der Mann Betül etwas ins Ohr geflüstert hatte, entfernte sie sich von ihm. Gegen Ende der Videostrecke schwenkte die Kamera, und der Monitor füllte sich mit verschwommenen Bildern, die vom gleißenden Licht der Theke verzerrt waren.

»Halt nochmal an.«

»Wo?«

»Da, wo man den Ausgang zur Terrasse sehen kann. Ist das da nicht Aykut? Der von sich behauptet, er sei Betüls Freund?«

»Genau.«

»Und neben ihm?«

»Ich würde sagen, Ayşen. Sie flüstern sich gegenseitig was ins Ohr.«

»Das ist kein Flüstern, in so einer Bar mußt du jemandem ins Ohr schreien, damit er dich versteht.«

Behzat Ç schaute auf die Planskizze der Bar.

»Das hier ist der Ausgang zur Terrasse, ja? Halt nochmal an.«

»Jawohl.«

»Meint ihr, die Tür ist offen?«

Alle sechs Beamten drängten sich vor dem Monitor, als wollten sie ihre Köpfe darin versenken.

»Das läßt sich nicht erkennen.«

Die Kamera schwenkte noch ein wenig und verharrte an der Stelle, wo Betül mit dem Mann gesprochen hatte. Der Mann war nicht mehr dort.

»Wissen wir, wann das aufgenommen wurde?«

»Kurz vor eins.«

»Und wo ist der Mann von eben?«

»Weg. Nachdem Betül weg war, ist auch er gegangen.«

Behzat Ç knallte das Foto vor Harun auf den Tisch und lehnte sich in seinem Sessel zurück. Er hatte seine Hände hinter dem Kopf verschränkt und beobachtete das Fußballfeld, das er sich im Kopf aus den Flecken an der Decke zusammengesetzt hatte.

»Meine Herren«, sagte er, »wir befinden uns auf halbem Wege zum gegnerischen Strafraum. Und jetzt findet mir diesen Kerl.«

»Wo sollen wir suchen?«

»Schaut euch die Akten über diese Organisation an. Und guckt euch den Teilnehmer mit der Mobilnummer an, an die Betül die SMS mit dem Text: ›Bin auf der Terrasse. Warte auf dich‹ geschickt hat. Wenn das nichts hilft, knöpft ihr euch alle, die in der Bar waren, noch einmal vor. Und wenn ihr ihn dann immer noch nicht habt, versucht's bei Google. So, wir brechen auf. Wer möchte mit ins Mädchenwohnheim?«

Sämtliche Polizisten sprangen gleichzeitig auf.

»Bleiben Sie ruhig, meine Herren«, sagte Behzat Ç. »Eda, wir gehen.«

An der Tür drehte er sich noch einmal zu den Verbleibenden um.

»Diesen Özcan habt ihr immer noch nicht, oder?«

Harun war ein wenig beleidigt, daß er nicht mit ins Mädchenwohnheim durfte.

»Was weiß ich«, sagte er. »Wahrscheinlich will das Phantom die gesamten Strukturen der Organisation aufdecken. Was der so unter Personenüberwachung versteht.«

12

Das Wohnheim, in dem Betül und Ayşen bis vor vier Monaten zusammengelebt hatten, lag auf der Necatibeystraße. Behzat Ç parkte vor dem hotelähnlichen Gebäude und betrachtete die Menschen, die aus dem benachbarten Supermarkt kamen und den vereisten Gehsteig entlangwatschelten wie Pinguine, denen man vollgestopfte Einkaufstüten in die Hand gedrückt hatte. Ein besonders beladener Mann rutschte aus und beschrieb eine kunstvolle Acht auf dem Eis, bevor er sich wieder fing.

»Meinst du, die haben da Toilettenpapier im Zweierpack?«

»Weiß nicht«, antwortete Eda.

Im Supermarkt bei Behzat Ç um die Ecke gab es nur Toilettenpapier in Familienpackungen ab zweiunddreißig Rollen. Auch wenn das Preis-Leistungsverhältnis stimmte, löste es in ihm immer wieder Anwandlungen von Melancholie aus, als alleinlebender Mann mit einer Zweiunddreißiger-Packung Toilettenpapier nach Hause zu kommen.

»Haben wir das ballistische Gutachten für die Waffe immer noch nicht bekommen?«

»Nein.«

»Wie erklärst du dir die Verspätung?«

»Ich denke, es ist gar nicht verspätet. Das dauert doch immer so lange.«

Dabei schaute Eda allerdings so, als wüßte sie ebenfalls um die internen Dimensionen dieser Angelegenheit. Endlich fragte sie zögernd: »Was hat Ihnen denn der Staatsanwalt gesagt?«

Diese Frage hatte sie schon längst stellen wollen, bisher aber immer auf die richtige Gelegenheit gewartet.

»Unser Harun ist ein altes Klatschweib.«

Eda merkte sofort, daß sie sich einen Fauxpas geleistet hatte und blickte schweigend vor sich hin.

»Jemand muß wohl dem Staatsanwalt gesteckt haben, es sei nicht erwünscht, daß man sich mit der Sache allzu eingehend beschäftige«, erzählte Behzat Ç. »Nun ist der Staatsanwalt frisch aus seinen

Examensprüfungen herausgehüpft und kontert natürlich sofort: ›Wie können Sie sich erdreisten, einem unabhängigen Justizbeamten in seine Arbeit reinzureden?‹ Ich würde da jetzt aber nicht in Verschwörungstheorien verfallen, sowas kommt ab und zu vor.«

Das Mädchenwohnheim *Ideal* war in der Tat von idealen Mädchen bewohnt. Der private Betreiber hatte sich mit der Ausstattung mehr Mühe gegeben als die staatlichen es taten, dennoch strahlten die Korridore jene beklemmende Enge aus, wie sie Wohnheimen eigen ist. Er kannte sie nur zu gut aus dem Militärinternat. Die Heimleiterin war eine geschwätzige Frau mit kleinem Bauch. Nachdem sie Ayşen telefonisch auf ihr Zimmer bestellt hatte, erläuterte sie ihren Gästen ausführlich die Vorzüge ihrer Einrichtung, um die Zeit zu füllen, bis sie erschien. Endlich klopfte Ayşen an und trat ein. Als sie die Beamten sah, wurde ihr Gesicht sofort wieder schneeweiß.

Behzat Ç schaute der Leiterin ins Gesicht und sagte: »Wenn es Ihnen nichts ausmacht, würden wir uns mit Ayşen gern allein unterhalten.«

Abrupt stand sie auf.

»Selbstverständlich.«

Sie begleitete die drei ins Nebenzimmer und schloß die Tür von außen.

»Es gibt keinen Grund zur Sorge, wir wollten dir nur ein paar Fragen stellen, um die Formalitäten abzuwickeln.«

Behzat Ç wollte nicht, daß das Mädchen wieder ohnmächtig wurde.

»Kannst du uns noch einmal den Hergang der Tatnacht schildern? Das ist wichtig, weil du die letzte Person bist, die Betül gesehen hat.«

»Sie sagte, sie wolle frische Luft schnappen und ging auf die Terrasse.«

»Um wieviel Uhr genau?«

»Genau weiß ich es nicht. Es muß gegen eins gewesen sein. Nach einiger Zeit begann ich, mir Sorgen zu machen und ging zu ihr. Sie lehnte am Geländer der Terrasse und schaute nach unten.«

»Befand sich noch jemand auf der Terrasse?«

»Das hab ich doch beim letzten Mal schon gesagt. Da war niemand.«

»Wir haben aber Videoaufnahmen, die deine Aussage widerlegen.«

»Videoaufnahmen?«

Ayşen zeigte eine klare Überreaktion. Behzat Ç packte die Gelegenheit beim Schopfe.

»Du brauchst vor uns nichts zu verheimlichen. Wir wissen, daß du Betül ihren Freund weggeschnappt hast.«

Eda blickte prüfend zu ihrem Vorgesetzten, da sie sich gar nicht sicher war, ob er es wirklich wußte, ließ sich aber gegenüber Ayşen nichts anmerken. Behzat Ç hatte blind aus der Hüfte gefeuert, aber genau ins Schwarze getroffen. Ayşen weinte schon wieder.

»Daher denke ich, daß du dich mit Aykut zusammengetan hast und ihr Betül übers Geländer geworfen habt.«

»Nein, nein, nein!«, wehrte sich Ayşen.

»Habe ich unrecht?«

»Sie haben ja recht, ich hatte eine Affäre mit Aykut. Aber Betül war meine beste Freundin, wieso sollte ich sie vom Dach werfen?«

»Ich würde vorschlagen, daß du diese Frage selbst beantwortest.«

Eda zog ein Papiertaschentuch hervor und reichte es Ayşen. Man hörte den Lärm der betriebsamen Straße. Behzat Ç wedelte mit seinem Funkgerät vor Ayşens Nase herum und herrschte sie an: »Jetzt hör endlich auf zu heulen!«

Die Antenne wackelte wie ein Lehrerzeigefinger.

»Genug! Bei euch pennt doch jeder mit jedem. Von wegen beste Freundin!«

Er machte Anstalten, das Zimmer zu verlassen und wies Eda an: »Nimm das Mädchen mit, wir gehen.«

»Warten Sie«, bat Ayşen. Behzat Ç drehte sich um. »Ich hör auch auf zu weinen. Ich beantworte alle Ihre Fragen. Ich hab ja nichts zu verbergen. Betül wußte doch von unserer Affäre. Weil ich es ihr erzählt hab. Hinterher hab ich mich total geschämt. Das war voll pubertär, was wir gemacht haben. Aber Betül hat mir verziehen. Für sie waren andere Sachen wichtiger.«

Behzat Ç zog das Foto hervor.

»Kennst du diesen Mann?«

Ayşen betrachtete lange das Bild.

»Kennen nicht, aber irgendwo habe ich ihn schon gesehen.«

»Wo?«

»Vielleicht an der Uni. Ich möchte Ihnen aber keine Fehlinformationen geben. Ich hab nicht so ein gutes Personengedächtnis.«

»Hast du den Mann in der Tatnacht gesehen?«

»Ach, genau«, sagte Ayşen, als sei es ihr plötzlich wie Schuppen von den Augen gefallen. »Der hat sich kurz mit Betül unterhalten. Gleich danach hat er die Bar verlassen.«

»Um wieviel Uhr?«

»Daran kann ich mich nicht mehr erinnern.«

»Danke. Du hast uns sehr geholfen. Was du erzählt hast, wissen wir alles schon. Wir müssen jetzt herausfinden, wer dieser Mann ist.«

»Das weiß ich nicht.«

»Für eine beste Freundin weißt du aber sehr viele Dinge nicht.«

»Na, ich dachte nur, das wäre einer von denen, mit denen sie sich immer trifft.«

»Und was sind das für Leute, mit denen sie sich immer getroffen hat?«

»Solche Linke. Zu denen hatte sie Kontakt.«

»Kennst du die?«

»Nein, mit sowas will ich nichts zu tun haben. Betül hat sowieso ihre verschiedenen Freundeskreise nie miteinander bekanntgemacht.«

»Ihr seid auf die gleiche Uni gegangen. Das ist ein winziges Gebäude. Wie kann es da sein, daß ihr euch nie über den Weg gelaufen seid?«

»Also, manche kenn ich ja vom Sehen. Aber ich unterhalte mich nicht mit diesen Leuten. Da gibt es so'n paar Radikale, hundert vielleicht, die sich immer prügeln. Die bringen unsere ganze Uni in Verruf. Jede Woche passiert irgendwas.«

Behzat Ç schritt im Zimmer auf und ab. Dann blieb er stehen und fixierte Ayşen.

»Laut deiner Aussage war Betül allein, als du auf die Terrasse kamst. Als du das zweite Mal auf die Terrasse gekommen bist, war Betül nicht mehr da.«

»Genau.«

»Warum bist du ein zweites Mal auf die Terrasse gegangen?«

»Weil sie so traurig aussah. ›Geh doch rein, ich komm auch gleich‹, hat sie gesagt. Als sie dann nach zehn Minuten nicht kam, hab ich mir Sorgen gemacht.«

»Was genau habt ihr zueinander gesagt?«

»Ich fragte sie, ob sie nicht friere. ›Nein‹, sagte sie. Ich solle reingehen, sie würde dann nachkommen. Das war alles.«

Ayşen zupfte an den Hautfransen auf ihren Nagelbetten. Behzat Ç biß sich auf seine von der kalten Witterung spröde gewordenen Lippen und schaute aus dem unverhangenen Fenster hinaus. Es herrschte Feierabendverkehr. Die Straße war überfüllt, die Umrisse der Dinge begannen zu verschwimmen, es wurde langsam dunkel. Schon bald würde man niemanden mehr auf der Straße antreffen.

»Warum hast du uns vorgelogen, daß Betül einen Freund im Ausland hatte?«

»Das war keine Lüge. Es gibt da jemanden.«

»Wir haben das überprüft. Eine solche Person existiert nicht.«

»Dann überprüfen Sie es noch einmal, ich bin mir nämlich ganz sicher, weil sie mir mehrmals von ihm erzählt hat. Betül war ein sehr verschlossener Mensch. Sie hat nur wenig über sich gesprochen. Aber davon hat sie gerne erzählt. Im ersten Jahr hat sie ihn immer besucht.«

»Was für Besuche?«

»Der war im Gefängnis. Sie ist jede Woche zum Besuchstermin hingefahren. Als er freikam, ist er sofort ins Ausland abgehauen. Ich hab ihn nie gesehen.«

Auch der Bluff zum Thema Gökhan blieb erfolglos. Ayşen wiederholte nur, was sie längst wußten. Behzat Ç verlor allmählich seine Überzeugung, daß er nur deshalb keine Informationen aus ihr herausbekam, weil er nicht die richtigen Fragen stellte, und schwieg.

»Also gut«, sagte er dann. »Das reicht dann für heute, aber verschwinde ja nicht von der Bildfläche. Und wehe, du rufst noch einmal deinen Vater an und beschwerst dich über uns. Du bist schließlich eine erwachsene Frau!«

»Ich hab mich doch gar nicht beschwert. Ich hab ihn nur angerufen und erzählt, was mir passiert ist.«

Als Behzat Ç die Zimmertür öffnete, fiel ihm beinahe die Heimleiterin in die Arme. Er bedachte sie mit einem strengen Blick und deutete eine Auffangbewegung an. Ayşen ging auf ihr Zimmer. In Begleitung der Leiterin durchquerten sie die Korridore.

»Herr Kommissar, falls ich Ihnen meinerseits Fragen beantworten kann...«

Die Frau ging ihm auf die Nerven. Er fragte sie, wann Betül im Wohnheim eingezogen sei.

»Vor zwei Jahren. Sie war Stipendiatin und hatte eine Referenz von Orhan Bey persönlich. Das ist unser Stiftungsgründer.«

Im Eingangsbereich befand sich eine Art Rezeption. Das Gebäude war gut geheizt. Behzat Ç hatte seine Hand auf die Empfangstheke gestützt und lauschte der geschwätzigen Leiterin. Sie hatte einen derart kräftigen Hals, daß, wenn man sie aufknüpfen würde, der Tod durch Ersticken sicher erst nach fünf Minuten eintreten würde. Sie tupfte sich den Schweiß von ihrem Dekolleté und betonte, man nehme längst nicht jede Bewerberin ins Wohnheim auf. Die Bonität der Eltern allein sei kein ausreichendes Kriterium. Es müssen auch entsprechende Leistungen im akademischen Bereich nachgewiesen werden. Die Stipendiatenquote liege bei dreißig Prozent. Die erfolgreichsten Studentinnen bekämen alle anfallenden Gebühren erlassen. Bei Betül Gülsoy habe es sich um eine dieser Hoffnungsträgerinnen gehandelt. Leider Gottes habe sie sich aber mit der Politik eingelassen, so daß man das Wohnverhältnis habe kündigen müssen, da Orhan Bey in dieser Hinsicht eine peinliche Strenge walten lasse.

Sie gaben sich zum Abschied die Hand. Aus seiner Polizistenintuition heraus hegte Behzat Ç Mißtrauen gegen die übertriebene Aufmerksamkeit dieser Frau, die sie bis zur Tür begleitete.

»Wir haben uns um Betül gesorgt wie um eine Tochter und waren tief betroffen. Sollten sich noch Fragen ergeben, können Sie mich jederzeit anrufen. Gibt es im Moment noch etwas zu besprechen?«

»Ich frage mich schon die ganze Zeit, warum das Wohnheim den Namen ›Ideal‹ trägt.«

»Nun, dies ist eine häufig gestellte Frage. Orhan Bey ist ein Unternehmer mit ausgeprägtem Sinn für das Gemeinwohl. Er hat sich mit Leib und Seele dem Bildungssektor verschrieben und eine gehörige Portion Idealismus an den Tag gelegt, was ihm den Beinamen »der Idealist« eingebracht hat. Er ist gleichzeitig Gründer einer Stiftung namens *Bildungsarmee*, für die ich gearbeitet habe, als der Grundstein für unsere hiesige Einrichtung gelegt wurde. Als das Gebäude fertig war, begann die Diskussion um die Namensgebung, wobei wir natürlich darauf bestanden, daß das Wohnheim den Namen Orhan Beys trüge. Er selbst hat aufgrund seiner großen Bescheidenheit dagegen gestimmt. Da schlug ich ihm den Namen *Mädchenwohnheim Ideal* vor, da er einerseits auf den Beinamen des Gründers anspielt und andererseits betont, daß es sich um die ideale Einrichtung für Studentinnen handelt. Ich hoffe, mit diesen Ausführungen Mißverständnissen vorgebeugt zu haben.«

Mit ihrem Blick teilte die Leiterin Behzat Ç mit, sie wisse sehr wohl, woran er die ganze Zeit gedacht habe. Mit einem verwaschenen Lächeln beendete sie ihre Ausführungen: »Ja, so ist das.«

Sobald die Frau schwieg, erschien es Behzat Ç als eine ideale Idee, die Flucht nach draußen anzutreten. Er hielt Eda die Türe auf und gewährte ihr den Vortritt. Dabei fiel ihm auf, daß die Leiterin Eda von Kopf bis Fuß musterte. Es war das lieblose Verhalten einer Frau, die ihre Geschlechtsgenossinnen als Konkurrenz wahrnahm und dabei den männlichen Blick auf Frauen verinnerlicht hatte. Insgeheim fragte sich Behzat Ç, ob sie wohl Betül mit dem gleichen Blick gemustert hatte.

Er startete den Wagen und legte den Rückwärtsgang ein. Eda strich sich die Haare zurück, die ihr über die Augen gefallen waren und sagte: »Bevor sie hierher kam, war sie in einem staatlichen Studentenwohnheim untergebracht.«

Er hielt das Lenkrad mit der Linken und legte seine Rechte auf die Kopfstütze des Beifahrersitzes, um den Verkehr hinter sich besser sehen zu können.

»Das wußten wir doch schon.«

»Rechts kommt keiner.«

Der Wagen reihte sich in den Verkehr ein, als sein Mobiltelefon klingelte. In freudiger Erwartung, daß es Berna sein könnte, nahm er das Gespräch sofort entgegen. Doch es war das Phantom.

»Sag mal, wo steckst du eigentlich?«, fragte er den Anrufer. »Willst du sämtliche klandestinen Zellen auf einmal ausheben?«

»Ich werde gerade selbst beschattet.«

»Was? Was sagst du da?«

Da ertönte Edas durchdringende Stimme: »Aufpassen, Herr Vorgesetzter!«

Behzat Ç legte sich in die Bremsen, denn er wäre beinahe auf einen Lastwagen aufgefahren, der den Supermarkt belieferte.

13

Am nächsten Morgen, noch vor Tagesanbruch, sah er die Standlichter des Polizeibusses in der Dämmerung funkeln und wußte, er war am richtigen Ort angekommen. Es war eine Parterrewohnung in Keçiören, er grüßte die Beamten vor der Tür und trat ein. Es roch nach moderiger Feuchtigkeit. Ein grimmiger Harun zeigte ihm wortlos das Schlafzimmer. Der Geier stand an der Türschwelle und inspizierte das Zimmer. Er machte Behzat Ç Platz. Dumpfes Licht aus dem Korridor traf auf die mit einem Strick an der Decke aufgeknüpfte, unbekleidete Leiche eines jungen Mädchens. Sie war höchstens vierzehn. An ihren Schenkeln klebte geronnenes Blut.

»Vergewaltigung«, sagte der Geier. »Aus der Vagina ist Blut getreten. Auf dem Bett Urin.«

Er schaute das durchnäßte Bett an.

»Warum ist das so viel?«

»Vermutlich ist sie unmittelbar nach dem Erwachen ermordet worden.«

»Vor der Vergewaltigung?«

»Möglich. Jemand hat sie ermordet, vergewaltigt, und dann aufgehängt.«

Auf dem Bett lagen ein paar zerknüllte Banknoten. Bei genauerem Hinsehen fielen ihm die unzähligen Nullen auf. Es war Geld aus der Zeit vor der Währungsreform von 2005.

»Was soll das Geld?«

»Wissen wir nicht. Es lag auf dem Bett, als wir kamen.«

Aus den billigen Lautsprechern einer nahegelegenen Moschee dröhnte der krächzende Ruf eines unausgeschlafenen Muezzin zum Morgengebet. Im selben Moment begannen sämtliche Straßenköter wie aus einem Maul zu heulen und zu kläffen. Er spürte einen stechenden Schmerz in der Mitte seiner Stirn. Mit der rechten Hand beschrieb er Kreise, um das Schmerzzentrum zu massieren. Der Strick war an einem Eisenhaken neben der nackten Glühbirne befestigt. Die poröse Decke mit den unzähligen, zwischen Kratern und Erhebungen umhertanzenden Schatteninseln lud geradezu ein, Formen und Gebilde zusammenzuphantasieren. Nun gesellte sich zu dem Dröhnen aus Gebetsruf und Kötergekläff noch das Geschrei eines Mannes. Da er mal wieder übernächtigt war, vermischten sich all diese Stimmen in seinem Kopf zu einem Schlinggewächs aus Rauschen und Kreischen, *Hayyaaaa 'ala as-salaaaaaaaaah... Hauuuuuuuuuw... Wuff! Holt meine Tochter da runter! Hauuuuuuuuw! Nehmt sie ab! Wuff! Hayyaaaaaaaaa 'ala al-falaaaaaaaah...* Bei all seiner Körperkraft gelang es Harun nur mit Müh und Not, den Vater des getöteten Mädchens aus dem Zimmer zu zerren. Nun kam Sıtkı mit zwei Kollegen von der Spurensicherung herein.

»Wo bleibt ihr denn?«

Seine Stimme dröhnte unangemessen scharf. Sıtkı blickte ihn entnervt an, betrat das Schlafzimmer und machte sich an seiner mit allem möglichen Krimskrams gefüllten riesigen Tasche zu schaffen.

»Nehmt erst mal das Mädchen da runter.«

Er hatte eine 216 im Mund, aber sein Feuerzeug hatte den Geist aufgegeben. Er verließ die Wohnung und setzte sich auf die Stufen vor der Tür. Der Vater des Mädchens erlitt einen Anfall, den auch die beiden Beamten, die sich an seine Arme geklammert hatten, nur notdürftig abfedern konnten. Um sie herum bildete sich eine Menge von schaulustigen Greisen, die eigentlich rechtzeitig zum Morgengebet in der Moschee sein wollten. Zwei Nachbarn, die anscheinend einen leichten Schlaf hatten, öffneten ihre Fenster und fragten einander, was da wohl passiert sei. *Euer Klatschmaul hat die Blattern gekriegt, das ist passiert,* dachte Behzat Ç, *Mord und Totschlag, Vergewaltigung und Mißbrauch, sadistisch brutal und unmenschlich grausam.* Die Flurbeleuchtung erlosch. Er blieb einen Augenblick im Dunkeln sitzen und zerrte an seinem wollenen Rollkragen. Obwohl der Hausflur kalt wie ein Eispalast war, brach ihm der Schweiß aus. Inzwischen riefen auch noch ein paar Muezzine in der Ferne ihren Ezan, und einer wiederholte jeweils die Zeilen, die der vorherige gerade beendet hatte, bis aus dem morgendlichen Gebetsruf ein fürchterlich atonaler Kanon geworden war. Er versuchte sich noch mehrmals an seinem Feuerzeug. Als er überzeugt war, daß es nicht mehr funktionierte, schleuderte er es mit all seiner Kraft an die gegenüberliegende Wand. Die Splitter des explodierenden Körpers flogen durch das Treppenhaus.

Er fuhr zusammen, als sich eine Hand auf seine Schulter legte. Es war das Phantom. Er nahm die brennende Zigarette entgegen und zog daran. Das Nikotin brachte ihn ein bißchen runter.

»Laß uns den Mann aus dem Stockwerk darüber mitnehmen«, sagte das Phantom.

»Warum?«

»Sein Sohn ist nicht zu Hause.«

Er schaute auf die immer größer werdende Menge Schaulustiger vor dem Haus.

»Na gut, aber führt ihn durch den Hinterausgang ab. Und ruft noch einen Streifenwagen. Wer hat den Hinweis auf den Sohn des Nachbarn gegeben?«

»Eine ältere Frau aus der Wohnung gegenüber. Sie hat jemanden gesehen, der vom Kohlenschuppen gesprungen ist und den Notruf informiert. Sie dachte, es wäre ein Einbrecher. So sieht es aus.«

»Hast du ein Aspirin dabei?«

»Ich nicht, aber Sıtkı bestimmt.«

Als das Phantom in Richtung Wohnung gehen wollte, hielt er ihn auf: »Warte. Ich frag ihn gleich selber.« Dann senkte er die Stimme. »Und, wer hat dich beschattet?«

»Ich kenne sie nicht. Das hat mich am meisten verletzt.«

»Haben die sich abgelöst?«

»Genau. Richtig professionell. Es waren mindestens drei.«

»Hast du sie sofort bemerkt?«

Das Phantom wedelte mit der Hand, sein Fachwissen durfte niemand in Verruf bringen. Behzat Ç zögerte, die naheliegendste Frage zu stellen. Das Phantom schien seine Gedanken lesen zu können.

»Ich glaube nicht, daß es die Jungs vom Geheimdienst waren«, sagte er. »Aber diese Aasfresser waren junge Spunde…«

»Das heißt?«

»Nichts ist unmöglich.«

»Warum, glaubst du, verfolgen sie dich?«

»Wenn ich das mal wüßte.«

Eine Weile blickten sie sich an, als gäbe es nichts mehr zu sagen. Dann brach das Phantom das Schweigen: »Özcan können wir schnappen, das ist nicht das Problem. Aber ich weiß nicht, was dann passiert.«

»Laß uns noch ein bißchen warten. Der andere Kerl ist übrigens auch bei der Organisation.«

»Welcher?«

»Der in der Bar zu Betül gegangen ist. Er heißt Muhsin Süvari. Wir haben gestern seine Akte bekommen.«

»Was hatte der mit Betül zu tun?«

»Keine Ahnung. Aber sie hat ihm eine SMS geschickt: ›Bin auf der Terrasse. Warte auf dich.‹ Auf den Videoaufnahmen sieht man, wie er reinkommt und Betül etwas ins Ohr flüstert oder schreit.

Danach sind sie wohl zusammen auf die Terrasse gegangen. Wenn wir etwas über den Halter der gefundenen Waffe erfahren, klärt sich das vielleicht auf.«

Behzat Ç stand auf und trat vor die Haustür. Er holte Muhsin Süvaris Foto aus der Jackentasche und hielt es ihm hin. Das Phantom nahm es schweigend entgegen.

»Ich hab aber noch eine Aufgabe für dich.«

»Das freut mich außerordentlich.«

»Warte, das ist wirklich wichtig. Du mußt in Erfahrung bringen, in welchen Sexshop Vahap Hoca gegangen ist.«

»Weißt du, wie viele Sexshops es in Ankara gibt?«

»Nein, weißt du es?«

»Ja. Genau deshalb hab ich dich gefragt.«

Er betrachtete die Spuren am Türrahmen.

»Ist eingebrochen worden?«

»Nein, Harun hat die Tür aufgebrochen, als er die Leiche sah.»

»Pappnase.«

Er zerquetschte die Zigarette unter seiner Sohle.

»Wie habt ihr die Leiche entdeckt?«

»Das Schlafzimmerfenster kann man vom Kohlenschuppen aus einsehen. Der Vorhang war auf.«

»Mach du dich auf den Weg. Wir kümmern uns um den Herrn Nachbarn.«

Das Phantom schlängelte sich in Richtung Haustür. Als Behzat Ç ihm hinterherrief, er solle vorsichtig sein, drehte er sich um und lachte.

Er schaute sich die mittlerweile abgehängte Leiche an. Der Körper mit den gerade erst wachsenden Brüsten hatte weder einem Kind noch einer Frau gehört, ein Fall fürs Fegefeuer.

»Hast du ein Aspirin?«

Sıtkı war gerade damit beschäftigt, dem Mädchen einen Fingernagel abzuschneiden und in eine Plastiktüte zu tun. Danach kramte er eine Weile am Boden seiner Tasche herum, bevor er ein Aspirin hervorholte.

«Wasser hab ich nicht. Mußt du dir aus der Küche holen.«

Er kaute das Aspirin, ohne sich an der Bitterkeit zu stören, die sich in seinem Mund ausbreitete. Das Mädchen hatte Hämatome am Hals. Ihre Locken waren über ihre Ohren gefallen.

»Du bist heute ganz schön geladen«, sagte Sıtkı.

»Nimm's mir nicht übel. Ist das ballistische Gutachten eigentlich noch nicht fertig?«

»Recep hat gesagt, es würde Montag kommen.«

»Der Obduktionsbericht?«

»Wahrscheinlich auch Montag.«

»Das sind noch drei Tage.«

»Die Schriftprobe aus dem Brief ist untersucht worden.«

»Ergebnis?«

»Betüls. Mit annähernder Sicherheit. Überrascht dich das?«

»Wir hatten die Möglichkeit in Betracht gezogen, daß jemand anderes den Wisch geschrieben hat.«

Sıtkı näherte sich dem Bett.

»Nee, hat sie selber geschrieben. Und sich dann umgebracht, würde ich sagen.«

Er griff das Geld auf der Matratze mit einer Pinzette und packte es ebenfalls in eine Plastiktüte.

»Wir müssen uns mal langsam auf die Mordfälle konzentrieren, die wir vor der Nase haben.«

»Warum hat jemand Geld zurückgelassen, das mittlerweile entwertet wurde?«

»Was weiß ich.«

Er trat auf die Straße. Auf den Autos lag ein Fingerbreit Neuschnee, auf der Straße zwei Fingerbreit Matsch. Durch die Pfützen hüpfend erreichte er den Dienstwagen. Seine frisch gewaschene Cordhose war versaut. Durch den Innenspiegel beobachtete er den Vater, wie er hilflos zwischen den beiden Beamten stand, die seine Arme festhielten.

Er suchte den Ärztlichen Dienst der Universität von Ankara auf. Dort war es lange nicht so voll, wie er erwartet hatte. Nur vereinzelt saßen Studenten im Wartebereich. In der psychiatrischen Abteilung fand er das Zimmer von Dr. Sevim Kaya, die Betül beraten hatte, und klopfte an. Es kam keine Antwort. Endlich öffnete eine mißgelaunte Krankenschwester die Tür.

»Ja bitte?«

»Ich hätte gern mit Frau Dr. Kaya gesprochen.«

»Sie ist im Gespräch.«

Prompt war die Tür wieder zu. Eine junge Frau in seiner Nähe sagte: »Die sind selber krank.«

Sie wippte aufgeregt mit ihrem rechten Fuß und musterte Behzat Ç von Kopf bis Fuß. Ein seltsamer, aber freundlicher Blick. Er wandte sich zu ihr und fragte: »Wie lange dauert so etwas?«

Die Frau schob ihre Unterlippe vor und zuckte mit den Schultern.

»Schwer zu sagen…«

Er begann, vor der Tür auf und ab zu gehen. Die bis auf halbe Höhe grau gestrichenen Wände und der in jede Ecke gekrochene Geruch von Reinigungsmitteln konnten einen traurig machen. Er fragte sich, ob Berna ebenfalls in einer solchen Einrichtung professionelle Hilfe bekommen würde. Aber wenn Yunus sie schon auf eine Privatuniversität schickte, würde er sicher auch genug Geld aufbringen, um sie als Privatpatientin in solide Behandlung zu geben. Der Gedanke an Yunus und seinen Wohlstand regte ihn auf, was sich sofort auf seinem Gesicht abzeichnete. Seine Wangen zogen sich unkontrolliert zusammen.

»Bist du Bulle?«

Er schaute die Frau mit dem zuckenden Fuß an.

»Woher weißt du das?«

»Du siehst so aus. Und bist so voll ungeduldig. Erst bin ich dran, renn da bloß nicht vor mir rein. Eilig haben wir's alle.«

Er wußte nicht, was er der Frau antworten sollte, die jetzt ihren Fuß stillhielt und anfing, ihr Haar um einen Finger zu wickeln. Er begnügte sich mit einem Lächeln. Außerdem mußte er aufs Klo.

»Wo kann ich mir hier die Hände waschen?«

»Mußt du aufs Klo?«

»Ja.«

»Den Gang runter, dann links, erste Tür rechts.«

»Danke.«

»Warum hast du gesagt, du willst dir die Hände waschen, obwohl du aufs Klo mußt?«

Sie gehörte definitiv zu den Menschen, mit denen er nicht fertig wurde. Er folgte dem beschriebenen Weg. Als er am Ende des Korridors angelangt war, rief die Frau: »Mußt du groß oder klein?«

Er quittierte die Frage mit einem Seufzer.

Selbst auf der Toilette roch es nach Reinigungsmitteln. Vor dem Pissoir öffnete er seinen Reißverschluß. Sein Pimmel war von der Kälte schrumpelig klein; er mußte ihn ein paar Mal schütteln, bis er konnte. Vor dem Spiegel warf er sich mehrere Handvoll kaltes Wasser ins Gesicht. Hinter den Geheimratsecken waren vereinzelte graue Haare auszumachen. Das Mädchen vor dem Sprechzimmer war zwar ein bißchen unverschämt, aber sie hatte ihn auf den ersten Blick durchschaut. Falls sie Betül gekannt haben sollte, könnte sie ihm mit Bestimmtheit sagen, ob sie Selbstmord begangen hatte oder nicht.

Sobald er wieder um die Ecke bog, winkte ihm die seltsame, aber freundliche Frau vom anderen Ende des Korridors zu. Als er zu ihr kam, hielt sie ihm einen Plastikbecher hin.

»Ich hab dir einen Kaffee geholt. Du siehst übernächtigt aus.«

»Danke.«

Er setzte sich neben sie, und obwohl er Nescafé in Plastikbechern haßte, trank er ohne Widerrede. Das Koffein tat gut.

»Wie heißt du?«

»Şule, Jale, Berna oder Selma... Was ist dir lieber?«

»Berna heißt meine Tochter.«

»Warum hast du dich von deiner Frau getrennt?«

Er starrte sie verwundert an; dabei war es nichts, was sie nicht hatte herausfinden können. Sie machte mit ihren Augenbrauen eine Geste in Richtung seines Ringfingers.

»Weiß ich selber nicht.«

»Ach komm. Warum so verkrampft? Kannst du einem Menschen, den du gerade kennenlernst, nichts über dich selbst erzählen? Ich erzähle immer den erstbesten Leuten meine gesamte Lebensgeschichte.«

»Warum?«

»Darum. Ich finde, es gibt da kein Warum. Wenn du meine Ärztin fragst, wird sie dir sagen, ich sei gerade in meiner manischen Phase. Aber das ist Küchenpsychologie. Ich bin halt so. Erst wollen sie uns glauben machen, daß wir krank sind, wenn wir mal zu wem nett und offen sind. Und wenn wir darauf reinfallen und uns verhalten wie alle anderen auch, also richtig stumpf, dann gelten wir als genesen.«

Bei genauerem Hinsehen fiel ihm auf, daß die junge Frau ihn ein wenig an Berna erinnerte. Und ein wenig an... Genau... Die Leiche von heute morgen. Sofort verscheuchte er den Gedanken. Sie verschluckte beim Sprechen Silben und ganze Worte, ihre durch den Raum tanzenden Sätze prallten manchmal zusammen, brachen in der Mitte auseinander und verloren ihre Bedeutung. An einer Stelle machte sie eine Pause, um Atem zu holen, und sah ihn zweifelnd an. Unvermittelt fragte sie: »Was glaubst du, warum nimmt ein Mensch sich das Leben?«

»Weil er viele Feinde hat, einschließlich seiner selbst.«

»Das ist geschummelt. Du hattest die Antwort schon vorher parat.«

»Stimmt.«

»Denk nochmal nach. Findest du wirklich, daß es so simpel ist?«

»Vielleicht ist es das nicht. Aber es trifft auf alle Selbstmordfälle zu, mit denen ich zu tun hatte.«

»Wie viele waren es denn?«

»Um die hundert, einschließlich derer, die nur als Selbstmord getarnt waren.«

»Bist du bei der Mordkommission? Bist du ein Detektiv?«

Er hätte sich ihr beinahe an den Hals geschmissen.

»Wie kommt es, daß du das nicht sofort erkannt hast?«

»Dir fehlt die Ausstrahlung. Du siehst aus wie ein stinknormaler Bulle.«

Die Tür ging auf. Zuerst kam ein junger Mann heraus, der überhaupt nicht nach einem psychotherapeutischen Patienten aussah, gefolgt von der mißgelaunten Krankenschwester.

»Haben Sie eine Wartenummer gezogen?«

»Nein. Ich wollte nur eine Information einholen.«

»Wie meinen?«

»Ich bin von der Polizei. Ich möchte mich aber der Dame gegenüber nicht vordrängeln.«

»Toll. Du bist ja ein ganz Feinfühliger.«

Şule, Jale, Berna oder Selma hatte längst ihren halb ausgetrunkenen Kaffee in den Mülleimer geworfen und war zur Tür gegangen. Mit einem Mal drehte sie sich um und rannte zu Behzat Ç zurück, fuhr ihm mit der Hand durch das ergrauende Haupthaar und flüsterte: »Mach dir nichts draus. Wenn man genau hinschaut, könnte man dich fast für attraktiv halten.«

Gegen zwölf Uhr nachts hatten sie den Dienstwagen gegenüber der Günizstraße in Tunalı Hilmi geparkt und die Scheinwerfer ausgeschaltet. Vorne saßen Harun und Osman von der Drogenfahndung, hinten Behzat Ç. Alle drei starrten auf das dritte Haus von ihrem Standort aus, den Eingang einer Bar.

»Wenn wir schon mal im Viertel sind, laß uns auf einen Tee bei Süleyman Demirel vorbeischauen.«

»So spät keinen Tee mehr für mich.«

Behzat Ç verdeckte den Glutkegel seiner 216 mit dem Handrücken, damit von außen nicht zu erkennen war, daß jemand im Auto saß, und nahm kurze, rasche Züge. Dabei war niemand auf der Straße, nicht einmal ein Hund, der zwischen die Müllsäcke gepinkelt hätte. Wären nicht vereinzelte Autos über die Tunalı-Hilmi-Straße gefahren, hätten nicht Flaneure die Passagen der Ausgehmeile verlassen und betreten, man hätte sich fast in einem Niemandsland wähnen können. Er wandte sich dem Drogenfahnder zu: »Osman, kannst du den Kerl von hier aus überhaupt wiedererkennen?«

»Klar. Es ist erst drei Monate her, daß wir ihn verhaftet haben. Er hat ein anhängiges Verfahren, darf aber frei rumlaufen. Bis jetzt. Wenn die Staatsanwaltschaft ihn wegen Handel drankriegt, ist es für ihn aus.«

Er drehte sich zu Harun, der gerade mit seinen Nackenwirbeln knackte, und wechselte das Thema: »Habt ihr beim Studienkolleg nachgefragt?«

»Haben wir. Er war den ganzen Morgen im Unterricht. Ich hab mir den Jungen angeschaut. Er sah überhaupt nicht nach einem Psychopathen aus. Er ist einer der Klassenbesten.«

»Aber es heißt, er wäre vom Kohlenschuppen gesprungen.«

»Herr Vorgesetzter, wenn man danach geht, können wir gleich eine Katze verhaften. Es war eine achtzigjährige Oma, die ihn mitten in der Nacht gesehen zu haben meint. Der Junge war gestern nacht bei seinem Freund zu Besuch.«

»Konnte der Freund das bestätigen?«

»Ja.«

Harun schlug Osman auf die Schulter.

»Siehst du, Osman, mit solchen Psychopathen müssen wir uns rumschlagen. Hat eine Dreizehnjährige vergewaltigt und an der Decke aufgehängt. Holt mich lieber zu euch in die Abteilung. Ich hab sowieso immer nur Streß mit meinem Vorgesetzten.«

Harun schaute durch den Innenspiegel Behzat Ç an und lächelte unsicher. Dennoch enthielt dieser Scherz ein Körnchen Wahrheit. Seit dem Vorfall im letzten Jahr war zwischen den beiden eine Kälte ausgebrochen, die wie eine Kriegsführung niederer Intensität langfristig den Alltag durchzog. Harun war für Behzat Ç zwar nach wie vor ein Kollege, auf den er größte Stücke hielt, aber er war ihm gegenüber viel ungeduldiger und ungehaltener als früher. Harun seinerseits war gegenüber jeder Äußerung seines Vorgesetzten empfindlich geworden und schnell beleidigt. Zudem störte er sich insgeheim an der Toleranz, die der Hauptkommissar Eda entgegenbrachte. All dies waren Dinge, die unausgesprochen zwischen ihnen im Raum standen.

»Wie war es bei der Psychologin?«

»Nichts Besonderes. Zuerst hat sie sich gar nicht an Betül erinnert. Erst, als ich ihr das Foto gezeigt habe. Dann haben wir ihre Unterlagen durchgesehen. Sie war im letzten Jahr dreimal dagewesen und hat danach ihre Behandlung abgebrochen.«

»Was hatte sie?«

»Verdacht auf manische Depression, aber keine sichere Diagnose.«

»Was ist das denn?«

»Eine komische Krankheit. Hab heute so jemanden kennengelernt. In der manischen Phase wirkt man kraftvoll und fröhlich, und wenn das vorbeigeht, stürzt man ab.«

»Wie stürzt man ab?«

»So wie man halt abstürzt, zack liegst du da. Kriegst heftigen Weltschmerz. Das kann bis zum Selbstmord gehen.«

Als aus der Bar ein hochgewachsener, junger Mann mit Lederjacke herauskam, ließen sie von der Diskussion über Abstürze ab. Der Mann klappte seinen Kragen hoch.

»Genau der«, sagte Osman.

»Langsam und ohne Licht«, wies Behzat Ç an. »Den holen wir uns an der Straßenecke.«

Harun ließ den Motor an und setzte den Wagen leise in Bewegung. Es war weit und breit kein Geräusch zu vernehmen bis auf das satte, regelmäßige Knarren der Winterreifen im Schnee. An der Straßenecke gab Harun plötzlich Gas und schlitterte vor den jungen Mann. Alle drei Beamten rissen ihre Türen auf.

»Stehenbleiben, Polizei!«

»Was soll das denn?«

Während Osman seine Dienstmarke vorzeigte, drückte Harun den jungen Mann gegen den Wagen, und als der sich aus dem Griff befreien wollte, drehte er ihm den Arm um und verpaßte ihm gleichzeitig mit der freien Hand einen Schlag gegen den Kopf. Er riß ihm die Beine auseinander und klopfte ihn mit groben Griffen nach Waffen ab. Dann übergab er ihn Osman, dem Grandseigneur der BTM-Leibesvisitation, der im Handumdrehen die Pillen in der Jackeninnentasche fand.

»Was hast du dazu zu sagen, Alp?«

Alp schwieg. In seinen Augen stand weniger Angst, als vielmehr eine verlotterte Indifferenz, die aus dem wiederholten Durchleben von Situationen wie dieser erwachsen war.

»Dann komm mal mit, wir machen eine kleine Stadttour.«

Behzat Ç verstaute Alp auf der Rückbank, wobei er seine Hand schützend vor den Kopf des Mannes hielt, damit er nicht gegen das Auto knallte. Harun verriegelte die Türen und warf die Scheinwerfer an. Jetzt wurden die feinen, kristallinen Flocken sichtbar, die auf sie herabschwebten. Osman spielte mit den Pillen in seiner Hand.

»Von wem hast du die bekommen?«

»Das sind nicht meine. Die hast du in meine Tasche gesteckt.«

»Werd nicht frech, Wichser!«

»Ich hab damit aufgehört. Ich bin noch in Therapie, unter ärztlicher Beobachtung.«

»Mir kommen die Tränen. Wenn du selber keine Pillen mehr schluckst, umso schlimmer. Dann heißt das doch, daß du jetzt mit diesen hier Handel treibst, nicht wahr?«

»Hört doch auf damit, das ist ein absurder Vorwurf.«

»Du hältst dich ganz gut. Aber deinen Arsch retten wirst du mit dieser Show nicht.«

Harun fuhr von der Kreuzung beim Schwanenbecken in Richtung Cinnahstraße. Der Wagen nahm die Steigung mühelos.

»Wo fahren Sie mich hin?«

Niemand gab ihm Antwort. Alp spürte am Verhalten der Polizisten, daß irgend etwas anders war als bei gewöhnlichen Verhaftungen. Deshalb fragte er noch einmal, wo sie ihn hinbrächten.

»Nerv nicht rum«, herrschte Harun ihn an.

Niemand sprach, während das Auto mit hoher Geschwindigkeit durch die Stadt brauste. Behzat Ç hätte Harun gern gesagt, er solle etwas langsamer fahren, aber er wollte die Totenstille nicht unterbrechen. Harun fuhr in eine abgelegene, schlecht beleuchtete Ecke des nach einem verstorbenen Rocksänger benannten Barış-Manço-Parks und schaltete alle Scheinwerfer aus. Um diese Zeit war hier keine Menschenseele anzutreffen. Die Finsternis wurde nur kurz erhellt, als Behzat Ç sich eine 216 anzündete.

»Darf ich mir bitte auch eine Zigarette anzünden?«

Wieder bekam er keine Antwort. Als Behzat Ç seine Zigarette zur Hälfte geraucht hatte, fragte Harun: »Kennst du eine Berna?«

Alp kniff seine Augen ein wenig zusammen und fragte zurück: »Warum sollte das euch interessieren?«

»Beantworte meine Fragen. Kennst du eine Berna?«

»Ja.«

»Wie gut kennst du sie?«

»Ziemlich gut. Wir gehen zusammen zur Uni, außerdem ist sie…«

»Ist sie was?«

»Meine Freundin. Also, meine Exfreundin. Wir haben uns getrennt.«

»Warum habt ihr euch getrennt?«

Nach einem kurzen Schweigen wiederholte Harun: »Warum ihr euch getrennt habt, Bursche.«

»Das ist meine Privatangelegenheit.«

»Vor der Polizei gibt es keine Privatangelegenheiten. Hast du ihr was angetan? Hast du sie drogensüchtig gemacht?«

»Nein, sie hat nie Pillen genommen. Sie wurde von mir schwanger. Sie wollte nicht abtreiben. Ich hab ihr gesagt, ich fühle mich noch nicht bereit für ein Kind. Dann haben wir eine Abtreibung machen lassen, und danach haben wir uns zerstritten. Ich muß wohl nervlich durch gewesen sein, ich hab sie, glaub ich, geohrfeigt oder so. Weiß nicht mehr genau.«

Eine bedrohliche Stille lag in der Luft. Alp schaute die Beamten an, als erwarte er Bestätigung für die Richtigkeit seiner Aussage; er versuchte, ihr Schweigen zu deuten. Behzat Ç hatte das von einer mit Militärkapital gegründeten Elektronikfirma robust gefertigte Funkgerät in seiner Hand so fest zusammengepreßt, daß sich eigentlich kein Tropfen Saft mehr darin hätte befinden dürfen. Er war hager, ja, und das hatte ihm auf der Akademie den Spitznamen Zahnstocher eingetragen, aber man durfte sich von seinem Körperbau nicht irreleiten lassen, er war ein Zahnstocher, der kerngesunde Zähne aushebeln konnte, statt nur in den Zwischenräumen herumzustochern. Niemand wußte das besser als der Hauptmann, der ihn von der militärischen Oberschule hatte werfen lassen. Gut, seine eigene Nase hatte dabei den Schlag abbekommen, den man ihr heute noch ansah. Aber Gesprächsthema auf der Oberschule war die gesalzene Zahnarztrechnung gewesen, die er seinem Gegner beschert hatte. Das Funkgerät, das er jetzt schwang, explodierte förmlich an Alps Kiefer. Dann lehnte er sich ein wenig zurück und verpaßte ihm eine linke Gerade mitten ins Gesicht. Weil er Linkshänder war, hatte der Faustschlag für Alp noch schlimmere Auswirkungen als der mit dem Funkgerät. Harun und Osman öffneten die Türen und zogen Behzat Ç aus dem Wagen. Auf der Rückfahrt zum Präsidium mußte er vorne sitzen. Von der abschüssigen Cinnahstraße aus beobachteten sie die matschigen Straßen einer Hauptstadt, die seit über einem Monat von Schnee und Nebel geplagt wurde.

Sie übergaben Alp an die Drogenfahndung und schüttelten Osman die Hand. Behzat Çs Hände zitterten immer noch ein wenig. Die haßerfüllten Blicke Alps, mit seiner geplatzten Lippe und dem darauf geronnenen, aus seiner Nase geflossenen Blut, wollten ihn nicht in Ruhe lassen. Berna, mit diesem Kerl? Und in dem Alter? In dem ihre Mutter sie zur Welt gebracht hatte. Aber er würde sich niemals an diesen Gedanken gewöhnen können. Er mußte ihn entweder augenblicklich vergessen oder er würde durchdrehen.

Es wunderte ihn, daß er außer den diensthabenden Beamten auch das Phantom auf der Kommission antraf.

»Was machst du denn hier?«

Das Phantom zog Behzat Ç in eine stille Ecke, bevor er sein Dienstzimmer ansteuern konnte. In einer Lautstärke, die nur für ihn zu vernehmen war, raunte er: »Özcan ist von der Terrorbekämpfung verhaftet worden.«

»Welcher Özcan?«

»Die Nummer eins der Organisation in Ankara. Vom Geheimdienst waren auch Leute beteiligt. Er wird jetzt von denen verhört.«

14

Sein Herz pochte, seit er den Hörer in die Hand genommen hatte. Nach dem Gespräch hatte es Flügel bekommen und war im Zimmer ein oder zwei Runden zwischen den Inselgruppen, die dort lagen, wo an den Heizkörpern der Lack abgeblättert war, und den Gebirgsketten der eingestaubten Aktenschränke auf- und abgeflattert, bevor es sich wieder in seiner Brust zur Ruhe setzte. Morgen würde er sich mit Bahar treffen. Als Harun ins Büro platzte, überschlug er gerade im Kopf, wieviel Bargeld er noch in der Tasche hatte und wie hoch der verfügbare Kreditrahmen seiner Karte sein würde, und suchte gleichzeitig im vor ihm liegenden Ausgehführer nach einem geeigneten Restaurant. Wann immer er sich an die Ereignisse der letzten Nacht erinnern mußte, befahl er sich selbst, all dies unverzüglich zu vergessen. Er bemerkte Harun erst, als dieser ihn ansprach: »Ich werd dem Typen so dermaßen eine reinhauen, da gibt es nichts.«

»Was ist denn passiert?«

»Erst hat er gesagt, er wär ihr Freund. Jetzt sagt er, sie hätten sich vor fünf Monaten getrennt.«

»Wer?«

»Na wer wohl? Aykut natürlich.«

Harun hatte den veränderten Zustand Behzat Çs durchaus registriert und sogar schon begonnen, über mögliche Ursachen nachzusinnen. Seit Jahren bemerkte er zum ersten Mal auf dem Gesicht seines Vorgesetzten so etwas wie ein Lächeln. Gesund sah das nicht gerade aus, es könnte sehr wohl auch Übles verheißen.

»Geht es dir gut?«, fragte er.

Behzat Ç wollte erst sagen: »Es sind nur die Nerven«, aber da er die Frage eigentlich nicht ausstehen konnte, antwortete er wie üblich: »Red nicht so'n Quatsch.«

Angesichts dieser Antwort kam Harun zu dem Schluß, daß bei seinem Vorgesetzten doch keine ernstzunehmende Veränderung vor sich ging. Er fläzte sich in den Sessel vor dem Schreibtisch. Das Leder war an zwei Stellen aufgesprungen.

»Wollen wir frühstücken?«

»Wo?«

»Weiß nicht. Wir könnten nach Rumeli fahren.«

»Nee, laß uns erst mit diesem Aykut reden. Bestell was aus der Bäckerei.«

Harun hatte einen schäbigen Kuli aus dem Stiftständer gezogen und drehte ihn zwischen den Fingern.

»Habt ihr mit dem Herrn Vorgesetzten Aybars gesprochen?«, fragte er.

»Ich hab angerufen. Wir dürfen Özcan sehen, wenn sein Verhör bei der Terrorbekämpfung abgeschlossen ist. Fahr du mal nach Hause und ruh dich aus, bevor du wiederkommst. Tu was gegen deine Gereiztheit, du verhältst dich mittlerweile wie ein Kind.«

»Diese Herausgeberin der Zeitschrift...«, sagte Harun, ohne den Satz weiterzuführen.

»Ja?«

»Bahar heißt sie, glaub ich.«

»Genau. Was ist mit ihr?«

»Kennst du die von früher her?«

Behzat Ç antwortete nicht. Er krempelte seine Pulloverärmel bis zu den Ellenbogen hoch und faltete die Manschetten seines Hemdes sorgfältig darüber. Gleichzeitig versuchte er zu ermitteln, was die Stoßrichtung von Haruns Frage war. Er wartete ein wenig ab, für den Fall, daß Harun etwas nachsetzen würde. Doch der konzentrierte sich voll auf den Stift in seiner Hand, als habe die Frage jemand anderes gestellt.

»Ja, wir kannten uns mal. Warum fragst du?«

»Nur so. Hübsche Frau.«

Der Stift fiel zu Boden. Behzat Ç lehnte sich zurück, als wollte er die Unterhaltung zurückgehen lassen wie ein schlechtes Essen. Er bemerkte, wie Eda an der offenstehenden Bürotür vorbeiging und rief sie herein. Eda kam mit einem Stapel Akten. Sie hatte sich leicht geschminkt, so daß ihr sonst blasser Teint lebendiger wirkte.

»Ja bitte, Herr Hauptkommissar.«

»Wie heißen noch die beiden Jungs?«

»Welche Jungs?«

»Die Idioten, die ihren Personalausweis abgegeben haben und dann in die Kneipe sind.«

»Kısmet und Fedai.«

Harun bekam den Stift unter dem Ledersessel zu fassen und richtete sich mühsam wieder auf.

»Stimmt, die wollten ja vorbeikommen.

»Sind sie aber nicht, deshalb frage ich ja.«

»Ich hab mir ihre Akten angeschaut«, sagte Eda. »Die sind sauber. Es gibt nur Einträge wegen Alkohol.»

»Gibt es Entwicklungen im Sexualmord?«

»Der Vater hatte Spielschulden. Die Tochter war in der Tatnacht allein zu Hause, weil der Vater am Spieltisch saß.«

»Sehr schön.«

Harun und Eda schauten ihn verdutzt an.

»Ich meinte natürlich nicht, daß Spielsucht etwas Schönes ist. Aber guckt euch mal die Vergangenheit der Eltern an, zu wem sie so Kontakt hatten. Die Sache riecht nach Racheakt.«

»Warum?«

»Das Geld auf der Matratze.«

»Der Vater beteuert, keine Feinde zu haben«, sagte Harun.

»Hat er wohl. Aber er verschweigt sie uns.«

»Vielleicht kann er es uns nicht sagen, weil er nicht weiß, wer sie sind.«

»Das ist auch eine Möglichkeit. Auf jeden Fall müßt ihr sein Leben akribisch durchforsten.«

Er legte Ausgehführer und Sportzeitung beiseite und sagte zu Eda, die gerade gehen wollte: »Du siehst heute sehr hübsch aus. Du hast Farbe bekommen.«

Betrachtete man diese Aussage als Kompliment, so hatte er zum ersten Mal seit vier Jahren einer Frau ein Kompliment gemacht. Eda verließ leicht errötend das Büro. Als er bemerkte, daß Harun eine Schnute zog, sprach er ihn direkt an: »Wir alle haben die eine oder andere hübsche Frau in unserem Leben gehabt. Durch Zufall, natürlich. Nach Typen wie uns dreht sich ja niemand um.«

Er stand auf und zeigte beim Rausgehen mit seinen Fingern Harun die Zahl drei an. In der anderen Hand hielt er Betüls Nachtbuch.

»Drei was?«

»Tee.«

Er wies auf das Vernehmungszimmer, das er gleich mit gespieltem Zorn betreten würde. Aykut saß mit vor der Brust verschränkten Armen darin und schreckte zusammen, als die Tür aufgerissen wurde. Er stellte sich direkt vor ihm auf, beugte sich ein klein wenig vor und inspizierte aufmerksam sein Gesicht. Zwischen Unterlippe und Kinn hatte er einen sauber rasierten Dreiecksbart stehen lassen, der in die Bartbehaarung unter dem Kinn überging und in eine Spitze auslief.

»Was soll denn dieser alberne Bart?«

»Das ist jetzt Mode.«

»Willst du uns verarschen?«

»Nein.«

»Treibst du Schabernack mit uns?«

»Nein.«

»Meinst du, du könntest uns verscheißern?«

Aykut schwieg. Der selbstsichere Ausdruck in seinen Augen wich einem Anflug von Zweifel. Behzat Ç zog leicht an der Spitze des Kinnbartes.

»Ich hab in meinem Leben mehr Katzen gefickt, als du Mäuse gefangen hast«, sagte er. »Kennst du dieses Gleichnis?«

»Leider nicht.«

Harun brachte ein Tablett ins Vernehmungszimmer und rief: »Was leider nicht? Herr Hauptkommissar, dieser Mann belügt uns nach Strich und Faden. Was soll ich bloß mit ihm machen?«

»Wirf ihn mitsamt seinem Stuhl aus dem Fenster.«

Harun stellte das Tablett auf dem Tisch ab und schritt auf Aykut zu.

»Nicht, daß er dann krepiert und wir den Ärger haben.«

»Quatsch, wir sind hier im zweiten Stock.«

»Europäische Union und so.«

»Die kann mich mal, die Europäische Union. Dann sagen wir halt, er wollte uns nach Strich und Faden verarschen.«

Behzat Ç nahm seinen Platz in der schlecht ausgeleuchteten Ecke des Vernehmungszimmers ein, gab einen Zuckerwürfel in seinen Tee und begann, langsam umzurühren. Dabei blätterte er durch die Kladde und fragte sich, wo er anfangen sollte. Im gesamten Nachtbuch tauchte kein einziger Name auf, und Betül hatte nie explizit etwas zu einer bestimmten Person geschrieben. Als Harun sich vorbeugte, um den Stuhl anzuheben, auf dem Aykut saß, sagte er: »Laß ihn mal vorher noch seinen Tee trinken. Vielleicht fallen ihm dabei neue Ideen ein.«

»Der hat schon lange keine Ideen mehr. Wer nicht hören will, muß spüren.«

»Wer nicht hören will, muß fühlen, heißt das.«

»Ist auch egal. Ich werf ihn jedenfalls jetzt aus dem Fenster.«

Behzat Ç stand auf und sagte: »Bleib doch mal locker.«

Er nahm einen Tee vom Tablett und reichte ihn Aykut. Mit gemischten Gefühlen – ein wenig verwirrt, ein wenig ängstlich, nicht zuletzt auch dankbar – blickte Aykut seinen Wohltäter an.

»Laß uns nochmal ganz von vorne anfangen«, flötete der. »Wann haben Betül und du euch kennengelernt?»

»Vor drei Jahren.«

»Wo?«

»In einem Supermarkt. Betül hatte dort einen Studentenjob.«

»Was hat sie gemacht?«

»Käseverkostung.«

»Käse?«, fragte Harun. »Wie romantisch. Sag mal, hat dieses Mädchen nicht einen reichen Vater? Wieso mußte sie Käse verkosten?«

»Das sind Linke«, murrte Behzat Ç. »Die wollen ihr Geld durch eigene Arbeit verdienen. Trink deinen Tee.«

»Komische Linke sind das. Jeder treibt's mit jedem. Zwei Geliebte auf einmal.«

Aykut nahm einen ersten Schluck von seinem Tee und sagte: »Ich bin kein Linker.«

»Dich mein ich gar nicht, Junge. Ich rede von Betül.«

»Die hatte auch nicht zwei Geliebte auf einmal.«

Harun sprach demonstrativ ein Gebet, das ihn vor groben Flüchen bewahren sollte, und marschierte ans andere Ende des Vernehmungszimmers.

»Herr Vorgesetzter, bin ich ein Psychopath?«

»Schwer zu sagen. Wieso?«

»Ich würde gern ein paar Kombi-Schläge an dem Kerl ausprobieren.« Unvermittelt wurde er laut. »Du Spinner, wenn du keine zwei Tussen hattest, wer hat dann mit Ayşen gepennt? Und wenn Betül keine zwei Typen hatte, wer war Gökhan?«

Aykut schaute Harun in die Augen und entgegnete mit der gleichen Schärfe: »Die Sache mit Gökhan ist schon zwei Jahre vorbei. Der Typ is' nach England und hat Betül verlassen.«

Harun interessierte sich nicht für den Inhalt der Antwort, sondern nur für die Form.

»Du hast hier niemanden anzuschreien. Sieh dich vor, du scheiß Gigolo, sonst reiß ich dir den Arsch auf«, brüllte er. »Was meinst du denn, wer du bist, hier einen türkischen Polizisten anzuschreien, hä? Sachte, mein Lieber, sachte.«

Behzat Ç sog das Maximum an Zigarettenrauch ein, das ihm die 216 in seinem Mundwinkel gewährte, wobei er das linke Auge zukniff, damit ihm nichts entging. Er nickte Aykut zu und sagte: »Der macht das wirklich. Er ist ziemlich reizbar, wir werden auch kaum Herr über ihn.«

Harun stand zwei Schritte von Aykut entfernt und tat so, als müßte er durch die Nase schnaufen. Behzat Ç fragte: »Wenn das Mädel so eine stramme Linke war, was hatte sie dann mit Leuten wie euch zu tun?«

»So ist das nun mal an der Uni, da hat man nicht nur einen Freundeskreis, sondern ganz verschiedene Leute.«

Harun schrie: »Halt's Maul, Klugschwätzer! So viel wissen wir auch noch über deine Uni.«

Cevdet stürmte ins Zimmer und legte eine Tüte mit Poğaça auf dem Tisch ab.

Harun riß das Paket auf und fragte seinen Vorgesetzten, ob er lieber mit Käse oder mit Oliven wolle. Für den machte es keinen Unterschied.

»Macht es für dich einen Unterschied?«

Da Aykut die Frage nicht verstand, blickte er nur verwirrt drein. Plötzlich zitterten seine Lippen, er zog die Nase hoch und begann, Rotz und Wasser zu flennen. Harun nahm einen ziemlich großen Bissen von seinem Poğaça und sagte mit vollen Mund: »Schämst du dich nicht? Sowas kann ich ja überhaupt nicht leiden. Du lügst uns die Hucke voll, und wir bieten dir einen Poğaça an. Warum? Weil wir noch an die Menschlichkeit glauben. Aber du flennst hier rum wie ein billiges Weib. Schäm dich!«

Aykut wischte sein Gesicht mit dem Handrücken ab und sagte: »Bitte glauben Sie mir, daß ich nichts gemacht habe. Ich hab noch nie in meinem Leben dem Staat oder der Polizei gegenüber was Falsches getan.«

Harun wischte ebenfalls seinen Mund mit dem Handrücken ab und sagte: »Das sagen sie alle. Denk nicht, wir hören das zum ersten Mal. Da sticht einer sein Weibsstück ab, mit siebenunddreißig Stichen, und dann flennt er uns an, er hätte nie in seinem Leben der Polizei gegenüber was Falsches getan. Wie rührend! Aber wenn er Eier in der Hose hätte, würd er kommen und mich auch noch abstechen. Und wenn du Eier in der Hose hättest, würdest du mich vom Dach runterwerfen!«

Behzat Ç nahm einen Schluck von seinem abgekühlten Tee und blätterte weiter ziellos in der Kladde herum. Mit wenigen Ausnahmen gab es für jeden Tag einen Eintrag. Er prüfte das Schreibpapier mit seinen nikotingelben Fingern. Besonders gute Qualität war es nicht. Er wies Harun an, noch eine Runde Tee zu besorgen. Harun riß die Tür auf und verließ das Zimmer.

»Wann habt ihr euch nochmal getrennt?«

»Vor fünf Monaten.«

Er blätterte in der Kladde bis zum Zeitpunkt der Trennung zurück. Er las den erstbesten Satz, der ihm ins Auge fiel: *»Hunde, die bellen wie Männerhusten. Männer, die husten wie Hundegebell. Das ›die‹ und das ›wie‹ streichen, du brauchst sie nicht.«*

»Warum habt ihr euch getrennt?«

»Sie fing an, sich fies zu mir zu verhalten.«

»Wie genau?«

»Also, nicht mehr so wie vorher.«

»Hat sie dich vorher auch schlecht behandelt?«

»Nein. Manchmal war sie richtig fröhlich, manchmal todtraurig. Zu mir hat sie sich immer so verhalten, wie sie gerade drauf war. Das konnte ich ja verstehen. Aber auf einmal war sie nicht mehr deshalb fies, weil sie gerade deprimiert war. Irgendwas war kaputtgegangen zwischen uns, das habe ich gemerkt.«

»Und das war vor fünf Monaten?«

»Ja.«

»Woran lag das deiner Meinung nach?«

»Weiß ich nicht.«

»Ich aber. Woher wohl? Denk an das Gleichnis mit den Katzen und den Mäusen.«

Er streckte dem auf seine Füße starrenden Aykut die Kladde hin.

»Hast du diese Kladde schon einmal gesehen?«

»Ja.«

»Wo hat sie die aufbewahrt?«

»In ihrem Zimmer. Manchmal hat sie sie in ihrer Tasche getragen, weil sie den Verdacht hatte, daß jemand sie heimlich liest.«

»Warst du das, der heimlich ihr Tagebuch gelesen hat?«

»Nein.«

»Dein Glück. Sie schreibt nämlich nicht besonders wohlwollend über dich.«

»Kann sein.«

»Wie redest du denn mit mir? Das heißt nicht ›kann sein‹, sondern: ›Das ist möglich.‹ Merk dir das.«

Harun brachte den Tee.

»Das wird nichts mehr mit dem«, sagte er. »Mühen Sie sich nicht umsonst ab.«

Behzat Ç schritt jetzt vor Aykut auf und ab.

»Ihr wart zwei Jahre lang zusammen und habt euch vor fünf Monaten getrennt. Stimmt das?«

»Das stimmt.«

»Und du weißt nicht, weshalb.«

»Na ja, es war halt aus zwischen uns.«

Harun ging dazwischen: »Was war aus, Junge? Sag uns, was genau aus war. Was war los? Man trennt sich doch nicht aus Langeweile.«

»Ich will dir sagen, was los war«, sagte Behzat Ç. »Zu der Zeit war nämlich Gökhan in die Türkei zurückgekommen. Die beiden hatten schon eine Weile Kontakt, und Betül mußte sich langsam von dir trennen. Stimmt's?«

Aykut starrte auf seine Füße. Harun zerrte seinen Kopf hoch und sagte: »Hör zu. Wenn wir dich was fragen, hast du zu antworten. Stimmt es oder nicht?«

Aykut murmelte so etwas wie ein »Ja«.

In väterlichem Tonfall sagte Behzat Ç: »Guck mal, mein Junge. Eure Dreiecksbeziehung interessiert mich herzlich wenig. Ich verurteile euch auch nicht dafür. Aber wenn du mich in die Irre führst, und hier deinetwegen Staatsbeamte Überstunden machen müssen, dann kriegen wir uns in die Haare.«

Harun stellte den Tee, den er lautstark geschlürft hatte, beiseite und sagte: »Das ist doch keine Dreiecksbeziehung bei denen, Herr Vorgesetzter, sondern eine Drecksbeziehung.«

Dann lachte er schallend über seinen Witz. Behzat Ç begnügte sich mit einem Lächeln.

»Betül muß wohl regelmäßig in Sexshops gegangen sein. Wußtest du das?«, fragte er.

»Nein.«

»Es ist eindeutig bewiesen, daß dieses Mädchen sich für Pornos interessierte. Was hatte sie deiner Meinung nach an solchen Orten zu suchen?«

Harun zeigte lachend auf Aykut.

»Was wohl, Herr Vorgesetzter. Guck dir doch mal den Schlappschwanz da an.«

Aykut reagierte, als wolle er seine Männlichkeit nicht besudeln lassen: »Was soll das denn jetzt? Das war überhaupt nicht so, wie Sie denken. Sie hat Recherchen für einen Artikel über Frauenprobleme gemacht, der in der Zeitschrift erscheinen sollte. Ob Frauen als Sexualobjekt benutzt und ausgebeutet werden. So Feminismuszeugs eben, da kenn ich mich nicht so gut mit aus. Bestimmt ist sie deshalb in den Sexshop. Um das mal vor Ort zu sehen.«

Erstaunt fragte Harun: »War sie etwa Feministin? Warst du mit einer Feministin zusammen?«

»Ganz ehrlich, ich hab keine Ahnung. Aber solange sie nicht gegen mich aufgemuckt hat, war es mir doch egal, ob sie Feministin oder sonstwas war. Sie war ein liebes Mädchen.«

»Bravo«, sagte Harun. »Das war der erste wahre Satz, den du gesagt hast.«

Unterdessen hielt Behzat Ç Aykut die Kladde vors Gesicht. Er zeigte ihm eine Zeile: »Lies mal hier. Was steht da?«

Aykut las vor: »Jemand ist hinter mir her. Ein Dicker mit Brille.«

»Wer war dieser Mann?«, fragte Behzat Ç.

»Ich weiß es nicht.«

»Wenn du nur einmal etwas wüßtest. Wurde sie verfolgt?«

»Manchmal hat sie sich in das Gefühl reingesteigert, daß sie verfolgt wurde. Aber sie war nicht wirklich paranoid.«

»Paranoid zu sein, bedeutet nicht, daß man nicht verfolgt wird«, sagte Harun.

»Stimmt«, sagte Aykut. »Das war ihr Lieblingssatz.«

Unterdessen bemerkte Behzat Ç etwas Seltsames zwischen zwei Heftseiten. Er prüfte mit seinen Fingern nach. Am Innenrand einer Seite waren die Überreste einer fehlenden Seite auszumachen. Auf den betreffenden Seiten hatte Betül ihre Gedanken über den Selbstmord niedergeschrieben. Als er sah, daß zwischen den Datumseinträgen ein Tag fehlte, dachte er sich: *Das wird doch wohl nicht...* Er verließ das Vernehmungszimmer und rief Recep an: »Bleib bloß an deinem Platz. Ich komme bei dir vorbei!«

15

Recep war über die zusätzliche Aufgabe, die ihm an einem Samstag aufgehalst wurde, alles andere als froh gewesen, doch nachdem er von Behzat Ç in dessen Vermutungen eingeweiht worden war, hatte er sich mit der Kladde auf den Weg zum Labor gemacht. Mittlerweile war es Abend geworden, ohne daß die Ergebnisse gekommen wären. Während sie im Halbdunkel die endlosen, bis auf halbe Höhe sattblau gestrichenen Korridore der Terrorbekämpfung entlanggingen, fragte Harun: »Kommt das denn noch am gleichen Tag?«

»Wenn sie wollen, schon.«

Sie waren im Begriff, Özcan abzuholen, dessen Vernehmung bei der Terrorbekämpfung abgeschlossen war. Bevor er an die Justiz übergeben wurde, wollten sie selbst ihn noch einmal befragen. Tahsin hatte ihr Antragsformular nur widerwillig unterzeichnet, befand aber für sich, alles Nötige veranlaßt zu haben, indem er Behzat Ç eine Nachricht hatte zukommen lassen: »Macht uns da bloß keine Schwierigkeiten!«

»Sie können mittlerweile feststellen, aus welchem Block oder Heft ein Blatt stammt«, sagte Behzat Ç. »Ist kein sonderlich schwerer Vorgang. Daß mit dem Brief irgendwas nicht stimmt, war doch von Anfang an klar.«

Am Ende des Korridors standen zwei fünfzehn- bis sechzehnjährige Jungen, die mit einer Handschelle aneinander gefesselt waren. Als der schnauzbärtige Beamte, der sie bewachte, mitbekam, daß die Jugendlichen sich fassungslos umsahen, stieß er einen von ihnen mit seinem Funkgerät an: »Dreht euch zur Wand.«

Die Jungen beschrieben eine Kreisbewegung um ihre eigene Achse und blickten jetzt die Wand an. Der Beamte wärmte seine Hände am Heizkörper. Als er Behzat Ç und Harun bemerkte, richtete er sich auf und grüßte. Harun fragte: »Na, was haben die Buben denn verbrochen?«

»Die kleinen Fürze schmieden schon Pläne, wie sie unser Land spalten können.«

»Stimmt gar nicht, was für Pläne?«

»Klappe! *Gündem* in der Hand und 'ne CD von Şivan Perwer in der Tasche. Und dann noch das Maul aufreißen.«

Als er sah, daß die Jugendlichen nun durch das Fenster den Garten des Präsidiums beobachteten, verpaßte er jedem der beiden einen Klaps auf den Hinterkopf.

»Guckt nach vorne, oder wollt ihr hier etwa Anschlagziele ausspähen?«

Harun kam den raschen Schritten seines Vorgesetzten kaum hinterher. Mit unverhohlener Genugtuung erstattete er die Meldung, daß Alp bis zu seiner Verurteilung in U-Haft bleiben würde: »Die Staatsanwaltschaft hat ihn wegen Drogenhandel angeklagt, er kriegt mindestens fünf Jahre. Der wird Berna nicht mehr belästigen.«

Behzat Ç gab keine Antwort, sondern begnügte sich mit einem Kopfnicken. Sobald er sich an Alps Worte erinnerte, stellte er sich vor, wie er eine flinke Abfolge rechter und linker Haken austeilte. Aber er wußte nicht, wie Berna überhaupt zu Alp stand. Vielleicht fühlte sie sich von ihm gar nicht belästigt. Dieser Verdacht war ihm äußerst unangenehm. *Hol die zwei doch der Teufel! Hör auf sowas zu sagen, das ist deine Tochter, sie hat sich falsch verhalten, das kann jedem passieren. Was heißt hier falsch verhalten, allen möglichen Mist haben die gebaut. Sag das nicht, als Ceyda schwanger wurde, wart ihr noch nicht einmal verlobt. Das ist was anderes. Ist es nicht, das ist das gleiche. Ja, aber wir waren wenigstens nicht drogensüchtig. Seid endlich still da.*

»Das war aber auch 'ne Linke, Chef«, sagte Harun. »Hätt ich von dir gar nicht erwartet.«

»Was hättest du denn an meiner Stelle getan?«

Haruns fröhliches Grinsen verblaßte allmählich. Sie wechselten kein Wort mehr miteinander, bis sie vor Aybars' Büro angelangt waren. Behzat Ç wollte gerade seine Hand nach der Klinke ausstrecken, da wurde ihnen die Tür von innen geöffnet. Sie standen vor dem Grauhaarigen, den er in der Nacht, als Betül starb, in der Bar gesehen hatte. Er begrüßte sie mit einem »Herzlich willkommen, die Herren!«, als habe er ihnen soeben die Tür seines Hauses geöffnet. »Und auf Wiedersehen! Wir haben, wie Sie wissen, dieser Tage viel zu tun.« Im Gehen zog er aus der Innentasche seines Sakkos eine Visitenkarte und reichte sie Behzat Ç.

»Kommen Sie doch mal auf einen Tee vorbei. Dann können wir auch über diese Sache plaudern.«

Behzat Ç nahm die Karte entgegen und versenkte sie in seiner Tasche, ohne einen Blick darauf zu werfen.

»Gern.«

Sie schauten sich eine Weile an wie zwei Sumoringer, die versuchen, das Gewicht des Gegners zu schätzen. Der andere sagte: »Ihr habt doch einen Kollegen, der überall rumspukt wie ein Phantom – wie heißt der noch gleich?«

»Keine Ahnung. Ist schon lange her, daß ich den namentlich angeredet habe.«

»Wie auch immer, wär schön, wenn Sie den mitbringen. Wir schätzen seine Arbeit sehr, richten Sie ihm das doch bitte aus.«

»Selbstverständlich.«

»Dann auf Wiedersehen.«

Er wich zur Seite, damit der Mann vorbei konnte. Ihre Schatten, die der aus dem Büro hervordringende Lichtschein vergrößerte, prallten an der Korridorwand zusammen und lösten sich wieder voneinander. Unterdessen war Aybars aufgestanden, um sie mit ausgestreckten Händen und geschwätziger Freundlichkeit in Empfang zu nehmen.

»Aaach, schön, daß ihr da seid«, sagte er. Er gab ihnen mit geheuchelter Wärme die Hand. »Ihr kommt auch nur vorbei, wenn euch die Arbeit herführt, aber na ja, Mordangelegenheiten sind eben auch unsere Arbeit.«

Behzat Ç nickte ungerührt.

»Genau. Unsere Arbeit ist eure Arbeit.«

Ein sarkastisches Lächeln lag auf seinem Gesicht. Sie nahmen zu beiden Seiten des Schreibtisches Platz. Mit einer schnellen und scheinbar beiläufigen Handbewegung schob Aybars die Akten außer Sichtweite. Er schlug seine Handfläche klatschend auf die Lehne seines Drehstuhls.

»Naa? Wie geht es euch?«

»Gut.«

Behzat Ç hatte seine 216 aus der Tasche gezogen, schnippte mit dem Finger unter die Schachtel und hielt sie Aybars hin, der auf dem Tisch mit seinen Fingern Marschtrommel spielte.

»Ich hab aufgehört.«

»Warum?«

»Ich erwarte eine Beförderung. Wie du weißt, ist der neue Präsi auf Raucher nicht so gut zu sprechen.«

»Hab ich gehört. Gut, daß mich niemand befördern will.«

Seitdem er das Rauchen aufgegeben hatte, verzierte Aybars Zeitungsfotos mit Bärten und Brillen. Im Moment wußte er nicht, wohin mit seinen Händen. Ein Gedanke schoß Behzat Ç durch den Kopf: *Gewohnheiten sind die Diktatoren des Alltags.* Er fragte sich, woher ihm dieser Satz in Erinnerung geblieben war.

»Was wollt ihr trinken?«

»Wir wollen nichts trinken. Leiht uns den Kerl aus und wir gehen.«

Aybars wurde unfreundlich. Er kratzte sich am Hals und starrte auf den Stadtplan von Ankara, der an der Wand hing.

»Das sind Polizistenmörder. Männer ohne Ehre«, sagte er. »Die Sache sieht zwar aus wie ein Selbstmord, aber es würd mich nicht wundern, wenn da deren Organisation hinterstecken würde. Dieser Özcan ist ihr sogenannter Verantwortlicher für Ankara, hat Verbindungen ins Ausland, den haben wir schon 'ne Weile verfolgt.«

»Zusammen mit dem Nachrichtendienst? Also, der grauhaarige Kollege, der gerade rausgekommen ist...«

»Natürlich arbeiten wir koordiniert. Großeinsatz; zuerst schnappen wir uns das Gehirn der Organisation, dann sammeln wir die Hirnlosen ein. Das Ding ribbelt auf wie 'ne Laufmasche. Guck dir mal die Stammbäume von denen an, das ist doch alles Armenierbrut.«

Aybars wandte seinen Blick von Behzat Ç ab und schaute Harun an wie ein Hausherr, dem plötzlich auffällt, daß er auch seinem anderen Gast Aufmerksamkeit widmen müsse.

»Harun, alter Junge, wie geht es dir?«, fragte er. »Hast du nicht langsam genug von Verbrechen aus niedrigen Beweggründen? Komm, wir holen dich zur Terrorbekämpfung.«

Behzat Ç schaltete sich mit einem väterlichen Lächeln ein: »Nee, den brauch ich, den kann ich nicht hergeben…«

Aybars unterbrach sein Tischgetrommel.

»Selbstverständlich. Wer braucht so einen Prachtkerl wie Harun nicht? Wenn der zulangt, ist Ruhe. So einen braucht man in jeder Abteilung.«

Harun, der kaum in seinen Stuhl paßte, brachte die Füße zusammen und entgegnete mit gedämpfter Stimme: »Danke schön, Herr Vorgesetzter.«

Das war zwar an Aybars gerichtet, galt aber eigentlich Behzat Ç, von dem er seit Monaten zum ersten Mal eine positive Aussage über sich hörte. Vielleicht hatte der wirklich Angst, daß sich Harun versetzen lassen würde. Dabei wäre es Harun nie in den Sinn gekommen, diese Angst auszunutzen. Er war ein naiver Kollege, der sich um Machtspielchen nicht groß kümmerte.

»Gerade in der jetzigen Phase brauchen wir Männer wie Harun umso dringender«, fuhr Aybars fort. »Vater Staat gibt mir eine Waffe und sagt mir, schütz mich. Aber ich darf diese Waffe nicht auf Leute abfeuern, die meinen Staat spalten wollen. Jeden Tag kommen hunderte Dienstanweisungen, bloß nicht abfeuern. Ja, wenn ich meine Waffe nicht benutzen darf, wozu ist sie mir dann gegeben worden? Gott hat mir eine Hand gegeben und gesagt, hau sie den Gottlosen ins Gesicht. Aber ich bekomm hier ein Disziplinarverfahren, wenn ich jemanden schlage. Meine Beamten sollen dafür belangt werden. Und dann gucken meine Beamten natürlich mich schief an. An der Basis gärt es, und ich sitze zwischen allen Stühlen.«

Aybars senkte seine Stimme beträchtlich, so daß man ihn nur noch aus nächster Nähe verstehen konnte.

»Das muß unter uns bleiben«, sagte er, »aber ich hab das letztens auch zum Präsidenten gesagt. War mir egal, ob ich jetzt befördert werde oder nicht, da mach ich mir nichts draus. Ich hab nämlich die Schnauze voll, ich sitz hier zwischen allen Stühlen. Herr Präsident, hab ich gesagt, diese Harmonisierungsgesetze sind ja schlimmer als die Strafprozeßordnung. Da können wir die StPO ja direkt küssen und uns auf die Stirne legen. Aber diese EU-Gesetze sind doch dazu gemacht worden, die Polizei fertigzumachen. Weißt du, was er da gesagt hat?«

Er schwieg eine Weile und überzeugte sich davon, daß seine Zuhörer ihm genügend Neugier entgegenbrachten. Dann wiederholte er: »Weißt du, was er da gesagt hat? Du hast ja Recht, mein lieber Aybars, aber das ist die politische Konjunktur, ihr müßt eine Weile die Zähne zusammenbeißen, und wenn der Zeitpunkt da ist, dann wird entsprechend gehandelt. Jawohl, das hat er gesagt, wenn der Zeitpunkt da ist, wird entsprechend gehandelt. Aber jetzt erklär das mal meinen Männern.«

Daraufhin schwoll seine Stimme auf eine Lautstärke an, die in der gesamten Abteilung zu hören war.

»Aber die Männer haben recht,« fuhr er fort. »Wir müssen hier Krieg führen; die Polizisten unter meinem Befehl geben ihr Leben. Die Kinder von denen, die solche Harmonisierungsgesetze erlassen, leben natürlich in Strandhäusern, die Intellektuellen leben in Strandhäusern, die Verräter leben in Prunkvillen! Die haben Menschenrechte, die Terroristen haben auch Menschenrechte, aber wenn ein Polizist stirbt, wen kümmert das schon? Und niemand steht mal auf und sagt, der Polizist ist aber auch ein Mensch, der hat auch Rechte. Aber egal, ich will euch kein Ohr abkauen.«

Die Asche der 216 hing in einem riskanten Gleichgewicht. Um ein Haar wäre sie zu Boden gefallen. Als Behzat Ç sich suchend umschaute, drückte Aybars auf seine Sprechanlage und bestellte einen Aschenbecher. Bevor Aybars eine weitere Klage anstimmen konnte, sagte Behzat Ç: »Viele Grüße von Hayrettin…«

»Hayrettin?«

»Der Vater von Betül.«

Aybars stutzte kurz und quittierte dann die Grüße mit einem Kopfnicken.

»Grüße zurück.« Er führte seine Hand behäbig über Kinn und

Hals spazieren. »Wir kennen uns schon lange, er ist jemand, der für Volk und Vaterland einsteht, ein geplagter Vater.«

»Ganz genau. Ist Metin nicht da?«

Ein Schatten huschte über Aybars' Gesicht.

»Schon raus. Der bleibt nie so lange.«

Da der Verlauf der Unterhaltung ihm unangenehm war, ging er zum Gegenangriff über.

»Ich hab einen Anschlag auf dich vor. Du hast anscheinend Videomaterial von der Bar aus der betreffenden Nacht. Ich hätt gern eine Kopie davon.«

»Grund?«

»Muhsin Süvari. Der soll in jener Nacht in der Bar gewesen sein. Den brauchen wir. Er ist zwar anscheinend nicht beim illegalen Flügel, aber eine Schlüsselperson.«

»Wir sind auch hinter ihm her. Er war andauernd mit Betül unterwegs. Richte dem Grauhaarigen aus, wenn sie ihn finden, sollen sie uns Bescheid geben.«

Gegen die angelehnte Zimmertür wurde leise geklopft, darauf folgte ein Beamter mit einem Aschenbecher in der Hand. Ohne die Asche der zur Hälfte aufgerauchten 216 auf den Boden fallen zu lassen, erinnerte sich Bezhat Ç. daran, daß der Satz, der ihm soeben durch den Kopf gegangen war, aus Betüls Nachtbuch stammte. Aybars Gesicht wurde noch einen Grad grimmiger, weil er Özcan vor dem offenen Türspalt bemerkte. In einem gefühlsneutralen Baß befahl ihm Aybars, einzutreten. Der Aschenbecherbringer ging, ein anderer Beamter schob Özcan ins Zimmer.

Özcans Augen waren verbunden und seine Hände hinter dem Rücken mit Handschellen gefesselt. Er war ein stattlicher Mann mittleren Alters. Eine seiner Augenbrauen war unter den Schlägen angeschwollen wie ein Ballon und drückte sich als Beule unter der Augenbinde ab. Zwischen den seit einer Woche unrasierten Barthaaren stachen Blessuren an Lippen und Gesichtshaut hervor. Aybars wies mit der Hand auf Özcan.

»Der redet nicht so gerne, ist ein verklemmter Zeitgenosse. Na ja, wenn es ihm in den Kram paßt, redet er eine ganze Menge.«

Özcan neigte seinen Kopf leicht nach links, schnalzte mit der Zunge gegen das Zahnfleisch und bemühte sich, Aybars zu erspähen.

»Schnalz hier nicht rum, Bursche. Oder wolltest du was sagen, hä?«

Behzat Ç stand auf und schüttelte Aybars die Hand.

»Mit deiner Erlaubnis.«

Der zuständige Beamte löste die Handschellen, sie nahmen Özcan in ihre Mitte und verließen das Zimmer. Nachdem sie die Flure der Terrorbekämpfung verlassen hatten, lösten sie ihm die Augenbinde.

Im Grunde stellten sie Özcan zwei Fragen: Welche Beziehung er zu Betül hatte, und wo sich Muhsin Süvari und Gökhan Biryol aufhielten. Obwohl schon eine halbe Stunde vergangen war, hatten sie erst eine einzige Antwort, genaugenommen eine halbe: »Wir haben keine Verbindung zu Betül, und wo Gökhan ist, wißt ihr besser als ich!«

»Und woher sollen wir das bitte schön wissen?«

»Das ist doch euer Mann, oder?«

Während der nervenaufreibenden Stille, die sich über fünf Minuten im Raum ausbreitete, hörte man nichts als die Schuhe Haruns, der hinter Özcan auf und ab schritt. Behzat Ç hatte die Augen an die Decke gerichtet und versuchte, den Namen der Organisation ausfindig zu machen, aber so viele Buchstaben, wie die Abkürzung hatte, in der richtigen Reihenfolge zu identifizieren, forderte selbst den dienstältesten Meister im Von-der-Decke-Lesen heraus. Alle drei Männer im Verhörzimmer waren übermüdet, und jeder von ihnen verausgabte sich zusätzlich im Kampf um Durchhaltevermögen, um bloß seine Erschöpfung den anderen nicht zu zeigen.

»Wenn ihr also keine Verbindung zu Betül hattet, warum wurde sie dann während einer Aktion eurer Organisation verhaftet?«, fragte Harun.

»Das müßt ihr diejenigen fragen, die sie verhaftet haben.«

»Willst du uns verarschen?«

»Ja, will ich. Hört endlich auf, andauernd die gleichen Fragen zu wiederholen wie schlechte Hilfsdetektive.«

»Hör mir mal zu, ich kann dir gerne auch die Fresse polieren.«

»Versuch's doch. Ich hab unter den Foltergeräten nicht gesprochen, meinst du, ich würde jetzt vor der Mordkommission reden?«

Harun hatte aufgehört, hin und her zu gehen; auf seinem Gesicht lag ein erschöpftes Lächeln. Als Özcan es am wenigsten erwartete, verpaßte er einem der Stuhlbeine einen harten Tritt. Özcan und sein Stuhl bebten unter der Erschütterung. Behzat Ç hatte angesichts des Verlaufs der Unterhaltung bereits erahnt, in welche Richtung sich diese entwickeln würde, und war rechtzeitig aufgesprungen, um jetzt zwischen Harun und Özcan zu gehen. Er schubste Harun beiseite und packte Özcan, der ruckartig aufstand, am Arm.

Harun hob eine Hand und schrie: »Du scheiß Vaterlandsverräter! Eure Anführer haben im Ausland Villen, während ihr hier in der Gosse lebt.«

»Lüge! Ihr denkt wohl, alle wären so wie ihr.«

»Du wagst es, die Türkische Polizei als Lügner zu bezeichnen?«

Özcan riß seinen Arm los.

»Lügner wär ja noch in Ordnung. Aber ihr seid schlimmer als Wachhunde.«

Behzat Ç stoppte den sich in Bewegung setzenden Harun mit seinem Zeigefinger und wandte sich Özcan zu. Er packte ihn am Kragen und knallte ihn gegen den Aktenschrank. Von der Wucht des Aufpralls fielen ein paar Aktenordner vom Schrank auf die beiden herab. Behzat Ç hatte bereits die Faust geballt, doch beim Blick in die Fresse vor sich ließ er von seinem Vorhaben ab. Eine aufgeplatzte Lippe, eine geschwollene Augenbraue, die das Auge zur Hälfte verdeckte, und eine schiefe, höchstwahrscheinlich gebrochene Nase. *Warum halte ich mich jetzt zurück? Weil unsere Bedingungen nicht gleich sind? Sind sie es denn bei Alp gewesen? Wann hat es jemals gleiche Bedingungen gegeben?* Als der Hauptmann ihm seine eigene Nase gebrochen hatte, waren da die Bedingungen etwa gleich gewesen?

Als Cevdet die Tür öffnete und Behzat Ç sah, fing er vor Verwirrung an zu stottern: »He… He… He…«

»Was willst du?«

»He... Herr Vorgesetzter. Da ist ein Rechtsanwalt gekommen, der Sie sprechen möchte.«

Behzat Ç sah den Mann, der durch die halboffene Tür ins Zimmer linste.

»Er soll warten.«

»Es sei sehr dringend, er könne nicht warten.«

Er ließ von Özcans Kragen ab.

»Gut. Du bleibst schön hier.«

Er zog Harun am Arm.

»Laß uns kurz rausgehn.«

Im Gehen drohte Harun Özcan mit dem Zeigefinger.

»Wart's ab, wir sind noch nicht fertig mit dir.«

»Ich warte gern. Ich bin eh noch eine Weile hier.«

Harun wurde über diese Antwort so wütend, daß er auch vor der Tür noch brüllte: »Warte nur, du wirst schon sehen, das war noch gar nichts.«

Als sie die Tür geschlossen hatten, standen sie unmittelbar vor Ertans Nase, ohne ihn jedoch zu erkennen. Mit einem Gesichtsausdruck, als habe er sie auf frischer Tat ertappt, fragte Ertan: »Was macht ihr da drinnen?«

»Wer bist du denn überhaupt?«

»Hast du mich nicht erkannt? Rechtsanwalt Ertan Cansun, ich möchte meinen Mandanten sehen.«

Behzat Ç schaute genauer hin. Jetzt erkannte er den Anwalt. Kühl gab er ihm die Hand.

»Komm, wir gehen in mein Zimmer.«

»Nein, ich möchte zunächst mit meinem Mandanten sprechen.«

»Das geht nicht.«

»Warum?«

»Selbst wir können ihn nur mit Sondergenehmigung vernehmen.«

»Das geht mich nichts an. Die gesetzliche Frist für Polizeihaft ist abgelaufen, ohne daß er an ein Gericht überstellt oder mir als seinem Rechtsvertreter gestattet worden wäre, mit ihm Kontakt aufzunehmen. Ich werde Anzeige gegen euch erstatten.«

»Wir haben ihn nicht festgenommen. Das war die Abteilung für Terrorbekämpfung.«

»Gegen die habe ich bereits Anzeige erstattet.«

Harun sagte: »Ist ja gut, Junge. Zeig an, wen und was du willst. Das kratzt mich nicht.«

Sie gingen in Behzat Çs Zimmer. Behzat Ç verkündete, ein fünfminütiges Mandantengespräch zu erlauben, es müsse aber vertraulich damit umgegangen werden. Harun musterte seinen Vorgesetzten erstaunt, vertraute aber darauf, daß dieser schon wisse, was er tue. Vielleicht hoffte er, daß Özcan reden würde, wenn er diese Geste des guten Willens sah. Ertan ging zu Özcan hinein. Nach fünf Minuten stürmte er wütend heraus.

»Ihr werdet euch für diese Folterungen verantworten müssen«, rief er und verließ umgehend die Mordkommission.

Er hörte nicht einmal mehr, wie Behzat Ç ihm hinterherrief: »Welche Folterungen, red nicht so'n Quatsch.«

Harun schickte dem Anwalt eine genervte Geste hinterher und schlug ein Bein über das andere.

»Den hab ich schon gefressen, als ich ihn das erste Mal gesehen hab. Laß uns mal seine Vergangenheit durchleuchten, was der wohl für Verbindungen zu dieser Bande hat.«

Behzat Ç beschäftigte der Gedanke, was Ertan wohl alles unternehmen würde.

»Chef, besorg dir doch mal einen anderen Klingelton.«

»Was für'n Klingelton?«

»Dein Telefon klingelt.«

Es war Recep.

»Ja, du hast recht«, sagte er. »Der Abschiedsbrief wurde aus Betüls Kladde herausgetrennt.«

16

Der Löwe aus dem Marsch-Rudel lauerte in seinem Versteck hinter Sträuchern. Er beobachtete die Antilopenherde, die gerade den Mara durchqueren wollte. Als er sah, wie drei Antilopen ein wenig abfielen von der Herde, die sich, immer wieder im Fluß versinkend, ihren Weg zu bahnen versuchte, hob er sein Haupt leicht an. Sobald seine Beute aus dem Fluß herauskam, weiteten sich seine Augen. Sein Rücken spannte sich, und er verlagerte sein Gewicht mit Hilfe der Vorderläufe ein wenig nach hinten, bevor er pfeilschnell hervorsprang. Zwei der Antilopen sprengten zu je einer Seite davon, aber für die mittlere war es schon zu spät, als sie bemerkte, was vor sich ging. Es war eine sogenannte Elenantilope, ein kräftiges, großwüchsiges Tier. Da sie sich nicht mehr in Sicherheit bringen konnte, senkte sie den Kopf und verteidigte sich mit ihren Hörnern. Zunächst hatte sie damit Erfolg, doch als zwei weitere, junge Löwen wie aus dem Nichts auftauchten und sie umringten, mußte sie sich der Übermacht ergeben. Einer der Löwen schlug seine Krallen in ihren Rücken, der andere warf sie zu Boden, der dritte grub seine Zähne in ihren Hals. Der BBC-Reporter hatte die ganze Zeit über, da die Löwen auf Lauer lagen, beinahe geflüstert, doch jetzt, wo der Sieg eine ausgemachte Sache war, schrie er heraus: »Das ist eine positive Jagderfahrung für die noch jungen Löwen aus dem Marsch-Rudel, es wird ein Festessen für sie werden!«

Behzat Ç schaute sich das letzte Zucken und Zittern der Antilope an und legte seine Gabel auf dem Tisch ab. Ein Viertel Baguette, ein Stück Schafskäse von der Größe einer halben Streichholzschachtel, einen ganzen Löffel Marmelade und drei Oliven hatte er gegessen und fühlte sich satt. Wenn er Sonntags die Zeit fand, sich die vom türkischen Staatsfernsehen TRT aufgekaufte BBC-Tiersoap *Big Cat Diaries* anzuschauen, fühlte er sich zwar manchmal, als habe er Arbeit mit nach Hause gebracht, doch in jenen aufregenden Momenten, wenn ein Raubtier nach seiner Beute griff, konnte er seine berufsbedingte Sicht der Dinge ablegen und sich völlig mitreißen lassen. Weder verurteilte er die Löwen aus dem Marsch-Rudel, die heimtückisch und vorsätzlich Jagd auf andere Tiere machten, noch regte er sich über die Geparden auf, die in blindem Vertrauen auf ihre einzigartige Geschwindigkeit mitten in eine Tierherde hineinsprangen, als griffen sie in eine Tombolatrommel. Schließlich töteten sie, um selbst am Leben zu bleiben. Weder töteten sie aus Geldgier, aus Sorge um ihre besudelte Familienehre, aus einem Affekt heraus, der sich über lange Jahre unterdrückten Zornes aufgebaut hatte, noch aus Rachsucht oder weil sie schlichtweg Psychopathen waren. Sie fingierten bei ihren Opfern keinen Selbstmord, versteckten nicht die Leichen und fraßen das Aas nicht selbst, sondern überließen die Reste den Geiern. Anders als bei den Todesfällen, die den Beamten in Ankara zufielen, herrschte in der Massai Mara von Kenia noch eine echte Unsicherheit, in der Kalkül und Verstellung nichts zu suchen hatten.

Er starrte auf die Brotkrumen in der Marmelade und zündete sich eine 216 an. Nachdem er letzte Nacht Özcan wieder bei der Terrorbekämpfung abgegeben hatte, war er in den Morgenstunden nach Hause gekommen und hatte tief und durchgehend bis in den Mittag hinein geschlafen. Nach dem Aufstehen hatte er geduscht und die Bartstoppeln entfernt, die einem Polizisten aus einer Militärfamilie nicht gut standen. Dabei mußte er zu seinem Schrecken feststellen, daß er darüber nachdachte, was er heute abend anziehen sollte, wo und was sie essen und trinken würden, ob sein Geld ausreichen würde, um die Rechnung zu begleichen, und vor allem: Was er mit Bahar reden könnte, und wie er es ihr sagen sollte. Als er die Frühstücksutensilien ins Wohnzimmer getragen und sich vor den Fernseher, der allzu oft einem niveaulosen Zirkus glich, gesetzt hatte, um auf seine *Big Cats* zu treffen, war er sicher, daß der Tag gut verlaufen würde. Der Teil mit den Löwen war vorüber, und eine Gepardin, die der Tierfilmer auf den Namen Amber getauft hatte, verfolgte eine Thomson-Gazelle in solch atemberaubendem Tempo, daß man kaum sah, wie ihre Füße den Boden berührten. Es war ein Anblick, der den Genuß des Nikotins nach dem Frühstück verdoppelte. Dabei hörte er das Läuten an der Tür etwas zu spät und stand auf, ohne die Augen vom Bildschirm abzuwenden. Die Gazelle machte Zickzack-Manöver, während sie um ihr Leben rannte, um Amber aus dem Gleichgewicht zu bringen. Doch zu guter Letzt mußte auch sie die Pranken in ihrem Rücken spüren, ihre Beine verkrampften sich und sie stürzte zu Boden. Sie konnte erst wieder aufblicken, als die spitzen Reißzähne der Gepardin bereits in ihren Hals eingedrungen waren. Da er den Rest der Geschichte zur Genüge kannte, ging er die Tür öffnen. Auf der Schwelle stand ein leerer Eimer. Gülsün wischte die Treppe.

»Können Sie mir vielleicht den Eimer da vollmachen?«

Er nahm den aus einem Vileda-Set stammenden Eimer und machte sich auf den Weg zum Bad. Er stellte den Eimer ins Waschbecken und drehte den Wasserhahn bis zum Anschlag auf. Aus einer undichten Stelle des kurzen Plastikschlauchs, der am Hahn befestigt war, spritzte Wasser. Er drehte den Hahn ein wenig zurück, um nicht naßgespritzt zu werden. Zum Geräusch des Wassers, das in den Eimer prasselte, gesellte sich das Gurgeln der Klospülung seiner Nachbarn von oben. Manchmal weckte ihn dieses Geräusch auch mitten in der Nacht. Er haßte dann seine Nachbarn, da Schlaf für ihn umso wertvoller war, je weniger er davon bekam. Aber andererseits beruhigte es ihn, zu einer Nachtstunde, in der alles hätte passieren können, jemanden die Klospülung betätigen zu hören. Es war immerhin ein Lebenszeichen, das einem versicherte, in einer Gemeinschaft zu leben, die Bestandteil der natürlichen Ordnung ist. Die Nachbarn von oben waren sofort da, um bei ihm zu klingeln, wenn sich auch nur das geringste Vorkommnis ereignete, und schienen sich sehr geborgen zu fühlen in dem Wissen, daß unter ihnen ein Hauptkommissar wohnte. Er selbst war zufrieden damit, etwas vom Dasein der Menschen in seiner Umgebung mitzubekommen. Seine Erwartungen an den bevorstehenden Abend hatten ihn in eine romantische Stimmung versetzt, doch zwischendurch fragte er sich, was er machen sollte, falls der Bankautomat, von dem er Geld ziehen wollte, außer Betrieb war. Bis er einen anderen gefunden hatte, könnte er schon zu spät zu seiner Verabredung sein. Als er den Entschluß gefaßt hatte, eine Viertelstunde früher aus dem Haus zu gehen, war der Eimer bereits übergeschwappt und der Saum seiner Trainingshose naß geworden.

Er schüttete ein wenig Wasser aus dem Eimer. Dann trug er ihn vorsichtig bis zur Tür und stellte ihn im Flur ab.

»Bitte schön, Gülsüm.«

Die Frau blickte ihn strafend an. Er überlegte, was geschehen war und bemühte sich sogar, Empathie mit ihr aufzubauen, indem er sich sagte, er wäre wahrscheinlich auch genervt, wenn er an einem Sonntag das gesamte Treppenhaus wischen müßte. Aber seine Versuche waren vergeblich. Gülsün nahm den Eimer und sagte: »Danke schön, Nevzat Bey«.

Sie drehte ihm den Rücken zu und er verstand. »Ach, entschuldige«, wollte er noch sagen, doch sie war schon längst weg. Mit einer Hand auf der Türklinke rief er ihr »Gülsün, Gülsün« hinterher, ohne eine Antwort zu bekommen.

Nichts war schwieriger auszubügeln als eine Verletzung, die durch Unachtsamkeit entstanden war. War es einmal geschehen, verloren sämtliche Entschuldigungen ihre Gültigkeit und Verletzte wie Verletzende blieben so gottverlassen zurück wie uneheliche Bälger. So war es auch mit Berna gewesen. War ein gewisser Punkt erst einmal überschritten, gab es kaum noch ein Zurück. *Laß das, soll sie doch der Teufel holen. Sag so etwas nicht.*

»Gülsün, Gülsün«, schallte seine Stimme durch das Treppenhaus. Als würde sich sein Streit mit Berna auflösen, wenn nur Gülsün zu ihm zurückkehren würde. Das tat sie aber nicht.

Stattdessen vernahm er die Stimme von Kamber, der mit raschen Schritten die Treppe hocheilte: »Ja mein Herr, ist etwas?«

»Also 'tschuldigung, ich hab deine Frau schon wieder Gülsüm genannt.«

»Na und?«

»Hör mal, es tut mir Leid. Sag ihr bitte…«

»Ach was, mein Herr, ist doch egal, ob Gülsüm oder Gülsün. Bei dem Gesicht, das sie andauernd zieht.«

»Ich tue das nicht absichtlich.«

»Selbst wenn. Daß du dir um sowas Gedanken machst. Ich werd

ihr mal ordentlich die Ohren langziehen, sie macht in den letzten Tagen sowieso solche Fisimatenten.«

»Bloß nicht!«

Kamber zwirbelte seinen Schnurrbart und wechselte das Thema: »Letztens haben wir dich im Fernsehen gesehen. Herzlichen Glückwunsch. Da war wohl ein Lehrer oder sowas erschossen worden, und ihr habt den Täter ruck zuck gefaßt.«

»Wir haben ihn nicht gefaßt. Er hat sich selbst gestellt.«

»Hör doch auf mit der Bescheidenheit. Die haben sogar im Fernsehen gesagt, er wäre infolge eines erfolgreichen Polizeieinsatzes gefaßt worden. Genau in dem Moment haben die dich gezeigt, wie du mit dem Funkgerät in der Hand durchs Bild rennst. Wir kennen dich doch und erzählen jedem, daß du bei uns im Haus wohnst.«

»Wenn du meinst, dann war es wohl so.«

»Ich geh jetzt einkaufen. Brauchst du was? Aber um Totoscheine abzugeben, ist es schon zu spät, die Spiele fangen in fünf Minuten an.«

»Danke.«

»Dann bleib uns schön gesund.«

Nachdem Kamber sich zum Gehen gewandt hatte, fiel ihm ein: »Falls sie welche haben, bring mir doch eine Zweierpackung Toilettenpapier mit«, sagte er. »Ist nicht dringend, hat auch noch ein paar Tage Zeit. Ich geb dir schon mal das Geld.«

»Nicht nötig, mein Herr, du kannst zahlen, wenn ich es bringe.«

Während Kamber die Treppen hinunterstieg, verzehrte Amber die Gazelle. Er stellte den Ton des Fernsehers aus und schaltete den staatlichen UKW-Sender ein, auf dem die Übertragung der Spiele stattfinden würde. Gençlerbirliği spielte diese Woche auswärts, in Kayseri. Da die PayTV-Sender die Spiele von Gençlerbirliği nur zeigten, wenn sie gegen die vier Großen der Türkei antraten, war er, abgesehen von den Begegnungen, die er mit bloßem Auge im Stadion verfolgt hatte, gegen Saisonmitte kaum darüber informiert, wie seine Mannschaft spielte. Er war auf das Schilderungsvermögen des Radiosprechers und auf die dreiminütigen Zusammenfassungen im Abendprogramm angewiesen, so er sie denn mal mitbekam. Ohne Ton war der Fernseher ein noch furchterregenderer Apparat. Amber hatte mehr als die Hälfte der Gazelle aufgefressen, ihr Magen war angeschwollen, und um sie herum scharten sich die Geier, die auf ihren Anteil warteten. Als das Telefon klingelte, dachte er, das müsse der Geier von der Kommission sein. Der Geier, dem er mit dieser Bezeichnung kein Unrecht tun wollte; denn was unterschied ihn schon von seinen Kollegen; sie alle verdienten ihr Auskommen mit Leichen.

Für zehn oder fünfzehn Sekunden zeigte die Kamera Geier, die ungeduldig hin und her hüpften. So wie er, der immer, wenn ein Mord begangen worden war, am Tatort hin und her rannte und manchmal für zehn oder fünfzehn Sekunden von den Kameras erfaßt wurde. Nach dem vierten Klingeln ging er ran.

Aus dem Hörer tönte die tiefe Stimme Tahsins, der sich nach seinem Befinden erkundigte.

»So la la. Ich schaue gerade einen Dokumentarfilm.«

Tahsin war jemand, der einen höflichen Eindruck machte, aber überaus bedacht war, seine Mitarbeiter zurechtzuweisen. Ohne besonderen Anlaß hätte er nicht bei ihm zu Hause angerufen. Entsprechend direkt kam er zu seinem Anliegen: »Hast du einen Anwalt zu diesem Özcan reingelassen?«

»Wer sagt das?«

»Es ist doch jetzt nicht wichtig, wer das sagt. Du nutzt meine Gutmütigkeit aus. Was hab ich dir gesagt, als ich deinen Antrag unterzeichnet habe? Du sollst uns da bloß keine Schwierigkeiten machen. Und jetzt guck dir mal an, was du in dieser neuralgischen Phase angestellt hast.«

Mit neuralgischer Phase meinte Tahsin die bevorstehende Beförderungs- und Versetzungsrunde. Da er ziemlich wütend war, zögerte er nicht, noch eins draufzusetzen: »Was fällt dir ein, meine Karriere aufs Spiel zu setzen? Wenn du schon verrückt genug bist, dir deine eigene Beförderung auf ewig zu verbauen, mußt du wenigstens nicht noch mich ruinieren. Seit fünf Jahren versauere ich nur deinetwegen hier.«

Da er nicht wußte, ob er sich entschuldigen oder nicht doch lieber einen wütenden Fluch ausstoßen sollte, zog er es vor, zu schweigen. Tahsin war noch längst nicht am Ende.

»Und dann mischt du dich auch noch in die Arbeit der Drogenfahndung ein. Schön, du scheinst dir also zu denken: Ist der Ruf erst ruiniert, lebt sich's wohl ganz ungeniert, oder?«

Der Moderator im TRT-Studio kündigte an, man wolle jetzt rüber ins Atatürk-Stadion nach Kayseri schalten.

»Wart mal kurz.«

Tahsin hörte auf zu sprechen. Eigentlich hatte Behzat Ç es sich schon gedacht, als er das aufbrausende Geschrei aus dem Radio hörte, aber er wollte eine Bestätigung vom Korrespondenten.

»Aus Kayseri haben wir ein Tor zu vermelden. In der sechsten Minute erzielte Kayserispor das Eins zu Null gegen Gençlerbirliği durch einen Angriff auf der rechten Flanke, bei dem der Ball an...«

»Bist du noch dran?«, fragte Tahsin.

»Ja. Mach weiter.«

»Also gut, sagen wir, du mischt dich in die Arbeit der Drogenfahndung ein. Aber warum mußtest du dem Jungen die Nase brechen? Wie hieß der noch gleich? Alp oder so?«

»Wer sagt das?«

»Frag doch nicht andauernd. Erst baust du Scheiße, dann fragst du, wer das sagt. Meinst du, sowas spricht sich nicht rum? Die Zeiten sind vorbei, wo wir die Bürger einfach durchprügeln und nach Hause schicken konnten. Heute will jeder Trottel seine Rechte geltend machen. Habt ihr dem Jungen die Pillen in die Tasche gesteckt?«

»Nein.«

»Sag nicht einfach nein. Wenn du es warst, gib es zu. Ich halte dicht.«

»Die Pillen haben wir bei dem Jungen in der Tasche gefunden.«

»War da nicht auch Osman von der Drogenfahndung dabei? Dem ist sowieso nicht über den Weg zu trauen. Vielleicht hat er das ohne euer Wissen gemacht, um den Jungen fertigzumachen.«

»Keine Ahnung. Wir wollten ihm nur die Ohren langziehen und ihn laufenlassen.«

»Wenn du jemandem die Ohren langziehst, dann bitte sachte.

Du hast ihm die Nase gebrochen. Er mußte mit zehn Stichen genäht werden.«

»Du weißt ja nichts über die Hintergründe.«

»Und wenn. Was würde das ändern? Der kommt aus einer angesehenen, wohlhabenden Familie. Wenn der Vater einen Bekannten einschaltet, werden wir alle geschaßt wie ausgediente Huren.«

Das war der Tropfen, der das Faß zum Überlaufen brachte. Der Gedanke daran, daß man nur reich sein mußte, um ihn und seine Tochter zu schassen wie ausgediente Huren. Er preschte in einer Lautstärke vor, gegen die Tahsin nicht ankam: »Dann soll er halt auf seinen Sohn aufpassen. Der hat meine Tochter…«

Es gelang ihm nicht, weiterzusprechen. Was sollte er sagen? Belästigt? Mit Drogen versorgt? Zu sexuellen Handlungen… All diese Horrorbilder tanzten in seinem Kopf durcheinander.

»Verdammt, die sollen mich nicht wild machen. Macht mich nicht wild!«

»Bewahr doch bitte deine Fassung.«

Es entstand eine Pause von etwa zehn Sekunden.

»Geht es dir gut?«

»Red nicht so'n Quatsch.«

»Wie auch immer, nimm dich zusammen. Morgen sprechen wir mal unter vier Augen darüber. Aber ich will dir eines sagen: Du hast dich in die Geschichte mit diesem verrückten Mädchen verrannt. Laß sie, die hat sich selbst umgebracht. Wenn du daran zweifelst, dann sag einem von deinen Jungs, er soll sich drum kümmern. Aber Leute überwachen zu lassen, zur Gerichtsmedizin zu gehen, und und und, das geht nicht. Denkst du, ihr dreht einen Fernsehkrimi? Als ob ihr nichts anderes zu tun hättet! Fangt erstmal das Monster von Keçiören, das eine Dreizehnjährige vergewaltigt und ermordet hat, das steht in allen Zeitungen, die Leute können vor Angst nicht mehr schlafen!«

»Der Abschiedsbrief wurde aus ihrer Kladde herausgetrennt.«

»Was für ein Brief?«

»Der Abschiedsbrief, den man in Betüls Tasche gefunden hat. Wurde aus ihrer Kladde herausgetrennt.«

»Und?«

»Na ja, jemand anderes hat ihn rausgerissen und dem Mädchen in die Tasche gesteckt, um einen Suizid zu fingieren.«

»Woher willst du wissen, daß sie ihn nicht selbst herausgetrennt hat?«

»Ich weiß es eben nicht. Ich versuche, es zu ermitteln.«

»Jetzt fang nicht an zu Spinnen. Bei aller Liebe zum Koran. Du hast zwei Dienstjahre mehr als ich auf dem Buckel, du warst damals wie ein großer Bruder zu mir, dafür hast du bei mir immer noch was gut. Möge Allah dir gnädig sein. Gut, du kannst machen, was du willst. Du warst verrückt genug, dich nicht hochzuarbeiten. Jetzt bin ich durch Zufall dein Vorgesetzter. Aber je länger ich darüber nachdenke, desto wütender werde ich. Es gibt kaum jemanden, von dem ich wegen der Sache nicht eins auf den Deckel bekommen habe. Ramazan Akyüz hat sich auch über euch beschwert.«

»Wer ist das?«

»Na, der Inhaber der Bar, wo die Sache passiert ist.«

»Ach, der liebe Ramazan?«

»Was weiß ich, ob der lieb oder böse ist. Jedenfalls kennt er den halben Vollzugsdienst. Ist ja auch normal bei einem Gastronom. Er hat sich beim Präsidenten beschwert. Habt ihr ihn beleidigt?«

»Weiß ich nicht mehr. Wir haben ihn vernommen, aber nicht besonders hart. In seiner Bar wurden immerhin eine Waffe, ein Schalldämpfer und Captagon gefunden.«

»Und wenn da Panzerfäuste gefunden worden wären, was interessiert dich das? Sag mir das mal bitte.«

»Hör mal, mir brummt der Schädel.«

»Was glaubst du, wie meiner brummt.«

»Laß uns morgen darüber reden.«

»Also gut.«

Auf beiden Seiten wurde abrupt aufgelegt. Just in diesem Moment, als wäre das alles nicht schon genug, schlug jemand, der sich anscheinend nicht bequemen konnte, die Klingel zu benutzen, mit seinen Fäusten dröhnend gegen die Wohnungstür.

17

Er schaute durch den Türspion. Es war Şevket… Er schlug auf den Saum seines Jacketts und schüttelte sich.

»Was ist passiert?«

»Laß mich durch.«

Er stieß Behzat Ç gegen die Brust und trat in die Wohnung. Dabei humpelte er leicht.

»Gottverdammtes Weib!«

»Was ist los?«

»Ich bin hingefallen.«

»Wo?«

»Wo wohl? Auf der Treppe. Sie war glitschig. Putzterror!«

Behzat Ç legte seinem älteren Bruder die Hand auf die Schulter und sagte: »Komm erstmal rein und hol tief Luft.«

Şevket stieß die Hand brüsk von seiner Schulter. Seine Augen weiteten sich und er begann unversehens zu brüllen: »Junge, bist du bescheuert? Hast du 'n Knall? Bist du völlig durchgedreht? Bist du 'n Psychopath oder was?«

Er schwieg, als erwartete er, daß sein Bruder jede einzelne dieser Fragen beantwortete, und zwar mit »ja«. Behzat Ç versuchte zu verstehen, was vor sich ging. Er wartete ab, eine Hand an die Garderobe gelehnt.

Şevket senkte den Kopf und drosselte seine Stimme.

»Du sollst Yunus deine Knarre an den Kopf gehalten haben. Ceyda ist durchgedreht. Das war sie zwar sowieso schon, aber jetzt ist auch noch der letzte Rest Verstand weg. Sie behauptet steif und fest, du wolltest uns alle abknallen. Sie wollten erst Anzeige erstatten. Mit Engelszungen hab ich sie davon abhalten können.«

»Beruhig dich mal.«

»Wie soll ich mich beruhigen, Kerl? Dann sollst du noch Bernas Freund verprügelt haben. Das Mädchen liegt krank im Bett, weil der Junge in den Knast gekommen ist. Die ist jetzt auch durchgedreht. Sie spricht mit niemandem außer ihrer Katze. Angeblich hast du ihm Pillen in die Tasche gesteckt, um ihn hinter Gitter zu bringen. Was sollen diese Mafiamethoden? Willst du vor uns den Paten spielen?«

»Jetzt beruhig dich doch mal.«

Şevket hatte Schaum vor dem Mund. Er klopfte seinen Ärmel ab und marschierte ins Wohnzimmer.

»Wie soll ich mich da bitte beruhigen? Beruhigen! Meinst du, ich hätte keinen Namen und keine Ehre? Jetzt bist du schon vierzig und machst immer noch diese Sperenzchen. Seit Jahr und Tag muß ich irgendwelche Prügeleien schlichten, die du anzettelst. Ich hab so dermaßen die Schnauze voll davon, verstanden? Reiß dich gefälligst zusammen!«

Şevket zog sein Jackett aus und krempelte die Hemdsärmel hoch, als mache er sich für eine physische Auseinandersetzung bereit. Doch dann ließ er sich auf die Couch fallen. Er massierte seine Handgelenke und hatte sichtliche Mühe beim Atmen. Behzat Ç stand an der Wohnzimmertür und lachte vor Wut.

»Lach nur! Über uns lachen sowieso schon die letzten Idioten. Du machst mich krank. Du bist schuld an meinem hohen Blutdruck.«

»Dann komm doch mal runter. Ich bring dir ein Glas Wasser. Ich hab auch gerade Tee aufgesetzt. Willst du ein Glas?«

Şevket seufzte und sagte: »Na gut. Bring mir ein Wasser, dann laß uns in aller Ruhe reden. Und mach das Radio aus.«

Behzat Ç drehte das Radio leiser und ging in die Küche. Seine Hände zitterten, als er das Wasserglas auffüllte, so daß es überschwappte. Şevkets Stimme drang bis in die Küche: »Ich hab auch mein soziales Umfeld, ich bin jemand, der was zu sagen hat! Ich hab meine Würde und meinen Stolz! Ich bin ein wohlhabender Mann. Wenn deine Nerven nicht mehr mitspielen, häng deinen Job an den Nagel. Niemand zwingt dich, den Mundgeruch der Nation auszuhalten. Du wirst doch sowieso wieder suspendiert, so wie du dich aufführst. Das seh ich schon kommen.«

Şevket trank das Wasser in einem Zug aus und lockerte seinen Gürtel.

»Noch eins?«

»Nein.«

Şevket setzte gerade dazu an, »Yunus…« zu sagen, da klingelte das Telefon. Behzat Ç zögerte, das Gespräch anzunehmen. *Noch eine Person halte ich nicht aus, dachte er, noch ein Streit ist zu viel.*

»Geh ran!«

Nach dem fünften Klingeln ging er ran, ohne ein Wort zu sagen.

»Herr Vorgesetzter?«

Es war Harun.

»Was gibt's?«

»Wir haben den Mieter der leerstehenden Wohnung in Ulus gefunden.«

»Welche leerstehende Wohnung?«

»Wir hatten doch in Betüls Tasche eine Adresse gefunden…«

»Ja, und?«

»Der ehemalige Mieter ist ein Mann namens Resul. Er ist Geschichtslehrer am Tuzluçayır-Gymnasium. Er muß wohl woandershin gezogen sein.«

»Und dafür rufst du mich an?«

»Das war noch nicht alles. Rate mal, welchen Spitznamen der hat.«

»Welchen?«

»Resul der Kommunist.«

»Was soll damit sein?«

»Sag das nicht so, Herr Hauptkommissar. Du weißt doch, daß Betül Sympathisantin war. Und Gökhan aus dem Ausland war in der gleichen Organisation, Muhsin, hinter dem das Phantom her ist, ebenfalls, und Özcan, den wir von der Terrorbekämpfung bekommen haben, auch. Das ist alles das gleiche Gesindel. Dann steckt bestimmt auch Resul der Kommunist mit denen unter einer Decke.«

»Prima. Dann schaut euch seine Einträge an. Wenn da nichts drinsteht, gehen wir beizeiten mal hin und reden mit ihm.«

»Außerdem hat der Herr Vorgesetzte Tahsin…«

»Ich weiß. Er hat mit mir geredet. Laßt mal Resul den Kommunisten einen guten Mann sein und kümmert euch um das Monster von Keçiören. Wer schert sich denn noch um Kommunisten? Was den Leuten heute den Schlaf raubt, ist die Angst vor Triebtätern. Sag auch dem Phantom, wenn er keinen Grund hat, Muhsin zu verhaften, soll er ihn in Ruhe lassen und nicht zu viel in der Gegend rumlaufen.«

»Ist was passiert?«

»Nein.«

Behzat Ç versuchte, sich auf seine sporadischen Erinnerungen an die Nacht zu konzentrieren, in der er Alp geschlagen hatte, und fragte: »Hat Osman dem Jungen die Pillen in die Tasche gesteckt?«

»Ach was! Die waren in seiner Tasche. Das Arschloch erzählt Scheiße, wenn er behauptet, wir wären das gewesen. Aber wenn du Zweifel hast, rede mit Osman.«

»Gut. Vergiß es.«

Er legte auf. Sein Blick fiel auf das noch nicht abgeräumte Frühstücksgeschirr und den überquellenden Aschenbecher. Aus Trotz gegen die bedrückend übermöblierten Wohnzimmer seiner Kindheit und Ehejahre besaß er kaum Einrichtungsgegenstände. Die Dreiercouch, auf der Şevket saß, sein Relaxsessel, ein Klapptisch, ein Fernseher, ein Vorleger. Die vom Zigarettenrauch vergilbten Wände würden dieses Frühjahr einen Anstrich brauchen. Wenn er noch irgendwo ineinander stapelbare Beistelltischchen auftreiben könnte, wäre er ausgestattet.

»Hast du Hunger? Soll ich dir Teller und Gabel bringen?«

»Nein. Hast du etwa gerade erst gefrühstückt?«

»Ja. Willst du Tee?«

Şevket zeigte auf den Sessel und sagte: »Vergiß den Tee. Setz dich jetzt da hin und laß uns in aller Ruhe reden.«

Er setzte sich also in den Sessel und zündete sich eine 216 an. Im Fernsehen hatte sich die Leopardenmutter Half-Tail auf dem Ast eines Baumes ausgestreckt und wartete auf ihre Jungen.

»Gib mir auch mal eine.«

»Oh, hast du angefangen zu rauchen?«

Şevket nahm den ersten Zug und klagte: »Daran bist du schuld. Jetzt hör zu. Du rufst Yunus an und sagst, deine Nerven hätten einen Moment versagt, und entschuldigst dich. Bitte ihn um Verzeihung.«

»Wenn du magst, kann ich gleich noch 'ne Therapie anfangen.«

»Ehrlich gesagt hättest du eine nötig. Es gibt da einen Psychiater, zu dem meine Frau und die Kinder gehen. Der kostet uns jeden Monat ein Vermögen. Wenn du willst, geb ich dir die Nummer.«

»Geh doch selbst hin.«

Behzat Ç stand auf.

»Halt. Wo willst du hin?«

»Ich hole einen Aschenbecher.«

»Laß das. Hier steht einer.«

Şevket lehnte die 216 gegen die Außenwand des randvollen Aschenbechers und sagte: »Mein lieber Bruder, mach nicht solche Sachen. Besinn dich mal.«

Da Behzat Ç schon wußte, worauf die Unterhaltung hinauslaufen würde, zerrte er am Ausschnitt seines Pullovers. Şevket bemerkte seine Nervosität und vertagte das Thema.

»Deine Schwägerin hat dich im Fernsehen gesehen. Da war ein Lehrer erschossen worden oder so.«

»Genau.«

Şevket schlug ein Bein über das andere. Er war mit seinen Straßenschuhen ins Wohnzimmer gekommen.

»Schön, gut gemacht. Mit solchen Dingen sollen die Leute dich in Verbindung bringen. Du hast die Bürger zu schützen, nicht zu schlagen. Seit drei Tagen kommt Berna nicht mehr aus ihrem Zimmer heraus. Sie spricht nicht einmal mit mir. Sie ißt auch nichts.«

Behzat Ç verspürte eine bedrückende Enge in seinem Brustkorb. Er schloß die Augen und bearbeitete mit seinen Daumen die Nasenwurzel.

»Aber warum hast du überhaupt ihren Freund verprügelt? Die Beziehung zwischen den beiden ist was Ernstes, mit Zukunft.

Deine Tochter ist längst erwachsen. Du denkst doch wohl nicht, du könntest sie in Essig einlegen und ins Regal stellen. Natürlich sucht die sich einen Mann.«

»Hör mir damit auf. Von wegen was Ernstes mit Zukunft. Der Typ ist ein Penner, ein Junkie.«

»Nein. Er hat mit den Drogen aufgehört. Er ist nun mal ein Kind reicher Eltern, bei denen sind solche Eskapaden normal. Als er von der Drogenfahndung ein paar Schläge auf den Hinterkopf bekam, hat er sich für eine Therapie entschieden. Hast du ihm die Pillen in die Tasche gesteckt?«

»Nichts dergleichen hab ich gemacht. Die haben wir in seiner Tasche gefunden. Yunus hat mir doch erzählt, daß sie in Bernas Zimmer diese Pillen gefunden haben.«

»Seit wann hörst du denn auf das, was Yunus sagt? Auf diesen Taugenichts? Berna hat dem Jungen die Pillen abgenommen und versteckt, damit er nicht wieder damit anfängt.«

»So haben sie mir das aber nicht erzählt.«

»Die haben doch keine Ahnung. Warum sprichst du denn nicht selbst mit Berna?«

»Ich ruf sie ja andauernd an, aber sie geht nicht ran…«

Şevket lehnte sich zurück und sagte: »Mach dir nichts draus. Sie ist noch jung. Sie wird jetzt zwei Tage sauer auf dich sein, dann ist schon wieder alles vergessen und ihr versöhnt euch. Aber genug davon. Wir haben einen Käufer für das Haus gefunden.«

»Fang nicht schon wieder damit an.«

»Es wird ernst.«

»Und wo soll Mutter wohnen?«

»Ich sag ja nicht, daß wir die Verkaufseinnahmen verjubeln sollen. Wir kaufen davon eine neue Eigentumswohnung. Ich leg noch was drauf. Ein Freund von mir, ein Grundstücksmakler, hat mir einen super Immobilientausch in Çayyolu vorgeschlagen.«

»Du willst also das Haus in Cebeci verkaufen, nur damit Mutter in die Pampa zieht?«

»Was du für die Pampa hältst, ist mittlerweile begehrtes Wohngebiet für Besserverdienende.«

»Sei mal still.«

Der Moderator vom TRT-Rundfunk kündigte an, wieder nach Kayseri ins Atatürk-Stadion rüberschalten zu wollen.

»Mutter hat schon zugestimmt. Das Haus fällt sowieso bald auseinander. Sei doch nur einmal nicht so dickköpfig.«

»Still!«

»Somit führt Kayserispor mit einem Zwei zu Null gegen Gençlerbirliği. Der linke Mittelfeldspieler...«

»Wenn du ein Quäntchen Verstand hättest, würdest du sowieso nicht diesen Gençler hinterherhängen. Guck: Zwei zu Null. Dickkopf. Nur aus Trotz gegen deinen Bruder hast du dir diesen schlappen Club ausgesucht.«

Behzat Ç stellte sich vor, wie er Şevket, der wie ein gesottener Schafskopf die Zähne bleckte, an den Füßen packte und rücklings über die Couch warf. Er wäre dann zwischen Couch und Fenster eingeklemmt und käme von alleine nicht mehr heraus. Wenn er diesen Gedanken nicht sofort unterdrückte, könnte es leicht passieren, daß er ihn kurzerhand in die Tat umsetzte. Er zwang sich, Şevket nicht mehr anzusehen und stand auf.

»Ich mach dir einen Mokka.«

»Laß das. Lenk nicht vom Thema ab.«

Er war schon in die Küche verschwunden, ohne Şevkets Antwort abzuwarten. Er gab gemahlenen Kaffee und kaltes Wasser in die Cezve. Wie ein Alptraum kam Şevket hinterher und ließ nicht locker.

»Mensch, du hast dich ja rasiert und etwas Form in deine Visage gebracht. Und auf dem Bett liegt Ausgehkleidung. Hast du etwa ein Rendezvous?«

»Ich koche ihn mit wenig Zucker.«

»Gern. Und? Mit wem triffst du dich?«

Während er umrührte, glitten seine Augen über das verschneite Tal von Dikmen.

»Triffst du dich mit Bahar? Wenn du willst, geb ich dir den Schlüssel unserer Zweitwohnung.«

Behzat Ç ballte die Fäuste und blieb irgendwo zwischen der

Stille, die der Schnee der Tallandschaft auferlegte, und dem Tosen in seinem Inneren wie eingeklemmt stecken.

»Ist ja gut. Nicht sauer werden. Aber ich hab dir ja schon beim letzten Mal gesagt, das wird kein Zuckerschlecken. Paß auf den Kaffee auf, Junge.«

Hastig schaltete er den Gasherd aus, an dessen Rändern sich der übergekochte Mokka sammelte. Den verbliebenen Kaffee goß er in eine kleine Tasse, ohne sich zu bemühen, einen cremigen Schaum hinzubekommen. Die Tasse stellte er vor Şevket hin, der am Küchentisch Platz genommen hatte.

»Ich wollte dir sowieso noch die Ohren langziehen«, fuhr Şevket fort.

»Wieso?«

»Weil man dich mit einer von diesen Frauen gesehen hat.«

»Was für einer?«

»Na, was wohl? Einem Freudenmädchen. Sie heißt anscheinend Gönül. Du sollst sie letztens zu Hause besucht haben. Gut, du bist ein alleinstehender Mann. Ich sag ja nicht, daß du so etwas nicht tun dürftest. Aber achte doch ein bißchen auf das Niveau.«

Behzat Ç wischte mit dem Lappen, der auf der Arbeitsplatte bereitlag, die Ränder des Herdes ab. Es war noch eine Woche, bis Gülsün wiederkommen würde. Einen Augenblick lang wollte er Şevket die Kehle zudrücken. Dann blieb sein Blick an den Messern bei der Brotablage hängen. *Ein blutiger Mord, hört hört.* Der würde es sicher morgen auf die Skandalseiten der Boulevardpresse schaffen: *»Hauptkommissar Behzat Ç von der Mordkommission tötete nach einem Streit seinen Bruder Şevket Ç mit sechs Messerstichen. Der Täter stellte sich seinen Kollegen vom Dienst. Die Bluttat ereignete sich gestern in den frühen Nachmittagsstunden...«*

Er zerriß die Zeitungsseite in seinem Kopf und schrie: »Was soll ich denn machen? Ich hab nun mal nicht das Geld, um mir eine Pompadour zu leisten!«

Er schaltete die Dunstabzugshaube an, um zu verhindern, daß Şevket weiterspräche. Doch dessen volltönendes Organ ließ sich nicht von einem Küchengerät beeindrucken. Nach dem ersten, lautstark geschlürften Schluck sagte er: »Genau darauf wollte ich hinaus. Weißt du, was ich mir gedacht habe? Du könntest dich aus dem aktiven Bürodienst entfernen lassen, aber deinen Beamtenstatus beibehalten. Jetzt hast du ihnen so lange gedient, da sollen sie ein Auge zudrücken, bis du pensioniert wirst. Dann kannst du im Hotel arbeiten und mal ein bißchen Geld verdienen. Aufhören kannst du immer noch. Und wenn es mal einen ganz wichtigen Fall gibt, den sie nicht aufklären können, schaust du vorbei und übernimmst das. Laß den Alltagskram von den anderen erledigen, die haben doch so viele junge, qualifizierte Leute. Frag dich jetzt nicht, wie das gehen soll. Ich regle das schon. Ich hab letztens mal mit Tahsin darüber gesprochen.«

Sofort drehte sich Behzat Ç um.

»Du hast mit Tahsin gesprochen?«

»Klar. Was ist denn dabei? Die haben bei uns im Hotel zu Abend gegessen, da waren auch so Hochrangige dabei. Tahsin hat zuerst gesagt, er würde dich nicht gehenlassen, aber das ist nur Rhetorik. Das hat er vor den Abteilungsdirektoren gesagt, weil es sich so gehört. In Wirklichkeit ist er froh, wenn er dich los wird. Und recht hat er. Deinetwegen kriegt er keine Beförderung. Beim Gehen hat er mich beiseite genommen und gesagt: Wir deichseln da was, wenn Sie es wünschen.«

Behzat Ç schlug die Cezve mit aller Kraft gegen den Gasherd. Der Kaffeesatz spritzte durch die Küche.

»Hör auf, an meinem Leben rumzudeichseln!«

Şevket klopfte den Kaffeesatz von seinem Hemd.

»Was soll das denn jetzt, Bursche? Willst du etwa deine Hand gegen mich erheben?! Ich zerquetsch dich unter meinem Schuh, Kleiner. Dabei will ich doch nur dein Bestes!«

»Darauf kann ich verzichten!«

»Dann verzichte doch. Ich hab sowieso Besseres zu tun, als dir hinterherzurennen. Du gehst mir sowas von am Arsch vorbei, Junge. Guck dich doch mal an! Wo wärst du denn ohne mich?«

»Wo wär ich denn, hä?«

»In irgendeinem Provinzkaff im Osten, du undankbarer Nichtsnutz! Schon längst wollten sie dich strafversetzen. Weißt du, wie oft ich mich einschalten mußte? Sogar Reşat hat alles stehen- und liegenlassen, Junge, der großartige Reşat, unser Reşat! Für dich hat er beim Polizeichef vorgesprochen. Kannst du dir vorstellen, Reşat! Das ist kein Scherz! Reşat, der mit dem Ministerpräsidenten ins Flugzeug steigt, wenn es drauf ankommt. Und dieser Mann hat für dich, ja, das ist auch mein Bruder, hat er gesagt, und für den mach ich alles, hat er gesagt, und hat für dich mit deinem Chef gesprochen.«

»Hab ich ihn etwa darum gebeten? Hab ich jemals von euch Protektion verlangt?«

»Die wirst du in Zukunft auch nicht mehr kriegen. Sieh doch zu, wo du bleibst. Nur deinetwegen hab ich mich auch noch vor Reşat blamiert.«

»Es reicht! Jedes zweite Wort ist bei dir Reşat. Soll ihn doch der Teufel holen, deinen Reşat. Der mit Autoschmuggel und Scheinrechnungen einen schnellen Reibach gemacht hat. Gestern noch ein kleiner Ganove, heute unsere Hausgottheit!«

Şevket, der schon zur Küchentür gegangen war, drehte sich noch einmal um: »Diese Fiesheiten, diese Anschuldigungen, diese Verleumdungen nimmst du nie mehr in den Mund! Sonst kann nicht mal ich dich retten. Niemand kann dich retten. Reşat fickt jeden. Und er sagt nicht, ach der Arme hat Kinder, zuerst fickt er mich. Du stürzst uns noch alle ins Verderben! Aus dir wird sowieso nichts. Die ganze Scheiße haben wir nur erlebt, weil du wahnsinnig bist, weil du ein Psychopath bist, weil du so stur bist. Wegen deiner Dickköpfigkeit…«

Şevket schwieg. Er wand sich vor Schmerzen unter dem Druck, etwas auszusprechen, was er schon seit Jahren hatte loswerden wollen, ohne sich je zu trauen. Behzat Ç verstand ihn. Es war ein Thema, das ihnen beiden durch den Kopf ging, das aber unaussprechlich schien. Seit Jahren waren sie der festen Überzeugung, daß es nicht angesprochen werden dürfe.

»Na los, sag es«, fuhr er ihn an. »Sag schon. Was ist denn alles passiert wegen meiner Dickköpfigkeit?«

Şevket nahm einen eiligen Atemzug, um es endlich auszusprechen – er brachte es nicht fertig und schüttelte wütend den Kopf. Er starrte seinen Bruder an wie ein Stier einen Matador. Als er sich dann umdrehte, um die Wohnung zu verlassen, krallte sich sein Bruder an seinem Kragen fest.

»Sag es mir, Bruder. Nicht runterschlucken. Was ist passiert, weil ich so stur bin? Na los!«

Şevket stieß mit aller Kraft die Hände von seinem Kragen fort, riß sich los und ging zum tödlichen Stoß in die Flanke des Matadors über.

»Als ob du es nicht wüßtest. Nur deinetwegen ist Vater herzkrank geworden. Du bist schuld an seinem Tod. Du hast ihn um seinen wohlverdienten Ruhestand gebracht. Plötzlich war er nicht mehr der großartige Oberst Rahmet, sondern nur noch der Vater von dem, der anderen die Zähne einschlägt. Da konntest du dich auch nicht beherrschen, nicht wahr? Der Hauptmann hatte kaum noch Zähne im Mund. Du bist wohl der einzige, der sich nichts gefallen läßt, der einzige, der eine Ehre zu verteidigen hat, ja? Kerl, wenn Vater sich da nicht zwischengehängt hätte, wärst du im Militärgefängnis bei lebendigem Leib verrottet. Weißt du überhaupt, was es heißt, einen Hauptmann zu schlagen? Das ist was anderes als irgendwelche pubertierenden Knaben ins Auto zu packen und zu verprügeln. Das ist das Militär! Unsere Armee! Die holen literweise Blut aus deinem Arsch, jawohl! Verdammter Mistkerl, je länger ich drüber nachdenke, desto wütender werde ich, der großartige Oberst Rahmet mußte sich bei all seiner Krankheit dahin schleppen und ein paar Paschas einschalten, wie wärst du denn sonst auf die Akademie gekommen? Natürlich hat Vater das aus seinem Stolz heraus nie offen gesagt, er hat so getan, als hätte er seine Finger da rausgehalten. Und, bist du seitdem klüger geworden? Kein Stück. Die gleichen Ausraster, der gleiche Psychopath…«

Behzat Ç sank auf einen Stuhl. Das Geräusch der Dunstabzugshaube wuchs in seinem Kopf an und hob eine gewundene, veschlungene Grube bis in sein Inneres aus.

»Ausgekotzt?«, sagte er. »Dann verpiß dich jetzt.«

Şevket antwortete nicht, sondern atmete mit hochrotem Gesicht ein und aus. Er drehte seinem Bruder den Rücken zu, stürmte dann wutentbrannt ins Wohnzimmer, nahm sein Jackett und rief zurück: »Auf einen Bruder wie dich kann ich verzichten.«

Er ging fort, ohne die Tür zuzuschlagen. Behzat Ç schaltete die Dunstabzugshaube aus, ging ins Wohnzimmer und drehte das Radio lauter. Er setzte sich in seinen Sessel und fuhr die Rückenlehne nach hinten. Als er genug von den allzu bekannten Formen an der Decke hatte, schloß er die Augen.

»Wir schalten nochmal rüber ins Atatürk-Stadion nach Kayseri. Das, was sich da im Strafraum ereignete, war ja nur eines von zehn Fouls, so daß der Schiedsrichter Cüneyt Çakır ohne zu zögern auf den Elfmeterpunkt zeigte. Das ist für Gençlerbirliği die Chance für einen Ausgleich.«

Während er sich also mit seinem Bruder abgeplagt hatte, hatten die Gençler ein Tor erzielen können und jetzt einen Strafstoß bekommen. Er fuhr auf, als er eine Berührung spürte. Zuerst erkannte er sie nicht, und als er sie erkannte, zweifelte er an der Wirklichkeit dieser Begegnung. Vor ihm stand Berna, mit vom Weinen geschwollenen Augen.

»Der entscheidende Moment. Mehmet Çakır hat den Ball auf den Elfmeterpunkt gelegt.«

Behzat Ç zog das Netzkabel des Radios aus der Steckdose. Er war sich jetzt sicher, daß er seinen Augen trauen konnte, mußte aber mit der Hand tasten, um letzte Zweifel zu zerstreuen. Berna stieß seine Hände fort und sagte: »Du hast mein Leben zerstört.«

18

Der Mann, der allen das Leben zerstörte, schlug seinen Mantelkragen hoch, während er vor einem Kiosk gegenüber dem vornehmen Restaurant der Verwaltungswissenschaftler wartete. Er lächelte unsicher. Er war durchaus ein melancholischer Typ, dem eine Portion Traurigkeit manchmal gut stand; aber sich ganz und gar der Schwermut hinzugeben, war nichts für ihn. Erst recht nicht jetzt. Er schaute auf seine Uhr. Bahar war zehn Minuten zu spät.

»Nun... Wann darf man eine Frau anrufen, die zu spät zu einer Verabredung ist? Nach einer Viertelstunde? Nach einer halben Stunde? Am nächsten Tag?«

Der Kioskbetreiber öffnete das Schiebefenster. Er trug einen imposanten Schnurrbart und war so kräftig gebaut, daß er mit entblößtem und eingeöltem Oberkörper bei den Kırkpınar-Ringkämpfen in der zweiten Klasse hätte antreten können.

»Wolltest du was?«, fragte er.

»Nein. Ich führe Selbstgespräche.«

»Bist du verrückt?«

»Ich bin Polizist.«

Sofort veränderte sich der Gesichtsausdruck des Recken. Hatte er eben noch sagen wollen: »Steh nicht vor meinem Kiosk rum«, so mußte er jetzt eine Entschuldigung aussprechen. Auf der Yüksel-Straße hüpften Straßenverkäufer vor Blechtonnen auf und ab, in denen sie Feuer entzündet hatten, um sich aufzuwärmen. Der Wind wirbelte riesige Schneeflocken herum. Er schaute erneut auf seine Uhr und entschied, daß es unter widrigen Wetterbedingungen statthaft war, nach einer Viertelstunde anzurufen. Das Telefon klingelte lange. Was einen Menschen in Situationen wie diesen aufrieb, war die Ungewißheit. *Du bist doch kein Kind mehr. Warum pocht dein Herz so heftig?* Eine klare Absage zu bekommen war immer besser als der Kummer, den diese Ungewißheit verursachte. Nach dem siebten Klingeln legte er auf.

»Wie oft darf man es bei einer verspäteten Frau klingeln lassen? Siebenmal, neunmal, einhundertneunmal...«

Er klopfte gegen das Kioskfenster.

»Gib mir ein Pfefferminzbonbon.«

»Welches darf es denn sein?«

»Mit Pfefferminze.«

Er legte das Kleingeld aus seiner Hosentasche auf die Kiosktheke und fragte, ob es ausreichte.

»Ich rauch den ganzen Tag 216. Nicht, daß ich noch aus dem Mund stinke.«

Der Kioskbetreiber reichte ihm das Bonbon, sagte: »Das reicht«, und schob ihm einen Teil der Münzen wieder hin.

Er rieb sich die Ohren, die langsam abzufrieren drohten, aber es gab nichts, was er für seine kalten Füße hätte tun können.

»Jetzt versuchen wir es einfach noch einmal.«

Diesmal wurde beim zweiten Klingeln abgenommen. Er verspürte bis in die Ansätze der Brustbehaarung hinein eine Gänsehaut, die nicht von der Kälte kam.

»Hallo«, sagte er. »Ich bin's... Kommst du nicht?«

»Was machst du, wenn ich nicht komme? Wirst du mich dann auch foltern?«

»Was meinst du?«

Er wußte natürlich, was sie meinte, hatte aber wegen seiner anfänglichen Verwirrung nachgefragt. Es war klar, daß Ertan die Sache mit Özcan sofort gepetzt hatte.

»Hey, ich hab doch gar nichts gemacht«, sagte er, doch Bahar hatte schon aufgelegt. Ein Bereich direkt unter seiner Brust fror ein, die glatte Oberfläche zerbarst und sprang in kristallene Stücke. Der Mann, der allen das Leben zerstörte, war nicht so emotional. Er dachte, es sei sinnlos, noch länger in der Kälte zu warten und las die Kristallsplitter in seinem Inneren auf. Er warf sich in die Menschenmenge wie eine Treibmine, glitt vorbei an den jungen Männern, die für zweieinhalb Lira internationales Kino auf DVDs feilboten, an den Gürtelverkäufern und Anbietern blinkender Plastikspielzeuge. Jemand rempelte ihn an, er stieß gegen andere.

»Ein Almosen, es wird Ihnen vergolten.«

Er drehte sich um und sah eine Frau mit wettergegerbtem Gesicht, eingefallenen Wangen und einem Kind im Arm, die auf einem ausgebreiteten Stück Karton kauerte. Ekrem von der Bettlermafia war seinen Leuten gegenüber gnadenlos, damit sie bei Passanten möglichst viel Unbehagen und Mitleid erregten.

»Steh auf«, sagte er. »Das Kind wird krank. Stellt euch auf die überdachte Fußgängerbrücke.«

Er griff in sein Portemonnaie und holte zehn Lira hervor. So viel hatte er für heute abend ohnehin eingeplant, er hätte wahrscheinlich noch viel mehr zahlen müssen.

»Und richte diesem Ekrem aus, daß ich nicht wie das Ordnungsamt bin. Ich brech ihm die Beine.«

»Ekrem hat aufgehört, Herr. Jetzt ist Halis zuständig.«

»Welcher Halis? Etwa Halis der Bastard?«

Die Frau verstaute den Geldschein in ihrem Ausschnitt.

»Genau der«, sagte sie. »Möge Gott es Ihnen vergelten, Bruder. Falls ich der Polizei gegenüber etwas falschgemacht...«

»Schon gut, schon gut!«

Ohne genau zu wissen, wohin er ging, stapfte er durch den Schnee. Er spürte schon, wohin es ihn am Ende verschlagen würde, nahm aber keinen bestimmten Weg, sondern ging in dem Wissen, daß sämtliche Seitenstraßen in dieser Stadt nur existierten, um auf Hauptstraßen zu führen, durch den quälenden Seelenfrieden einer Welt, in der es keine Sackgassen gab. Es gab nicht viele Orte, an denen er letztendlich würde ankommen können, vor allem, wenn er gerade mit Ermittlungen beschäftigt war. Im Laufe seines einundzwanzigjährigen Berufslebens hatte er nie einen Mörder gesehen, der an den Tatort zurückgekehrt war – abgesehen von denjenigen, die die Tat zu Hause verübt hatten. *Aber ich kehre zurück. Ein Polizist kehrt zurück, das ist sein Job.*

Er stieg ins oberste Stockwerk. Die Tür der Bar war versiegelt und würde es mindestens noch einen Monat bleiben. Nachdem all diese belastenden Dinge da gefunden worden waren, würden die Betreiber Glück haben, wenn sie mit einem Monat davonkamen. Er stieg noch ein Stockwerk höher und öffnete die Terrassentür. Auf der Terrasse lag jungfräulicher Schnee ohne einen einzigen Fußabdruck. Nur ein paar kaputte Stühle standen dort herum, die im letzten Sommer ausrangiert worden waren. Eine Weile betrachtete er die Sakarya genau von der Stelle aus, an der Betül gesprungen war oder heruntergestoßen wurde. Neben der Terrassenbar gab es ein weiteres Café. Da auf dem Boden Autoreifen lagen, schien es sich um eine gemeinsam genutzte Terrasse zu handeln, die man unterteilt hatte. Er steuerte auf das Café zu und schaute hinein. Café Februar, was für ein Name.

Er kehrte zurück und überprüfte die Tür, die von innen auf die Terrasse führte. Sie war verschlossen. Er ging um das Gebäude herum. Das Getränkelager, das ebenfalls auf die Terrasse führte, und das kleine Toilettenfenster lagen nebeneinander. Es gab also außer dem Eingang der Bar noch vier weitere Wege, um auf die Terrasse und wieder zurück ins Gebäude zu kommen: der Hauptausgang im oberen Stockwerk, das Café nebenan, das Getränkelager und dieses kleine Fenster. Er kletterte auf die leeren Bierfässer, die an der Wand lehnten, und drückte gegen das Toilettenfenster. Es ließ sich nicht öffnen. Er nahm seine Kreditkarte aus der Jackentasche und führte sie am Fensterriegel entlang. Um es zu entriegeln, mußte er die Karte noch etwas tiefer einführen und dann drücken. Er drückte. Zuerst war ein leises Knacken zu hören, dann ein platzendes Geräusch. Die Karte war durchgebrochen. Das Fenster war dicht. Er schaute auf die verbliebene Hälfte der Kreditkarte in seiner Hand: »Behzat Ç…« stand darauf. Der Rest seines Nachnamens war zwischen Fenster und Rahmen steckengeblieben. Zumindest war er jetzt vom Übel des Kreditnehmens befreit.

Er ging zum Café Februar und klopfte gegen die Fensterscheibe. Von den wenigen Gästen schauten sich einige nach ihm um. Er bedeutete ihnen mit der Hand, dem Kellner Bescheid zu geben. Der öffnete das Fenster.

»Bitte?«

»Haben Sie Rakı?«

»Nein. Wir verkaufen keinen Alkohol.«

»Haben Sie ein Brecheisen?«

»Bist du bescheuert?«

Er zeigte seine Dienstmarke.

»Red nicht so viel. Eine dünne Eisenstange tut's auch. Wir müssen nebenan rein. Für Ermittlungen.«

»Sollten wir nicht besser den Inhaber verständigen?«

»Kennst du den?«

»Ja, das ist doch so einer mit Glatze und Bart.«

Bis der Kellner ein Brecheisen gefunden hatte, rauchte er eine 216. Als der Kellner mit dem gewünschten Gegenstand wiederkam, fragte er: »Brauchen Sie Hilfe?«

»Nein. Es hilft mir schon, wenn du dein Maul hältst.«

»Selbstverständlich. Das Brecheisen können Sie behalten.«

»Wann macht euer Café zu?«

»Um zehn.«

»Hast du gearbeitet, als das Mädchen sich umgebracht hat?«

»Ja, ich bin jeden Tag hier. Es hat mich sehr getroffen. Möge Gott ihren Eltern beistehen.«

Er wog das Brecheisen in der Hand, es schien ganz passabel zu sein. Warum sollte man sich die Mühe machen, Dutzende von Formularen auszufüllen und auch noch wertvolles Büromaterial verschwenden, nur um einen versiegelten Tatort zu betreten? Mit dem Brecheisen gelang es ihm, den Riegel des rechteckigen Fensters zu lockern, so daß es krachend aufging, als er gegen den Rahmen schlug. Er stellte ein Bierfaß auf ein anderes und kletterte leise durch das Fenster, wobei er sich mit den Armen hochzog. Oben angekommen, drehte er sich auf den Rücken, zog die Beine an, klammerte sich an den Fensterrahmen und sprang auf den Klodeckel. Es war stockfinster. Während er nach seinem Feuerzeug tastete, an dessen unterem Ende eine kleine Taschenlampe angebracht war, begannen sich seine Augen an die Finsternis zu gewöhnen. Es war die Damentoilette, in deren Wasserkasten die Waffe mit dem Schalldämpfer gefunden worden war.

Er verließ die Toilette und schritt durch den engen Korridor. Das Licht seiner winzigen Lampe streifte die Wände, die mit Postern von Rockgruppen tapeziert waren. Am Ende des Korridors lag die Bar. Unweit der Theke begann die Tanzfläche. Auf der Theke standen halbabgebrannte Kerzen. *Wie kommen die denn hierher?*, fragte er sich. Er setzte sich auf den Barhocker, auf dem Yavuz in der Tatnacht gesessen hatte, und zündete mit seinem Feuerzeug die Kerzen an. Von seinem Platz aus konnte man die Tanzfläche einsehen, aber die Terrassentür lag außerhalb seines

Blickwinkels. Die Spanner mußten von dem Gewölbe aus ihre Aufnahmen gemacht haben. Von dort konnte man die gesamte Szenerie überblicken, sich aber gleichzeitig hinter dem schützenden Mauervorsprung verbergen.

Seine Hände warfen Schatten von der Größe eines Mannes in den Raum. Im Halbdunkel des Kerzenlichts entdeckte er im Spiegel hinter dem Tresen ein verschwommenes, furchteinflößendes Gesicht. Es war sein eigenes Abbild zwischen diversen Flaschen mit Alkohol. Bernas Worte rauschten in seinem Kopf, seine Hände zitterten vor Wut.

»Du klebst an mir... Wie ein Phantom.«

»Ja, ein Phantom. Ich bin wie ein Phantom.«

»Du läßt mich nicht leben... Laß mich endlich in Ruhe...«

»Stimmt, wir lassen niemanden leben. Wir verdienen unser Auskommen mit Leichen.«

Er zündete eine 216 an und warf mit seiner rechten Hand den Schatten einer krabbelnden Spinne an die Wand. Es war eine kindische Angewohnheit, die daher rührte, daß er mit Stromausfällen großgeworden war.

»Seit ich mich kenne, fügst du mir Schmerzen zu. Ich hasse dich.«

»Seit wann?«

»Seit langem. Du hast uns sitzenlassen. Du hast mich sitzenlassen.«

»Stimmt, hab ich bestimmt.«

»Ich war dir schon immer egal... Du hast mich nie ernstgenommen... Immer mußtest du arbeiten... Dann kümmere dich doch um deine Arbeit... Und laß mich in Frieden!«

»Hab ich doch getan. Und, was ist daraus geworden? Allen möglichen Mist hast du verzapft.«

»Ich verzapfe so viel Mist, wie ich will. Jeden Mist, den ich möchte. Was hast du mir denn je gegeben, als daß du etwas zurückfordern willst? Was geht dich mein Leben an? Wer bist du denn überhaupt?«

Klatsch.

Berna hielt sich ihr Gesicht.

»Das wirst du mir büßen. Ich werd dich alles büßen lassen.«

»Tu's doch.«

»Und ob. Du wirst schon sehen. In einem Augenblick, wo du es am wenigsten erwartest, werde ich dir so eine Ohrfeige verpassen, daß du verstehst, was es heißt, mich nicht ernstzunehmen.«

Wäre meine Hand nur abgefallen... Bin ich zu weit gegangen? Wer, ich? Ich soll zu weit gegangen sein? Nicht eher sie? Was soll das überhaupt heißen: ›Ich verzapfe so viel Mist, wie ich will?‹ Gegenüber dem eigenen Vater. Soll sie doch verrecken, die Undankbare. Wir haben noch um Erlaubnis gebeten, bevor wir uns in Gegenwart von Oberst Rahmet überhaupt hingesetzt haben. Aber die heutige Jugend...

Immer wieder schaute er auf die Flasche Yeni Rakı vor dem Spiegel. Sobald er hier fertig war, würde er zu Hüseyins Kneipe fahren. Schließlich hatte er in der Silvesternacht sein Wort nicht halten können.

Er vernahm ein Rascheln. Eine Maus? Wohl kaum mitten im Winter. Noch ein Rascheln, diesmal ein festeres Geräusch; das war doch kein Rascheln, es waren ganz klar Schritte. Woher? Von der Toilette oder vom Getränkelager. Seine Hand fuhr zur Waffe, er stand leise vom Barhocker auf und trat die 216 auf dem Boden aus. Mit lautlosen Schritten und angehaltenem Atem ging er auf die dunkelste Ecke der Bar zu. Damit die Person im Getränkelager ihn nicht hörte, lud er langsam und vorsichtig seine Waffe durch. Er richtete die Waffe auf die Lagertür und bewegte sich zum Korridor, nach jedem Schritt innehaltend. Vom engen Korridor aus konnte er die Lagertür sehen. Als die Klinke sich senkte, zog er sich hinter die Biegung des Korridors zurück und preßte sich gegen die Wand. Als er sich sicher war, daß jemand eingetreten war, zählte er bis drei und drehte sich blitzschnell zur Tür, in der rechten Hand die Taschenlampe, in der linken die Waffe.

»Polizei! Hinlegen!«

Der Mann schrie auf, als machte er sich vor Furcht in die Hosen. Er riß die Hände hoch und rief: »Nicht schießen!«

»Hinlegen! Hinlegen!«

Er bewegte sich vorsichtigen Schrittes auf den Mann zu, der sich ordnungsgemäß hingelegt hatte, und positionierte sich vor seinem Kopf.

»Keine Bewegung! Beweg dich bloß nicht!«

Als der Mann sich bewegte, verpaßte er ihm mit dem Spann einen solchen Tritt in die Gallengegend, daß der Mann, wäre er ein Ball gewesen, nicht nur ins Tor gegangen wäre, sondern auch noch das Netz zerrissen und dadurch dem Schützen ewigen Ruhm beschert hätte.

»Kopf untenlassen! Wehe, du nimmst den Kopf hoch!«

Er tastete Hüftbund und Hosenbeine des Mannes ab, er war sauber. Er steckte seine Waffe wieder ein, packte den Mann am Nacken und riß ihn hoch. Dem Kerzenschein folgend, zerrte er ihn zur Theke.

»Ich bin's doch, verdammt!«

Er knallte den Mann gegen die Theke und drehte sein Gesicht zu sich.

»Gottverdammte Scheiße, lieber Ramazan. Was suchst du denn hier?«

Ramazan hielt sich stöhnend die Seite und keuchte: »In der anderen Bar war der Whisky alle. Ich wollte welchen aus dem Lager holen.«

»Warum bist du hier reingekommen? Du hättest ihn aus dem Lager holen und wieder gehen können.«

Der liebe Ramazan stotterte und strich sich über den Bart.

»Es gab keinen mehr im Lager. Da wollte ich ihn von der Bar holen.«

»Na, dann hol ihn.«

Der liebe Ramazan trat durch die texanische Schwingtür in der Thekenmitte und nahm aus dem gläsernen Regal eine Flasche Jack Daniels. Er schielte durch die Gegend, als würde er gerade mit Mühe ausnüchtern. Von seinen Lippen perlten Worte wie: »Was machen… Herr Hauptkommissar…«

»Was ich hier mache?«

»Ähhh... Ja.«

»Was geht dich das an, lieber Ramazan? Ich bin ermittelnder Beamter. Als wär es nicht schon genug, daß ihr das Mädchen da runtergeworfen habt, stellst du jetzt auch noch Fragen.«

»Aber, ich bitte Sie.«

»Sag nicht: ›Ich bitte Sie‹, sonst werd ich wütend. Komm mal her zu mir.«

Der liebe Ramazan stützte sich auf dem Tresen ab und beugte sich zu Behzat Ç vor.

»Hast du dich über uns beschwert?«

»Aber nein, Herr Hauptkommissar, beschwert ganz sicher nicht.«

»Halt's Maul! Lüg nicht rum! Was machen diese Kerzen hier?«

»Keine Ahnung. Ich hab meine Angestellten mal hergeschickt. Die haben bestimmt hier gesessen und Party gemacht, die Taugenichtse.«

»Du schickst also Leute in ein versiegeltes Objekt! Wart nur, ich weiß schon, was ich mit dir machen werde.«

»Nein, Herr Hauptkommissar, ich hab sie nur ins Lager geschickt, weil wir drüben keine Getränke mehr hatten. Kommen Sie doch heute abend zu mir und seien Sie mein Gast. Mein anderer Laden ist nicht so laut wie der hier. Da machen wir Livemusik. Reine türkische Klassik.«

»Nein, danke. Los, wir gehen.«

Der liebe Ramazan ging voran ins Getränkelager, Behzat Ç schaute sich die liegend gelagerten Weinflaschen und die Schnapsflaschen im Regal an.

»Na, hier gibt es doch noch Whisky.«

Der liebe Ramazan hob die Flasche Jack Daniels in seiner Hand hoch.

»Aber nicht diesen.«

Behzat Ç zeigte auf den Jack Daniels im Regal.

»Und was ist das?«

»Aber nicht in der Größe, Herr Hauptkommissar. Ich brauche eine Literflasche.«

»Hau bloß ab, so'nen Lügner wie dich hab ich ja noch nie gesehen.«

»Sie sind aber sehr vorschnell im Verdächtigen, Herr Hauptkommissar.«

»Reiß dich zusammen, sonst brech ich dir den Kiefer.«

Der liebe Ramazan schloß die Tür zum Getränkelager ab. Behzat Ç konnte sich erst auf der Terrasse ein wenig entspannen, als er die kalte, trockene Luft in seine teergeschwärzte Lunge zog.

19

Der Kneipenwirt Hüseyin sah genauso aus wie seine Kneipe. Ein Gesicht wie eine alte, aber gepflegte Bruchbude, ein stiller, würdevoller Mann, ein vertrauter, erfahrener Bruder. Behzat Ç zog den Kopf ein, um durch die niedrige Tür zu kommen, und rief ihm zu: »Mach schon mal eine auf! Heute killen wir deinen Rakı.«

Aus den Reihen der erschöpften Trinker, die ihre Ellenbogen auf die blumengemusterten Plastiktischdecken gestützt hatten, stiegen heisere Bemerkungen auf, allesamt Variationen über das Thema: Läßt du dich auch mal hier blicken? Er kannte vielleicht zehn von den elf Leuten, die in der Kneipe saßen, eine in Anisgeruch gehüllte Kundschaft, die sich nie änderte, solange nicht jemandem etwas zustieß.

Die Kleine Kneipe war früher eine Teestube gewesen und lag im Souterrain. Von den beiden Fenstertischen aus konnte man die Füße der Passanten auf der Sakarya betrachten. Bahri vom Nebentisch grüßte ihn mit einem leichten Kopfnicken. Er hatte sein übriggebliebenes Haar von hinten über die Glatze gekämmt und seine Saz an den Tisch gelehnt. An diesem Tisch schlug er jede Nacht kurz vor zwölf mit einem Plektrum aus Kirschbaumrinde gegen die Saiten seiner alten Saz und sang dazu immer die gleichen Lieder. Nicht, weil er etwa dafür engagiert worden wäre, sondern nur, um die Gemüter zu erfreuen, wenn der Rakı seinem eigenen Schwingen aufsetzte. Er akzeptierte weder Rabatt auf seine Getränke noch ließ er anschreiben und zahlte jeden Abend seine Rechnung, bevor er ging. Wenn er die Kneipe verließ, wurden die Stühle auf die Tische gestellt und jeder trank aus, was er noch im Glas hatte. Es bedurfte nicht mehr der Ansage: So meine Herren, wir schließen.

Hüseyin öffnete eine 0,7-Flasche Yeni Rakı und schenkte ein. Als er mit seinen blau geäderten Händen das Wasser dazugoß, nahm das Getränk eine milchige Farbe an.

»Na dann auf dich, mein Wertvoller!«

Die Gläser fanden auf gleicher Höhe zueinander und stießen lautlos zusammen.

»Du guckst ja heute wie bestellt und nicht abgeholt...«

Hüseyin merkte so etwas immer. Unaufdringlich, ohne in den Wunden herumzustochern, fragte er nach und erweckte den Wunsch, ihm zu erzählen. Seine Stimme flößte Vertrauen ein; seine Augen teilten seinem Gegenüber mit, daß auch er selbst vom Gang des Weltenrades gebeutelt war.

»Du hast es richtig gemacht«, sagte Behzat Ç. »Du hast den Beruf gleich am Anfang an den Nagel gehängt.«

»Nicht gleich am Anfang. Nach drei Jahren.«

Sie waren auf der Akademie im gleichen Jahrgang gewesen. Drei Jahre hatte auch Hüseyin Polizeidienst verrichtet und war dann eines Tages ganz im Stillen ausgeschieden.

»Paß auf«, sagte er, »wenn du willst, kann ich dir sagen: Du hast nur noch ein paar Jahre bis zum Ruhestand, halt doch das Bißchen noch durch. Falls du das hören willst. Aber es steht mir nicht zu. All diese Morde haben dich fertiggemacht. Du siehst viel älter aus, als du bist. So warst du früher nicht. Du warst auch damals streitsüchtig, das ja, aber immer ein fröhlicher Mensch. Soweit ich mich erinnern kann. Hab dich ja jahrelang nicht mehr lachen gesehen.«

»Was soll ich tun?«

»Was weiß ich. Hier, unser Necep, der sucht einen Trainer, wenn du willst, sag ich ihm Bescheid. Das ist schließlich deine Mannschaft, da hast du selber gespielt. Meinst du, die finden einen besseren als dich?«

»Ach, hör doch auf. Du willst mich nur foppen.«

»Warum sollt' ich dich denn foppen wollen, du hast doch einen Trainerschein. Hast du den nur zum Spaß gemacht?«

»Nee, aber für die Zeit nach der Pensionierung.«

»Für einen Vereinschef wie Necep bist du die erste Wahl, das sag ich dir. Er zahlt auch. Vielleicht nicht soviel, wie du jetzt verdienst. Die erste Amateurliga ist nicht mehr so ein Saftladen wie früher, die werden dich nicht mit einem Trikot und einem Paar Stollenschuhen abspeisen. Und das Wichtigste ist: Du kommst endlich mal auf andere Gedanken.«

»Ich hab null Erfahrung.«

»Erfahrung bekommst du mit der Zeit. Du sollst ja nicht Arsenal übernehmen. Das hier ist eine Amateurmannschaft, und wenn die so weitermachen, steigen sie in die zweite Amateurliga ab.«

»Meinst du, ich krieg das hin?«

»Klar kriegst du das hin. Vor deinen Freistößen ist doch jeder in Deckung gegangen.«

Als Hüseyin aus heiterem Himmel losschrie: »Einer geht noch, einer geht noch rein«, richteten sich alle Blicke auf ihn. »Weißt du noch?«

»Wie kann ich es vergessen?«

»Du hättest sogar zu Şekerspor gehen können. Aber dann hast du den Ball links liegenlassen und angefangen, auf die Bürger einzutreten. Und dann auch noch geheiratet.«

»Das war ein Fehler.«

»Sag das nicht. Du hast sie doch aus Liebe geheiratet, hast ein Kind in die Welt gesetzt, bist ein treuer Ehemann und liebender Vater gewesen.«

Behzat Ç lächelte verkrampft.

»Laß dir das mal durch den Kopf gehen«, sagte Hüseyin. »Es hat keine Eile, aber Necep hat schon mal mit jemandem Gespräche geführt für die nächste Saison. Wenn du den Job willst, seh ich kein Hindernis, daß du ihn auch kriegst. Ihr werdet euch verstehen.«

»Das wär ja mal was. Ich glaub, Tahsin will mir sowieso ein Bein stellen.«

»Ach, die alte Schwuchtel! Der ändert sich nie. Ich kümmer mich mal kurz um die Köfte.«

Hüseyin stand auf und ging hinter die Theke. Behzat Ç fühlte sich vom Rakı erfrischt und fand Spaß daran, das Angebot im Kopf abzuwägen. *Ob ich das hinkriege? Das ist etwas anderes als auf der Tribüne oder vorm Fernseher zuzuschauen. Ich müßte mir die Techniken nochmal angucken.* Sofort entwarf er im Kopf einen Mannschaftsaufbau. Powerplay, Raumdeckung, ein bewegliches, junges Team, das auch mal hart rangehen konnte. Dann müßte er wohl auch die 216 aufgeben. Oder zumindest den Konsum drastisch verringern. Mit einer Kippe im Mund konnte man schlecht auf den Rasen. Er nahm einen tiefen, aber bereits distanzierten Zug von seinem alten Freund, als müßte er schon morgen mit dem Rauchen aufhören. Die Luft in der Kneipe war so dick, daß die Eingangstür sich schwer öffnen ließ und nur langsam aufschwang. Mit ihr drang ein Schwall kalter Luft herein und ein kräftig gebauter Mann von der Größe eines Strommastes, der seinen Oberkörper einklappen mußte, um über die Schwelle zu kommen. Behzat Ç vernahm das typische Geräusch eines Funkgeräts und drehte sich nach dem Neuankömmling um. Es war Harun. Als er ihn sah, freute er sich, obwohl er nicht so genau wußte, warum.

Harun setzte sich an den Tisch und seufzte. Eine Zeitlang sprachen sie nicht. Der Aushilfskellner, der bei den zentralen Aufnahmeprüfungen nicht einmal einen Platz für die popeligste Hochschule der Republik hatte ergattern können, brachte zwei neue Rakıgläser an den Tisch. Behzat Ç schob Harun eines der Gläser hin und fragte: »Alles klar?«

»Ja, Herr Vorgesetzter. Bin nur etwas genervt.«

»Was ist los?«

»Mein Vater.«

Behzat Ç spürte einen Stich in der Herzgegend und richtete sich auf.

»Ist was passiert?«

»Nein, es geht ihm gut. Er hat nur einen Bus aus dem Depot

der Stadtwerke entwendet. Ich hab natürlich alles stehen- und liegengelassen und bin zwei Stunden lang hinter ihm her. Zu allem Überfluß ist er von der Fahrbahn abgekommen und gegen eine Leitplanke geschrammt. Was ist denn das für eine Aktion bei diesem Scheißwetter? Alter, du bist in Rente gegangen, bleib gefälligst zu Hause sitzen, lös Kreuzworträtsel oder was weiß ich, gieß deine Blumen! Das ist doch total kindisch, nochmal den Busfahrer spielen zu wollen. Unter zweitausend macht die Werkstatt da nichts.«

»Ihm ist aber nichts passiert?«

»Nein.«

»Gut. Hauptsache, er ist heil davongekommen. Sachschaden läßt sich immer beheben. Auf dich, mein Wertvoller!«

Sie stießen an. Behzat Ç dachte an die Zeit nach seiner eigenen Pensionierung und fragte sich, ob er vielleicht ebensowenig von seiner Arbeit loskommen würde. *Von wegen. Ich hab sie doch immer so gehaßt. Die Leichen ebenso wie die Lebenden.*

»Ist das nicht seltsam, Herr Vorgesetzter?«, sagte Harun. »Als ob wir uns hier verabredet hätten.«

»Stimmt. Du bist wohl in letzter Zeit öfters hier. Hast du noch andere Sorgen?«

Harun verstand die Andeutung: »Nein. Das Thema hat sich für mich erledigt, weißt du doch.«

Weiß ich, dachte Behzat Ç. Weiß ich sehr gut sogar. Laß uns mal die Flasche leermachen, dann fängst du schon früh genug an mit deinem ›Ich kann doch nichts für meine Gefühle, Herr Vorgesetzter‹, und deinem ›Ich lieb sie nun mal, es ist stärker als ich‹. Als er Eda zum ersten Mal sah, war ihm eigentlich schon klar gewesen, daß dieser Knallfrosch sich in sie verknallen würde. Er hatte sich aber gesagt, es würde schon irgendwie gutgehen. Im Radio begann Neşet Ertaş mit einem rauhen, zerbrechlichen Kehlgesang aus den Steppen Zentralanatoliens. Es rann ihm wie heißer Teer durch die zugeschnürte Kehle, er versuchte den Brand mit Rakı unter Kontrolle zu bekommen. *Bahar... Das Thema hat sich für mich erledigt.*

Um das Thema zu wechseln, sprang er kopfüber in die Ermittlungen. »Du hast da heute am Telefon irgendwas erzählt, was war das?«

»Also, Herr Vorgesetzter, da war doch so'ne Adresse in Betüls Tasche.«

»Ja.«

»Wie in Eile auf ein Stück Papier gekritzelt, da dachten wir, die hätte sie mal eben schnell irgendwo bekommen, und erst nicht so ernstgenommen. Das Phantom ist gucken gegangen, es war eine leerstehende Wohnung in einer Seitenstraße in Ulus. Ich fand's schon kraß, daß das 'ne leerstehende Wohnung war. Wir haben also nachgeforscht. Dann hieß es, da wär gerade jemand ausgezogen, ein Lehrer. Weiter nachgeforscht. Es war ein Geschichtslehrer namens Resul vom Tuzluçayır-Gymnasium, haben wir erfahren. Sein Spitzname ist ›der Kommunist‹. Der könnte sehr wohl in einer illegalen Organisation drinhängen, den kann man ja nicht einfach mitnehmen und hinterher wieder abgeben. Da muß man schon koordiniert vorgehen. Aber auf jeden Fall müssen wir ihn fragen, was er mit Betül zu tun hatte. Sollen wir uns den vorknöpfen?«

Hüseyin brachte vom Holzkohlegrill Köfte und schwarzgeschmorte Paprikaschoten an den Tisch. Die Flasche hatten sie bereits zur Hälfte geleert. »Nicht so hastig«, sagte er, »der rächt sich, wenn ihr den so runterkippt. Ich bin gleich fertig in der Küche, dann komm ich zu euch.«

Harun stemmte seine Ellenbogen auf den Tisch und fuhr sich über das Kinn, während sein Blick auf den Köfte lag.

»Also, was mich am meisten beschäftigt...«

»Ich weiß«, sagte Behzat Ç. »Gökhan war früher in der Organisation aktiv, das Mädchen war Sympathisantin und Resul wird ›der Kommunist‹ genannt. Du meinst, es gibt eine Verbindung zwischen den dreien?«

»Du hast es genau erfaßt.«

»Ist bestimmt auch richtig. Laß die Köfte nicht kaltwerden. So. Wir müssen nochmal ganz von vorn anfangen, sonst komm ich durcheinander. Betül hat Gökhan immer wieder im Gefängnis besucht und sich dabei in ihn verliebt. Nach einem Jahr ist er auf Bewährung rausgekommen. Aber wegen neuer Strafverfahren geriet er in Gefahr, wieder in den Bau zu wandern. Er konnte entweder in England Asyl suchen oder seine gesamte Jugend hinter Gittern verbringen. Da hat er die Revolution an den Nagel gehängt und ist abgehauen. Stimmt's?«

»Stimmt…«

»Warum England? Die nehmen nicht so leicht Leute auf.«

»Vielleicht hat er da Verwandte?«

»Prima. Nachforschen.«

Harun steckte einen ganzen Köfte in den Mund, stieß gehauchte Schmerzenslaute hervor, öffnete den Mund und fächerte sich mit der Hand Luft zu.

»Oh, sind die heiß.«

»Iß doch langsamer. Jedenfalls, als Gökhan wegmußte, hat er sich offiziell von Betül getrennt. Aber mich würde interessieren, ob im guten oder im schlechten.«

»Keine Ahnung. Vermutlich haben sie sich gezofft.«

»Kann schon sein. Mit ziemlicher Sicherheit war die Geschichte an dem Punkt zu Ende. Aber vielleicht plante sie auch, ein paar Jahre abzuwarten und dann auch nach England zu gehen.«

»Wie kommst du darauf?«

»Weiß ich nicht. Aber als das Mädchen bei dieser Aktion festgenommen wurde und Hayrettin sie abholen kam, hat er ihr gedroht, sie von der Uni zu nehmen. Da hat sie ihm geantwortet: ›Nächstes Jahr habe ich mein Staatsexamen, dann komm ich zurück.‹ Vielleicht wollte sie ihr Staatsexamen machen und danach nach England gehen. Denn in den letzten Monaten haben Gökhan und sie sich wieder geschrieben.«

»Da war sie ja auch schon von Aykut getrennt. Was ich aber nicht verstehe ist, wenn sie sich schon getrennt haben, warum verbringen sie dann Silvester zusammen?«

»Genau da wird es kompliziert. An dem Tag war auch Gökhan in der Türkei. Aber wenn er hier ist, warum taucht er nirgends auf?«

»Weil der Staatsschutz hinter ihm her ist.«

»Möglich. Aber wenn er von so weit hergekommen ist und sie sich in letzter Zeit geschrieben haben, dann hätte er Betül doch eigentlich sehen müssen. Vielleicht haben sie sich auch gesehen und wieder gestritten. Die sind noch jung, da kommt sowas vor.«

»Also, willst du darauf hinaus«, fragte Harun, während er seine Zähne in eine geröstete Paprika schlug, »daß Betül zwischen Gökhan und Aykut hin und her pendelt, und wenn sie mit dem einen Krach hat, geht sie zum anderen?«

»Im groben ja. Aber wir kennen die Details nicht. Ich glaube sowieso nicht, daß ein Mädchen wie Betül sich mit einem Typen wie Aykut etwas Festes vorstellen könnte. Da sind bestimmt noch andere Sachen im Spiel gewesen. Wir müssen uns fragen, wer der Mann war, der hinter ihr her war. Oder wer die Seite aus ihrer Kladde gerissen hat. Wer hat von ihrem Tod profitiert?«

»Vahap hat profitiert. Wenn du fragst wieso, erstens, weil ich den sowieso gefressen habe. Ein echter Feuermelder. Zweitens, weil er sie belästigt hat. Ob handfest oder nur verbal, kann ich nicht sagen. Aber belästigt ganz sicher. Betül ist zum Anwalt und hat sich zum Thema sexuelle Belästigung beraten lassen. Vielleicht wollte sie eine Anzeige erstatten. Wenn sie das gemacht hätte, wäre der Mann beruflich am Ende gewesen. An dem fraglichen Abend hat übrigens jemand Betül angerufen. Du willst bestimmt wissen, wer.«

»Wer?«

»Vahap Hoca.«

»Vergiß aber nicht, daß sie auch diese SMS an Muhsin Süvari geschrieben hat: ›Bin auf der Terrasse. Warte auf dich.‹ Und wir haben Aufnahmen, die beweisen, daß Muhsin in die Bar gekommen ist. Warum hat sie auf der Terrasse auf ihn gewartet? Haben wir eigentlich schon die Verbindungsnachweise für den letzten Monat bekommen? Wir müssen wissen, mit wem sie alles gesprochen hat, nur so können wir diesen Gökhan auftreiben.«

»Die sind immer noch nicht da. Alles geht so langsam voran, ich versteh das nicht. Das ist normalerweise eine Sache von zwei Tagen und wir warten jetzt schon über eine Woche. Wenn da jemand dazwischenfunkt und bremst, dann ist diese Sache eine Nummer zu groß für uns. Dann brauchen wir uns keine Gedanken mehr zu machen, sondern können gleich den Fall beenden.« Harun senkte die Stimme: »Und wenn der Geheimdienst in die Sache involviert ist, lassen die sowieso nicht zu, daß wir das aufklären. Akte zu, ab zum Staatsanwalt, rein ins Archiv.«

»Moment!«, unterbrach Behzat Ç und hinterließ den Abdruck seiner Finger auf der beschlagenen Fensterscheibe. »Vielleicht ist das alles gar nicht so kompliziert. Mir ist schon klar, daß der Geheimdienst da irgendwie mit drinhängt. Aber das wird sich zeigen, wenn die Daten für die Waffe und den Schalldämpfer kommen.«

»Falls sie kommen.«

»Mir will das nicht in den Kopf. Eine junge Studentin, zwei Sympathisanten. Als ob der Geheimdienst nichts Besseres zu tun hätte. Aybars erzählt was von einer großen Operation, angeblich wollen sie die Organisation ausheben, aber das ist nur Stuß. Sie wollten nur eine Minioperation machen, aber die ist ihnen in der Hand explodiert und jetzt rühren sie in der Sache rum, damit nicht rauskommt, daß sie ihre Finger im Spiel haben. Dieser Mord war eigentlich nicht geplant.«

»Ach komm, Herr Vorgesetzter, wenn das kein geplanter Mord war!«

»War es nicht. Ein geplanter Mord wäre nicht so verworren. Es läßt sich immer herausfinden, wer welchen Plan gemacht hat. Wieviele Feinde kann man schon haben? Vielleicht zehn, vielleicht hundert, dann nimmst du dir die alle einzeln vor und quetschst sie aus, stellst Nachforschungen an. Laß uns zum Zeitpunkt der Tat zurückkehren. Da nimmt jemand das Mädchen und schmeißt es runter. Findest du, das könnte irgendein Dahergelaufener sein? Also, ich nicht. Da waren vielleicht dreißig Leute in der Bar, da fängt man bei denen an, die ihr am nächsten standen, und ermittelt. So einfach ist das.«

»Und wenn jemand von draußen gekommen ist, sie runtergeworfen hat und abgehauen ist?«

»Wann genau ist es passiert?«

»Nach Aussage des Kioskbetreibers Punkt zehn nach eins. Jemand fragt ihn nach der Uhrzeit, er schaut auf die Uhr, da knallt das Mädchen auf.«

»Wir haben drei Aufnahmen. Zwei davon entstanden vor ein Uhr, die dritte genau um viertel nach eins. Wenn wir auf dem dritten Video die Tanzfläche oder die Tür zur Terrasse sehen könnten, hätten wir den Fall schon längst gelöst. Aber da sieht man nur die Bar.«

»Wie hat er sie denn vor aller Leute Augen runterwerfen können? Wie ist er rein- und wieder rausgekommen? Es gibt nur zwei Wege. Der eine über die Terrassentür, der andere übers Getränkelager. Und das soll an dem Abend abgeschlossen gewesen sein, falls uns der liebe Scheißer Ramazan nicht anlügt.«

»Es gibt nicht nur zwei Wege. Es gibt fünf. Ich war nochmal da und hab's mir angesehen.«

»Fünf? Wie bist du überhaupt reingekommen, ist es nicht versiegelt?«

»Laß mich doch erstmal erzählen. Die ersten beiden sind die Wege, die uns bekannt waren: Terrassentür und Getränkelager. Der dritte Weg führt über eine Tür im obersten Stockwerk. Aber wenn du da rauskommst, sehen dich die Türsteher, der taugt also nicht. Der vierte Weg ist der übers Café nebenan, da kommt man auch auf die Terrasse. Der fünfte Weg geht durch das Fenster der Damentoilette. Man muß sich ein bißchen verrenken, um da durchzukommen, aber es geht. Hab's selber ausprobiert. Dafür haben meine Pappenheimer natürlich nicht genug Verstand... Ich ja auch nicht... Die Waffe und den Schalldämpfer haben wir ja auf der Damentoilette gefunden. Wieso ist uns nicht in den Sinn gekommen, daß jemand durch das Toilettenfenster rein und raus ist?«

»Dann ist der Mörder also eine Frau?«

»Was weiß ich, ob es ein Mann oder eine Frau war. Wir wissen nur, daß die Person irgendwann mal auf der Damentoilette war. Hoch die Tassen!«

Er füllte die Rakıgläser auf. Am Nebentisch ging es um Pferdewetten. Die Männer diskutierten hitzig, ohne einander zuzuhören. Bahri saß gedankenversunken etwas abseits. Jemand fragte Behzat Ç, welche Pferde im fünften Rennen kommen würden.

»Woher soll ich das wissen?«, brummte er. »Bin ich ein Gaul?«

»Was haben die Leute aus dieser Organisation damit zu tun?«, fragte Harun.

»Laß uns die mal einen nach dem anderen durchgehen. Betül war Sympathisantin. Sie ist tot. Gökhan ist ein ausgestiegenes Mitglied. Er ist verschwunden. Muhsin scheint jemand zu sein, der im legalen Bereich tätig ist. Ebenfalls verschwunden. Rechtsanwalt Ertan Cansun ist Sympathisant. Dann gibt es noch einen namens Resul der Kommunist, bei dem wissen wir nicht einmal, ob er überhaupt zu deren Organisation gehört. Özcan ist Führungskader für den Raum Ankara. Den haben sie ziemlich durchgeprügelt.«

»Findest du es nicht auch merkwürdig, daß sie ihn so heftig verdroschen haben? Als ob sie aller Welt zeigen wollten, daß sie ihn geschlagen haben.«

»Das geht mir auch so. Die Zeiten sind vorbei, wo wir die Bürger nach Strich und Faden verprügeln konnten. Man kann die Leute mittlerweile nicht einmal mehr zehn Tage in Polizeihaft nehmen wie früher, wo man sie zum Amtsarzt geschickt hat, wenn die Wunden verheilt waren. Dabei gibt es schon seit zwanzig Jahren Techniken, um 'ne ganze Menge Sachen anzustellen, die keinerlei Spuren hinterlassen.«

»Sag mal,« fragte Harun, »glaubst du, die wollen uns das in die Schuhe schieben?«

»Nee, das halt ich für übertrieben. Verhaftet hat ihn ja schließlich die Terrorbekämpfung.«

»Ja gut, die haben ihn verhaftet. Aber wir waren die letzten, die ihn vernommen haben. Wenn ihm jetzt was passiert, heißt es, der war zuletzt auf der Mordkommission, und dann sind wir die Gearschten. Ich schwöre, ich hab ihm kein Härchen gekrümmt. Wenn die uns jetzt vorwerfen, wir hätten den gefoltert – ich seh überhaupt nicht ein, da auszusagen. Ich raste aus und fang an rumzuschreien. Guck dir doch mal an, was die sich alles einfallen lassen, bloß um uns fertigzumachen. Jetzt aber hoch die Tassen!«

»Mach langsam. Du kriegst Paranoia, wenn du zuviel trinkst.«

»Ich will dir ma' was sagen, Herr Vorgesetzter. Wir müssen den Fall auch mal unter dem Gesichtspunkt dieser Zeitschrift da angucken. Haben nicht Betül und Gökhan für die gleiche Zeitschrift geschrieben?«

»Sicher.«

»Wir kennen sogar die Herausgeberin. Bahar.«

Behzat Ç fühlte sich unwohl, als das Gespräch diese Wendung nahm. Doch er hörte ruhig zu.

»Wir wissen auch, daß der Rechtsanwalt Bahars Exmann ist. Okay, da schreiben so Linke, aber das ist ja nicht das Parteiorgan von dieser Organisation. Wir haben Bahar durchgecheckt. Während ihrer Zeit als Lehrerin war sie Mitglied in der Gewerkschaft. Aber alle linken Lehrer sind in der Gewerkschaft für Erziehung und Wissenschaften, das ist ganz normal.«

»Das Thema ist erledigt«, sagte Behzat Ç. »Keine Nachforschungen mehr über Bahar, ohne mich vorher zu fragen.«

Hüseyin brachte einen Teller Joghurt mit geraspelten Gurken an den Tisch und sagte zu den beiden Polizisten, die schon seit einiger Zeit die Köpfe zusammengesteckt hatten: »Schluß jetzt. Hier wird nicht über die Arbeit gesprochen.«

Der Hilfskellner, der sich das Geld für studienvorbereitende Nachhilfekurse zusammenverdienen wollte, leerte ihren Aschenbecher aus.

»Welchen Rang hast du in der Prüfungssimulation bekommen?«, fragte ihn Harun.

»Den sechsundvierzigsten.«

»Von wievielen?«

»Zweiundfünfzig.«

»Super, du machst dich langsam.«

»Aber ich bin nicht zu Mathe gegangen. Sonst wär ich unter die ersten zehn gekommen.«

»Es ist Zeit«, sagte Bahri und griff zu seiner Saz. Er räusperte sich und stimmte das Instrument. Nach einem traurigen, alten Instrumentalstück stimmte er das wahrscheinlich unpassendste aller Volkslieder an: *»Wein doch nicht, meine schwarzgelockte Schöne.«*

Behzat Ç schlug sein Rakıglas auf den Tisch und trank den Rest in einem Zug aus.

»Laß uns gehen.«

Harun öffnete die Tür. Beim Hinausgehen wandte sich Behzat Ç noch einmal um und schaute zu Bahri, der das Lied in eine höhere Stimmlage transponiert hatte. Seine Falsettstimme begleitete Behzat Ç auf die Sakarya: *»Ne de olsa kışın sonu bahardır / Bu da gelir, bu da geçer...«*

»Ist doch des Winters Ende der Frühling / Auch das geht vorbei, auch das bleibt nicht ewig.«

Bahar, der Frühling, sollte also das Ende des Winters sein. Auch das ging vorbei.

Er wußte nicht, wieviel Zeit verstrichen war, aber es war jedenfalls Morgen, als er aufwachte. Gönül hatte, wie sie es immer tat, Behzat Çs frierende Füße zwischen ihre Waden genommen. Er zog seine Füße hervor, ohne sie zu wecken, ging in die Küche und trank zwei Gläser Wasser. Während er das dritte Glas füllte, klingelte das Telefon. Er schlurfte in Richtung Wohnzimmer, ging aber nicht ran. Gönül kam im Morgenmantel herein und nahm beim sechsten Klingeln ab.

»Ja bitte?« Sie reichte ihm den Hörer. »Für dich.«

Na, vermutlich wird es Harun sein. Er weiß ja, daß ich hier bin. Doch es war Eda.

»Ich hätte Sie nicht gestört, wenn es nicht ganz dringend wäre. Aber wir haben den Obduktionsbericht für Betül. Sie war schwanger.«

20

Sein Mund war trocken wie Wüstensand, seine Augen winzig klein, sein Gesicht geschwollen wie das eines Boxers kurz vor dem Knockout. »Wenn ich den erwische, der diesen Rakı erfunden hat«, maulte er vor sich hin. Er fürchtete, sein Kopf würde sich spalten und er müsse zwei halbe Köpfe auf seinen Schultern tragen. Als er gerade aus der Dusche kam, klingelte sein Mobiltelefon. Es war Harun.

»Was ist?«

»Sie war schwanger...«

»Im wievielten Monat?«

»Sechste Woche. Also eineinhalb Monate. Was sollen wir machen?«

»Woher soll ich das wissen? Sammelt alle Männer ein, mit denen sie zu tun hatte und findet heraus, von wem sie schwanger war.«

»Herr Vorgesetzter, nimm du dir am besten heute frei.«

»Ich geb dir gleich deinen Vorgesetzten. Ob und wann ich mir freinehme, geht dich nichts an.«

Er hielt kurz inne. Blut schoß in seinen Kopf.

»Was fällt dir überhaupt ein, mich hier anrufen zu lassen?«

Wenn es aus dem Grunde war, den er vermutete, würde er diesen Harun mal richtig verdreschen müssen. Wobei jener von seinem Schöpfer natürlich breit wie ein Schrank geschaffen worden war. Er würde also plötzliche, unerwartete Haken austeilen müssen, sonst würde Harun ihn packen und zu Boden werfen.

»Dein Handy war aus, Herr Vorgesetzter, was sollte ich machen?«

»Harun! Mach mich nicht wild! Warum rufst du dann nicht selbst an?«

»Tut mir leid. Ich war zu Hause. Ich wußte nicht genau, worum es ging.«

»Ist ja gut... Ich bin in ein, zwei Stunden da.«

Es war das erste Mal, daß er die ganze Nacht hiergeblieben war. Er grummelte mit heiserer Stimme »Guten Morgen!« und setzte sich an den Frühstückstisch. Er warf einen Zuckerwürfel in seinen Tee und zündete sich eine 216 an.

»Rauch doch lieber nach dem Frühstück.«

»Ich rauch auch nach dem Frühstück noch eine.«

Gönül hatte gespürt, daß mit Behzat Ç etwas nicht stimmte.

Aus seinem Verhalten in der Nacht schloß sie, daß sein Herz verwundet war. Er war schließlich nicht der erste Mann, mit dem sie zu tun hatte. Aber sie sagte sich, es hätte keinen Sinn zu fragen, wenn er es nicht von allein erzählen wollte. Also frühstückten sie schweigend.

Während Harun vor Vahap Hoca auf und ab ging, beobachtete Behzat Ç die beiden von der anderen Seite der verspiegelten Glaswand aus.

»Hast du das Mädchen geschwängert?«

»Nein… Nein…«

Vahap rieb sich die Hände und fuhr nervös mit ihnen über sein Gesicht. Behzat Ç schloß die Augen und kaute bedächtig auf seinem Aspirin herum. Die Tür ging auf. Cevdet brachte ein Glas Wasser und einen Zwei-Meter-Mann herein.

»Wer bist du?«

»Türsteher.«

»Das sieht man. Von der Terrassenbar?«

»Genau.«

»Na, dann guck dir mal den Mann da an.«

Der Türsteher betrachtete Vahap Hoca durch die Glasscheibe.

»War der an dem Abend da, als das Mädchen sich runtergestürzt hat?«

»Weiß ich nicht.«

»Was heißt das? Stehst du nicht an der Tür?«

»Bei uns kommen Leute ohne Ende. Da kann ich mir keine Gesichter merken.«

»Aber an dem Abend war es leer. Es war die Nacht nach Neujahr.«

Der Türsteher breitete seine Arme aus, die Baggerschaufeln glichen.

»Ich kann mich nicht erinnern. Vielleicht war er da. Ich weiß es nicht mehr. Ich hab ja nichts zu verheimlichen. Ist mir doch egal, was mit dem Spinner passiert. Wenn er was ausgefressen hat oder 'n Staatsfeind ist, kann ich gerne sagen, daß er dagewesen ist, wenn

Sie wollen. Mach ich auch schriftlich. Aber wenn nicht, lassen Sie's gut sein. Ich kann mich wirklich nicht erinnern. Wenn er unschuldig ist oder so, will ich ihn nicht reinreiten.«

»Ja ja, danke, daß du uns erklärst, wie man Ermittlungen führt. Hau ab, aber mach dich bloß nicht aus dem Staub. Und sag deinem lieben Ramazan, er soll sich auch nicht aus dem Staub machen. Wir brauchen euch noch.«

Als der Türsteher hinausging, kam ein Mann mittleren Alters mit Glatze und Bauch herein.

»Wer bist du?«

»Der Inhaber von Mondscheinphantasien.«

»Was für Phantasien?«

»Erotikbedarf Mondscheinphantasien, auf der Adakale-Straße, hinter der Straße der Konstitutionellen Revolution.«

Mit dem leeren Glas bedeutete Behzat Ç Cevdet, der durch den Türspalt mithörte, daß er noch mehr Wasser wünschte.

»Dann guck dir mal diesen Mann an. Ist der Kunde bei euch?«

Der Mann trat vor die Scheibe und starrte lange durch das Glas.

»Warum guckst du so?«

»Ich bin kurzsichtig und hab meine Brille nicht dabei. Ich will ihn nicht verwechseln.«

»Warum kommst du ohne Brille, wenn du schlechte Augen hast?«

»Dafür kann ich nichts, die Beamten haben mich stehenden Fußes hergebracht.«

»Kannst du denn gar nichts sehen?«

»Ich sehe zwei Männer. Der eine ist wohl ziemlich groß und geht auf und ab. Wenn Sie wollen, laufe ich schnell nach Hause und hol meine Brille.«

»Wo wohnst du?«

»In Çayyolu.«

»Wie willst du das denn machen? Der Bus braucht zwei Stunden bis dahin.«

Behzat Ç stöhnte und verfluchte den Tag, an dem die Glaswand für die Personenidentifikation eingebaut worden war. Er war unschlüssig. Es würde mehr als zwei Stunden dauern, den Mann nach Hause und wieder her zu fahren. Da sie sich bei der Aufnahme von Vahap Hocas Aussage an die Formalitäten halten mußten, konnten sie ihn schlecht so lange warten lassen. Er mußte bestimmt unterrichten, und für eine Festnahme bräuchten sie die Zustimmung des Staatsanwalts. Und mit welcher Begründung?

»Dann geh rein und guck aus der Nähe.«

Cevdet führte den Mann in das Zimmer mit der verspiegelten Glaswand. Der Mann näherte sich Vahap Hoca, beugte sich zu ihm herunter und betrachtete sein Gesicht. Dann kam er wieder zu Behzat Ç.

»Hast du ihn erkannt?«

»Hab ich. Er ist Kunde bei uns.«

»Seit wann?«

»Schon seit langem.«

»Was kauft er so?«

»Quer durchs Sortiment. Lifelike Vaginas, Performance Sprays, Bondage Kits, Filme, Zeitschriften et cetera.«

»Weißt du, was er macht?«

»Er hat gesagt, er wäre Gemüsehändler.«

»Hast du eben Gemüse gesagt?«

»Genau. Er hat wohl einen Laden in Polatlı. Wenn es nicht so weit wäre, würde ich ab und zu da einkaufen. Schließlich sind wir doch beide Einzelhändler.«

Während Behzat Ç sein zweites Glas Wasser trank, dachte er sich: *Vahap Hoca, du alter Mistkerl, ich werd's dir schon zeigen.* Er holte Betüls Foto aus der Tasche und zeigte es dem Inhaber der Mondscheinphantasien.

»Jetzt schau dir das mal an. Ist dieses Mädchen je in deinem Laden gewesen?«

Der Mann steckte seine Nase ins Foto.

»Bist du auch noch weitsichtig?«

»Nein. Auf kurze Entfernung kann ich Menschen ganz gut erkennen, aber bei Fotos fällt es mir schwer. Ich hab Ihren Kollegen eigentlich gesagt, daß ich noch meine Brille von oben holen müßte, aber sie haben es nicht erlaubt. Entschuldigen Sie, Herr Kommissar, aber selbst, als ich mir die Hose anzog, hat mir ein Beamter zugeguckt… Also, warum sollte ich denn fliehen, ich hab mir dem Staat gegenüber noch nie etwas zuschulden kommen lassen. Abschlagssteuer, Umsatzsteuervorauszahlung, Gewerbesteuer und was da noch so ist, führen wir stets ordnungsgemäß ab.«

»Jetzt hör mal auf zu quatschen und konzentrier dich auf das Bild.«

Der Mann hob das Foto in die Höhe und betrachtete es mit der Miene eines Experten.

»Ja«, sagte er schließlich. »Ich erinnere mich. Sie war ein paarmal da. Wir haben ja nicht so viele weibliche Kunden im Ladenverkauf, obwohl wir doch eine moderne, seriöse Firma sind. Aber die Damen machen eher von unserem Onlineangebot Gebrauch, was eben daran liegt, daß unsere Gesellschaft nach wie vor verschlossen ist.«

»Wie heißt du?«

»Necmettin. Ich bin der Inhaber der Mondscheinphantasien.«

Dich würd ich auch mal gern allein im Mondschein erwischen, dachte er und sagte: »Necmettin! Du sollst nur auf meine Fragen antworten. Du hast gesagt, die Frau sei in den Laden gekommen. Wann war das, was hat sie gekauft, wie hat sie sich verhalten?«

»Es war vor ein paar Monaten. Sie hat nicht viel gekauft, eher in den Regalen gestöbert. Sie hat ein paar Filme mitgenommen, von den Klassikern, die sich nicht so gut verkaufen, kunstvolle Erotik. Dann hat sie reichlich Broschüren eingesteckt und ist gegangen.«

»Oh la la, es gibt also auch Klassiker und Kunst in eurem Bereich?«

»Aber selbstverständlich. Emmanuelle, 9 ½ Wochen eins und zwei. Ich stelle Ihnen gerne mal ein Set zusammen, natürlich auf Kosten des Hauses.«

»Nicht nötig. Denk lieber nach. Sind sich diese Frau und der Gemüsehändler jemals in deinem Laden über den Weg gelaufen? Waren sie je zur gleichen Zeit dort?«

»Also, das kann ich Ihnen wirklich nicht sagen, Herr Kommissar.«

»Bist du jeden Tag im Laden? Hast du keine Angestellten?«

»Nein, ich bin immer selbst da. An religiösen Feiertagen und an Sonntagen mache ich zu. Man kann ja sein Eigentum nicht irgendwelchen Fremden anvertrauen, so kommt man auf keinen grünen Zweig. Jetzt werden Sie natürlich sagen, ich sei ein wenig rückständig in meiner Denkweise, aber ich kann auch nicht über meinen eigenen Schatten springen. Ich bin eben Produkt meiner Umgebung, der gesellschaftlichen Rahmenbedingungen…«

»Ist ja gut, ist gut… Geh jetzt. Und laß uns deine Nummer da. Wenn wir anrufen, hast du zu kommen.«

»Sehr wohl, Herr Kommissar. Vielen Dank.«

Als Necmettin fort war, verließ auch er das Zimmer. Das viele Wasser und der Rakı vom Vorabend hatten seine Blase und seinen Darm enorm strapaziert. Er sah Eda mit einem Schriftstück wedelnd auf sich zukommen. Mit einem verdächtigen Lächeln sagte sie: »Wir haben jetzt das Gutachten zur Waffe vorliegen, Herr Vorgesetzter. Sie ist sauber.«

»Daran hatte ich keinen Zweifel«, gab er zurück.

Er warf einen kurzen Blick auf das Gutachten: *Im Zuge der durchgeführten ballistischen Untersuchungen konnten keinerlei ermittlungsrelevante Daten erhoben werden, Datum, Unterschrift, Herr Dingsbums.*

»Das trägt aber nicht Receps Unterschrift.«

»Dazu kann ich nichts sagen.«

Nachdem Eda Behzat Ç mit der Miene einer Expertin von oben bis unten gemustert hatte, sagte sie: »Sie sind aber heute schick.«

Er verstand die Anspielung und lächelte. Es war ein bitteres Lächeln. Seine Klamotten vom Vortag und sein unrasiertes Gesicht waren im Büro sofort aufgefallen und hatten Anlaß zu Getuschel gegeben, worüber er sich heimlich aufgeregt hatte. Er wollte gerade weitergehen, als Eda sagte:»Außerdem hat das Phantom angerufen. Er kann morgen Muhsins Spur verfolgen.«

»Was heißt das? Was macht er denn heute?«

»Das hab ich ihn auch gefragt. Er ist hinter einem Mann her, der ihn zu Muhsin bringen wird.«

»Gut. Habt ihr Muhsins Adresse aus den Telefondaten ermitteln können?«

»Ja.«

»Schön. Bring mir die Adresse. Wir treffen uns in meinem Zimmer.«

»Außerdem...«, sagte Eda.

Jetzt kann ich dieser Frau ja schlecht sagen: Genug, ich mach mir gleich in die Hose. »Jaa?«, sagte er gezwungenermaßen.

»Außerdem hat Selim mit einer jungen Frau namens Nazlı gesprochen. Sie ist eine Freundin von Betül. Es geht wohl um irgendeine Tonaufnahme. Aber genaueres weiß ich auch nicht.

»Eine Tonaufnahme? Dann sollen sie die Frau doch herbringen.«

»Haben sie schon. Sie wartet nebenan. Sie ist aber ein bißchen, na ja...«

»Ein bißchen was?«

So wie du, dachte Eda. »Ein bißchen gereizt.«

»Der zeig ich gleich mal Gereiztheit. Ich komme sofort...«

Als er sah, daß Eda noch etwas sagen wollte, machte er sich schnell davon. Er klebte förmlich an der Toilettentür, die aber verschlossen war. Er holte seine Waffe heraus, sprang in die Luft und gab zwei Schüsse auf das Schloß ab – zumindest in seiner Vorstellung.

Er setzte sich in seinen Sessel, verschränkte die Hände hinter dem Kopf, blickte zur Decke und sagte: »Laßt ihn laufen.«

Harun stützte seine Ellenbogen auf den Schreibtisch und beugte sich vor: »Wie jetzt? Den können wir doch nicht laufen lassen, warum denn?«

»Wessen wollen wir ihn denn beschuldigen? Erwerb einer Lifelike Vagina?«

»Mensch, Herr Vorgesetzter. Wo wir ihn schon mal hier haben. Es ist doch offensichtlich, daß er dem Mädchen was angetan hat.

Okay, wenn er sie nicht selbst da runtergeworfen hat, dann hat er bestimmt jemand anderen dazu angestiftet.«

»Das ist vermutlich zutreffend. Nur: Wir haben den Schuldigen, aber keine Beweise. Also müssen wir den Mann freilassen, unter Beobachtung stellen und warten, bis er uns zu den Beweisen führt. Wenn er das nicht macht, hat er irgendwann die Schnauze voll davon, beschattet zu werden, und gesteht.«

Eda löste ihre Arme, die sie vor der Brust verschränkt hatte und sagte: »Vielleicht hat dieser Dozent auch Verbindungen zum Geheimdienst, das sollte man auch mal überprüfen.« Ihre Worte stießen auf eisiges Schweigen.

»Paßt auf«, sagte Behzat Ç in väterlichem Tonfall, »ich sag's euch beiden im guten. Macht was ihr wollt, aber wagt euch nicht auf ein Territorium, das dem Geheimdienst untersteht. Ihr seid noch jung. Versaut euch nicht jetzt schon eure Personalakten. Was ist mit diesem Resul?«

»Resul der Kommunist?«, fragte Harun.

»Genau.«

»Ich hab in der Schule angerufen. Er hat sich für vierzehn Tage krankschreiben lassen und ist noch nicht wieder aufgetaucht. Aber ich hab mit dem Rektor gesprochen, ein guter Mensch. Er wird uns benachrichtigen, wenn er etwas erfährt.«

Alle Blicke richteten sich auf die hochgewachsene, schlanke Frau, die Cevdet ins Zimmer führte. »Wer bist du?«, fragte Behzat Ç.

Sie antwortete nicht, sondern musterte zuerst alle Anwesenden, bevor sie sagte: »Wer seid ihr?«

Behzat Ç mußte unwillkürlich lächeln. Er konnte sich an das Mädchen erinnern; er hatte sie bei Betüls Amme Hafize gesehen. Es war Nazlı, die Schöne, die ihn nach dem Durchsuchungsbefehl gefragt hatte.

»Bin ich als Zeugin hier oder bin ich in Polizeihaft?«

»Zeugin. Wir möchten deine Aussage aufnehmen.«

»So geht das aber nicht. Ihr könnt mich nicht einfach so am frühen Morgen aus meiner Wohnung verschleppen und hierher bringen ohne eine Anordnung der Staatsanwaltschaft.«

»Und wie soll das sonst gehen?«, erwiderte Harun. »Soll sich etwa der Staat zu dir bemühen?«

»Und der Staat bist du, ja?«

Harun geriet ins Schleudern und schaute seinen Vorgesetzten und Eda hilfesuchend an. Die aber schauten ebenso ratlos zurück. Schließlich brachte er heraus: »Ich bin nicht der Staat. Aber ich repräsentiere ihn.«

»Du bist im öffentlichen Dienst. Du kannst den Staat gar nicht repräsentieren. Das ist das Amt des Staatspräsidenten. Und im Ausland machen das die Botschafter. Sonst darf das niemand.«

»Meine Fresse, du weißt aber 'ne ganze Menge. Wie ein wandelndes Lexikon der Staatsbürgerkunde.«

Nazlı schüttelte ihr Haar, ihr Gesicht wurde feuerrot.

»Macht euch nur lustig. Ihr habt euch ganz schön an diese Art gewöhnt. Ihr kennt weder Gesetzesbücher noch Lexika.«

Behzat Ç massierte seine Stirn, um seiner chronischen Kopfschmerzen Herr zu werden. Ihm war klar, daß dies eine jener Situationen war, in denen man Körpersprache zum Einsatz bringen mußte. Er legte seine Hand auf die Brust, streckte sie ihr dann einladend entgegen. »Setz dich doch erst einmal«, sagte er. »Wir arbeiten hier im Interesse deiner verstorbenen Freundin.«

Eda rutschte auf dem Zweisitzer ein wenig zur Seite und bot Nazlı an, sich zu setzen. Das tat sie aber nicht.

»Wir haben dich vorgeladen, um deine Aussage aufzunehmen. Worum geht es denn bei dieser Tonaufnahme, magst du uns das erzählen?«

»Nein, mag ich nicht. Von bewaffneten Polizisten, die in den frühen Morgenstunden mit Fäusten gegen meine Türe hämmern, lasse ich mich nicht vorladen. Ihr habt hier kein kleines Kind vor euch. Ich hab keine Angst.«

»Falls wir etwas getan haben sollten, das dich verängstigt hat, bitten wir um Entschuldigung.«

»Das würde euch sowieso nicht gelingen. Ihr tut so, als ob ihr diesen Fall aufklären wolltet. Aber ich würde mich nicht wundern, wenn ihr in Wirklichkeit eure Hände im Spiel hättet.«

Harun bäumte sich in seinem Sitz auf.

»Jetzt mach aber mal einen Punkt«, sagte er. »Was redest du denn überhaupt?«

Nazlı ließ sich nicht beirren, sondern wandte sich direkt an Behzat Ç: »Bin ich also doch in Polizeihaft, gelte ich als Verdächtige, werde ich beschuldigt? In welcher Eigenschaft habt ihr mich hierher gebracht?«

Als sie keine Antwort bekam, fragte sie in einer Mischung aus wütendem Brüllen und spitzem Schrei: »Was bin ich?«

»Du bist überhaupt nichts«, sagte Behzat Ç. »Du kannst gehen, wann es dir paßt.«

»Dann geh ich jetzt.«

Sie schlug die Tür zu und verließ das Büro. Cevdet lief ihr verärgert nach. Harun hatte einen Stift aus dem Stifthalter genommen und drehte ihn zwischen seinen Fingern.

»Noch eine Durchgeknallte«, sagte er. »Aber was sollen solche wie wir auch mit vernünftigen Leuten.«

»Wenn sie durchgeknallt ist, hat sie jedenfalls einen Grund dafür.«

Alle starrten Eda an.

»Und der wäre?«

»Der Vater dieser Frau war bei der Gewerkschaft. Ich weiß nicht genau, bei welcher. Er wurde 1991 verhaftet, ich glaube von unserer Staatsschutzabteilung. Er hat in seiner Zelle Selbstmord begangen. Ein sehr umstrittener Fall…« Sie blickte Behzat Ç an. »Du weißt sicher davon.«

»Ja, weiß ich«, sagte Behzat Ç.

Das war einer der Fälle, die die Staatsschutzabteilung, der Vorläufer der Abteilung für Terrorbekämpfung, vermasselt hatte. Als die Sache vors Gericht kam und an die Presse gelangte, wurde sie eine Weile in der Öffentlichkeit diskutiert, aber als sie vergessen war, gingen die Täter, also seine Kollegen – und falls er sich nicht irrte, war auch Aybars einer von ihnen gewesen – ganz ohne Strafe aus. Sie wurden sogar befördert. Solche Vorkommnisse waren damals nichts Außergewöhnliches. Was er nicht alles gesehen und gehört hatte. Hafize hatte ja erwähnt, das Mädchen sei ein Waisenkind…

»Herr Vorgesetzter, bist du noch da?«

Er hob den Kopf.

»Was hast du gesagt?«

»Du bist schon wieder in Gedanken versunken.«

»Nein. Diese Geschichte mit der Tonaufnahme klingt nach etwas Wichtigem. Haltet euch mal da raus, ich rede mit dem Mädchen. Ihr müßt euch langsam daran gewöhnen, die Leute spuren heutzutage nicht mehr sofort, wenn wir einmal ›Platz!‹ sagen.«

Harun und Eda standen auf. Als sie das Zimmer verließen, kam Cevdet herein.

»Was ist denn jetzt schon wieder?«

»Herr Vorgesetzter, da ist jemand, der Sie sprechen will. Ich kann Ihnen jetzt nicht sagen, wer genau es ist.«

»Was meinst du?«

»Also, ich hab sie gefragt: ›Wer bist du?‹ Şule, Jale… Sie hat eine Unmenge von Namen aufgezählt. Sie ist, glaub ich, nicht ganz richtig im Kopf. Sie kann ihre Hände gar nicht stillhalten.«

»Sag ihr, sie soll reinkommen.«

Unter den fragenden und leicht spöttischen Blicken Haruns und Edas rannte Şule, Jale, Berna oder Selma über den Flur zwischen den Beamten hindurch und stürzte in sein Zimmer. Sie warf sich ihm an den Hals und sagte: »Weißt du, was das Schönste am Winter ist? Daß man Mandarinen essen kann.«

21

Behzat Ç befreite sich von den Armen, die um seinen Hals geschlungen waren.

»Setz dich mal da hin!«

Şule, Jale, Berna oder Selma setzte sich auf den Ledersessel mit dem aufgesprungenen Bezug vor dem Schreibtisch und sagte ein wenig pikiert: »Du hast dir aber gestern gut die Kante gegeben. Du hast eine furchtbare Fahne. Und da du dir anscheinend die Zähne nicht geputzt hast, würde ich sagen, du hast die Nacht bei jemand anderem verbracht. Sieh dich vor, ab einem bestimmten Alter ist so ein Lebensstil…«

»Das reicht jetzt an Unverschämtheiten. Wie heißt du überhaupt? Şule?«

»Wenn du mich so nennen möchtest, ja.«

»Schau, ich kann mir einfach keine acht Namen merken. Was machst du eigentlich hier?«

»Ui, der harte Detektiv… Heute bist du wie Philip Marlowe.«

»Wer is'n das?«

Şules Lachen schallte durch das ganze Büro.

»Marlowe hat genau das gleiche in Bezug auf Marcel Proust gefragt«, sagte sie. »Aber egal…«

Sie schlug mit der Hand in ihrer Tasche herum, als müsse sie sich ohne Machete einen Weg durch das Dickicht eines Urwalds bahnen. Offensichtlich suchte sie etwas. Schließlich kramte sie eine Tablettendose hervor.

»Jeden Tag eine auf nüchternen Magen.«

»Was ist das?«

»Vitamine. Du hast heute so eine heisere Stimme. Du wirst bestimmt krank.«

»Bist du verrückt?«

»Weiß nicht. Kann gut sein. Es stimmt schon, daß ich psychische Probleme habe, aber… Egal, laß uns schnell zur Sache kommen, ich will dich nicht aufhalten. Man will mich töten. Sie haben jemanden an meine Fersen geheftet. Er hat mich bis hierher verfolgt.«

»Wie sah der aus?«

»Ich weiß es nicht. Wenn ich es wüßte, müßte ich dich ja nicht um Hilfe bitten. Du wirst jetzt sagen, ich will dich auf den Arm nehmen, aber es stimmt nicht. Ich erhalte Drohbriefe.«

»Welchen Inhalts?«

»Deutlichen Inhalts.«

Als Şule eine Pause einlegte, fragte Behzat Ç: »Warum lügst du mich an?«

»Wie bist du dahintergekommen?«

»Na komm. Wir sind hier kein Kindergarten.«

Şule stand auf.

»Du bist aber fies.«

»Ja, bin ich. Leider.«

Behzat Ç nahm den Telefonhörer in die Hand.

»Ich kann mich hier nicht mit so'm Quatsch abgeben. Du siehst, wir haben zu tun.«

Şule zog blitzschnell ihre Tasche vom Tisch, wühlte erneut in ihr herum, holte eine Mandarine heraus und legte sie auf den Tisch.

»Ich bin nur gekommen, um mich ein wenig mit dir zu unterhalten«, sagte sie.

»Hättest du gleich sagen können. Warum lügst du mich an?«

»Um ein bißchen Farbe in die Konversation zu bringen. Das fällt nicht unter lügen. Aber soweit reicht dein Feingefühl wohl nicht. Du nimmst alles viel zu ernst.«

Er tippte die Durchwahl des kriminaltechnischen Labors. Şule steckte von draußen nochmal den Kopf ins Zimmer.

»Trotzdem bin ich dir nicht feindlich gesinnt. Vergiß nicht, die Vitamine zu nehmen.«

»Hey! Nimm das Zeug mit.«

Sie war schon längst weg.

»Hallo Recep.«

»Bitte.«

Er drehte die Vitamintabletten in seiner Hand hin und her.

»Ich hab deine Unterschrift unter dem Gutachten vermißt.«

Stille.

»Bist du noch dran?«

»Ich hab dich nicht gehört. Ja ja, ich bin noch dran. Heut nachmittag hätt ich Zeit für einen Tee.«

Es war deutlich, daß Recep nicht am Telefon reden wollte, daher schlug er vor: »Dann komm doch zum historischen Basar. Paßt dir vier Uhr?«

»Paßt.«

Er legte auf und warf die Vitamintabletten in die abgewetzte Schublade. Während er die Mandarine pellte, sah er Cevdet an seinem Zimmer vorbeigehen und fragte ihn: »Wo ist Aykut? Ihr habt alle Männer beisammen, nur er fehlt.«

»Wir waren bei ihm zu Hause. Er war nicht da.«

»Komm her.«

Er drückte Cevdet eine Hälfte der Mandarine in die Hand und aß die andere, während er unter den losen Zetteln an der Pinnwand Aykuts Telefonnummer suchte.

Der gewünschte Teilnehmer ist vorübergehend nicht erreichbar. Bitte versuchen Sie es…

Er hatte den Wagen hinter der Cebeci-Moschee abgestellt und war froh, zu Fuß durch Straßen laufen zu können, die ihm bekannt waren. Er schaute noch einmal auf die Adresse in seiner Hand. Seine Mutter lebte zwei Straßen weiter. Falls er Zeit finden würde, sollte er unbedingt vorbeischauen…

Die Tür öffnete ihm ein junger Mann, den er noch nicht kannte.

»Ist Yavuz nicht da?«

»Worum geht es?«

»Polizei.«

Der Junge ließ die Tür einen Spalt offen und zischelte in die Wohnung wie ein Windstoß: »Yavuzz! Yavuzzzz!«

Das erste, was ihm an Yavuz' Gesicht auffiel, war die Schwellung rund um das linke Auge. Unter dem Auge prangte ein Bluterguß; es war ein richtig schönes blaues Auge. Yavuz schaute Behzat Ç an und versuchte ihn irgendwo einzuordnen, bis aus dem Funkgerät ein Rauschen kam, das sein Gegenüber in den richtigen Kontext stellte.

»Ach, Sie sind das. Kommen Sie doch rein.«

Sie traten ins Wohnzimmer. Eine Sitzgruppe aus nicht zueinander passenden Elementen, Berge von achtlos hingeworfener Kleidung und leere Bierflaschen, die als Aschenbecher dienten – eine typische Studentenwohnung.

»Darf ich vorstellen? Mein Freund Ömer. Wir gehen auf die gleiche Uni.«

»Auf welche?«

»Verwaltungswissenschaften.«

»Wie schön, dann habt ihr es nicht weit.«

Unsicher, ob er sich in die Unterhaltung einbringen sollte oder nicht, sagte Ömer: »Wir haben auch lange gesucht, bis wir die Wohnung gefunden haben.«

»Welches Fach studiert ihr?«

»Ich stehe kurz vor dem Abschluß in Finanzwesen, mein Freund studiert Volkswirtschaft«, sagte Yavuz.

»Ich bin eigentlich auch im letzten Semester, aber ich muß noch ein paar Pflichtseminare nachholen. Ich werde wohl verlängern müssen.«

Es war offensichtlich, daß er der schlampigere der beiden war. Er verließ das Zimmer unter dem Vorwand, Tee aufzusetzen. Da Behzat Ç nicht wollte, daß das Gespräch wie eine Vernehmung verlief, hielt er es für angebracht, auch etwas aus seinem eigenen Leben zu erzählen.

»Ich bin in diesem Viertel aufgewachsen«, sagte er. »Wir haben zwei Straßen weiter ein Haus.«

»Ach so? Schön, dann sind wir ja Nachbarn.«

»Nein, da lebt jetzt nur noch meine Mutter. Ich wohne in Dikmen. Warum hast du dich für Finanzwesen entschieden?«

»Na ja, zunächst einmal, weil mein Vater das wollte. Für unsere Farm brauchen wir jemanden, der etwas von Geld und Steuern versteht.«

»Wolltest du etwas anderes studieren?«

»Nicht direkt. Ich hätte mir vielleicht ein Kunststudium vorstellen können, Malerei. Ich hab immer gern gezeichnet und kann das auch ganz gut, sagt man mir zumindest. Aber so ist das im Leben.«

Behzat Ç war auf die Koffer aufmerksam geworden, die im kleinen Korridor standen. Yavuz registrierte es.

»Ich bin gerade aus Urfa gekommen. Beerdigung und so.«

»Verstehe. Was hast du mit deinem Auge gemacht?«

»Ich bin hingefallen.«

»Wo?«

»Zu Hause. Also hier. In den letzten Tagen war so viel Streß, und ich hab auch was getrunken.«

»Laß dich nicht gehen. Du mußt gerade jetzt dein Studium abschließen, wo Betül ihres nicht mehr abschließen kann. Du mußt zu einem Menschen werden, der seiner Familie und seiner Nation etwas zurückgibt. Wie habt ihr euch eigentlich verstanden? Es gibt ja Cousins, die sich kaum kennen, deshalb frage ich.«

»Wir sind zusammen aufgewachsen. Haben viel Zeit miteinander verbracht und über alles geredet. Klar, als dann die Pubertät kam, ging das nicht mehr. Da hatten wir dann mehr Distanz. Bei uns in der Gegend darf man nicht so enge Kontakte zu Mädchen haben, auch wenn es die eigene Cousine ist, sonst gibt es Gerede. Gott sei Dank ist unsere Familie nicht so konservativ, wir haben einige Akademiker unter uns. Da konnten wir uns immer noch unterhalten und über unsere Probleme austauschen. Wir sind ja auch nur ein Jahr auseinander. Sie ist direkt ein Jahr nach mir zum Studieren nach Ankara gekommen.«

»Wußtest du, daß Betül schwanger war?«

Yavuz riß die Augen auf. Eine Zeitlang starrte er verwirrt vor sich hin. Vielleicht war es die Trauer über einen Verwandten, den er verloren hatte, bevor er auf die Welt kam. Mit zugeschnürter Kehle brachte er ein »Nein« hervor. »Ich guck mal, ob der Tee schon so weit ist.«

»Bleib sitzen«, sagte Behzat Ç. »Das ist ein ernstes Thema, du mußt einen kühlen Kopf bewahren. Denk nochmal nach. Gab es jemanden, der Betül bedroht hat?«

»Ich weiß nicht, sie hat mir nichts davon gesagt.«

»Gab es in letzter Zeit jemanden, der dich bedroht hat?«

»Nein.«

»Schau her.«

Yavuz' Augen waren auf den fleckigen Teppich gerichtet.

»Schau mir ins Gesicht. Lüg mich nicht an. Wer hat dein Auge blau geschlagen?«

»Niemand... Ich bin gefallen.«

Behzat Ç probierte es noch einmal in einer anderen Tonart. Mit herzlicher Strenge sagte er: »Du brauchst keine Angst zu haben. Sag mir einfach, wer euch bedroht. Wir schützen dich, so gut wir können. Die Leute haben deine Cousine umgebracht. Sei doch mal ein ganzer Mann! Du bist doch sicher nicht als Memme erzogen worden?«

»Wenn es so wäre, würde ich es sagen. Ich hab keinen Grund, etwas zu verheimlichen.«

»Hatte Betül eine Waffe?«

»Weiß ich nicht.«

»Eine Beretta vom Kaliber 22 mit einem geschnittenen Gewinde für einen Schalldämpfer.«

»Weiß ich nicht. Ich verstehe nichts von Waffen. Hab noch nie eine in der Hand gehabt.«

Ömer kam mit einem Tablett mit dampfenden Teegläsern ins Zimmer.

Behzat Ç stand auf.

»Ich muß weiter. Wir haben viel zu tun.«

Er fragte sich einen Augenblick, ob er es beim Rausgehen wie beiläufig sagen sollte, oder lieber jetzt sofort. Er verglich die Stiefel von der Größe eines Kindersarges, die im Eingangsbereich auf Zeitungspapier lagen, mit Yavuz' Füßen. Nach Augenmaß konnte das durchaus hinkommen. Er legte Yavuz, der ihn zur Tür begleitete, die Hand auf die Schulter und sagte: »Hör mal, mein Junge. Denk gut nach. Ich komme wieder.«

Er parkte aus und fuhr über Dikimevi zum Postamt von Cebeci. Mit Hilfe der Adresse auf dem Zettel fand er die Straße, in der Muhsin Süvari wohnte. Sie gehörte im weitesten Sinne auch noch zur Nachbarschaft. Er überflog die Klingelschilder. Es war das richtige Haus, aber die Klingel für Wohnung Nummer 12, in der Muhsin Süvari wohnen sollte, war unbeschriftet. Er läutete beim Hausmeister Muharrem Kara. Keiner da. Nach einiger Zeit sah er einen Mann, der die Treppen vom Keller heraufkam. Er steckte seinen Kopf aus der Haustür und sagte: »Ja bitte?«

»Wohnt hier ein Herr Muhsin Süvari?«

»Ja.«

»Wo ist er jetzt?«

»Kann ich nicht sagen. Er war seit einer Woche nicht hier.«

»Wann hast du ihn zuletzt gesehen?«

»Am Neujahrstag. Sind Sie von der Polizei, mein Herr?«

»Woran hast du das erkannt?«

Der Mann öffnete die Tür ganz und ließ Behzat Ç eintreten: »Ich bin jetzt seit zwanzig Jahren Hausmeister. Ich sehe sowas. Entschuldigen Sie bitte, aber wir machen nicht sofort die Tür auf. Da könnte ja jeder Dieb und Hausierer hier reinkommen. Wenn Sie Muhsin suchen, ich kann Ihnen nicht genau sagen, ob er straffällig geworden ist oder nicht. Er ist ein sehr netter, junger Mann, grüßt immer freundlich. Er hat netterweise unseren Sohn ins Krankenhaus gefahren, als er am Blinddarm operiert werden mußte.«

»Hat er ein Auto?«

»Nein, das Auto gehörte nicht ihm, sondern seinem politischen Verein.«

»Was für ein Verein ist das?«

»Das weiß ich nicht. Da waren aber ganz auffällige Schriftstücke drin, ich meine Plakate, und dazu Eimer und Pinsel; das mußten wir alles in den Kofferraum packen, damit wir Platz hatten. Da wurde mir alles klar.«

»Was denn?«

»Na ja, daß da was faul war. Ich bin zwar nur Hausmeister, aber auf den Kopf gefallen bin ich auch nicht. Ich hab die Mittelschule fast abgeschlossen. Aber er war ja ein ganz netter Mensch, immer ordentlich und zuvorkommend, wie ein Anarchist hat der sich nicht verhalten.«

»Hast du den Schlüssel zu seiner Wohnung?«

»Der Hausverwalter hat einen.«

Sie stiegen in den Fahrstuhl und fuhren in den fünften Stock, wo der Hausverwalter wohnte. Behzat Ç war der Mann unsympathisch, so daß er auf dessen Vorschlag, zusammen in die Wohnung zu gehen, nicht einging. Gemeinsam mit dem Hausmeister fuhr er in den zweiten Stock. Muharrem schloß auf. Die Wohnung war offensichtlich seit längerer Zeit nicht mehr gelüftet worden. Muharrem führte ihn durch die Zweieinhalbzimmerwohnung und sagte: »Sehen Sie, ein ordentlicher Junge. Trotzdem sieht man, daß es eine Junggesellenwohnung ist. Es fehlt eben die Hand einer Frau, nicht? Das ist sein Arbeitszimmer. Schauen Sie, die Bücher. Ein hochgebildeter Mann.«

Vor lauter Büchern konnte man kaum einen Schritt in den Raum machen. Was nicht mehr in die Regale paßte, war auf dem Boden gestapelt.

Muharrem gehörte zu den Menschen, denen man keine Fragen zu stellen brauchte.

»Meine Tochter hatte Schwierigkeiten in Englisch, da hat er ihr Nachhilfe gegeben. Zuerst war ich ja dagegen. Sie ist dreizehn und geht in die achte. Und er ist ja unverheiratet, nicht? Auch wenn er ein noch so gutes Herz hat, so sind wir Männer eben geschaffen. Da hat er gesagt, die Mutter soll mitkommen und danebensitzen. Er hat meiner Frau sogar was beigebracht. Na, da mußte ich sie allerdings ein bißchen schlagen, denn auf einmal hat sie mit den Kindern eine Geheimsprache gesprochen.«

»Hatte er häufig Besuch?«

»Ja, Besuch hat er häufig gehabt. Da waren auch Leute bei, die mir nicht ganz geheuer waren. Auch Frauen und junge Dinger. Wir haben ein Auge zugedrückt, weil sie Muhsins Freunde waren, nicht? Der Hausverwalter war stinksauer, er hat gesagt: ›Da kommen mir Nutten ins Haus, die geben sich doch da oben der Prostitution hin.‹ Aber nein, sowas war da nicht, ich bin seit zwanzig Jahren Hausmeister. Ich seh den Leuten an, ob sie sich der Prostitution hingeben, Ehebruch begehen oder ihre Hosen vor der Unzucht herunterlassen. Aber solche waren das nicht.«

Behzat Ç holte Betüls Foto hervor: »Schau dir die mal an. War die auch öfter zu Besuch?«

»Also, ich kenn sie nicht. Ich frag mal meine Frau.«

Muharrem nahm das Foto und verließ geschwind die Wohnung. Behzat Ç trat ins Schlafzimmer. Es war mit einem Bett ohne

Kopfstütze und einem Schrank aus Stoff möbliert. Er öffnete den Stoffschrank. Darin befanden sich ein paar Pullover, Hosen, Bettwäsche und Unterwäsche. Jeweils nur wenige Garnituren. Er setzte sich an das Kopfende des Bettes und prüfte wie ein frisch eingezogener Hotelgast die Federn der Matratze. Er hatte gerade den ersten Zug von seiner 216 getan, da kam Muharrem auch schon zurück und sagte: »Nein, Herr Kommissar, meine Frau kennt sie auch nicht.«

Behzat Ç. blickte sich nach etwas um, das er als Aschenbecher benutzen könnte.

»Guck mal, Muharrem. Es mag ja sein, daß du den Jungen nett und höflich findest. Aber ich bin nicht zum Spaß hier. Das kannst du dir ja denken. Wenn dir irgend etwas an ihm aufgefallen ist, dann sag es mir bitte jetzt.«

»Nun, Herr Kommissar, er wohnt ja jetzt seit drei Jahren hier, nicht? Ich weiß nicht, was ich Ihnen sagen soll. Vor drei Monaten ist er einmal betrunken nach Hause gekommen und auf den Bürgersteig gefallen. Da hab ich ihn hochgetragen. Ich weiß nicht, was er hatte, ich glaube, er war verliebt…«

»In wen?«

»Das weiß ich nicht, ich hab mir das auch nur so gedacht. Wir haben eine Flasche Rakı aufgemacht, und weil ich auch ein bißchen angetrunken war, hab ich nichts gesagt. Aber sonst hab ich ihn nie betrunken gesehen. Über die Stränge geschlagen hat er nicht. Einmal hat er sich geprügelt, da mußte er wohl auch auf die Wache. Er hat schlimm ausgesehen und meine Frau hat ihm einen Verband gemacht. Man hat ihm mit einer Eisenstange auf den Kopf gehauen, sein Kopf hat geblutet. Später hab ich gesagt: Muhsin, die haben dich aber ganz schön zugerichtet. Da hat er gesagt: Na, da müßtest du mal die anderen sehen.«

»Was war der Grund für diese Prügelei?«

»Weiß ich nicht. Ich hab ihn gefragt, aber er hat es nicht gesagt. So sind eben die jungen Leute.«

»Hat er je versucht, dich zu manipulieren? Propaganda für verbotene Organisationen?«

»Nein. Wir haben uns ja manchmal unterhalten, aber von Organisationen war da nie die Rede.«

»Wovon war dann die Rede?«

»Von Lohnerhöhungen, und daß alles immer teurer wird. Also es ging um Arbeit. Von den Arbeitern hat er gern gesprochen. Aber nicht, daß Sie jetzt was Falsches denken. Mir hat er ein paarmal gesagt, ich hätte ja gar keine Versicherung. Daß das nicht geht. Da sind wir dann zum Hausverwalter gegangen, und es hat geholfen.«

»Hat er dich versichert?«

»Das nicht. Aber eine Lohnerhöhung von fünfzig Lira hab ich bekommen. Da hab ich auf die Versicherung verzichtet. Gerade heutzutage kommt es ja auf jede Lira an. Ich hab doch eine gute Stellung, nicht wahr, die können mich nicht so einfach entlassen. Alle Hausmeister in diesem Viertel kommen aus der gleichen Gegend wie ich. Die sind meine Versicherung. Die helfen mir, wenn ich mal zum Arzt muß.«

»Hat sich in der letzten Woche jemand nach ihm erkundigt?«

»Letztens war schon mal jemand da, auch in Zivil. Denen hab ich das gleiche gesagt. Ich soll ihnen Bescheid sagen, wenn er kommt. Sie haben mir ihre Nummer dagelassen. Also, ich weiß ja nicht, ob er irgendwelche krumme Dinger gedreht hat. Vielleicht ist es ja auch wegen einer Frau. Uns hat er nie schlecht behandelt, zu unserer ganzen Familie war er freundlich. Aber natürlich kommt für uns der Staat an erster Stelle. Dem Staat darf man sich nicht widersetzen. Das ist das erste. Man darf sich auch nicht überall einmischen, das ist das zweite. Und man darf nicht den Ast absägen, auf dem man sitzt. Das ist das dritte. Das hab ich auch dem Muhsin immer erklärt, nicht? Aber er ist ein gebildeter Mann, dem darf ich ja keine Vorschriften machen.«

Der historische Basar war kaum besucht, aber in einer Stunde, nach Feierabend, würde er voller Menschen sein.

»Es reicht! Ich will nichts mehr mit der Sache zu tun haben!«

»Na gut«, sagte Behzat Ç »Dann erzähl mir mal, wieviel du bisher damit zu tun hattest.«

Unter dem zu stark brennenden Heizpilz zerrte er am Pulloverkragen. Schweigend rührte er in seinem Tee, um seinem Gegenüber zu signalisieren, daß er an der Reihe war.

»Die Waffe haben wir untersucht«, sagte Recep mit einem vorsichtigen Seitenblick zu den wenigen besetzten Nebentischen.

»Und?«

»Aber das Gutachten haben wir nicht geschrieben. Das wurde uns aus der Hand genommen. Warum, weiß ich nicht. Dieser Waffentyp, das weißt du sicher auch, wurde manchmal auch vom Dienst benutzt. Zuerst hatte ich den Verdacht, die Waffe könnte unserem Dienst gehören. Aber dann hätte sie ja eine Registernummer haben müssen.«

»Es gibt auch Waffen, die nicht registriert sind.«

»Wenn sie unregistriert wäre, hätten wir sie gar nicht erst auf den Tisch bekommen.«

»Wem gehört diese Waffe?«

»Der Organisation.«

»Was?«

»Schrei doch nicht. Leise. Es ist die Waffe der Organisation, in die dieses Mädchen verstrickt war. Aber das hast du alles nicht von mir. Ich würde das niemals bezeugen. Jedenfalls wurde sie zuerst bei einem Überfall auf einen Juwelierladen benutzt. Vor fünf Jahren wurde sie bei einem Schußwechsel in Bahçelievler eingesetzt. Der Schütze konnte von der Polizei nicht gefaßt werden. Er hatte einem der Beamten, die die Razzia durchführten, ins Bein geschossen. Die Kugel, die man aus dem Bein des Polizisten holte, stammte aus dieser Waffe. Daran besteht kein Zweifel.«

»Und der Schalldämpfer?«

»Welcher Schalldämpfer?«

»Der auf die Waffe montiert war.«

»Den haben wir nie gesehen.«

»Wie meinst du das? Natürlich habt ihr den gesehen. Ich hab ihn doch als Beweisstück aufgenommen und an euch geschickt.«

»Häng dich da nicht rein! Ich sag's dir im guten. Sie haben ihn uns weggenommen. Und jetzt stell mir bitte keine weiteren Fragen.«

Recep stand auf und wollte Geld auf den Tisch legen.

»Ich mach das schon, steck dein Geld wieder ein«, sagte Behzat Ç.

»Ich bin schon wegen dieser Kladdenseite in Teufels Küche geraten, das reicht mir erstmal«, sagte Recep. »Ich sitz auf heißen Kohlen. Ich erwarte jeden Moment ein Disziplinarverfahren. Also, mach's gut…«

»Warte mal! Wer war der Polizist, der angeschossen wurde? Und wer war der flüchtige Schütze? Um welche Schießerei geht es?«

Recep wollte so schnell wie möglich los.

»Da verbrennst du dir nur die Finger. Kümmer dich nicht weiter darum«, erwiderte er. »Die machen alles am hellichten Tage, siehst du doch, die schreiben einfach ein ballistisches Gutachten, aber keiner der Gutachter ist ein Ballistiker. Die nehmen uns auf die Schippe. Das sind Dinge, mit denen ein frischgebackener Staatsanwalt und zwei durchgeknallte Polizisten nicht fertig werden. Mach dich nicht dümmer als du bist und spiel nicht den Don-Quichotte. Diese Leute sind der Staat. Wer sind wir schon gegen die?«

22

Der Schlüssel drehte sich zweimal im Schloß. Übelkeit, Kopfschmerzen, Erschöpfung und Fieber, das von 37,5 °C auf 38 °C angestiegen war… Soviel zum Krankheitsverlauf. Aus der Nachbarwohnung drang der Geruch nach Gekochtem. Da er seine Übelkeit verstärkte, schlüpfte er schnell durch die Tür. Ebenso schnell durchquerte er den Korridor mit seinen nackten deprimierenden Wänden und betrat sein Schlafzimmer. Er zog seine Jacke aus, warf sich auf das Bett und schloß die Augen. *Wer sind wir schon gegen die?* Bevor er überhaupt verschnaufen und sich ausziehen konnte, klingelte es an der Tür. *Wer soll jetzt aufstehen und die Tür öffnen? Na ich natürlich, ist ja sonst niemand hier.*

Kamber hielt ihm eine riesige Einkaufstüte hin.

»Was ist das?«

»Toilettenpapier. Hattest du bestellt.«

Er schaute in die Tüte. Zweiunddreißigerpackung. Was für ein Alptraum, es schien gar keine Rettung davor zu geben…

»Hatten die denn keine Zweierpackung?«

»Die großen waren im Angebot. Spottbillig. Ist eine Familienpackung…«

»Wieviel?«

»Fünf Lira.«

Er prüfte seine Taschen und gab ihm das Geld. Auf dem Rückweg schleuderte er die Tüte ins Badezimmer. Er zog Hemd und Hose aus, setzte sich auf die Bettkante und entledigte sich seiner Socken. Er legte sich hin und schloß die Augen, *wer sind wir?* Das Telefon klingelte. Es war ihm zu viel, aufzustehen und ranzugehen. Aber sonst war ja niemand da.

»Hallo?«

»Guten Tag. Du hattest mir doch versprochen, vorbeizukommen.«

»Wer bist du?«

Vom anderen Ende hörte er einen Ausruf des Erstaunens: »Aaaah!« Der Mann stellte sich vor. Es war der Grauhaarige, den er in der Nacht, als Betül starb, in der Bar und später bei Aybars gesehen hatte.

»Ach, guten Tag«, sagte er. »Ja, ich habe es nicht geschafft. Ich habe viel zu tun.«

»Das laß ich aber nicht gelten. Komm diese Woche noch vorbei. Dann können wir auch über diese Sache reden.«

»Können wir.«

»Wie geht's eurem Kollegen? Wie heißt der gleich, Phantom?«

»Ja, dem geht es gut.«

»Grüß ihn auch mal von mir. Und richte ihm aus, ich erwarte ihn auf einen Tee.«

Was hätte der Mann noch sagen sollen, er hatte ihm unmißverständlich zu versehen gegeben, sich aus seinen Angelegenheiten herauszuhalten. Voller düsterer Vorahnungen legte er auf. *Wie schön, daß der auch schon meine Privatnummer hat…* Er lachte. *Wer sind wir schon? Wer bin ich?*

Behzat Ç war Hauptkommissar bei der Mordkommission, ein Experte für Straftaten gegen das Leben. Als er im Sportverein Innenverteidiger war, gab es niemanden, der vor seinen Freistößen nicht in Deckung gegangen wäre. Aber dann hatte er den Ball links liegenlassen und angefangen, auf die Bürger einzutreten. Er hatte geheiratet und sich scheiden lassen. War Vater einer Tochter geworden. Nun ging er einen nebelverhangenen, düsteren Weg entlang. Kein Stern am Himmel, nicht ein einziger. Der Nachtfrost war schneidend, die Luft roch nach Mord. Als er ein Rascheln aus dem Gebüsch hörte, griff seine Hand zur Waffe.

»Wer bist du?«

»Ich bin's. Hast du mich nicht erkannt?«, sagte Harun. »Es sieht so aus, als wären wir hinter der gleichen Spur her.«

Er hatte nicht übel Lust, ihm eine so rasche Abfolge von kombinierten Ohrfeigen zu verpassen, daß er sie nicht würde zählen können.

»Verdammt noch mal, ich hab dir doch gesagt, du sollst in der Sache nichts unternehmen, ohne mich vorher zu fragen.«

»Nicht so laut, Herr Vorgesetzter, sonst hören sie uns noch.«

»Und wenn schon! Sollen sie uns doch unsere Waffen und Ausweise abnehmen. Wer sind wir schon gegen die? Ich hab die Schnauze voll!«

Haruns riesige Hand klebte auf seinem Mund. Er dachte, er würde ersticken. Nach einer Weile beruhigte er sich und bedeutete mit den Augen, daß sein Wutanfall vorüber war. Da löste sich die Hand von seinem Mund.

»Eine weitere Hundertschaft ist eingetroffen«, sagte Harun. »Wir haben das Gebäude umstellt.«

Behzat Ç tat zwei Schritte nach vorn.

»Gut, dann schnappen wir uns die Leute und machen kurzen Prozeß. Ich gehe zuerst ins Gebäude, unsere Jungs dürfen unter keinen Umständen das Feuer eröffnen.«

Er mußte ein kleines Wäldchen durchqueren, um zu dem Haus zu gelangen, dessen Lichter in der Ferne leuchteten. Mit raschen, geräuschlosen Schritten lief er durch den dunstigen Mondschein, sich an den dunklen Stellen vorbeitastend, an denen Baumwurzeln aus dem Boden ragten. Inmitten des Wäldchens lag eine Lichtung. Er vergewisserte sich, daß niemand dort war. Plötzlich spürte er eine Hand auf seinem Arm. Fast verrückt vor Angst zog er seine Waffe. Es war Ceyda.

»Was suchst du denn hier?«

»Berna ist auch meine Tochter.«

Ceyda setzte sich auf einen Baumstumpf und begann lautlos zu weinen.

»Es ist alles deine Schuld.«

»Meinst du, es ist meine Schuld, daß Berna in all diese Sachen reingeschlittert ist?«

»Natürlich. Du hast deine Waffe gezogen, du hast sie geschlagen, du hast dem Mann, den sie heiraten wollte, das Gesicht zertrümmert, Pillen in seine Tasche gesteckt und ihn ins Gefängnis werfen lassen, obwohl er unschuldig war. Es fehlt nur noch, daß du sie umbringst. Tu's doch, wenn es dir dann besser geht.«

»Dann soll sie sich einen anständigen Mann suchen.«

Er hatte weder Zeit noch Lust, Ceyda zu beruhigen. Vor allem nicht jetzt. Er schaute auf seine Uhr. Während ihrer Ehe hatte sie so viele Tränen vergossen, daß man damit einen ganzen Wasserspeicher hätte auffüllen können.

»Wir haben aus Liebe geheiratet«, sagte Behzat Ç. »Du hättest zurückkommen und wieder mit mir zusammensein können, wenn du gewollt hättest.«

Ceyda starrte in die Finsternis und schrie zornig: »Mit dir kann man nicht zusammensein. Dir kann man nur ausgeliefert sein!«

»Sei leise, sonst hören sie uns.«

»Na und? Du ziehst in den Krieg und die Frauen müssen dir deine Munition hinterhertragen. Das ist dein Verständnis von Zusammensein.«

»Still!«

»Du behandelst alle Frauen wie Nutten. Du brauchst gar keine Frau, du brauchst eine Nutte. Bist du jetzt glücklich mit deinen Nutten? Bist du glücklich?«

Er mußte ihr den Mund zuhalten. Da Ceyda seine Waffe gesehen hatte, strampelte sie, als fechte sie einen Todeskampf aus. Es dauerte eine Weile, bis sie sich beruhigte. Behzat Ç sah in ihr Gesicht und fragte sich, ob das die Frau war, die er geliebt hatte. Ceyda schaute ihn an und fragte sich vermutlich das gleiche.

Irgendwann bewegte Ceyda die Augen. Sie versuchte, ihn auf etwas aufmerksam zu machen. Als er ein Brüllen hörte, ließ er von ihrem Mund ab und fragte: »Was ist das?«

»Ein Löwe. Das Marsch-Rudel läuft hier herum.«

»Hör auf. Was machen denn die Löwen vom Marsch-Rudel in Ankara? Das sind doch BBC-Tiere.«

»Sie sind aus der Atatürk-Forstfarm ausgebrochen.«

Ein Schatten huschte über den Grillplatz.

»Sieh doch«, sagte Ceyda. »Da läuft jemand herum.«

»Wer?«

»Wer wohl? Berna. Was meinst du, weshalb wir hier sind?«

Er lief so schnell er konnte in ihre Richtung. Es war aber nicht Berna, sondern Betül. *Bist du etwa gar nicht tot? Hast du uns den Selbstmord nur vorgespielt?* Die Marsch-Löwen sprangen aus ihrem Versteck hervor und umringten Betül. Er drückte auf den Abzug, doch seine Waffe hatte eine Ladehemmung. *Gottverdammtes Scheiß-BBC!* Er lud nach. Patt! Patt! Fehlschuß. *Wir haben das Mädchen erwischt, aber die Löwen konnten fliehen.* Er ging zu dem erschossenen Mädchen. Alles war voller Blut. Er drehte ihr Gesicht zu sich. Es war Berna. *War ich das etwa? Was habe ich getan? Und was soll ich jetzt tun? Ich muß die Spuren vernichten, bevor die Polizei kommt. Die Polizei ist längst schon da. Wer sind wir schon gegen die?* Er suchte den Boden nach den Patronenhülsen ab. Die eine fand er und versenkte sie in seiner Tasche. Die andere war verloren.

»Was machst du da?«

Er drehte sich um. Es war der Geier.

»Nichts«, sagte er.

»Dann gib mir mal eine 216. Ich muß meine Lunge füttern.«

Er gab ihm die Zigarette und bemerkte erst beim Anzünden, daß es nicht der Geier war, sondern Half-Tail, die von dem Baum geklettert war, auf dem sie sich ausgestreckt hatte. Die Augen der Leopardenmutter funkelten in der Nacht, ihr Rücken spannte sich an, unvermittelt sprang sie ihn an. Er spürte ihre Pranken in seiner Schulter. Bis der Schmerz in seinem Gehirn angelangt war, hatten sich längst zwei spitze Zähne in seinen Hals geschlagen. Blut.

Er fuhr auf und faßte sich an den Hals. Es dauerte eine ganze Weile, bis er zu sich kam. Es war eine seltsame, schöne und bittere Zeitspanne, in der er Vergangenes und Zukünftiges gleichzeitig erlebte und jeder Augenblick ihm versicherte, daß der Alptraum vorbei war. Er lebte. Und Berna lebte auch. Er war kein Mörder und mußte nicht die Spuren seiner Bluttat verwischen. Es war alles vorbei.

Er verspürte ein Rumoren im Magen und ging im Laufschritt ins Bad. Die Zweiunddreißigerpackung Toilettenpapier lag vor der Waschmaschine. Er hob sie auf, drehte und wendete sie. *Daraus kannst du dir einen Beistelltisch basteln... Du brauchst doch einen...* Noch im Halbschlaf, schossen ihm Fragen durch den Kopf. *Den Schalldämpfer haben sie also verschwinden lassen. Na gut. Aber wenn die Waffe der Organisation gehört, warum haben sie dann das Gutachten gefälscht? Zurückspulen. Was hat Metin von der Terrorbekämpfung in der Nacht, in der Betül ermordet wurde, am Tatort gemacht?* Und die brennende Frage: *Warum läßt Metin Informationen durchsickern? Gibt es zwischen ihnen etwa interne Konflikte?*

Während er die Packung aufriß, fiel es ihm wie Schuppen von den Augen. Er mußte Gökhan und Aykut finden, außerdem Muhsin. Ansonsten könnte es noch mehr Tote geben. *Ein richtiger Türke kann am besten denken, wenn er Klopapier aufreißt...*

Am nächsten Morgen marschierte er mit ungeduldigem und cholerischen Stechschritt durch das Büro. Er war wütend auf das

Phantom, das sich in aller Herrgottsfrühe Harun geschnappt hatte und mit ihm verschwunden war. Sie wollten den Schlag ausführen, bei dem sie Muhsin verhaften konnten, allerdings ohne Bescheid zu sagen, wohin sie gingen.

»Bin ich hier der Oberesel, oder was?«, regte er sich auf. »Kommen die Herren denn nicht auf die Idee, nach meiner Meinung zu fragen? Was denken die sich eigentlich, loszufahren, ohne mir vorher Bescheid zu geben?« Dem Geier und Eda begann er bereits den Tag zu verderben. »Und ihre Telefone sind natürlich ausgeschaltet. Wer weiß, wo sie sich rumtreiben.«

Schließlich rang sich der Geier, der Behzat Ç mit den Augen verfolgte wie einen Pingpongball beim Tischtennisspiel, die Bemerkung ab: »Tja, wir sind älter geworden. Wenn es um Action geht, lassen die jungen Leute uns links liegen.«

»Red doch nicht so'n Quatsch, verdammt nochmal.«

Um das Thema zu wechseln und deeskalierend einzuwirken, sagte Eda: »Ich kann euch sagen, warum Betül Muhsin in die Bar bestellt hat. Um Unterstützung zu bekommen.«

»Gegen wen?«

»Das werden wir erfahren, wenn sie Muhsin herbringen.«

»Falls sie lebendig hier eintreffen.«

Von der Zentrale wurde ein Verletzter gemeldet. Der Geier nahm sein Funkgerät und verließ den Raum. Behzat Ç griff zum schrillenden Telefon.

»Wo steckst du?«

Das Phantom sprach mit gedämpfter Stimme: »Wir haben Muhsin gefunden, aber es sieht so aus, als ob wir ihn nicht verhaften können.«

»Ist Harun denn nicht bei dir? Brecht die Wohnung auf und schnappt ihn euch!«

»Es ist alles ganz anders, als du denkst.«

»Ja, wie denn? Wo steckst du überhaupt? Gib gefälligst deine genaue Position durch!«

»Irgendwo in Kızılcahamam… Hey! Heyyy! Was soll das?«

Der Telefonhörer fiel ihm aus der Hand, man hörte ihn irgendwo gegenprallen.

»Hallo? Hallo?«

Inmitten des Geschreis erkannte er Haruns kräftige Stimme, die »Auseinander! Loslassen!« schrie. Das Handgemenge dauerte rund dreißig Sekunden. Dann nahm jemand den Hörer auf; es handelte sich vermutlich um eine Telefonzelle. Er hatte eine piepsige Kinderstimme.

»Bist du dieser verhurte Hauptkommissar?«

»Wer bist du, Bursche?«

»Nenn mich nicht Bursche! Ich fick deine Vorfahren, deinen erweiterten Verwandtenkreis...«

Behzat Ç drehte durch. Er wehrte sich mit ein paar kurzen Kraftausdrücken, die aber gegen den Inhaber der Piepsstimme nicht ankamen, da er sich mittels verblüffend origineller Flüche in Trance zu schreien schien. Als der Mann zu Ende geflucht hatte, holte er tief Luft.

»So, und jetzt frag mich nochmal, wer ich bin«, sagte er. »Weißt du, wer ich bin? Ich bin der Mann, der dich in fünf Minuten fertigmachen kann.«

»Ach ja?«

»Na, dann schau mal auf die Uhr. Du wirst schon sehen.«

Er knallte den Hörer auf die Gabel. Behzat Ç spürte vor Zorn den Puls an seinen Schläfen pochen. Dabei glitt sein Blick unwillkürlich zur Uhr an der Wand. Nach genau fünf Minuten wurde seine Bürotür aufgerissen. Der stellvertretende Polizeipräsident, den er das letzte Mal anläßlich des Mordes im Lehrerzimmer der Schule gesehen hatte, baute sich mit zornesrotem Gesicht vor ihm auf.

»Was bildest du dir eigentlich ein?«

»Was soll ich denn gemacht haben?«

»Da fragt der auch noch. Als wenn deine Leute nicht Muhsin Süvari observiert hätten!«

»Doch, haben sie. Im Rahmen unserer Ermittlungen. Er ist eine Schlüsselperson.«

»Genau deshalb hat ihn der Geheimdienst festgenommen. Und du versuchst, dem Geheimdienst die Leute aus den Fingern zu reißen!«

»Woher soll ich denn wissen, daß der Geheimdienst ihn festgenommen hat?«

»Laß das! Wenn es euch in den Kram paßt, wißt ihr alles. Wir waren gerade dabei, wieder ein kollegiales Vertrauensverhältnis zu denen aufzubauen. Und jetzt guck dir das Apfelmus an, das du verzapft hast! Ich werd dich dafür zur Rechenschaft ziehen. Die Kripo mit ihren beschissenen Windeln führt einen Schlag gegen den Geheimdienst durch! Wer bist du überhaupt? Wer bist du, Behzat Ç? Was denkst du, wer du bist!?!«

Behzat Ç ballte die Fäuste, bis seine Hände taub wurden und er eigentlich jede Flüssigkeit aus ihnen gewrungen haben müßte. So war es wohl, wenn man älter und reifer wurde. Der Hauptmann, dem er sämtliche Zähne ausgeschlagen hatte, hatte ihn längst nicht so angeschrien. Der stellvertretende Polizeipräsident hatte die ganze Mordkommission zusammengebrüllt und das Zimmer verlassen. Tahsin trat ein.

»Sag jetzt bloß nichts.«

»Ist ja gut«, sagte Tahsin. »Geh nach Hause. Nimm zwei Wochen Urlaub. Laß dich hier nicht blicken. Ich regel das.«

»Ruf erstmal jemanden an, der unsere Jungs aus den Klauen dieser Leute befreit.«

»Schon erledigt. Die Jungs sitzen bei mir.«

Nachdem Tahsin gegangen war, setzte er sich an seinen Tisch und schaute auf die Uhr. Es waren nicht mehr als zehn Minuten vergangen. Er nahm ein weißes Blatt Papier, griff sich einen Kugelschreiber aus dem Stiftständer und dachte eine Weile nach. Er beugte sich leicht vor, um zu schreiben, doch der Kugelschreiber funktionierte nicht. Er nahm sich einen anderen. Der schrieb auch nicht. Er wühlte hektisch in seinen Taschen. Dann zog er die Schubladen auf und knallte sie wieder zu. Für einen Moment wurde ihm schwarz vor Augen. Dann begann er, die Stifte, den Stiftständer und alles, was ihm in die Hände fiel, gegen die Wand zu werfen. Die Wanduhr fiel zu Boden und zerbrach.

Eda streckte ihren Kopf zur Tür herein und fragte: »Geht es Ihnen gut?«

»Red nicht so'n Quatsch.«

Sie zögerte.

»Na spuck's schon aus. Steh nicht da rum wie ein Ölgötze.«

»Die Jungs haben Aykut hergebracht. Was sollen wir machen?«

»Nichts, verdammt. Die Akte wird geschlossen.«

Er nahm seine Jacke und ging.

23

Elf Tage dämmerte er auf dem Sofa im Wohnzimmer vor sich hin. Das Fieber war von 38,5 °C auf 39 °C gestiegen. Der ständige Schlafmangel hatte sich in einem kolossalen, vegetativen Erschöpfungszustand entladen. Kamber hatte ihm letzte Woche zwei Stangen 216 vorbeigebracht und gestern hatte Gülsün ihm eine Suppe gekocht. Wenn er andere Menschen sehen wollte, schaltete er den Fernseher ein. Das Schlimmste am Kranksein war, daß ihm die 216 nicht richtig schmeckten. Auch wußte er nicht, ob er Urlaub hatte oder vom Dienst suspendiert worden war. Aber im Leben läuft nie alles schief, das Pendel findet immer wieder die Mitte. Letzte Woche hatte er sich mit Berna versöhnt. Endlich hatte seine Tochter ihn verstanden. Wurde auch langsam Zeit dafür. Wenn einen nicht einmal die Nächsten verstehen, wer denn sonst? Du kannst ihnen nicht ewig grollen, kannst sie nicht aus deinem Leben verbannen. Dazu mußt du verdammt mutig und stark sein, vielleicht sogar erbarmungslos. Schließlich strebt Blut zu seinesgleichem.

Als Berna für ihn in der Küche Minze mit Zitronen aufkochte, wollte er ihr sagen: *Was bist du doch für eine talentierte Hausfrau geworden.* Er wollte sogar noch einen melodramatischen Satz hinzufügen wie: *Wär mir doch die Hand abgefallen, die dich schlug.* Er entschied sich dagegen und sagte lediglich: »Ich bin ein sehr grober Mensch.« Den Rest sollte sie auch ohne Worte verstehen. Berna hatte ja auch ihre Fehler eingesehen. *Nenn mir ein einziges Kind in diesem Land, das von seinem Vater nicht geschlagen wurde. Aber seine erwachsene Tochter zu ohrfeigen...* Aber eine Entschuldigung hatte er schon parat: Er hätte sich bestimmt beherrschen können, wären da nicht die Schreckensbilder in seinem Kopf entstanden, als sie sagte: »Ich verzapfe soviel Mist, wie ich will!« *Vor dem stellvertretenden Polizeipräsidenten hattest du dich besser unter Kontrolle. Man weiß nun mal, mit wem man sich anlegen kann. Wenn du Eier in der Hose hast, prügel dich gefälligst mit Kerlen, die stärker sind als du. Während du dir noch Sorgen um ihre Jungfräulichkeit gemacht hast, lag sie schon in der Abtreibungsklinik. Das alles mußt du vergessen, wenn du gesund werden willst.*

Er vergaß es sogleich. Wenn er jetzt anrief, ging Berna nach dem zweiten Klingeln ran. Zweimal war sie ihn besuchen gekommen; was wollte er mehr, das war sein größtes Glück auf Erden. Sie sprachen über alles, sogar über Betüls fragwürdigen Selbstmord. Berna war betroffen. Zum ersten Mal interessierte sie sich für einen Fall, an dem Behzat Ç arbeitete. Sie stellte ihm eine Menge Fragen, las sogar Betüls Abschiedsbrief in Fotokopie und weinte darüber. Sofort erklärte Behzat Ç: »Den haben sie aus ihrer Kladde gerissen und ihr in die Tasche gesteckt. Das ist kein authentischer Abschiedsbrief.«

»Du mußt diesen Fall unbedingt lösen«, hatte Berna gesagt. »Aber vergiß mich dabei nicht.«

Am Achtundzwanzigsten hat sie Geburtstag, das darf ich auf keinen Fall vergessen. Berna war mit ihren Freundinnen auf den Uludağ gefahren, um sich zu erholen. Das hatte sie auch verdient. Am Achtundzwanzigsten würde sie zurückkommen, und zum ersten Mal seit zwölf Jahren würden sie gemeinsam ihren Geburtstag feiern. Er wußte auch schon, was er ihr schenken wollte, mußte dafür aber noch etwas Geld sparen. Ob sein Gehalt schon überwiesen war? *Das Monatsgehalt wird nicht ausreichen. Ich leih mir was von Mutter, sie hat bestimmt Geld. Ich muß einen günstigen finden. Ob sie sich wohl darüber freut? Warum nicht, wenn er gut erhalten ist. Ich muß einen roten finden. Wenn nicht, laß ich ihn einfach umspritzen.* Damit wäre auch das Unglück dieses Tages wettgemacht. Als ob alle guten und schlechten Dinge auf der Welt sich auf diesen Tag konzentrierten: der Tod seines Vaters, seine Scheidung, Bernas Geburtstag.

Seltsamerweise gelang es ihm auch, sich mit Betül auszusöhnen. Falls man sich mit einer Leiche überhaupt aussöhnen konnte. Aber das war ja schließlich sein Geschäft. Es gab Tote, die er überhaupt nicht leiden konnte, weil sie in ihrem Leben alle möglichen Schweinereien gemacht hatten. Leute, bei denen er, wenn es nicht ums Geschäft gegangen wäre, gesagt hätte: *Was gehen die mich an, gut, daß die tot sind.* So eine war Betül zwar nicht, aber ihr Verhältnis zueinander war durchaus angespannt gewesen. Zum ersten Mal las er jetzt ihr Nachtbuch, ohne es durch die berufliche Brille zu betrachten und ohne sich dabei die Frage zu stellen, wer wohl verdächtig sein, wer sie wohl bedroht haben könnte. Er gab ihr sogar recht. Was für eine miese Welt. Sein Lieblingssatz war der: *Ein Ballon, der einem Kind aus der Hand gleitet und davonfliegt: Der traurigste Moment, der sich fotografisch dokumentieren ließe.* Ja, das hatte sie schön geschrieben, das konnte jeder verstehen, sowas hatte jeder mal erlebt.

Es klingelte viermal hintereinander in kurzen Abständen. Er versteckte seine Waffe hinter dem Rücken und schaute durch den Türspion. *Wo kommst du denn her, du Verrückte*? Er freute sich. Es war schon so lange her, daß er einen Menschen gesehen hatte, er war der Selbstgespräche müde geworden.

»Gute Besserung«, sagte Şule und stürmte in die Wohnung. »Du wolltest ja nicht auf mich hören. Ich hab dir Lindenblütentee mitgebracht, wo geht es denn zur Küche? Was hast du da hinterm Rücken? Zeig mal...«

Er trat zwei Schritte zurück und Şule rannte in kreisförmigen Bahnen um ihn herum.

»Du bist aber fies. Wolltest du auf mich schießen? Und ich dachte, du wolltest mir Blumen schenken.«

»Woher hast du überhaupt meine Adresse?«

»Von deiner Mutter.«

»Von meiner Mutter? Wie hast du die denn gefunden?«

»Jetzt stell doch nicht andauernd solche Fragen. Es gibt auch demokratische Wege der Informationsbeschaffung.«

Şule hatte die Küche gefunden.

»Wie macht man den Herd an? Hast du Hunger? Wenn du willst, koch ich dir eine Suppe, die kannst du dir abends heißmachen. Oh! Du hast ja schon Suppe im Kühlschrank. Wer hat die gemacht? Die Frau des Hausmeisters? Wir haben uns gerade kennengelernt, sie ist ganz schön genervt vom ewigen Treppenputzen, eine ziemlich melancholische Frau, sie heißt Gülsün, aber die Leute sagen wohl andauernd Gülsüm zu ihr.«

Behzat Ç kam in die Küche und sagte: »Hol mal kurz Luft. Laß mich auch mal was sagen.«

»Gut.«

»Wie hast du meine Mutter gefunden?«

»Über Google.«

»Über Google?«

»Wenn man bei Google deinen Namen eingibt, kommt die Seite von einem Fußballverein, wo du Mitglied bist. Club Cebeci, ist wohl ein kleiner Stadtteilverein. Da dachte ich mir, wieso sollte jemand Mitglied in so einem Verein sein, wenn er nicht aus diesem Stadtteil kommt. Ich bin hingegangen. Die hatten zwar nicht deine Nummer, aber die älteren Männer im Vereinslokal wußten zumindest, wer du bist. Vor deinen Freistößen sei damals jeder in Deckung gegangen. Du seist Innenverteidiger gewesen, der auch mal hart rangehen konnte. Einer von den Skatspielern meinte, du wärst eine treulose Tomate und würdest gar nicht mehr vorbeikommen. Die Mannschaft steht wohl vor dem Abstieg in die zweite Amateurliga. Er wußte jedenfalls, wo ihr früher gewohnt habt, und daß dein Vater an einem Herzinfarkt gestorben ist. Herzliches Beileid. Ich bin zu eurem Haus gegangen, es ist eigentlich sehr schön, nur ein klein wenig baufällig, aber durchaus mit eigenem Charakter. Ein typisches Beamtenhaus. Deine Mutter hat gefüllte Zucchini gemacht, geh sie doch mal besuchen. Die arme Frau ist ganz einsam, sie braucht jemanden zum Reden. Ab und zu anrufen reicht nicht. Übrigens fand deine Mutter mich sehr sympathisch, ich glaube, sie wollte mich sogar kurz mit dir verkuppeln, jedenfalls hat sie nach meinem Alter gefragt, aber dann war ich ihr wohl zu jung, du solltest dir das sowieso aus dem Kopf schlagen, ich bin wirklich viel zu jung für dich. Ich bin ja gerade mal so alt wie deine Tochter. Wie geht es Berna eigentlich? Wie gefällt es ihr am Uludağ?«

Der Duft der aufgekochten Lindenblüten breitete sich in der Küche aus und zog mit ihnen zusammen ins Wohnzimmer. Er legte sich auf das Sofa und nahm einen Schluck. Das tat gut. Wirklich gut. Şule reichte ihm eine Tablette und sagte: »Nimm die mal dazu.«

»Ich hab schon Aspirin genommen.«

»Macht nichts, nimm die. Ist wunderbar gegen Erkältung.«

»Sowas nehm ich nicht.«

»Wieso?«

»Ich hab schon Aspirin genommen.«

»Aber Aspirin hilft doch nicht. Nimmst du denn gar keine andere Medizin?«

»Niemals.«

»Du störrischer alter Knacker.«

Şule setzte sich in den Relaxsessel und lehnte sich zurück.

»Aber Bequemlichkeit schreibst du groß, wie ich sehe«, sagte sie. »Was ist das? Führst du Tagebuch?« Sie nahm die Kladde in die Hand und blätterte darin. »Nachtbuch ist aber ein hübscher Name. Ist das privat? Hast du das geschrieben?«

»Nein.«

Şule las die erste Seite. *Dies ist nicht unser Land, sondern das derjenigen, die uns umbringen wollen. T. Ö.* »Ach, das ist doch von… na?« Behzat Ç richtete sich auf.

»Von wem?«

»Warum gleich so aufgeregt? Von Tezer Özlü. T.Ö. ist ihre Abkürzung.«

»Wer ist das?«

»Eine sehr traurige Schriftstellerin. Sie ist jung gestorben. Ich hab alle Bücher von ihr gelesen. Es ist wirklich sehr ergreifend, was sie schreibt. Dieser Satz hier stammt vermutlich aus einem Brief an Leyla Erbil. Ach, sicher. Am 1. Mai 1977 waren Tezer Özlü und Leyla Erbil gemeinsam auf der Demonstration am Taksim und sahen, wie die Sicherheitskräfte in die Menge hineinfeuerten. Das Massaker ging später als Blutsonntag in die Geschichte ein. Am nächsten Morgen sagte Tezer Özlü zu Leyla Erbil diesen Satz. Damals war ich natürlich noch Orangensaft im Bauch meines Vaters. Ich weiß nicht viel über diese Zeit, aber es sollen wohl mehr als 500.000 Teilnehmer auf der Demonstration gewesen sein. Ich interessiere mich nicht für Politik, ich bin ein Kind der ›Generation Özal‹. Als ich klein war, hieß es immer, jetzt ist Özal an die Macht gekommen, die Zeit der Junta ist vorbei und alle Haushalte bekommen Telefonanschlüsse. Und Linke finde ich sowieso heuchlerisch.«

»Warum?«

»Sie vergessen schnell, was sie mal gesagt haben. Leyla Erbil sagt, an der Maidemonstration 1977 haben über 500.000 Menschen teilgenommen, aber als es nach dem Militärputsch von 1980 zum Referendum über die neue Verfassung kam, stimmten nur 275.000 Menschen gegen den Verfassungsentwurf der Junta. Wo sind all diese Menschen geblieben? Ich meine jetzt nicht all die, die erschossen oder aufgehängt wurden, sondern die Überlebenden. Die Altlinken sind noch konservativer als die Islamisten, alles Verrückte ist ihnen fremd. Sie reden ständig von Gleichheit. Wenn alle Menschen gleich wären, was wäre dann noch das Besondere an mir? Du bist natürlich Staatsbeamter, du darfst dich über sowas nicht äußern.«

Behzat Ç gähnte.

»Hab ich dich müde gemacht? Das wollte ich nicht. Haben sie dich eigentlich nur suspendiert oder ganz rausgejagt?«

»Weder noch. Ich habe Urlaub genommen.«

»Bis wann?«

»Noch vier Tage.«

»Wann holst du mich morgen ab?«

»Was?«

»Gehen wir nicht zum Spiel?«

»Welches Spiel?«

»Was bist du denn für ein treuloser Fan? Morgen spielt doch Gençlerbirliği. Du hast sicher noch deine Dauerkarte, darauf kannst du mich doch mitnehmen.«

Behzat Ç mußte lächeln.

»Also gut«, sagte er. »Wenn es um die Gençler geht, kommt es auf jeden Fan an. Steter Tropfen füllt das Stadium.«

»Deswegen will ich ja auch mitkommen. Ich würde nie eine Mannschaft unterstützen, die alle gut finden. Ich möchte was Besonderes sein. Fußball ist sowieso total hirnlos: vierundvierzig Männer, die hinter zwei Bällen herlaufen.«

»Wie? Eigentlich sind es zweiundzwanzig Männer und ein Ball.«

»Ich hab erst ein Fußballspiel gesehen. Wir waren bei einem Freund zu Besuch und seine Antenne war kaputt, da hat der Bildschirm alles doppelt gezeigt.«

Die Wände bogen sich vor Schwermut. Es war lange her, daß Behzat Ç in diesem Wohnzimmer aus vollem Halse gelacht hatte.

Am nächsten Tag schlenderte er mit Harun über den Gebrauchtwagenmarkt im Industriegebiet. Nach langer Suche fanden sie endlich einen Käfer, der dazu noch rot war; genau die Farbe, die er brauchte. Harun, der sich mit Autos auskannte, inspizierte den Wagen und sagte: »Aber Herr Vorgesetzter, was willst du denn mit einem Käfer? Komm, wir holen dir einen günstigen Şahin. Alle Kollegen fahren den. Für einen Käfer findest du doch im ganzen Land keine Ersatzteile.«

»Mach dir darüber keinen Kopf«, sagte er. »Kümmer dich nur darum, ob der Wagen gut erhalten ist oder nicht. Für ein Verkaufsgespräch hab ich dich nicht herbestellt.«

Sie erkundigten sich nach dem Inhaber des Käfer und erhielten von den umstehenden Verkäufern die Auskunft, daß er bald zurücksein müsse.

»Die sind robust, muß man aber gut pflegen«, sagte Harun, während er auf die Kühlerhaube schlug. »Der überschlägt sich nicht so leicht. Guck dir die Karosserie an. Eher eine Schildkröte als ein Käfer. Es gab mal 'ne Werbung: Wer es schafft, einen Käfer zum Überschlag zu bringen, kriegt einen neuen geschenkt. Das sind echte Winterwagen, die halten was aus.«

Ein junger Mann kam zu ihnen und sagte: »Das stimmt, der ist mit Ölkühlung.«

»Ist das dein Auto?«

»Das ist kein Auto, das ist Engin. Sie müssen ihn beim Namen nennen, sonst ist er beleidigt.«

»Hast du dem Wagen einen Namen gegeben?«

»Einem Käfer gibt man immer einen Namen. Das gehört sich so.«

»Gut. Wieviel willst du für deinen Engin haben?«

»Tja, das ist nicht so einfach. Ich muß ihn verkaufen, weil ich das Geld brauche. So schön es ist, einen Käfer zu kaufen, so schlimm ist es, ihn zu verkaufen. Der frißt wenig. Kommt ganz mit seinem Charisma aus.«

Mit Nachdruck in der Stimme fragte Behzat Ç: »Wieviel willst du, Junge?«

»Viertausend.«

»Vier Milliarden?«

»Ja. Viertausend Neue Türkische Lira.«

Behzat Ç schaute zu Harun. Der hob den Kopf, was so viel heißen sollte wie ›überteuert‹.

»Das ist nicht viel«, sagte der junge Mann. »Das ist eben der Marktpreis. Schauen Sie sich mal den Motor an. Dann fahren wir ein bißchen mit ihm rum und Sie können sich immer noch entscheiden.«

Behzat Ç wollte zur Kühlerhaube des Wagens gehen, doch der Verkäufer sagte: »Kommen Sie her. Bei denen ist der Motor hinten.« Er gestikulierte wild und belehrte seine Interessenten. »Sie wollen also einen Käfer kaufen, haben aber anscheinend keine Ahnung von diesen Autos. Wenn Sie ihn wirklich haben wollen, müssen wir uns mal unterhalten. Es gibt bestimmte Regeln für Käferfahrer. Wenn man anderen Käfern begegnet, muß man mit Lichthupe grüßen und so weiter.«

»Soviel weiß ich selbst«, sagte Behzat Ç. Sie öffneten die Motorhaube und begutachteten den Motor, als plötzlich das Phantom neben ihnen stand.

»Oho, ihr kauft ein Auto«, sagte er. »Für wen?«

»Für unseren Vorgesetzten, er hat die Schnauze voll von seinem Dienstwagen.«

»Red nicht so'n Quatsch.«

Das Phantom gab dem Verkäufer, der sich gerade über den Motor gebeugt hatte, einen freundlichen Klaps in den Nacken und sagte: »Alles klar, Samet? Verkaufst du dein Auto?«

»Ja, ich muß leider.«

»Ihr kennt euch?«

»Natürlich«, sagte das Phantom. »Sami ist ein Junge aus unserer Nachbarschaft.«

»Dein Nachbar will von uns aber viertausend haben.«

Das Phantom verzog das Gesicht und sagte: »Ach was. Schaut euch den Wagen an. Wenn er euch gefällt, geben wir ihn für dreifünf her. Nicht wahr, Samet?«

Samet war das unangenehm.

»Für dreifünf kann ich ihn leider nicht hergeben. Wenn die Herren deine Freunde sind, möchte ich ihn natürlich an sie geben. Aber unter dreitausendsechshundertfünfzig kann ich es nicht machen.«

»Wieso nicht?«, fragte Harun. »Wie bemißt du diesen Preis?«

»Ich habe Kreditkartenschulden. Ich muß dringend dreitausendsechshundertfünfzig zahlen, sonst hab ich den Gerichtsvollzieher am Hals.«

Alle drei Beamten stießen gleichzeitig ein verständnisvolles »Ach so« aus. Behzat Ç ließ sich Samets Telefonnummer geben und sagte: »Ich ruf dich in ein paar Tagen an. Verkauf ihn unterdessen an niemand anderen.«

Sie verabschiedeten sich von Käfer und Verkäufer. Das Phantom hakte sich bei den anderen beiden Polizisten ein.

»Hört mal«, sagte er. »Zur Zeit ist nicht die Rede davon, daß wir suspendiert werden sollen. Aber ohne eine Disziplinarstrafe kommen wir wohl nicht davon. Die Geschichte mit Özcan werden sie nach Bedarf gegen uns verwenden.«

»Ich versteh das nicht«, sagte Harun. »Warum lassen sie uns nicht in Ruhe arbeiten?«

»Weil sie irgendwie in diese Sache verstrickt sind. Der Fall gehört nicht ihnen, und jetzt wollen sie uns die Botschaft übermitteln, wir sollen einen Teil davon aufklären und uns um den Rest nicht kümmern. Vielleicht ist es auch wegen Betüls Vater. Er ist jemand, der etwas zu sagen hat. Ihm zuliebe wollen sie die Akte nicht so schnell schließen.«

»Am Ende sind jedenfalls wir die Gearschten.«

»Das liegt in der Natur der Sache«, gab Behzat Ç zurück. »Sie wissen, daß sie das mit uns machen können. Ein paar Polizisten vom Dienst suspendieren, einen Staatsanwalt feuern lassen, das war's. Was ist eigentlich mit Muhsin?«

»Muhsin haben sie in ihre geheime Zentrale in Kızılcahamam gebracht. Wir waren die letzten, die ihn gesehen haben. Sie werden ihn wohl ziemlich hart rangenommen haben. Was danach passiert ist, weiß ich nicht. Jedenfalls hat seine Familie im Vermißtenbüro eine Anzeige aufgegeben. Die Leute, die uns angriffen, hatten bis auf ihren Befehlshaber keine offiziellen Dienstausweise. Das waren Leiharbeiter. Manche von ihnen waren früher beim Geheimdienst der Gendarmerie, andere einfach nur Berufskiller.«

Der Frost schlug auf der Haupttribüne des Fußballstadions unerbittlich zu. Der Wind wehte den ausnahmslos stehenden Zuschauern Schnee ins Gesicht. Behzat Ç versuchte, die Mannschaftsaufstellung und Taktikwechsel während des Spielverlaufs zu analysieren. Şule hüpfte auf und ab. Sie beobachtete kaum den Ball, sondern schaute entweder zum Linienrichter oder zum Torwart der gegnerischen Mannschaft, der unbeschäftigt in seinem Tor wartete. Als die Gençler ein Tor einstecken mußten, hielt sie sich an die Mehrheit im Stadion und klatschte, bis sie die Blicke der Umstehenden bemerkte. »Ach, war das für die anderen?«, sagte sie bekümmert. Als das Spiel weiterging, hörte man jemanden brüllen:

»Haaaaayyyydi Gençler!« Diesen Slogan aus den Siebzigern, der nichts anderes bedeutete als »Los, Jungs!«, wurde von den Anhängern so kräftig wiederholt, als müßte jeder gleich für zwei weitere mit schreien. Von den Tribünen der gegnerischen Mannschaft waren Pfiffe und Buh-Rufe zu hören.

»Wen buhen die aus?«, fragte Şule.

»Uns.«

»Warum?«

Behzat Ç machte eine Geste, als wüßte er es auch nicht so genau. Während der Halbzeit holte er am Kiosk zwei Becher Beuteltee. Şule umklammerte den heißen Tee mit beiden Händen und trank ihn in Spatzenschlucken.

»Ist dir kalt?«

»Und wie.«

Behzat Ç hatte seine Krankheit vergessen. Als die Gençler gleich zu Beginn der zweiten Halbzeit den Ausgleich erzielten, spürte er Kopfweh und Fieber nicht mehr.

»Ab jetzt wird es ein schönes Spiel«, sagte er.

»Wieso?«

»Weil die Gençler sich nie mit einem Tabellenpunkt zufriedengeben.«

Er sollte recht behalten. Als Galatasaray sich ins Zeug legte, um ein zweites Tor zu erzielen, kam es zu einem heftigen Kampf. Mehmet Çakır drang von rechts in den gegnerischen Strafraum ein und schoß das zweite Tor für die Gençler. Auf der Haupttribüne ging es zu wie nach einem Feiertagsgebet vor der Moschee; alle nahmen einander in die Arme und vereinten sich zu einem Freudenknäuel.

»Tschak-tschak-tschak-Çakır…«

»Was heißt das?«

»Das muß man rufen, wenn Mehmet Çakır ein Tor schießt.«

Kurz vor Ende des Spiels ertönten von den gegnerischen Tribünen Rufe nach einem Rücktritt der Leitung. In der Aufregung ihres ersten Fußballspiels hatte Şule es geschafft, binnen neunzig Minuten einhundertachtzig Fragen zu stellen. Auch diese ließ sie nicht aus: »Warum rufen sie, daß die Leitung zurücktreten soll?«

»Weil sie es immer noch als Skandal auffassen, gegen die Gençler zu verlieren. Dabei müssen sie sich langsam daran gewöhnen.«

Sie verließen lachend und ausgelassen das Stadion. Am Ausgang nach Rüzgarlı hakte Şule sich bei Behzat Ç unter und zog ihn mit sich: »Komm!«

»Wohin?«

»Laß uns zum Burgviertel hochsteigen.«

»Bist du verrückt, bei dem Wetter?«

»Was ist mit dem Wetter? Wir haben uns ja auch das Spiel angeschaut. Ich bin hungrig, wir können Mantı essen gehen.«

Behzat Ç murmelte: »Das kommt davon, wenn man mit einer Verrückten unterwegs ist. Viel Spaß.« Auf den verwinkelten Gassen des steil ansteigenden Burgviertels rutschten sie mehrmals aus und fragten sich an jeder unbeleuchteten Weggabelung, ob sie nach links oder rechts gehen sollten.

»Weißt du denn überhaupt, wo wir hin müssen?«, fragte Behzat Ç.

»Ziemlich gut sogar. Ich wollte dir nur die Straßen zeigen. Bist du müde?«

Sie betraten einen kleinen Laden, an dessen Glasscheibe zu lesen war, daß hier hausgemachte, mit Hackfleisch gefüllte Teigtaschen in Joghurtsauce angeboten wurden, und stiegen eine steile Treppe empor.

»Hier ist es«, sagte Şule.

Sie fanden einen Platz am Fenster. Ganz Ankara lag unter ihnen und funkelte mit seinen Lichtern wie eine brennende Feuerwerkskörperfabrik.

Şule sagte: »Es heißt immer, Ankara sei so grau, aber schau dir die bunten Farben an.«

»Ja, es ist eine bunte Stadt. In der dieses Jahr bestimmt einhundert Morde begangen werden, wenn nicht sogar mehr.«

»Darüber müßtest du dich doch freuen. Würden die Leute sich nicht gegenseitig umbringen, wärst du arbeitslos und würdest vor Langeweile eingehen.«

»Ich fände es besser, wenn sie ein ordentliches Überwachungssystem einrichten würden, so daß man sehen kann, wer wen umbringt. Vielleicht gäbe es dann weniger Morde.«

»Und du dürftest vor den Monitoren sitzen und den ganzen Tag die Nation bespannen.«

Behzat Ç überlegte einen Moment.

»Du hast recht. Das ist nicht unsere Aufgabe«, sagte er. »Wir laufen nur den Mördern und Psychopathen hinterher, und wenn wir gerade einen geschnappt haben, wird schon der nächste Mord begangen.«

»Du bist wie Sysiphos.«

»Was ist das?«

»Eine Figur der Mythologie. Ihm wird von den Göttern die Strafe auferlegt, einen Felsbrocken einen Berg hinaufzurollen. Wenn er ganz oben angekommen ist, rollt der Felsbrocken wieder hinunter. Sysiphos muß also wieder vom Berg heruntersteigen und den Felsbrocken aufs neue hinaufrollen. Das geht so bis in alle Ewigkeit. Er ist im Grunde eine absurde Figur. Wie du.«

»So bin ich nicht. Es wird nicht bis in alle Ewigkeit so weitergehen. Ich gehe bald in den Ruhestand.«

Der Betreiber des Lokals kam an ihren Tisch, legte Besteck hin und nahm die Bestellungen auf.

»Was willst du machen, wenn du in Rente bist?«

»Weiß nicht. Vielleicht werde ich Fußballtrainer. Dann würde ich auch Berna zu mir holen. Die ist ganz schön frustriert von ihrer Mutter.«

»Deine erwachsene Tochter? Warum sollte sie denn bei dir wohnen wollen?«

»Laß dich von ihrem Alter nicht täuschen. Sie ist noch ein Kind. Wir haben uns übrigens wieder versöhnt.«

»Wie habt ihr euch versöhnt?«

»Weiß nicht. Einfach so, ganz plötzlich. Es wurde auch langsam Zeit.«

»Sei vorsichtig. In diesem Alter ändern sich Frauen nicht von heute auf morgen. Erst recht nicht solche, die noch Kinder sind.«

Er mußte an Bernas Worte denken. Er erinnerte sich daran, wie an jenem unglücklichen Sonntag, an dem er sich mit allen verstritten hatte, Berna aufrecht vor ihm gestanden und ihn mit vom Weinen geschwollenen Augen angestarrt hatte. »Das wirst du mir büßen. Ich werde dich alles büßen lassen«, hatte sie gesagt. »In einem Augenblick, wo du es am wenigsten erwartest, werde ich dir so eine Ohrfeige verpassen, daß du verstehst, was es heißt, mich nicht ernstzunehmen.« Ach was, wer wollte sich jetzt noch an ihre Worte erinnern. Die hatte sie im Eifer des Gefechts doch nur so dahergesagt. Das Thema war abgehakt. Sie waren jetzt versöhnt. Diese Şule war ein netter Mensch, aber manchmal sagte sie derart unpassendes Zeug, daß sie Behzat Ç die ganze Laune verderben konnte. So sind die jungen Leute nun mal. Ihre Nasenspitze war von der Kälte leicht gerötet, ihr Pony klebte ihr auf der Stirn, ihre Lippen glühten und ihre Augen leuchteten samtig. Behzat Ç schaute sie ausgiebig an, um die Jugend und Schönheit zu ihrem Recht kommen zu lassen, die längst aus seinem Leben gewichen waren.

»Hey, starr mich nicht so an! Bist du notgeil geworden?«

»Wie kommst du denn darauf? Erzähl mal was von dir. Was willst du machen, wenn du die Universität abgeschlossen hast?«

»Ich werde reden. Etwas anderes kann man mit einem Abschluß in Philosophie nicht machen.«

»Was macht dein Vater?«

»Wie kommst du auf diese blödsinnigen Mittelschulfragen? Er macht irgend etwas, um unseren Lebensunterhalt zu erwirtschaften.«

»Ihr versteht euch wohl nicht so gut.«

»Nein«, brüllte Şule so wütend, daß alle zu ihrem Tisch herüberschauten. »Ich hasse meinen Vater. Und wenn man seinen Vater haßt, dann geht einem ziemlich schnell die ganze Welt an der Möse vorbei.« Sie schlug so heftig auf den Tisch, daß die Gläser klirrten.

»Etwas leiser bitte. Ist ja gut, ich hab verstanden.«

»Seit ich denken kann, überlege ich, wie ich meinen Vater am besten umbringen könnte. Das ist auch der Grund, warum ich mich mit dir angefreundet habe. Wenn ich ihn umbringe, läßt du mich laufen, nicht wahr? Du wirst mir doch diesen Gefallen tun? Wir beseitigen zusammen die Spuren.«

»Jetzt übertreib mal nicht. Ich hab dich schon verstanden.«

Die Mantı kamen. Sie machten sich mit Heißhunger über sie her. Als Behzat Ç seinen Teller leergegessen hatte, staunte er über seinen rekordverdächtigen Appetit. Er zündete sich eine 216 an und blies den Rauch zur Skyline von Ankara.

»Laß uns Wein trinken«, sagte Şule. »Weiter unten gibt es eine schöne, alte Weinstube.«

»Ein anderes Mal. Ich muß nach Hause, arbeiten.«

»Warum mußt du denn arbeiten, ich dachte, du hättest Urlaub?«

»Ich habe Zwangsurlaub bekommen. Aber für uns hört die Arbeit nie auf.«

Şule strich Behzat Ç durch das graumelierte Haar.

»Warum bist du Bulle geworden?«

Er gab keine Antwort. Es tat ihm auf eine seltsame Weise gut, wie diese Hand durch sein Haar strich, und es störte ihn, daß es ihm guttat.

»Ich hab dich was gefragt. Warum du Bulle geworden bist. Das ist immerhin eine intelligentere Frage als ›Was macht dein Vater‹. In Filmen ist es ja oft so, daß jemand, den der Held sehr liebt, ermordet wird. Deswegen wird er Detektiv, um sämtliche Mörder zu stellen. Das erfahren wir natürlich erst später in Rückblenden, damit die Figur an Tiefe gewinnt. Ist es bei dir auch so? Bist du deswegen Bulle geworden?«

»Nein, ich bin Bulle geworden, weil mir die Soldatenlaufbahn verwehrt war.«

»Was? Entweder Soldat oder Polizist? Gab es für dich gar keine andere Wahl?«

»So ist das in unserer Familie. Wir sind dazu geschaffen, die Interessen der herrschenden Klasse zu schützen.«

»Der Satz ist aber nicht von dir. Da hat gerade ein anderer aus dir gesprochen.«

»Stimmt... Das hat mal jemand zu mir gesagt. Vor langer Zeit.«

Şule zog ihre Hand zurück und lehnte sich in ihrem Stuhl nach hinten.

»Bahar?«

»Woher weißt du von ihr? Sag jetzt bitte nicht, das hättest du über Google herausgefunden.«

»Nein, das hat deine Mutter erzählt. Sie hätte dich verlassen, weil du Polizist geworden bist.«

»Verlassen würde ich nicht sagen. Es war unsere gemeinsame Entscheidung.«

»Hast du sie sehr geliebt?«

»Keine Ahnung. Ich glaube, ich weiß nicht, wie man liebt. Alle, die ich bisher geliebt habe, sind meine Feinde geworden. Laß uns aufstehen...«

24

Seit langem hatte er seinen Computer nicht mehr benutzt. Er sprach ein »Bismillah« und drückte den Startknopf. Er klickte den Explorer an und wählte sich per Modem ins Internet ein. Letztes Jahr hatte er Edas Vorschlag, ihm einen DSL-Zugang einzurichten, abgelehnt. Er gab den Namen der Organisation bei Google ein und erhielt 192.400 Ergebnisse. In der virtuellen Welt hatten sie schon die Macht übernommen. Nach den ersten fünf Seiten wurde er des Scrollens müde. »So finde ich das nie«, sagte er sich und rief Şule auf ihrem Mobiltelefon an.

»Hallo, wie geht es dir?«

Ihre Stimme klang verschlafen: »Weit unter dem Saisondurchschnitt.«

»Hab ich dich geweckt?«

»Um diese Zeit anzurufen ist fast schon kriminell.«

»Tut mir leid.«

»Wenn uns jemand zuhört, denkt er noch, wir hätten was.«

»Red nicht so'n Quatsch.«

»Gut.«

Zack. Şule hatte aufgelegt. Er rief sie erneut an.

»Entschuldige bitte. Ich suche etwas bei Google, kann es aber nicht finden.«

»Wundert mich nicht.«

»Mach dich nicht lustig über mich. Ich suche Nachrichten über einen Schußwechsel vor fünf Jahren. Ich habe den Namen der involvierten Organisation eingegeben, aber nichts gefunden.«

»Ich dachte, du bist bei der Mordkommission? Was interessieren dich solche Sachen?«

»Der Vorfall hat etwas mit unserer Arbeit zu tun.«

»Wo fand der Schußwechsel statt?«

»In Bahçelievler.«

»Okay. Dann schreibst du in Anführungszeichen den Namen der Organisation und in neuen Anführungszeichen ›Schußwechsel in Bahçelievler‹. Wenn das nicht hinhaut, schreib einfach den Organisationsnamen, Bahçelievler und Schußwechsel. Damit kannst du die Suchergebnisse zumindest eingrenzen. Es gibt in der Optionsleiste noch die Möglichkeit, die gesuchten Worte farblich markieren zu lassen.«

»Danke.«

»Keine Ursache.«

Er suchte, wie Şule es ihm erklärt hatte, und wurde fündig. Die Suchergebnisse bestätigten, was der Kriminaltechniker Recep ihm erzählt hatte. Ein Organisationsmitglied wurde »tot aufgegriffen«, ein Polizist durch eine Kugel am Bein verletzt und ins Numune-Krankenhaus eingeliefert. Dort stand allerdings nichts von einem weiteren Organisationsmitglied, das geflohen sein sollte. Er notierte sich den Namen des Polizisten nicht, da es sich um ein bekanntes Gesicht aus dem Amtsbereich Sonderoperationen handelte. Er las sämtliche Zeitungsmeldungen, um vielleicht doch noch auf eine Information über den Geflohenen zu stoßen, doch vergeblich. Alle Zeitungen wiederholten nur die Presseerklärung der Polizei. Entweder war es einfach nicht angebracht gewesen, darin zu schreiben »Wir haben den einen tot aufgegriffen, aber der andere ist uns von der Schippe gesprungen«, oder...

Sein Mobiltelefon klingelte. Auf dem Display stand eine ihm unbekannte Nummer. Er ging ran; es war der Staatsanwalt mit dem stacheligen Schnurrbart. Nach den üblichen Höflichkeiten ging er zum Thema über.

»Ich habe gehört, du kommst morgen aus dem Urlaub zurück.«

»Das stimmt.«

»Die Akte wird nicht geschlossen. Wir werden eine neue ballistische Untersuchung veranlassen.«

»Ich weiß, wem die Waffe gehört.«

»Woher? Wem gehört sie?«

»Vergiß es. Die Sache ist eine Nummer zu groß für uns. Schreib doch einfach, es bestehe kein Zweifel an einem Selbstmord, und stell das Verfahren ein. Dann hast du deine Ruhe, wir haben unsere und die Leute, die das Mädchen von der Terrasse gestoßen haben, haben auch ihre Ruhe.«

Der Staatsanwalt war aufgebracht, seine junge, kräftige Stimme dröhnte in Behzat Çs Ohr. Er fing beim Rechtsstaat an und hörte bei den EU-Harmonisierungsgesetzen auf. Er sprach von Maßnahmen gegen diejenigen, die innerhalb der staatlichen Institutionen halboffizielle Bandenstrukturen eingerichtet hatten, von Grundrechten und dem Verfassungsauftrag der Justiz, von den Grundpfeilern der Republik und so weiter und so fort.

Während er Luft holte, fragte ihn Behzat Ç: »Lebst du eigentlich in einer Traumwelt? Du selbst hast mir gesagt, daß jemand sich gegen eine Obduktion gestemmt hat, daß du die unmißverständliche Botschaft erhalten hast, dich nicht weiter mit der Sache zu befassen. Du hast uns in die Sache reingeritten und jetzt kommen wir nicht mehr raus. Ich bin de facto vom Dienst suspendiert worden, und mit den Beleidigungen, die ich mir anhören mußte, will ich gar nicht erst anfangen. Die Kerle haben den Schalldämpfer aus dem Kriminallabor entwendet, überleg dir das bitte mal. Ich kann dir jetzt gerne die Namen von zwei Leuten nennen, die in diesen Fall verwickelt sind. Es würde mich interessieren, ob du einen Haftbefehl gegen sie erlassen kannst. Sagen wir, du bist verrückt genug und tust es doch – wir werden sie trotzdem nicht verhaften können und du wirst binnen eines Monats deines Amts enthoben. Die Sache ist eine Nummer zu groß für die Mordkommission. Wir kümmern uns lieber wieder um Frauen, die eines Nachts austicken und ihre Ehemänner mit der Axt erschlagen.«

»Das will ich nicht gehört haben«, sagte der Staatsanwalt. »Ich brauche keine Belehrungen von dir. Du bist weisungsgebunden, und zwar an mich und nicht umgekehrt. Wir werden genau das machen, was das Buch hier auf meinem Tisch vorschreibt. Die Sache ist nicht erledigt, bis ich sage, die Akte wird geschlossen.«

»Warum versuchst du, die Sache mir aufzudrücken? Bei der Abteilung Bekämpfung Organisierter Kriminalität gibt es ein paar knallharte Jungs, die können sich darum kümmern.«

»Es gibt niemanden außer dir, der diese Sache machen kann. Ich brauche jemanden, der sich nicht dem Druck seiner Vorgesetzten beugt. Wir werden tun, was zu tun ist, und ich stehe bis zuletzt hinter euch. Niemand kann einen Staatsanwalt dieser Republik einfach so ignorieren. Dafür müßten die schon früher aufstehen.«

Behzat Ç murmelte »Also doch Kindergarten«, und legte auf. Dann nahm er sich die Verbindungsnachweise für die Gespräche vor, die Betül innerhalb des letzten Monats von ihrem Mobiltelefon aus geführt hatte. Am Tag der Tat war sie dreimal von einem Ort namens »Markt an der Burg« angerufen worden. *Irgendwoher kommt mir das bekannt vor.* Es fiel ihm ein, als er sich am Stummel seiner 216 fast die Finger verbrannte. Es war der Laden, in dem sie etwas eingekauft hatten, als er mit Şule im Burgviertel spazieren war.

Behzat Ç wurde auf der Arbeit mit echter Freude empfangen. Seine Laune besserte sich schlagartig. Während seiner Abwesenheit hatte Tahsin es für nötig befunden, sich persönlich in die Ermittlungsarbeit einzumischen und sämtliche Mitarbeiter verprellt.

»Wir sind hier bei der Mordkommission«, sagte der Geier. »Man kann doch keine Anwesenheitslisten führen wie in der Schule. Die Kollegen mit der geringsten Einsatzzeit sind mindestens zwölf Stunden unterwegs. Ich warte bei einem Verletzten, um einschätzen zu können, ob er sterben wird, und er ruft mich zigmal an, wo ich denn bleibe. Was erwartet der denn? Daß ich vor ihm Männchen mache?«

»Den Sexualmord von Keçiören hätte er um ein Haar dem Milchgesicht angehängt«, sagte Harun.

»Wer ist das Milchgesicht?«

»Der Junge, der bei den Aufnahmeprüfungen so gut abgeschnitten hat. Den die alte Frau angeblich gesehen haben will, wie er vom Kohlenschuppen sprang. Nun ist die gute Frau dreiundachtzig und blind wie ein Maulwurf. Klar, wir alle haben Großmütter, und man muß den alten Leuten mit Respekt begegnen. Aber warum willst du den Jungen in die Scheiße reiten? Sie hat sich darauf versteift, ihn gesehen zu haben. Na gut, hab ich mir gesagt, dann schnapp ich mir das Milchgesicht und wir stellen uns alle hinter der Glasscheibe zur Personenidentifikation auf. Soll sie den Täter identifizieren. Sie hat auf mich gezeigt.«

»Ich hab den Vater des ermordeten Mädchens in Verdacht«, sagte Eda.

»Wie meinst du das?«, unterbrach Harun.

»Laß sie doch mal ausreden«, mischte sich Selim ein. Die Atmosphäre kühlte merklich ab.

»Alle mal still«, sagte Behzat Ç und wandte sich an Eda: »Worauf beruht dein Verdacht?«

»Also, der Vater des Kindes hat schon einmal jemanden vergewaltigt. Jedenfalls wird das behauptet. Die Geschädigte war anscheinend ein Straßenkind. Ein Mädchen in der Pubertät. Das Verfahren wurde eröffnet, aber zu keinem Abschluß gebracht.«

»Ohne Zweifel gibt es Väter, die ihre eigenen Töchter vergewaltigen«, sagte Harun. »Aber daß er sie stranguliert und an der Decke aufknüpft, halte ich nicht für realistisch.«

»Ich verstehe«, sagte Behzat Ç und schwieg. Alle Blicke richteten sich auf ihn. »Es könnte sich um einen verspäteten Racheakt handeln. Findet heraus, wer die Geschädigte war und ermittelt in ihrem Umfeld.«

Cevdet brachte Tee für alle und ging wieder hinaus, um Zucker zu holen. »Vergiß nicht die Löffel«, rief ihm Harun hinterher.

Beim Umrühren sagte Behzat Ç: »Kommen wir zum eigentlichen Thema. Cevdet, mach bitte die Tür zu und setz dich.«

Cevdet setzte sich. Behzat Ç genoß wieder volle Aufmerksamkeit.

»Ich habe gestern mit dem Staatsanwalt gesprochen. Er sagt, in der Suizidsache stünde er hinter uns, bis zuletzt.«

»Das sagen sie alle.«

»Das weiß ich. Sie sagen zwar nicht, wir sollen den Fall vergessen, aber lassen uns auch nicht in Ruhe daran arbeiten. Aber wir sind jetzt schon so tief in der Scheiße, wie es überhaupt nur geht. Jetzt gibt es kein Zurück mehr. Die Aufgaben werden neu verteilt. Ich muß unbedingt über jeden Schritt informiert sein, den ihr unternehmt. Wenn ich ›stopp‹ sage, bleibt ihr stehen. Alles, was sich in euren Personalakten niederschlagen kann, übernehmen das Phantom und ich. Wir haben nicht mehr lange. Ihr seid noch jung.«

»Gilt das auch für mich?«, fragte der Geier. »Ich hab kaum noch Haare am Po.«

»Du hast ein anderes Expertisefeld. Deswegen wirst du mit den jungen Leuten zusammenarbeiten. Krall dir Cevdet und klappert die Gynäkologiestationen aller Krankenhäuser ab. Findet heraus, ob Betül sich irgendwo einen Termin für eine Abtreibung geben ließ.« Er zeigte auf Eda und Selim. »Ihr beiden sprecht noch einmal mit sämtlichen Personen, deren Namen wir von der Nacht in der Bar haben. Versucht vor allem zu rekonstruieren, wer sich ab zwölf Uhr wo aufgehalten hat. Und zwar Minute für Minute und punktgenau. Abgesehen davon gehört euch der Sexualmord von Keçiören. Findet heraus, wen der Vater des Kindes damals vergewaltigt hat. Das ist der Punkt, von dem aus sich der Fall aufklären läßt.«

Harun war mit dieser Aufgabenverteilung nicht zufrieden. Es störte ihn, daß Selim und Eda für das gleiche Team eingeteilt waren.

»Und was wird aus mir?«, fragte er.

»Du kommst mit. Wir müssen Gökhan finden. Wo ist eigentlich das Phantom?«

»Er observiert rund um die Uhr Vahap Hoca, bis er uns einen Angriffspunkt liefert.«

»Sehr gut. Er soll an ihm dranbleiben. Und macht schnell, wir haben nicht viel Zeit. In drei Tagen muß der Fall erledigt sein.«

»Warum in drei Tagen?«

»Am Achtundzwanzigsten kommt meine Tochter vom Uludağ zurück. Wir werden zusammen ihren Geburtstag feiern.«

Um auf den vereisten Gassen des Burgviertels nicht auszurutschen, ließ er sich von Harun stützen. Eine Bande Kinder lieferte sich eine Schneeballschlacht. Harun bekam einen Schneeball ab und schrie: »Hört auf damit, Burschen«. Da er dabei jedoch lachte, verstanden es die vergnügten Kinder als eine Aufforderung zum Spiel und bewarfen die beiden mit einem halben Dutzend weiterer Schneebälle. An einer Weggabelung blieben sie stehen: »Links oder rechts?«

»Herr Vorgesetzter, weißt du überhaupt, wo wir hinmüssen?«

»Ja, ich war letztens erst hier.«

Ein ölverschmierter junger Mann schaute unter der offenen Motorhaube eines alten Lieferwagens hervor und fragte: »Suchen Sie jemanden?«

»Kümmer dich um deine eigene Arbeit.«

»Ich wollte nur behilflich sein.«

Da Behzat Ç wußte, daß in Vierteln wie diesen die Stimmung schnell umschlagen konnte, sagte er schnell: »Danke. Weißt du vielleicht, wo der Markt an der Burg ist?«

»Weiß ich nicht«, sagte der junge Mann und verschwand unter der Motorhaube.

Er zog Harun in eine Querstraße. Der Markt an der Burg lag fünfzehn Schritte hinter der nächsten Ecke. Auch vor seiner Tür spielten Kinder. Der Laden nannte sich großspurig Markt, obwohl er eine Fläche von höchstens fünf Quadratmetern hatte.

»Selam Aleyküm.«

Es vergingen ein paar Sekunden, bis der Mann hinter der Kasse von seiner Zeitung aufschaute.

»Aleyküm Selam.«

Behzat Ç legte Gökhan Biryols Foto auf die Verkaufstheke.

»Kennst du diesen Mann?«

Der Verkäufer warf einen kurzen Blick auf das Bild.

»Nein.«

Harun schloß die Ladentür.

»Nicht, daß die Kälte reinkommt.«

Von außen starrten unzählige Kinder durch das Schaufenster herein.

»Bist du sicher, daß du ihn nicht kennst?«, fragte Behzat Ç. »Er hat von hier aus Telefongespräche geführt.«

»Das ist möglich. Hier kommen jeden Tag sehr viele Leute vorbei.«

»Gökhan ist in diesem Viertel aufgewachsen. Er ist sozusagen ein Kind aus der Nachbarschaft. Wenn du ihn kennst, sag es uns...«

»Ich kenne ihn nicht. Und selbst wenn – soll ich Nachbarskinder an die Polizei verpfeifen? Sonst könnt ich hier ziemlich schnell meine Sachen zusammenpacken. Ich verpfeife grundsätzlich niemanden.«

Die Kinder vor der Tür waren inzwischen von einer Gruppe Männer verdrängt worden, die nun statt ihrer durch die Scheibe starrten. Behzat Ç zog Harun am Arm: »Laß uns gehen.« Sie traten vor die Tür und mußten sich ihren Weg durch eine neugierige, vor unterdrückter Wut brodelnde Menge bahnen. Eine Handvoll Männer folgte ihnen, bis sie das Burgviertel verlassen hatten.

Behzat Ç steckte den Schlüssel in das Autotürschloß. Sie ließ sich aufgrund der Kälte erst nach mehreren Versuchen öffnen. Unterdessen klingelte Haruns Mobiltelefon.

»Wer ist das?«

»Keine Ahnung.«

Harun nahm das Gespräch entgegen und sagte nach einer Weile:

»Ach, guten Tag! Vielen Dank! Selbstverständlich, wir kommen sofort.«

Behzat Ç beobachtete im Rückspiegel den Verkehr und fragte: »Was ist passiert?«

»Es war der Rektor des Tuzluçayır-Gymnasiums. Resul der Kommunist ist in die Schule zurückgekehrt. Seine Krankschreibung ist anscheinend abgelaufen. Siehst du, der Rektor ist ein aufrichtiger Mann. Er hat sein Wort gehalten und uns Bescheid gegeben.«

Der Rektor empfing die Polizisten am Schultor und führte sie umgehend in sein Büro. Er nahm in seinem Amtssessel Platz. Behzat Ç ließ seinen Blick über den Schreibtisch schweifen. Eine Schreibunterlage, ein Ständer mit einem Füllfederhalter, eine Miniaturflagge der Türkischen Republik, ein in Goldbrokat gesetztes Namensschild, auf dem *Rektor Dingsbums* zu lesen stand. Sein eigener Schreibtisch nahm sich dagegen wie ein Kinderspielzeug aus. Nachdem ein Angestellter ihnen Tee serviert hatte, begann der Rektor mit salbungsvoller Stimme zu sprechen.

»Ich habe wenig Gutes über ihn zu sagen. Von den Eltern kam eine Vielzahl an Beschwerden.«

»Sie gestatten sicher«, sagte Behzat Ç und zündete sich eine 216 an, ohne eine Antwort abzuwarten. »Welchen Inhalts sind die Beschwerden?«

Der Rektor beugte sich vor, als wollte er ein Geheimnis preisgeben.

»Er soll den Schülern das Gehirn waschen«, sagte er. »Sie kennen das natürlich viel besser als ich, diese gebetsmühlenartigen Agitationssprüche. Vielleicht hat er sogar Propaganda für Separatismus gemacht. Ich denke, wenn jemand Geschichtslehrer sein will, sollte er erst einmal seine eigene Geschichte zur Kenntnis nehmen. Wir alle sind Kinder Atatürks, wir alle sind Laizisten. Wir alle sind, Gottseilobunddank, Muslime, wenn es darauf ankommt. Wir alle teilen eine gemeinsame Vision. Also, ich weiß nicht so recht. Nun ist er ohnehin strafversetzt worden und wir sind ihn erst einmal los. Nächste Woche wird er eine Stelle in Bayburt antreten. Dies war auch der Grund seiner Krankschreibung. Wie ich hörte, hat er seine Wohnung geräumt und seinen Hausrat bereits vorgeschickt. Er wird dort aber kaum Fuß fassen können. Ich habe ihm ein gebührendes Führungszeugnis ausgestellt, das sich sicher auch in seiner Personalakte niederschlagen wird.«

Der Rektor hatte seinen Tee noch nicht angerührt.

»Wenn Sie erlauben, bitte ich ihn nun herein«, sagte er und stand auf. »Keine Sorge, ich habe ein paar Angestellte angewiesen, einen eventuellen Fluchtversuch zu verhindern.«

Er verließ das Büro. Nach drei Minuten kehrte er in Begleitung von Resul dem Kommunisten zurück. Resul war klein, bewegte ständig seine Hände, hatte einen hüpfenden Gang und machte insgesamt einen hyperaktiven Eindruck. Sein spärliches Haar begann, grau zu werden, doch sein Gesicht ähnelte dem eines verzogenen Pennälers. Sein Schnurrbart war so lang, daß er fast hätte daran kauen können.

Vom Flur war Gemurmel zu hören. Der Rektor ging vor die Tür und wies die Schüler zurecht, die sich vor dem Büro versammelt hatten: »Auseinander! Begebt euch sofort in eure Klassenräume!« Die Schüler schenkten ihm kaum Beachtung. Er wurde cholerisch, packte zwei von ihnen am Kragen und bemühte sich, sie zu entfernen. Resul der Kommunist sagte: »Einen Moment bitte« und trat vor die Tür. »Okay Kinder, es ist alles in Ordnung. Geht jetzt in eure Klasse, ich komme gleich nach.«

Als sie wieder ins Büro kamen, murmelte der Rektor etwas von ungezogenem Verhalten.

Die vier Männer nahmen Platz. Sobald die erforderliche Stille eingekehrt war, begann Harun ohne Einleitung mit seinen Fragen.

»Ihre Adresse wurde in Betül Gülsoys Tasche gefunden. Wie kommt sie da hin?«

»Warum fragst du?«

»Kennst du das Mädchen?«

»Ja. Was ist mir ihr?«

»Sie ist tot.«

Behzat Ç wartete, bis der Mann sich wieder gefaßt hatte, und fragte: »Kennst du Gökhan Biryol?«

»Ja, ich habe ihn quasi aufgezogen.«

»Wo ist er jetzt?«

»Ich weiß es nicht.«

»Hältst du uns für blöd?«, sagte Harun.

»Für was denn sonst?«

Der Rektor schaltete sich ein: »Aber Resul Hoca, Resul Hoca, sprich doch bitte vernünftig.«

»Halt du dich da raus, Rektor.«

Der Rektor schwieg.

»Du hast eine polizeilich gesuchte Person in deiner Wohnung versteckt«, polterte Harun.

»Ich bin Kommunist, junger Mann. Ich tu so etwas gerne.«

Resul der Kommunist stand auf, wedelte mit seinen Armen und sagte: »Sonst noch Fragen?«

Alle sahen Behzat Ç an. Er schwieg eine Weile, um die verschiedenen Möglichkeiten abzuwägen.

»Nein«, antwortete er schließlich.

Resul der Kommunist tänzelte aus dem Rektorenzimmer.

»Herr Vorgesetzter, sollten wir ihn nicht lieber mitnehmen?«, fragte Harun. »Einen Haftbefehl kriegen wir schon ausgestellt, das dürfte doch kein Problem sein.«

Behzat Ç antwortete nicht. Der Rektor mußte wohl zu der Auffassung gelangt sein, daß er nun das Wort ergreifen sollte. Jedenfalls sagte er: »Tja, Herr Kommissar, ich bin tief betrübt. Ich möchte mich persönlich im Namen dieser mißratenen Person entschuldigen. Nun sind Ihnen natürlich aufgrund der EU-Harmonisierungsgesetze und dergleichen die Hände gebunden. Das hätte er sich früher einmal erlauben sollen, gegenüber der Polizei unseres Vaterlandes herauszuposaunen, er sei Kommunist. Aber das ist nur Marktschreierei, nichts anderes. Wo gibt es denn heutzutage noch Kommunisten? Das ist ein Mann, der sein Sakko auszieht, um mit den Schülern auf dem Pausenhof Fußball zu spielen, anstatt sich ins Lehrerzimmer zu setzen wie alle anderen auch. Man muß doch etwas Würde bewahren, auch in den Pausen. Nur Marktschreierei, mehr nicht. Etwas anderes hat der nicht im Kopf.«

Während der Rektor seine Klage vortrug, stand Behzat Ç auf. Als sein Telefon klingelte, brachte er den Rektor mit einem »Augenblick bitte!« zum Schweigen.

Der Anruf kam vom Phantom.

»Rate mal, wer gerade mit Vahap Hoca zusammensitzt.«

»Wer?«

»Kısmet und Fedai.«

»Kısmet und Fedai? Die beiden, die vorbeikommen sollten und es nie getan haben?«

»Genau. Die Schwachköpfe, die in die Kneipe nebenan gegangen waren, weil sie angeblich froren.«

»Wo seid ihr?«

»Vor Atakule. Sie haben sich im Pizza Hut getroffen.«

»Gut. Warte, wir kommen sofort.«

Vor der Schule warf er Harun die Autoschlüssel zu.

»Fahr du«, sagte er. »Und fahr schnell, wenn es geht.«

Beim dritten Drehen des Zündschlüssels sprang der Motor an. Harun gab Gas, ohne ihn abzuwürgen, und sie kamen zügig vom Fleck. Er schaffte es von Tuzluçayır nach Kızılay in drei Minuten.

»Ich hab gesagt, du sollst schnell fahren, nicht rasen wie ein Besessener«, maulte Behzat Ç.

Sie sahen das Phantom vor dem Einkaufszentrum Atakule in der Nähe des botanischen Gartens warten, wendeten an der nächsten Kreuzung und hielten neben ihm.

»Warum bist du nicht reingegangen?«, fragte Behzat Ç.

»Sie könnten sich gestört fühlen, wenn sie mich sehen. Schaut mal genau in die Richtung, in die mein Finger zeigt. Da sitzen sie im Pizza Hut.«

Sie schauten zwar hin und sahen dort Menschen sitzen, aber ohne Fernglas war es nicht möglich, die Personen zu erkennen.

»Ihr habt ziemlich schlechte Augen«, sagte das Phantom.

»Also, rein und verhaften. Kein Aufsehen erregen. Es sei denn, sie wollen fliehen. Funkgeräte in die Taschen, Ton abstellen.«

Sie traten durch die Tür des Pizza Hut. Da nur wenige Gäste anwesend waren, fielen sie sofort auf. Vahap Hoca, Kısmet und Fedai saßen an einem der Tische ganz hinten. Sie sprangen auf, als sie die Polizisten sahen.

Behzat Ç machte ihnen ein Handzeichen und sagte: »Bleibt sitzen! Wir wollten uns mit euch unterhalten.«

Harun war bereits im Laufschritt bei ihnen angelangt und stieß Kısmet und Fedai an den Schultern auf ihre Plätze zurück. Ein Mann, an dessen Kleidung man seinen Rang als Filialleiter erkennen konnte, kam herbeigelaufen und rief: »Was ist hier los?«

Behzat Ç zeigte ihm seinen Dienstausweis.

»Polizei. Keine Panik. Wir werden gleich mit den drei Herren Ihr Lokal verlassen. Sie werden vorher ihre Rechnung begleichen.«

Als der Mann wieder fort war, setzten sich auch die drei Polizisten an den Tisch. Harun konfiszierte die Plastiktüten, die auf dem Tisch lagen, und schaute hinein. In der einen befand sich ein Aufnahmegerät, in der anderen Geld.

»Was ist denn das?«

»Ich schwöre, wir haben damit nichts zu tun«, sagte Fedai. »Wir wollten nur eine Pizza essen, da hat sich dieser Mann an unseren Tisch gesetzt.«

»Ihr wolltet doch aufs Präsidium kommen. Ihr seid aber keine anständigen Jungs.«

Kısmet und Fedai begannen gleichzeitig zu sprechen: »Ich schwöre, wir wollten vorbeikommen. Der da hat gesagt, ist doch egal, wenn wir nicht hingehen. Stimmt gar nicht, der hat das gesagt.«

»Ihr seid jetzt aber ganz schnell ruhig«, unterbrach sie Harun. »Herr Vorgesetzter, bestell doch mal eine Pizza Mista für uns. Ich hab ganz schön Hunger.«

25

»– Du hast mich mißverstanden…

– Was soll ich mißverstanden haben? Hast du nicht eben noch gesagt, laß uns die Tür abschließen? Bist du nicht vor zwei Monaten in diesem Zimmer über mich hergefallen?…

– Schrei doch nicht so… Was hast du vor? Was willst du von mir?

– Ich werde dich anzeigen…

– Was bringt dir denn eine Anzeige? Du kannst doch nichts beweisen…

– Das denkst du. Ich habe unser Gespräch aufgezeichnet…

– Was? Was hast du aufgezeichnet?

– Alles, was du gerade gesagt hast. Schau hier…

– Gib das her! Sofort!

– Finger weg, du Dreckschwein!«

Hier endete die Tonaufzeichnung. Behzat Ç spulte die Kassette zurück und fragte: »Hast du gut zugehört, Gemüsehändler Vahap? Willst du es vielleicht noch einmal hören?«

Vahap Hoca blieb bei seiner Aussage: »Das ist nicht meine Stimme auf der Kassette.«

»Gut, dann hören wir sie uns einfach nochmal an.«

Vahap wischte sich beträchtliche Mengen Schweiß von seiner Stirn und fragte: »Warum spielen Sie mir das immer wieder vor, wenn es doch nicht meine Stimme ist?«

»Weil du versucht hast, diese Kassette für viel Geld zu kaufen.«

»Ich kenne diese Männer nicht. Ich bin Opfer einer Verschwörung.«

»Wenn das stimmt, warum gibst du fremden Männern fünftausend Lira?«

Behzat Ç zerquetschte die 216 im Aschenbecher und warf Vahap Hoca einen Köder hin. Mit freundlichem Lächeln sagte er: »Du hast wohl zuviel Geld. Dann gib uns doch einfach auch fünftausend, und wir vergessen die Geschichte. Wir haben unsere liebe Not, mit unserem Monatsgehalt auszukommen…«

Vahaps Gesicht hellte sich schlagartig auf, doch da er sich nicht sicher war, ob das Angebot ernst gemeint war, antwortete er stokkend.

»Also... wenn... Sie möchten...«

»Ich fänd das klasse. Wir sind ja schließlich nicht von der Sittenpolizei. Stimmt's oder hab ich recht?«

»Sie haben recht.«

»Wenn wir von der Sittenpolizei wären, hätten wir ja wohl gefragt, warum du Lifelike Vaginas kaufst, was du mit deinen Bondage Kits gemacht hast und so weiter. Haben wir je solche Fragen gestellt?«

»Nein.«

»Dein Sexualleben interessiert uns nicht. Was die Kassette angeht, da hast du wohl ein Mädchen in deinem Zimmer bedrängt und hier und da ein bißchen angetatscht. Das meiste wird sie sich wohl selbst ausgedacht haben, weil sie sich für eine schlechte Note an dir rächen wollte. Wenn sie es nicht darauf angelegt hätte, hättest du so etwas doch bestimmt nicht gemacht. Es ist eben kurz mit dir durchgegangen. Vermutlich hat sie sogar zuerst ihren Körper an dir gerieben. Ich kenn doch das Weibervolk, die nehmen sich alle nichts. Oder irre ich mich? Wir sind hier bei der Mordkommission, solche Dinge gehen uns nichts an. Wir vergessen die Geschichte. Das Geld, das du Kısmet und Fedai gegeben hast, haben wir noch nicht einmal als Beweismittel aufgenommen. Das bleibt einfach als kleines Geschenk bei uns. Alles klar? Haben wir uns geeinigt?«

Vahap sagte nichts, doch aus seinem Blick sprach der feste Glaube an die Geschlechtersolidarität und eine tiefe Dankbarkeit. Dann flüsterte er fast unhörbar: »Abgemacht...«

»Du verfickter Hurenbock!«

Behzat Ç krallte seine Hände wie zwei Pranken in Vahaps Schultern und riß ihn so hart vom Stuhl hoch, daß seine Winterjacke an den Nähten aufplatzte. Er schleuderte ihn gegen den Aktenschrank in der gegenüberliegenden Ecke des Zimmers. Da Vahap recht schwer war, verbeulte er die Metalltür, hinter der die Unterlagen aufbewahrt wurden, die man im Brandfall mit Priorität schützen mußte. Es gab einen Heidenlärm. Er griff sich den Mann, der zu Boden gestürzt war, und schickte ihn wieder in die Richtung, aus der er kam. Dieses Mal schleifte Vahap den Tisch mit, gegen den er auf halbem Weg geprallt war. Behzat Ç nahm den Mann vom Tisch auf, schaute auf seine zerbrochenen Brillengläser und seine aufgeplatzte Augenbraue. Die Teufel, die ihn ritten, hatten einander bei den Schultern gefaßt, warfen ihre Köpfe rhythmisch nach vorn und skandierten im Chor: »Hau zu, hau zu, hau zu, hau zu…«

Cevdet kam mit dem schnurlosen Telefon ins Zimmer und fing an zu stottern, als er die Szenerie sah: »He-he-he- Herr Vorgesetzter…«

»Ich fick deinen Vo-Vorgesetzten, und dich gleich mit, und zwar he-he-heftig! Was ist?!?«

»Der Staatsanwalt ist dran«

Ohne mit seiner rechten Hand von Vahap Hocas Kragen abzulassen, öffnete Behzat Ç seine zur Faust geballte Linke und nahm das Telefon entgegen.

»Warum bist du überhaupt hier?«, fragte er Cevdet. »Hab ich dir nicht gesagt, du sollst mit dem Geier die Krankenhäuser abklappern?«

Cevdet drückte sich vor einer Antwort. Schließlich brachte er wie ein beleidigtes Kind hervor: »Er wollte mich nicht dabeihaben.«

»Warum nicht?«

»Er ist es gewohnt, allein zu arbeiten. Es macht ihn nervös, zu zweit herumzulaufen.«

»Was ist denn da los?«, fragte der Staatsanwalt. »Sind die Akten fertig? Wir müssen die Leute dem Bereitschaftsrichter vorführen.«

»Heute klappt das nicht mehr. Wir arbeiten daran.«

»So geht das nicht! Ihr könnt die Leute nicht mehr einfach so verhaften und dann zwei Tage an ihnen arbeiten. Du schickst mir jetzt sofort diese drei Männer mitsamt ihren Akten rüber. Kısmet und Fedai kommen wegen Diebstahls und Erpressung vor den Bereitschaftsrichter.« Er atmete tief durch: »Und Vahap wird aus der Polizeihaft entlassen…«

Behzat Ç erlitt eine mittelschwere Nervenkrise. Er ließ von Vahaps Kragen ab und rannte mit dem Telefon am Ohr aus dem Zimmer.

»Wie, entlassen? Er hat das Mädchen sexuell belästigt. Das steht fest.«

»Woher weißt du das?«

»Wir haben eine zehnminütige Tonaufnahme. Stell die Ermittlungen nicht sofort ein, eröffne zumindest ein ordentliches Verfahren. Er muß ja nicht in U-Haft bleiben...«

»Auf welche Beweise sollte ich mich denn da stützen?«

»Ich hab doch gesagt, wir haben eine Tonaufnahme.«

»Die ist kein rechtmäßiges Beweisstück, weil sie ohne sein Wissen aufgenommen wurde. Gibt es jemanden, der ihn angezeigt hat? Nein. So funktioniert das alles nicht.«

Mit einem kräftigen »Aber« widersprach Behzat Ç, »die Personenbeschreibung für denjenigen, der Betül verfolgt hat, trifft auf Vahap Hoca zu. Es ist doch offensichtlich, daß er sich diese beide Idioten gemietet hat, um das Mädchen von der Terrasse werfen zu lassen.«

»Das sind alles nur Hypothesen. Wir haben nichts gegen ihn in der Hand. Ihr ermittelt schießt die ganze Zeit ins Blaue hinein.«

»Wer schießt denn hier ins Blaue? Das sind wir doch nicht!«

Behzat Çs Stimme war bis in den Eingangsbereich des Streifendienstes zu hören. Die Stimme des Staatsanwalts, die die seine noch übertönte, mußte demzufolge bis zu den Ständen der Sesamkringelverkäufer vor dem Eingang des Justizpalastes durchgedrungen sein: »Schrei mich nicht an, sonst säg ich dich ab! Was denkst du denn, wer du bist, einen Staatsanwalt dieser Republik anzuschreien? Liefer mir gefälligst Beweise. Und komm mir ja nicht mit irgendwelchen herausgeprügelten Geständnissen.«

»So, Beweise willst du also? Ich find dir mal auf die Schnelle welche. Bleib dran!«

Er warf Cevdet das schnurlose Telefon hin und stürmte auf das Zimmer zu, in dem Fedai und Kısmet festgehalten wurden. Er wollte gerade die Türe aufreißen, als Tahsin auf dem Gang erschien und schrie: »Was ist das denn schon wieder für ein Lärm? Du sollst doch nicht in Großbuchstaben reden!«

Er öffnete die Tür zum Vernehmungszimmer, blickte Tahsin streng an und legte den Zeigefinger auf die Lippen. Dann verpaßte er zunächst Fedai, danach Kısmet eine Ohrfeige mittleren Grades. Ihm fiel auf, daß Fedai, der mehr als doppelt so schwer war wie Kısmet, noch nicht ganz sein Fett abbekommen hatte, und schlug noch einmal zu.

»Warum habt ihr das Mädchen da runtergeworfen?«

Ich schwöre, Herr Kommissar, wir haben nichts getan, beim heiligen Allah und beim Koran, soll der Blitz uns treffen…«

Harun ließ sein Halfterband schnappen und sagte: »So ist aus denen nichts rauszuholen, Herr Vorgesetzter. Ich hab es von Anfang an gesagt.« Er beugte sich zu Kısmet und Fedai herunter und schrie: »Ihr Pisser, ihr habt eine schwangere Frau in den Tod gestürzt. Das zählt als Doppelmord. Dafür kriegt ihr lebenslänglich. Wenn die Todesstrafe nicht abgeschafft worden wäre, hätten sie euch als allererste aufgehängt. Aber wartet nur, wenn die euch nicht aufhängen, mach ich das persönlich.«

Kısmet wischte sich mit dem Handrücken den Rotz ab und sagte störrisch: »Warum wollen Sie uns denn aufhängen, Mann ey, wir haben doch nichts gemacht. Geht doch lieber den Öcalan aufhängen.«

»Was wollt ihr denn noch alles machen? Was habt ihr noch alles vor, hä?«

Fedai ergriff das Wort: »Der Mann kam zu uns und hat gesagt, da ist so eine Tusse, die hat meine Stimme aufgenommen und will mich erpressen, holt mir die Kassette aus ihrer Tasche. Der hat uns bedroht. Wir konnten gar nicht anders, ich schwöre.«

»Hört mir doch auf. Niemand hat euch gezwungen. Wieviel Geld hat er euch gegeben?«

»Tausend Lira.«

»Kann man euch einfach so als Taschendiebe mieten? Ist das jetzt ein neues Geschäftsmodell? Solche Leute wir ihr bringen sogar noch die Kleinkriminalität in Verruf.«

»Nein, Herr Kommissar, mit Diebstahl und so haben wir nichts zu tun, wir sind doch alles Ankaraner Jungs. Der Mann ist gekommen und hat gesagt, ich hab da ein Problem, und wir, so aus Nächstenliebe…«

Behzat Ç vergrub das Gesicht in seinen Händen. Die Luft im Vernehmungszimmer war stickig. Er schnaubte wütend.

»Warum habt ihr ihm die Kassette dann nicht gegeben? Warum seid ihr in der Tatnacht abgehauen?«

Fedai antwortete: »Herr Kommissar, der da hat gesagt…«

Behzat Ç ging mit drohendem Zeigefinger auf Fedai zu: »Jetzt ist aber mal Schluß mit eurem Der-da-hat-gesagt. Benehmt euch doch einmal wie Männer und sagt: Wir haben das und das gemacht.«

»Herr Kommissar, also der hat, ich meine, wir haben, als das Mädchen Selbstmord gemacht hat, da dachten wir, ach du Scheiße. Und uns war doch so kalt. Da sind wir in die Kneipe nebenan gegangen und haben die Kassette versteckt. Am nächsten Tag haben wir sie geholt und uns angehört, und da hat der da gesagt, also, wir haben gesagt, da geht doch irgendwas voll Krasses ab.«

»Da habt ihr euch gedacht, jetzt erpressen wir mal den Dozenten, und statt tausend Lira holen wir fünftausend aus ihm heraus, wo wir schon mal dabei sind. Aber ich hatte euch gesagt, ihr sollt innerhalb von drei Tagen wiederkommen. Warum habt ihr das nicht gemacht?«

»Also, wir haben uns gedacht, wir ziehen erstmal die Sache mit der Kassette durch und dann gehen wir zur Kripo.«

»Wie habt ihr Vahap Hoca kennengelernt?«

»Also ein Freund von uns, ein ganz toller, älterer Herr, der Recep… der hat gesagt, da ist so ein Dozent. Irgendeine Tusse hat eine Kassette aufgenommen und erpreßt ihn, trefft euch mal mit dem und macht das für ihn, aus Nächstenliebe.«

»An welchem Tag?«

»Genau an Neujahr. An dem Tag war die Tusse bei dem Dozenten und hat die Kassette aufgenommen. Unser Freund, der Recep, ist ihr hinterher und hat gesehen, wie sie in eine Bar rein ist. Dann hat der Hoca uns angerufen und gesagt, tut mir den Gefallen, laßt uns das heute nacht erledigen. Dann hat er uns zweihundertfünfzig Lira gegeben und gesagt, davon könnt ihr was essen und trinken, und die tausend Lira kriegt ihr extra, geht jetzt da hin und holt mir Kassette. Hat er gesagt.«

»Wie seid ihr Mannsbilder überhaupt in die Bar gekommen?«

»Der Recep uns seine Perle mitgegeben, die Hülya. Mit der sind wir zusammen da rein.«

»Wie habt ihr die Kassette aus der Tasche geklaut?«

»Der da hat ganz schlanke Finger. Mit zwei Fingern hat er die aus der Tasche gezogen, in der Bar war sowieso voll das Gedränge.«

»Stimmt ja gar nicht, Herr Kommissar«, wollte Kısmet die Anschuldigung von sich weisen. Doch Behzat Ç hatte bereits bemerkt, daß er, wie viele Taschendiebe, Zeige- und Mittelfinger aneinandergepreßt hielt.

»Halt's Maul, du Dieb. Du hast hier nur auf Fragen zu antworten.« Er wandte sich wieder an Fedai: »Um wieviel Uhr hat er die Kassette gestohlen?«

»So um elf oder zwölf. Ich weiß es nicht so genau, wir haben ja auch was getrunken.«

»Warum habt ihr die Bar nicht verlassen, als ihr die Kassette hattet?«

»Das war mehr meine Schuld. Es war ganz cool da, voll die heftigen Weiber, da dachten wir, ey, ein Bier trinken wir aber noch, und dann noch eins, plötzlich war es voll spät, und dann ist diese Sache passiert und die Polizei ist gekommen.«

»Was war mit der Frau, die bei euch war?«

»Die ist schon früher gegangen, die hatte noch was vor.«

»Wie seid ihr der Polizei entwischt und in die Kneipe nebenan gekommen?«

Kısmet schlug Fedai auf die Schulter.

»Der Penner hier ist voll winzig, sieht man ja. Ich hab ihm die Kassette gegeben und gesagt, mach dich mal langsam aus'm Staub, da vorne ist doch die Kneipe, wo wir öfters hingehen, laß uns da treffen. Wir waren ja so dreißig Leute aus der Bar und mußten alle in der Ecke stehen, nur ein Beamter hat uns bewacht und der war halt mit den anderen beschäftigt.«

»Wie bist du entwischt?«

»Da war auf einmal so'n Streit. Ein Fettsack hat den Polizisten voll angeschrien, und als die sich gefetzt haben, bin ich schnell weg und in die Kneipe. Nach einer Stunde kam so'n Typ zu uns, der sah aus wie'n Gespenst, so, krass dünn und voll das weiße Gesicht, war aber voll nett. Mit dem haben wir ein Bierchen getrunken, aber der war wohl auch von der Polizei, der hat uns dann hierher gebracht. Den Rest wissen Sie ja.«

»Habt ihr denn gar nicht darüber nachgedacht, daß wir eure Personalausweise hatten und euch verdächtigen könnten?«

»Doch klar, aber wenn Sie die Kassette gefunden hätten, wär es ja noch heftiger gekommen.« Fedai schlug Kısmet wieder auf die Schulter. »Der da sieht sowieso voll beschränkt aus. Da hab ich gedacht, wenn wir sagen, uns war voll kalt und wir sind uns aufwärmen gegangen, glauben die uns das bestimmt.«

»Eine tolle Geschichte. Wenn ihr mir jetzt noch verratet, wie ihr das Mädchen da runtergeworfen habt, bin ich vollauf zufrieden«, sagte Behzat Ç und verließ das Vernehmungszimmer.

Fedai winselte ihm hinterher: »Herr Kommissar, ich schwör bei meiner Mutter, der Blitz soll uns treffen…« Worauf Kısmet einfiel und von Allah, dem Koran und anderen heiligen Dingen anfing, bis sie wieder einen zweistimmigen Schwur leisteten.

Harun kam ebenfalls vor die Tür.

»Was sollen wir machen?«, fragte er.

»Verhaftet diesen Recep und seine Hülya. Laßt sie die Aussage bestätigen. Schickt sie allesamt vor sechs Uhr zum Staatsanwalt, der kaut mir schon das Ohr ab. Soll er sich auch mal mit denen vergnügen.«

»Spinnt dieser neue Staatsanwalt?«

»Nein, er spinnt nicht. Das ist die aktuelle Gesetzeslage. Daran müßt ihr euch langsam gewöhnen. Arbeitet mal einen Zacken schneller, mit dieser Mentalität werdet ihr nie in die EU aufgenommen.«

Bei seinem letzten Satz ballte Behzat Ç seine Hand zu einer Faust und wies damit in die Richtung, wo sich Tahsins Zimmer befand. Harun war gerade zu der Überzeugung gelangt, daß sein Vorgesetzter jetzt vollends einen Knall bekommen hatte, da stand der schon längst in Edas Büro. Eda und Selim saßen eng beieinander und unterhielten sich. Als sie Behzat Ç bemerkten, rückten sie ein Stück auseinander. *Hatte Selim seine Hand in Edas Haar? Ach Blödsinn, das hast du dir nur eingebildet.*

»Sind diese Tonaufnahmen identisch mit denen auf der Kassette, die Nazlı vorbeigebracht hat?«

Eda ordnete ihr Haar und bejahte.

Klar hatte der seine Hand in ihrem Haar. Dieser Selim hat aber auch mal eine Tracht Prügel verdient. Was bildet der sich ein, mitten auf der Kommission. Er war so sehr mit seinen Gedanken beschäftigt, daß er nicht mitbekam, was Eda sagte.

»Was hast du gesagt?«

»Betül hat die Kassette zu Hause vervielfältigt und eine Kopie bei Nazlı deponiert.«

»Aber Nazlıs Kopie ist eine richtige Kassette, die ist nicht so klein.«

»Sie muß das Diktiergerät abgespielt und mit einem Kassettenrecorder aufgenommen haben.«

Selim wandte sich um. Er hatte eine Hand an die Schläfe gestützt wie ein jugendlicher Denker aus den Gründerjahren der Republik.

»Warum«, fragte er, »hat Nazlı diese Kassette nicht schon früher vorbeigebracht?«

»Weil ihr es nicht versteht, anständig darum zu bitten«, antwortete er. »Ihr habt sie im Morgengrauen mit Gewalt aus ihrer Wohnung gezerrt. Ihr müßt die Bürger wie Menschen behandeln. Die Zeiten roher Gewalt sind ein für alle Mal vorbei.« Er bemerkte Blut an seiner Hand und wischte es unauffällig an seiner Hose ab. Es mußte wohl von Vahap Hocas aufgeplatzter Augenbraue stammen. Er konnte sich ein ironisches Lächeln nicht verkneifen.

»Habt ihr schon mit allen aus der Bar gesprochen? Habt ihr etwas erreicht? Um wieviel Uhr hat Muhsin Süvari die Bar verlassen?«

»Bis auf eine Person haben wir mit allen gesprochen. Neues haben wir aber nicht erfahren. Muhsin Süvari hat die Bar um viertel vor eins verlassen. Also genau zum Zeitpunkt der Tat. Wenn wir ihn finden könnten, wäre der Fall so gut wie gelöst. Aber er ist verschwunden…«

»Wer ist die Person, mit der ihr nicht gesprochen habt?«

»Er heißt Halis Tokgöz. Wir haben ihn einmal angerufen, da ist er rangegangen. Dann sagte er, er könne uns nicht verstehen und hat aufgelegt. Seitdem ist er nicht erreichbar.«

Eda reichte ihm die Fotokopie von Halis Tokgöz' Personalausweis.

»Warum ist das eine Farbkopie?«

»In der Tatnacht wurden auch Farbkopien der Personalausweise angefertigt, damit es leichter wird, eine Personenbeschreibung rauszugeben, falls jemand nicht zum Vorladetermin erscheinen sollte.«

Das grobschlächtige Gesicht auf dem Foto war Behzat Ç nicht ganz fremd.

»Sehr schön«, sagte er. »Manchmal habt ihr richtig helle Momente. Wer ist das? Was ist er von Beruf?«

»Das wissen wir nicht. Aber wir wissen, daß er sich in der Tatnacht vor der Damentoilette mit jemandem gestritten hat.«

»Vor der Damentoilette? Um wieviel Uhr? Worum ging es?«

»Die Uhrzeit wissen wir nicht. Aber er hat ein paar Frauen daran gehindert, die Toilette zu benutzen, weil angeblich seine Freundin darauf war.«

»Jetzt klärt sich einiges auf. Holt mir sofort die Frauen, mit denen er sich gestritten hat.«

»Was ist denn los?«

»Ihr seid blind, das ist los. Die Person, die Betül von der Terrasse geworfen hat, ist höchstwahrscheinlich durch das Fenster der Damentoilette auf die Terrasse und wieder in die Bar gelangt. Dieser Mann hat vor der Toilette Schmiere gestanden und so getan, als ob seine Freundin drin wäre… Was macht ihr überhaupt noch hier?«

Eda antwortete in einem Ton, der sowohl heißen konnte, daß sie sich schämte, als auch, daß sie beleidigt war: »Wir waren gerade dabei, uns noch eimal die von den Spannern gemachten Videoaufnahmen anzuschauen. Auf der dritten Strecke befindet sich etwas Merkwürdiges.«

»Was denn? Welche Strecke ist das?«

»Viertel nach eins. Eine versehentlich gemachte Aufnahme, fünf Minuten, nachdem Betül von der Terrasse geworfen wurde. Man sieht nur die Theke, aber jemand kommt durch den Korridor im Hintergrund näher. Man kann leider nicht erkennen, wer. Wo führt dieser Korridor hin?«

»Wohin wohl? Auf die Damentoilette natürlich. Mach mal an, ich will mir das anschauen.«

Behzat Ç setzte sich auf den Stuhl vor dem Tisch, stützte den Kopf in die Hand und versuchte, sich zu konzentrieren. Eda ließ die Videostrecke von Anfang an ablaufen und fror das Bild an dem Punkt ein, an dem die Person zu sehen war. Er ging so nahe an den Monitor, daß man meinen könnte, er wollte seinen Kopf hineinstecken.

»Zu klein. Man sieht nicht einmal, ob es sich um einen Mann oder eine Frau handelt.«

»Wir können dieses Bild vergrößern und schärfer machen lassen. Zumindest eine grobe Personenbeschreibung wird sich ergeben. Dafür müssen wir die Datei ins Foto- und Filmbüro bringen. Es könnte etwas länger dauern, da wir im Moment aufgrund der Waffengeschichte angespannte Beziehungen zum kriminaltechnischen Labor haben.«

Behzat Ç nahm Stift und Papier.

»Laßt uns mal ganz in Ruhe nachdenken«, sagte er. Er zeichnete eine Skizze der Videoaufnahme auf das Papier. »Diese Linie ist die Theke. Die beiden Parallelen sind der Korridor. Stimmt das so?«

»Ja.«

»An der Theke sitzen zwei Leute mit dem Rücken zur Kamera. Der eine von ihnen ist Yavuz, wie wir von den anderen Videostrekken her wissen. Wir wissen nicht, wer der andere ist. Eine ziemlich kleine Person. Er hat sich später neben Yavuz gesetzt. Das andere Ende des Korridors führt zur Damentoilette und zum Getränkelager. Da die Herrentoilette sich auf der anderen Seite befindet, kommt die Person auf dem Video entweder von der Damentoilette oder vom Getränkelager. Von beiden Punkten aus gelangt man auf die Terrasse. Um genau viertel nach eins, also fünf Minuten nach dem Todesfall, kommt jemand aus dieser Richtung. Was liegt da nahe?«

»Entweder ist es die Person, die Betül hinabgestoßen hat und jetzt zurückkehrt...«

»Oder der Mann, der vor der Toilette Schmiere gestanden hat. Wunderbar. Gib mir die CD.«

Er nahm die CD und rannte aus dem Büro. Er hörte nicht, daß jemand ihm nachrief: »Wohin willst du?« Im gleichen Tempo rannte er ins kriminaltechnische Labor, ignorierte ein paar Kollegen, die ihn grüßten und platzte in Receps Zimmer. Es war leer. Er fragte bei den Kollegen nebenan. Sie wußten nicht, wo er war. Als er sah, daß Recep am anderen Ende des Flurs aus dem Zimmer seines Chefs kam, pochte sein Herz wie wild. Recep verbarg nicht, wie niedergeschlagen er war: »Danke«, sagte er. »Deinetwegen habe ich jetzt ein Disziplinarverfahren am Hals. Möchtest du meine Stellungnahme lesen?«

»Mach dir nichts draus, da passiert nichts.«

»Hast du 'ne Ahnung.«

Recep schnalzte wütend mit der Zunge und ging weiter. Behzat Ç folgte ihm wie ein Schatten. Sie blieben in einer toten Ecke am Ende des Ganges stehen und schauten auf die leeren Eimer, Äxte und Schüreisen, die dort für den Brandfall aufbewahrt wurden.

»Gib mir mal eine 216. Ich würde gern mit dem Rauchen anfangen«, sagte Recep. Während er den Rauch der Zigarette herausblies, fragte er: »Was willst du denn jetzt schon wieder?«

»Auf dieser CD gibt es ein Bild, das ich gern schärfer hätte. Es muß mindestens für eine Personenbeschreibung taugen.«

»Das ist nicht meine Aufgabe. Geh zum Foto- und Filmbüro.«

»Wir brauchen es sofort. Die halten uns doch nur hin. Antragsform A, B, C, unendlich hoher Verwaltungsaufwand, und dann dauert es eine Woche. Bring es bitte hin, damit wir es morgen bekommen.«

»Gut, dann komm mit«, sagte Recep. Behzat Ç freute sich wie ein Kind. Der Kollege am Computer im Foto- und Filmbüro war zunächst etwas abweisend, nahm aber letztendlich die CD entgegen und versprach, das Bild in zwei Tagen abzuliefern.

Als sie aus dem Labor kamen, hakte sich Recep bei Behzat Ç unter und sagte: »Ich habe eine Bitte an dich. Dieses Disziplinarverfahren sieht ziemlich ernst aus. Außerdem steht die Beförderungs- und Versetzungsrunde kurz bevor, wie du weißt.«

Hoffentlich ist es nicht das, was ich befürchte.

»Ja?«

»Also, wenn du deinem Bruder bei Gelegenheit mal von der Sache erzählen könntest, daß er bei meinem Chef ein Wort für mich einlegt. Und wenn das nichts nützt, gibt es doch noch Reşat Bey, euren großen Geschäftspartner. An den darf man sich natürlich wegen so kleiner Sachen normalerweise nicht wenden, aber auf dich wird er ja hören. Er hat so viele Ausschreibungen vom Polizeipräsidium gewonnen.«

»Hast du mir deshalb geholfen?«

»Was?«

Er befreite seinen Arm.

»Sag es mir! Ist das der Grund, warum du mir gerade geholfen hast?«

»Aber nein, wie kommst du darauf?«

»Hör doch auf, mich anzulügen… Du solltest dich schämen… Echt schade!«

»Eigentlich solltest du dich schämen. Ich hab soviel für dich getan. Was verlierst du denn, wenn du deinem Bruder ein paar Sätze über mich sagst? Mehr will ich ja nicht. Sonst schicken sie mich jetzt in irgendein Provinzkaff im Osten. Du hast natürlich deine Felle im Trocknen, du kannst hier rumlaufen und dich aufführen, wie du willst, weil du so jemanden im Rücken hast. Dein Bruder kommt und rettet dich, und wenn der es nicht kann, holt er Reşat.«

Behzat Ç zog Recep am Kragen in die kleine Kammer am anderen Ende des Flurs und schleuderte ihn hinein. Zwei Hemdknöpfe blieben in seiner Hand zurück, als Recep zwischen die Putzmittel stürzte. Er riß ihn hoch und knallte ihn gegen die Wand, preßte ihm mit der rechten Hand die Kehle zu und ballte seine Linke zur Faust. *Hau zu, hau zu, hau zu, hau zu…* Mit einem Mal ließ er von Recep ab, drehte sich um und preßte beide Augen zu, biß sich auf die Zähne, bis sein Zahnfleisch blutete und schlug mit der Faust auf die Teufel ein, die ihn ritten. Als sie nicht schwiegen, schlug er noch einmal zu, dann noch einmal, bevor er sich rasch aus der Kammer entfernte.

Als er auf dem Flur der Abteilung für Terrorbekämpfung an Aybars' Zimmer vorbeikam, streckte er seinen Kopf hinein: »Wo ist Hayrettin?«

Aybars war verwirrt. »Was weiß ich, wahrscheinlich in Urfa«, sagte er. »Komm doch mal rein und setz dich, was ist denn los mit dir?«

»Es gibt interessante Neuigkeiten. Sag ihm, er soll mich anrufen.«

Aybars saß jetzt kerzengerade.

»Ja, richte ich ihm aus«, sagte er. »Warum stehst du denn in der Tür, komm doch rein, setz dich einen Augenblick.«

»Nein, ich habe zu tun.«

»Was denn?«

»Ach, ich wollte nur mal kurz bei einem Kollegen vorbeischauen.«

Behzat Ç betrat den Amtsbereich für Sonderoperationen und setzte sich an den Tisch des Kollegen, bei dem er kurz vorbeischauen wollte. »Aaach, schön dich zu sehen«, sagte der.

»Ich wollte dich was fragen. Vor fünf Jahren gab es einen Schußwechsel in Bahçelievler. Ihr habt eine konspirative Wohnung ausgenommen. Erinnerst du dich daran?«

Der Kollege sagte: »Und ob«, und schlug bekräftigend auf sein Bein. »Das werd ich nie vergessen.«

»Hat Aybars auch an der Operation teilgenommen?«

»Ja. Mein Vorgesetzter Herr Aybars hat die Operation geleitet, und wir haben die Wohnung gestürmt.«

»Beim Gefecht wurde jemand getötet.«

»Aber ja, wir haben das Schwein abgeknallt. Ich hab ihm persönlich den Kopf mit Blei vollgepumpt. Die Drecksäue haben ihr Vaterland und ihre Nation verkauft, kein Wunder, wenn der Vater Armenier und die Mutter Jüdin ist. Alles Unbeschnittene, Hurensöhne, Polizistenmörder. Er hat einmal gefeuert, aber wegen der Kommunistenkugel mußte ich zweimal am Bein operiert werden. Ich hinke immer noch ein bißchen. Jetzt bin ich gezwungenermaßen hier zum Sesselfurzer verkommen, und wenn die anderen auf Operation gehen, kann ich ihnen nur hinterhergucken.«

»Einer wurde getötet, der andere konnte entkommen.«

»Wer denn? Da ist keiner entkommen. Da war nur einer in der Wohnung. Wir sind rein und haben ihn weggeputzt.«

»Was ist mit der Waffe passiert?«

Als das Telefon auf dem Schreibtisch des Kollegen schmerzlich schrillte, fragte Behzat Ç noch einmal: »Was ist mit der Waffe passiert?«

»Warte mal kurz. Hallo? Ach so. Verstehe. Gut, alles klar...«

Behzat Ç schnellte von seinem Stuhl hoch, umklammerte das Handgelenk seines schnauzbärtigen Kollegen und riß ihm den Telefonhörer aus der Hand. Zunächst schwieg er, dann rief er: »Hallo? Hallo?«, doch die Person am anderen Ende hatte längst aufgelegt. »Wer war das?«, schrie er. Einige Beamte, die seine Stimme gehört hatten, blieben vor der Tür stehen und schauten ins Zimmer.

»Das ist aber keine feine Art, Kollege, mir so das Telefon aus der Hand zu reißen. Setz dich doch lieber, schön, dich zu sehen, laß uns doch ein wenig plaudern. Komm, ich bestell dir einen Tee. Was willst du trinken?«

Der Kollege winkte den Beamten vor seiner Tür. »Und ihr geht schön weiter. Es gibt hier nichts zu gucken. Alles im Lot. Bestellt uns mal zwei Tee.«

»Was ist mit der Waffe passiert?«

»Da war keine Waffe, wovon redest du denn? Laß uns doch nicht mehr davon sprechen, das liegt alles so weit zurück, damals wurde alles richtig gemacht, die Geschichte ist längst abgeschlossen. Was immer wir getan haben, haben wir im Dienste des Staates getan. Ich mag dich, hab viel Gutes über dich gehört, aber wenn es um Staatsinteressen geht, gibt es auch Grenzen. Man kann nicht immer über alles reden. Du bist doch einer von uns, das mußt du doch verstehen…«

»Erzähl mir nicht, ich sei einer von euch. Du bist ein mieser Taugenichts.«

»Wie redest du denn mit mir?«

Der Kollege stand auf. Seine Hände zitterten vor Wut. Er wiederholte fast schreiend: »Wie redest du denn mit mir?«

»Was redest denn du Schwein für ein Gewäsch?«

Sie sprangen einander an die Gurgel. Wären nicht rechtzeitig fünf Beamte ins Zimmer gekommen, um sie zu trennen, hätten beide um ein Haar ihre Waffen gezogen.

Behzat Ç hatte einen knallroten Kopf, als er die Räume des Amtsbereiches für Sonderoperationen verließ. Sein Herz schlug wie eine überspannte Pauke. Er bemerkte erst spät, daß sein Mobiltelefon klingelte. Es war Tahsin.

»Komm sofort ins Büro«, fuhr er ihn an. Er war sich sicher, daß es um den eben erlebten Vorfall ging, fragte aber zur Sicherheit nach: »Was ist denn los?«

»Deine Leute prügeln sich mitten im Büro. Sie hauen alles kurz und klein.«

»Wer?«

»Rat mal. Harun und Selim. Ich hab dir ja gesagt, du sollst dieses Weib nicht in deine Kommission aufnehmen. Sie hat den Kerlen schon wieder den Kopf verdreht. Kein Wunder, wenn du zwischen die ganzen unterversorgten Typen auf der Mordkommission eine Politesse setzt.«

26

Er schleuderte sein Mobiltelefon in die Ecke. Beim Betreten der Mordkommission gelang es ihm, sich soweit zu beherrschen, daß er der Tür keinen Tritt verpaßte. Als er eintrat, herrschte absolute Stille. Ein paar umgekippte Stühle lagen im Flur und die Scheibe am Eingang des Funkraums war zerbrochen. Mit der linken Hand packte er Harun, mit der rechten Selim am Kragen, zerrte beide zum Vernehmungszimmer, öffnete die Tür und stieß sie hinein. Er suchte Eda. Sie saß in einer Ecke, hatte ihr Gesicht in den Händen vergraben und weinte.

»Du kommst auch her«, schrie er sie an. »Alle anderen zurück an ihre Arbeit. Es gibt nichts zu sehen.« Sobald Eda ins Vernehmungszimmer getreten war, schloß er die Tür.

»Was fällt euch ein? Ich will wissen, was hier los ist, verdammt nochmal!«

Niemand antwortete. Behzat Ç machte unter den Augenpaaren, die ihn anstarrten, zwei verdutzte Augen zuviel aus. Sie gehörten Vahap. Er hatte vergessen, daß der noch hier festgehalten wurde.

»Was suchst du hier? Raus!«, sagte er. »Warte gefälligst in meinem Büro. Wenn du ein Fünkchen Verstand hast, spring aus dem Fenster und verzieh dich!«

Auch nachdem Vahap das Zimmer verlassen hatte, schwiegen die anderen.

Er schaute Selim an: »Los, erzähl, was vorgefallen ist.«

Selim strich sich durchs Haar und sagte: »Es ist nichts vorgefallen. Er kam rein und ging auf mich los.«

Harun zeigte mit dem Finger auf Selim: »Du Arsch. Halt gefälligst deine Hände bei dir, wenn du auf der Kommission bist.«

Selim ging auf Harun los: »Was hab ich denn gemacht?«

Behzat Ç stieß beide gleichzeitig in ihre Ecken zurück.

»Du hast an ihr rumgefummelt.«

»Hab ich nicht. Und wenn, was geht dich das an? Willst du mir das verbieten? Unsere Beziehung ist etwas Ernstes, wir werden uns verloben.«

Behzat Ç blickte Eda an und fragte: »Stimmt das?«

Eda senkte den Kopf und sagte mit geröteten Augen: »Wir haben darüber gesprochen.«

Behzat Ç schwieg ein paar Sekunden. Da er nur zu gut wußte, daß die Grundpfeiler der Familie als gesellschaftlicher Institution auf ernstgemeinten Beziehungen errichtet wurden, wollte er nichts Unpassendes sagen. Er steckte sich eine 216 in den Mund, doch es gelang ihm nicht, sie anzuzünden; seine Hände zitterten zu sehr. Er pfefferte das Feuerzeug gegen die Wand. Selim gab ihm Feuer. Er nahm gleich mehrere hastige Züge hintereinander und sagte: »Dann wünsche ich euch alles Gute. Aber reißt euch am Arbeitsplatz zusammen. Vergeßt nicht, daß wir hier in einer Behörde sind. Und jetzt raus.«

Nachdem sie das Zimmer verlassen hatten, setzte er sich auf einen Stuhl und starrte Harun an: »Ich dachte, du hättest mit dem Thema abgeschlossen?«

Harun hatte Tränen in den Augen.

»Ich lieb sie nun mal, Herr Vorgesetzter, es ist stärker als ich«, sagte er. Seine Stimme klang, als würde er bei der leisesten Berührung anfangen zu weinen. »Du kennst Selim besser als ich, der will sich doch nicht verloben, der betrügt das Mädchen nur und hält sie hin.«

»Ja und? Das ist nicht deine Angelegenheit. Jeder ist für sich selbst verantwortlich. Ihr seid keine Grünschnäbel mehr. Ihr könnt euch hier nicht um ein Mädchen prügeln.« Er schien mit seiner 216 ein Loch in den Aschenbecher stanzen zu wollen. Doch so fest er sie auch ausdrückte, seine Wut ließ nicht nach, bis er den Aschenbecher nahm und gegen die Wand warf. »Du Hornochse«, rief er, »du warst doch sogar auf mich eifersüchtig. Hast du sie noch alle?«

»Was soll das denn jetzt, Herr Vorgesetzter?«

»Hör mir doch auf. Warum hast du Eda bei mir anrufen lassen, als ich bei Gönül übernachtet hab? Meinst du, ich hätte dir ihre Nummer gegeben, damit du Eda zeigen kannst, daß ich bei einer Frau bin? Für den Notfall hab ich sie dir gegeben. Aber du hast nur Dreck im Kopf. Du Sack, Eda ist für mich wie eine Tochter. Schäm dich!«

Sein Kopf war wie ein verdächtiger Gegenstand, den ein Sprengstoffexperte hatte detonieren lassen. Überall lagen verstreute Fetzen böser Gedanken. Er atmete tief durch und sagte: »Du hast jetzt zwei Möglichkeiten. Entweder, du vergißt die ganze Sache. Oder aber du fickst dich selber und haust ab. Zum Bereitschaftsdienst oder in eine andere Abteilung, such dir was aus.«

Harun preßte seine Nasenwurzel zwischen zwei Fingern und nahm sich zusammen.

»Okay, Herr Vorgesetzter«, sagte er. »Ich fick mich selber und hau ab. Kein Problem.«

Er knallte die Tür hinter sich zu. Der Knall hallte lange Zeit in seinem Kopf nach. Er stützte seine Ellenbogen auf den Tisch und vergrub sein Gesicht in den Händen. Er versuchte vergeblich, die Ereignisse des Tages Revue passieren zu lassen. In seinem Geist entstand nichts als eine Abfolge kurz aufblitzender, einander jagender Einzelbilder. Nur Streit und Schlägereien. *Liefert mir Leute, die ich durchprügeln kann. Wenn ich was im Kopf hätte, wär ich ja nicht hier. Unsinn,* sagte eine andere Stimme, *du bist vielleicht keine Leuchte, aber dumm bist du auch nicht. Du hast so viele Mordfälle aufgeklärt. Was hab ich denn aufgeklärt, gib mir eine zerstückelte Leiche und ich sage dir, es war seine Frau, wer würde den Knallkopf schon umbringen außer seiner Frau. Es klopft. Es klopft. Was... Was?* Tatsächlich klopfte jemand zaghaft an die Tür des Vernehmungszimmers. »Herein!«

Cevdet schaute durch den Türspalt hinein und hielt ihm mit beleidigter Miene das schnurlose Telefon hin.

»Herr Vorgesetzter, der Geier ist dran«, sagte er.

Er nahm das Telefon und fragte: »Warum rufst du mich nicht auf dem Handy an?«

»Ich versuche es seit einer halben Stunde, aber du gehst nicht ran.«

Er tastete all seine Taschen ab. Sein Telefon war nirgendwo.

»Eine Sekunde«, sagte er und rief Cevdet. »Geh zu den Sonderoperationen und schau im Eingangsbereich und auf dem Flur nach. Ich glaub, ich hab in meiner Wut mein Telefon da irgendwo hingeschmissen.«

Dann konzentrierte er sich wieder auf den Geier.

»Warum hast du Cevdet verscheucht?«, ging er ihn an. »Wann soll der Junge denn mal was lernen?«

»Von mir kann er nicht viel lernen. Er hat mehr davon, wenn er bei euch ist...«

»Ist ja gut. Was gibt's?«

»Ich habe das Krankenhaus gefunden, an das Betül sich gewandt hat. Geburtsklinik Zekai Tahir Budak. Sie hat einen Schwangerschaftstest machen lassen.«

»Was für einen Test? Gibt es die nicht in der Apotheke?«

»Keinen Urintest, sondern einen Bluttest. Da sind die Ergebnisse sicherer.«

»Und dann? Hat sie sich einen Abtreibungstermin geben lassen?«

»Nein. Das ist eine staatliche Klinik. Die machen keine Abtreibungen bei unverheirateten Frauen. Vermutlich hat sie dort ihr Ergebnis abgeholt und ist dann zu einer Privatklinik gegangen. Es ist aber etwas Seltsames passiert.«

»Hätte mich gewundert, wenn nicht. Was denn?«

»Das Testergebnis ist verlorengegangen. Sie mußte den Test wiederholen lassen.«

»Wunderbar. Wer hat dir das gesagt?«

»Ein Pflegehelfer und zwei Schwestern.«

»Gut. Hol jetzt deine Waffe raus und drück sie den Dreien an den Kopf. Ich komme in zehn Minuten.«

»Du mußt hinter Hacettepe abbiegen.«

»Ich weiß.«

Im Eingangsbereich des Streifendienstes traf er auf Cevdet, der ihm die Einzelteile seines Telefons zeigte.

»Herr Vorgesetzter, mit dem ist nicht mehr viel anzufangen«, sagte er. »Aber ich hab die SIM-Karte rausgenommen, die können Sie in ein anderes Telefon stecken.«

»Schön. Ich wollte mir sowieso ein neues kaufen. Tu die Karte in dein Handy und komm mit.«

»Wohin fahren wir?«

»Ins Krankenhaus. Du mußt langsam was Ordentliches lernen. Handlangerdienste reichen nicht. Laß dich nicht unterdrücken, bloß weil du nicht auf der Polizeiakademie warst. Fordere deine Rechte ein. Du bist doch kein Laufbursche.«

»Sie haben recht, Herr Vorgesetzter«, sagte Cevdet beim Einsteigen.

Behzat Ç drehte den Zündschlüssel im Schloß. Es gelang ihm nicht auf Anhieb, den Motor zu starten. Als er es endlich geschafft hatte, schaltete er in den ersten Gang und drückte das Gaspedal sofort voll durch, ohne den Motor warm werden zu lassen. An der Parkplatzausfahrt rammte er einen Minibus an der Stoßstange und wäre beinahe gegen eine Absperrung geknallt. Die Stoßstange des Minibusses schepperte zu Boden, der Fahrer stieg aus und rief: »He Kollege, tolle Leistung!«

Behzat Ç bremste und stieg aus.

»Sprich anständig mit mir. Was parkst du auch direkt neben der Ausfahrt? Ist doch nichts passiert. Sag halt, du wärst beim Einparken irgendwo gegengestoßen. Wir haben es eilig.«

Beim Weiterfahren justierte Behzat Ç den Innenspiegel und sagte: »Paß auf. Sobald wir im Krankenhaus ankommen, bist du der Chef. Da sind zwei Schwestern und ein Pflegehelfer. Du schreist sie an: Wer von euch hat die Ergebnisse geklaut? Die werden dir sagen, sie hätten sie verloren, aber das ist Stuß. Davon darfst du dich nicht beirren lassen. Wichtig ist, sie schon am Anfang einzuschüchtern. Dadurch wird dem Täter klar, daß er schuldig ist, und er sagt sich, hätt ich das mal lieber nicht gemacht. Das siehst du ihm dann an den Augen an. Aber paß auf, daß du keine Ärzte anschreist. Wir verhaften den, der die Ergebnisse geklaut hat, und bringen ihn her. Alles klar?«

»Alles klar, Herr Vorgesetzter.«

Sie betraten das Krankenhaus. Cevdet griff sich den erstbesten Mann vor dem Informationsschalter am Kragen und schrie ihn an: »Wo- wo- wo sind d-die Ergebnisse?«

Der Mann drehte Cevdet seine Schulter zu und hielt sich eine

Hand schützend vor das Gemächt, wie es die Fußballspieler tun, wenn sie beim Freistoß eine Mauer bilden: »Was für Ergebnisse? Wer bist du eigentlich?«

Unterdessen hatte sich bereits eine schaulustige Menge um sie versammelt.

»Po- po- polizei! Was habt ihr mit den Ergebnissen angestellt? Sag mir nicht, die hättet ihr verloren. Du kannst mir nichts vorspielen.«

Der Mann hielt ihm seine Unterlagen hin.

»Unsere Ergebnisse sind alle hier«, sagte er. »Schauen Sie ruhig nach, ob wir irgend etwas falsch gemacht haben. Meine Frau hat hier ein Kind zur Welt gebracht, und ich wollte sie abholen.«

Behzat Ç ging dazwischen und rettete den Mann aus Cevdets Händen. »Möge Gott deinem Kind ein langes Leben schenken«, sagte er und verstreute die Schaulustigen mit einem »Hier gibt es nichts zu sehen«. Sie ließen den Mann zurück und machten sich auf den Weg zur richtigen Station. Cevdet drehte sich noch einmal um und rief: »Verlier die Ergebnisse nicht, die sind wichtig.«

Behzat Ç zog ihn am Handgelenk hinter sich her und flüsterte ihm ins Ohr: »Du gottverdammter Idiot. Jetzt reiß dich am Riemen. Wir müssen zuerst den Geier finden.«

Der Geier winkte ihnen aus einiger Entfernung mit der Hand. Sie betraten einen Raum, der höchstens drei Quadratmeter groß war. Vor dem Fenster stand ein stämmiger Krankenpfleger zwischen zwei Schwestern. Als Cevdet schrie: »Habt ihr die Ergebnisse geklaut?«, schaute der Geier Behzat Ç an. Der zwinkerte ihm zu und sagte zu Cevdet: »Der in der Mitte war's bestimmt, Herr Vorgesetzter. Der sieht schon so aus.«

»Halt du dich da raus«, wies Cevdet Behzat Ç zurecht. »Ich führe hier die Untersuchungen.« Er drohte der Krankenschwester an der rechten Seite des Pflegers: »Antworte mir. Wie hat sich der Diebstahl ereignet?«

Die Krankenschwester wollte gerade etwas sagen, da brüllte Cevdet sie an: »Du sollst mir antworten!« Verängstigt legte sie die Hand vors Gesicht und bekam Tränen in die Augen.

»Herr Kommissar«, sagte der Pflegehelfer. »Wir alle sind Staatsdiener, genauso wie Sie. Wir bekommen sämtliche Testergebnisse in die Hand, warum sollten wir sie stehlen?«

»Still! Du sollst dich melden, bevor du sprichst. Und du hör auf zu heulen. Wir machen hier für dich Überstunden. Die Polizei ist schließlich für den Bürger da. Und jetzt antworte.«

»Ich weiß nicht, ob die Ergebnisse gestohlen wurden«, sagte die Krankenschwester. »Mir ist nur gesagt worden, sie seien verschwunden. Ich hab ihr dann Blut für einen neuen Test abgenommen.«

»Wieviel?«

»Ein paar Tropfen.«

»Schön. Dann sagt mir jetzt mal, wer von euch die Testergebnisse ausstellt.«

»Die bekommen wir vom Labor«, antwortete die andere Krankenschwester. »Ich nehme sie entgegen und liefere sie bei der Information am Eingang zur Station ab. Dann können die Patienten sie gegen Unterschrift abholen.«

»Hast du Betüls Testergebnisse zur Information gebracht?«

»Ja.«

»Woher hattest du sie? Vom Labor?«

»Ja.«

»Woher bist du dir so sicher?«

»Wir liefern die Bluttests per Checkliste im Labor ab und prüfen anhand dieser Liste, ob wir sie alle zurückbekommen haben. An dem betreffenden Tag fehlte kein Test.«

Der Geier war mit dem Verlauf der Befragung recht zufrieden. Behzat Ç nickte ihm leicht zu, als wolle er sagen: »Siehst du, der hat einiges drauf.«

»Na gut«, fuhr Cevdet fort. »Du hast also die Testergebnisse in Empfang genommen und bei der Information abgegeben. Wer hat an dem Tag da gearbeitet?«

»Ich«, antwortete der Pflegehelfer. Tatsächlich hatte er sich vorher gemeldet.

»Ich hätte mich auch gewundert, wenn du nicht in die Sache verstrickt wärst. Hast du die Ergebnisse geklaut?«

»Nein. Sie sind verschwunden.«

»Wie, verschwunden? Einfach so in Luft aufgelöst?«

»Das weiß ich doch nicht. Die Frau kam am Nachmittag. Betül hieß sie, soweit ich mich erinnere. Wir haben nach den Ergebnissen geschaut und sie nicht gefunden. Dann hab ich die Schwester gefragt, und sie hat mir gesagt, sie hätte alle gebracht. Ich hab beim Labor angefragt. Dort wurde mir gesagt, sie hätten sämtliche Ergebnisse ausgeliefert. Ich hab gefragt, ob sie die Daten für Betül noch einmal ausdrucken können, sie sagten, können wir nicht. Wir mußten also einen neuen Test machen. Am nächsten Tag hat sie sich ihre Ergebnisse abgeholt.«

»Wo werden die Ergebnisse aufbewahrt?«

»In der Schublade bei der Information.«

»Ist sie abgeschlossen?«

»Nein.«

»Verläßt du die Information manchmal?«

»Wenn etwas zu tun ist, ja. Zum Beispiel kommt ab und zu der Chefarzt vorbei. Dann müssen wir die Absperrungen vor der Tür entfernen, damit er parken kann.«

»Hast du an dem Tag etwas Verdächtiges gesehen? Ist jemand herumgelaufen, der da nichts zu suchen hatte?«

»Also, Herr Kommissar, ich möchte niemanden verdächtigen. Aber wir sind eine Geburtsklinik, unsere Patienten sind Frauen. Manchmal kommen auch deren männliche Angehörige, aber die haben dann meist ganz viele Unterlagen in der Hand und laufen aufgeregt hin und her. Und die meisten kennen wir ja irgendwann auch. Wir wissen, wer zu welcher Patientin gehört. An dem Tag war jemand mit einem kräftigen Gesicht hier, ein dicker Mann.«

Der Pflegehelfer gehörte zu jenen Menschen, die ihre Aussagen unbedingt mit Mimik und Gestik unterstreichen mußten.

»Ich sah, daß er nichts in der Hand hatte, sondern nur in der Gegend herumlief. Ich fragte, wer er sei, denn wir sind hier ja auf der Gynäkologie, nicht, daß der noch in die Zimmer guckt oder jemanden belästigt. Er sagte, er suche eine Patientin und nannte mir einen erfundenen Namen. Wir hatten natürlich keine Patientin dieses Namens, aber der Mann wollte nicht gehen. Er blieb vor der Tür stehen und guckte mehrmals zu mir rüber. Er kam mir ein bißchen verdächtig vor. Ich wollte zuerst dem Sicherheitsdienst Bescheid sagen, hab es dann aber nicht getan, weil die oft sehr ruppig sind, und wir uns hinterher mit den Beschwerden herumplagen müssen.«

Behzat Ç holte die Kopie von Halis Tokgöz' Personalausweis aus seiner Tasche. Er verdeckte mit seiner Hand den Namen und zeigte ihm das Foto.

»Genau der«, sagte der Pflegehelfer.

»Kannst du ihn identifizieren, wenn du ihn siehst?«

»Ganz sicher.«

»Gut. Vielen Dank.«

Behzat Ç und der Geier schickten sich an, den Raum zu verlassen. Sie zogen Cevdet am Arm, doch der schrie weiter: »Nehmt euch in acht, ich komme wieder. Und wehe, da geht noch einmal etwas verloren.«

Auf dem Gang tätschelte Behzat Ç Cevdet die Wange und sagte: »Herzlichen Glückwunsch, du hast eine Menge gelernt.«

»Danke, Herr Vorgesetzter. Das hab ich mir von Ihnen abgeschaut.«

»Hast du gut gemacht. Aber wenn du mich noch einmal vor anderen Leuten anschnauzt, dreh ich dir den Hals um. Jetzt ruf das Phantom an.«

»Sag mal, was ist denn mit deinem Telefon passiert?«, fragte der Geier.

»Es ist kaputtgegangen.«

»Wer ist der Mann, dessen Personalausweis du gezeigt hast?«

»Das ist der Dicke, der Betül verfolgt hat. Er hat Schmiere gestanden, während sie das Mädchen von der Terrasse geworfen haben. Vielleicht hat er sogar den Mord geplant.«

Cevdet gab ihm das Telefon. Er hielt es sich ans Ohr und fragte das Phantom: »Wie geht's?«

»Hast du jetzt schon einen Sekretär für dein Handy?«

»Frag nicht. Meins ist kaputtgegangen. Ich gebe dir jetzt einen

Namen und schick dir das Foto von einer Personalausweiskopie. Du mußt diesen Mann sofort finden.«

»Laß mal. Komm lieber her«, sagte das Phantom. »Ich hab Gökhans Spur gefunden.«

»Was? Wo denn?«

Behzat Ç notierte sich die Adresse.

»Hmm. Kommt mir irgendwie bekannt vor.«

»Das hoff ich doch. Es ist die Adresse aus Betüls Tasche.«

»Die leerstehende Wohnung von Resul dem Kommunisten?«

»Wir reden darüber, wenn du da bist.«

In Windeseile waren die drei Beamten beim Phantom.

»Warum hast du nicht gleich die ganze Mannschaft mitgebracht?«, fragte er Behzat Ç.

»Die gehen gleich. Sobald eine Verletztenmeldung reinkommt.«

Inzwischen war es dunkel geworden, und tatsächlich dauerte es keine halbe Stunde, bis eine Verletztenmeldung einging und Behzat Ç mit dem Phantom alleinblieb. Sie hatten den Wagen in einer Ecke vor der leerstehenden Wohnung geparkt.

»Bist du sicher, daß er hierher kommen wird?«, fragte Behzat Ç.

»Ja.«

»Wieso?«

»Weil Resul der Kommunist die Wohnung betreten hat. Er hat vermutlich etwas dagelassen, das Gökhan sich abholen kommt. Diese Wohnung wird als Briefkasten genutzt.«

»Der Typ ist in seine eigene Wohnung gegangen. Was ist denn schon dabei? Vielleicht hat er bei seinem Umzug was vergessen.«

»Das ist gar nicht seine Wohnung. Wieso sollte jemand, der in Tuzluçayır am Gymnasium arbeitet, sich eine Wohnung in Ulus mieten? In Tuzluçayır sind die Mieten günstiger, und es liegt viel näher an seinem Arbeitsplatz.«

»Mach mich nicht wütend, Phantom. Hast du nicht gesagt, daß das seine Wohnung ist?«

»Hab ich. Er hat diese Wohnung auf seinen Namen angemietet, als wollte er selbst darin wohnen. Aber wenn du mich fragst, hat er sie für Gökhan gemietet.«

»Kann gut sein. Dann laß uns reingehen und auf ihn warten. Ich würd gern wissen, was er da abgelegt hat.«

»Wir gehen rein, wenn Gökhan kommt. Dann können wir ohne Risiko zwei Fliegen mit einer Klappe schlagen.«

»Wart mal«, antwortete Behzat Ç. »Dann können wir doch gleich Gökhan verfolgen und drei Fliegen erwischen.«

»Wer ist die dritte Fliege?«

»Zu der wird Gökhan uns führen. Okay, mach dich jetzt auf den Weg und finde Halis Tokgöz. Ich bleibe hier.«

»Du solltest nicht allein warten. Ich rufe Harun her.«

»Brauchst du nicht. Er arbeitet jetzt nicht mehr bei uns. Ich hab ihn weggeschickt.«

»Hat er sich wieder mit Selim in die Wolle gekriegt?«

»Ja.«

Das Phantom gab Behzat Ç eine Schirmmütze, die die ganze Zeit auf seinem Schoß gelegen hatte, und stieg aus.

»Was soll ich damit?«, rief Behzat Ç ihm hinterher.

»Du kannst sie brauchen.«

Mehrere Stunden vergingen, ohne daß Gökhan kam. *Vielleicht kommt er diese Nacht gar nicht. Vielleicht morgen, vielleicht übermorgen, vielleicht nie.* Die schwächliche Autoheizung half nicht viel. Seine Ohren waren taub vor Kälte und seine Füße drohten ihm abzufrieren. Mehrere Male zog er seine undichten Stiefel aus und rieb sich die Füße mit den Händen warm. Im Morgengrauen sah er am Ende der Straße einen Mann. Er preßte sich in den Sitz und hielt den Atem an. Es war Gökhan. *Endlich.*

27

Die Neonlichter der Bars gingen eines nach dem anderen aus. Betrunkene machten sich grölend auf den Heimweg, ein wenig später kamen die Musiker und Animierdamen von ihrer Feierabendsuppe. Nur Gökhan kam nicht heraus. Er hatte das Licht nicht angeschaltet und bewegte sich mit Hilfe einer Taschenlampe durch die Wohnung. Behzat Ç saß seit rund zehn Stunden mit eingeschlafenen Gliedern und steifen Muskeln im Wagen. Ohne die Wohnung aus den Augen zu lassen, machte er mit Kopf und Schultern gymnastische Bewegungen und massierte seine Beine mit leichten Faustschlägen. Die ersten Schritte würden ihm schwerfallen, wenn er jetzt loslaufen müßte. Falls Gökhan überhaupt die Wohnung verlassen sollte.

Eine weitere Stunde verging. Gemächlich kroch ein Räumungsfahrzeug der Stadtverwaltung durch die Straße. Ein Arbeiter mit rotgefrorenem Gesicht verteilte mit einer Schaufel Streusalz. Eine weitere Stunde verging. Beamte verließen ihre Wohnungen und eilten zur Arbeit; Gestalten mit gesenkten Köpfen, die ihre Gesichter mit ihren Schals vor der Kälte schützten, huschten zu den Haltestellen. Wer aus den Küstenstädten nach Ankara versetzt worden war, rutschte trotz des Streusalzes aus, stürzte zu Boden und verriet seine Herkunft. Eine weitere Stunde verging. *Endlich…*

Mit einer Migrostüte in der Hand verließ Gökhan das Haus. Er trug jetzt einen Bart, der wohl kaum innerhalb von drei Stunden gewachsen war… An der Haustür klopfte er seine Schuhe auf dem Fußabtreter ab. Er trug hochwertige Glanzlederschuhe, die man auch aus dreißig Meter Entfernung nicht übersehen konnte, und darüber einen Allerweltsmantel. Damit würde er nicht allzu leicht zu erkennen sein. Er mußte sich bemühen, ihn erst gar nicht aus den Augen zu verlieren. Als Gökhan an der Straßenecke war, zog sich Behzat Ç die Schirmmütze über, die das Phantom ihm dagelassen hatte, und verließ den Wagen. Der Morgenfrost zeigte sich sofort in seiner ganzen Bissigkeit. Er ging so leise wie möglich. Sobald sein Ziel um die Ecke gebogen war, legte er einen Zahn zu, damit der Abstand nicht zu groß wurde. Er wechselte auf die andere Straßenseite und setzte die Verfolgung fort, ohne sich den Schaufenstern zu sehr zu nähern. An Ausfahrten ging er vorsichtig vorbei.

Sie kamen auf den Platz der Nation, das Herz von Ulus. Das Ziel blieb eine Weile vor dem Denkmal stehen und schaute sich Mustafa

Kemal an, den man auf ein imposantes Pferd gesetzt hatte. Unter ihm, auf der Rückseite des Sockels, war eine Frau zu sehen, die Granaten zur Front trug, vor ihr zwei Fußsoldaten. Der erste trug in der einen Hand ein Mausergewehr, die andere hielt er zum Spähen über die Augenbrauen. Er suchte die Umgebung nach Feinden ab. Der zweite hatte eine Hand in die Luft gestreckt, als wollte er dem erstbesten, der ihm blöd kam, eine langen. Sie standen stocksteif da und erweckten im Betrachter eine Mischung aus Bewunderung und Furcht. Schneidige Kerle. Als das Ziel seine Augen vom Denkmal abwandte und sich entschied, am Zebrastreifen die Straßenseite zu wechseln, suchte sich Behzat Ç eine aufgetakelte junge Frau als Deckung. Die Frau rutschte auf dem glatten Boden, fiel aber nicht hin. Das Ziel blieb vor dem alten Parlamentsgebäude stehen und begann, die Kanonen zu betrachten, deren Läufe auf die Passanten gerichtet waren. Wäre Behzat Ç ebenfalls stehengeblieben, wäre er aufgefallen. Er ging also weiter hinter seinem Schutzschild her. Es waren nur noch zehn Meter Entfernung zwischen den beiden. *Jetzt geh schon weiter! Was für ein ausgeprägtes Interesse für Zeitgeschichte der hat.* Während das Ziel die Gedenktafel mit der Aufschrift ›*In diesem Gebäude wurde am 23. Oktober 1923 die Republik Türkei gegründet*‹ las, kam Behzat Ç der Zufall zu Hilfe. Die Frau vor ihm rutschte diesmal aus, und bevor sie fiel, machte Behzat Ç einen Satz nach vorne und faßte sie an den Armen. Die aufgetakelte Frau war erfreut, bei diesem Scheißwetter auf einen athletischen Gentleman wie Behzat Ç zu stoßen, der sie in letzter Sekunde vor dem Sturz aufs Steißbein bewahrte. Aus ihren Augen sprach nicht nur der Schreck, sondern auch die traurige Klage: *Ich bin hier fremd.*

»Machen Sie sich keine Gedanken, meine Dame«, sagte Behzat Ç. »Nur Gott stürzt nie.«

»Danke schön.«

»Gern geschehen.«

Als das Ziel vor dem Parlamentsgebäude weiterging, waren sie alle drei auf gleicher Höhe. Es war eine wunderbare Gelegenheit, um unbemerkt zu bleiben.

»Kommen Sie aus Izmir?«, fragte Behzat Ç die Frau.

»Nein, aus Antalya.«

»Dort duftet es jetzt sicher schon überall nach Zitrusfrüchten.«

»Ja. Ich hab den Geruch noch in der Nase. Hier ist immer Schnee und Matsch. Nichts außer Asphalt und Auspuffgasen.«

»Sagen Sie das nicht. Im Frühsommer blühen hier die Linden. Es sind zwar nicht allzu viele, aber wenn man unter einer von ihnen auf jemanden wartet, duftet es ganz wunderbar.«

»Was sind Sie von Beruf?«

Behzat Ç verfolgte mit seinen Augen das Ziel, das gerade den Weg in Richtung Fußballstadion eingeschlagen hatte. Er zog verschiedene mögliche Antworten in Erwägung: Beamter, Fleischer, Blumenhändler.

»Ich bin Fußballtrainer«, sagte er.

Die Frau zeigte reges Interesse: »Oh, bei welcher Mannschaft?«

»Ballsportverein Cebeci.«

»Nie gehört«, sagte die Frau. »Sind die in der ersten Liga?«

»Erste Amateur.«

»Tja. Wie ist die Form der Mannschaft?«

»Wir steigen ab.«

Als sie in Richtung Kleines Theater abbog, zog er seine Schirmmütze und sagte: »Ich muß mich hier verabschieden. Schönen Tag!«

Das Ziel hielt an einer Kreuzung hinter dem Platz der Feuerwehr und schaute sich um. Sogleich ging er zu einem Kiosk und kaufte eine Zeitung. Dann warteten sie an der Bushaltestelle vor der Oper. Behzat Ç durchforstete sein Portemonnaie nach einer Fahrkarte. Sie stiegen in den Bus nach Kavaklıdere. Er zog es vor, eine normale Fahrkarte abzustempeln, anstatt seinen Dienstausweis vorzuzeigen. Er setzte sich zwei Reihen hinter sein Ziel. Der kompakte Mann, der als letzter in den Bus stieg, gefiel ihm gar nicht. *Mal sehen, wo das alles endet.* Er schaute sich die Sportseite an. Die gesamte Seite, von den Reportagen bis zu den Gastkommentaren, beschäftigte sich mit den Gründen für die schmachvolle Niederlage Galatasarays gegen die Gençler. Hier wurde der Schiedsrichter beschuldigt, da die mangelnden analytischen Fähigkeiten des Trainers, dort die

Finanzkrise des Managements. Er fand keine einzige Zeile darüber, daß die Gençler einfach nur gut gespielt hatten. Er hätte gern die Zeitung weggeworfen, aber er würde sie noch brauchen.

Sie stiegen am Schwanenpark aus. Das Ziel betrat den Park und setzte sich auf eine Bank. Er ging in die Teestube gegenüber. Er setzte sich an einen Tisch am Fenster, von dem aus er die Bank sehen konnte, und rief den Kellner herbei: »Bring mir mal schnell einen Tee.« Er zahlte sofort, als der Tee kam. Der warme Tee tat ihm gut. Obwohl er nicht lange genug gezogen hatte, hatte er in den letzten Monaten selten so viel Genuß bei einem Glas Tee empfunden wie bei diesem. Unterdessen traten zwei Männer in die Teestube, die ihm nicht gefielen, doch er schenkte ihnen keine weitere Beachtung. Das Ziel beobachtete die Schwäne, die beinahe zu erfrieren schienen, und schaute dabei ständig auf seine Uhr. Nervös wippte er mit dem Fuß. Es war überdeutlich, daß er auf jemanden wartete. Derjenige ließ auch nicht allzu lange auf sich warten. Er trug die gleiche Plastiktüte wie das Ziel. Er setzte sich neben das Ziel auf die Bank und stellte seine Tüte neben die andere. Sie wechselten kein Wort. Nach einer Weile nahm das Ziel die Plastiktüte, die der Mann gebracht hatte, und hinterließ ihm seine eigene.

Als das Ziel aufstand, erhoben sich mit einem Mal auch die beiden Männer, die nach Behzat Ç in die Teestube gekommen waren. Er hatte sie auf den ersten Blick nicht leiden können; jetzt wurde ihm klar, daß auch sie hinter seinem Ziel her waren. Er stand erst auf, als sie die Teestube verlassen hatten. Sie arbeiteten zu dritt: Einer verfolgte das Ziel, der zweite den ersten, der dritte die ersten beiden. Um nicht aufzufallen, wechselten sie sich regelmäßig ab. Das waren eindeutig Profis. Behzat Ç hängte sich an sie dran. Jetzt beobachtete er nicht mehr das Ziel, sondern die Person, die direkt hinter dem Ziel war. Wie ein Rattenschwanz bewegten sie sich bis zur Iranischen Straße fort. Irgendwoher kannte er den Kompakten, der am Ziel dran war. Es dauerte nicht lange, bis ihm auffiel, daß er ihn vor kurzem im Bus nach Kavaklıdere gesehen hatte, und… Ja, in der Tatnacht in der Bar. Er hatte sich mit ihm angelegt, um dann zu erfahren, daß er vom Geheimdienst war.

Das Ziel prüfte hin und wieder, wer hinter ihm ging, schien sich aber recht sicher, nicht verfolgt zu werden – bis an einer Straßenecke ein Bus zwischen die beiden kam und der kompakte Idiot vor lauter Panik, das Ziel aus den Augen zu verlieren, aufgeregt herumsprang. Dabei war das Ziel nur in einen Laden gegangen, vermutlich, um sich Kaugummis oder Zigaretten zu kaufen. Sobald das Ziel den panisch hin und her laufenden Mann sah, wurde ihm klar, daß er verfolgt wurde. Er verließ den Laden und winkte dem ersten Taxi, das ihm entgegenkam. Das Taxi hielt auch prompt. Behzat Ç war auf der anderen Straßenseite. Vorsichtig überquerte er die Straße und winkte unauffällig dem nächsten Taxi. Als das Taxi mit dem Ziel losfuhr, hielt schon eines neben Behzat Ç an. Er stieg ein.

»Wohin geht es?«

»Warten Sie einen Augenblick.«

Ein schwarzer Volvo war mit hoher Geschwindigkeit in die Iranische Straße eingebogen und bremste scharf vor den Verfolgern. Alle drei stiegen hinten ein.

»Verfolgen Sie den Wagen hinter uns«, sagte Behzat Ç.

Der Taxifahrer grinste breit. »Muß der Satz nicht heißen: Verfolgen Sie den Wagen vor uns?«

Behzat Ç zeigte seinen Dienstausweis und sagte: »Halt den Mund und tu, was ich dir sage. Wir sind hier nicht im Film.«

Als das Auto hinter ihnen losfuhr, nahmen sie die Verfolgung auf.

»Und verlier den Wagen bloß nicht aus den Augen«, warnte er den Taxifahrer. »Wir sind auf einer wichtigen Mission.«

Der Taxifahrer drehte sich um und riß seine Augen auf: »Guck mal«, sagte er. »Sehe ich so aus, als ob ich etwas aus den Augen verlieren würde? Ich sitze seit zehn Jahren auf diesen Straßen hinterm Lenkrad.«

Auf dem Weg nach Çankaya fuhren das Taxi mit dem Ziel, der schwarze Volvo seiner Verfolger und das Taxi mit Behzat Ç fast Stoßstange an Stoßstange. Er verbarg sich hinter den Vordersitzen und sagte: »Fahr nicht zu nah ran. Laß einen anderen Wagen zwischen uns. Sie dürfen uns nicht bemerken.«

An einer roten Ampel ließ der Taxifahrer einen Wagen zwischen sich und den schwarzen Volvo. Das Taxi mit dem Ziel schoß noch bei Gelb los und wendete an einer verbotenen Stelle, der schwarze Volvo wendete ebenfalls, aber als die Reihe an Behzat Çs Taxi war, wurden sie von einem Verkehrspolizisten verwarnt.

»Dreh sofort um«, rief Behzat Ç.

»Wir bekommen eine Strafe.«

»Dreh um, hab ich gesagt.«

Der Taxifahrer gehorchte. Der Verkehrspolizist ließ seine Sirenen aufheulen und heftete sich dem Dreigespann an die Fersen. Er holte Behzat Çs Taxi ein und signalisierte dem Fahrer, rechts ran zu fahren.

»Was soll ich machen?«

Behzat Ç verdeckte sein Gesicht mit den Händen und sagte: »Fahr rechts ran.«

Der Verkehrspolizist stieg mit schwerfälligen Bewegungen von seinem Motorrad ab und kam mit drohenden Gesten näher. Er schlug mit der Faust gegen die Windschutzscheibe des Wagens. Dann schob er seine Sonnenbrille auf die Stirn und fragte den Taxifahrer, ob er bescheuert sei. Der Taxifahrer zuckte mit den Schultern und schaute Behzat Ç an. Sobald er sicher war, daß das Auto vor ihnen weit genug weg war, stieg er aus und drückte dem Verkehrspolizisten seine Dienstmarke ins Gesicht.

»Ja, du Wichser, wir sind bescheuert«, schrie er. »Und zufällig im Einsatz.«

»Entschuldigen Sie, Herr Vorgesetzter, wie konnte ich denn wissen, daß Sie im Einsatz sind.«

»Als der Volvo an dir vorbeigerauscht ist, hast du nur geglotzt wie ein Ochse vorm Berg. Aber sobald du ein wehrloses Taxi siehst, stürzt du dich drauf!« Behzat Ç stieß den Polizisten am Arm fort: »Und jetzt verpiß dich!« Er stieg wieder ein und sagte: »Schnell.« Der Verkehrspolizist schaute ihnen betreten hinterher. Der Taxifahrer gab Gas, schaltete in den dritten Gang und wandte sich dabei mit einem noch breiteren Grinsen nach Behzat Ç um: »Du hast aber ganz schön Eier in der Hose, Herr Vorgesetzter. Und ich dachte, du wärst so'n stinknormaler Beamter.«

»Fahr zu, Mann. Wir haben sie verloren.«

»Kann gar nicht passieren. Ich sitz seit zehn Jahren auf diesen Straßen hinterm Lenkrad. Guck dir nur meine Augen an…«

Die Augen des Taxifahrers waren überall, nur nicht auf der Straße vor ihm. Den schwarzen Volvo sahen sie vor einem neueröffneten Kaufhaus auf der Nene-Hatun-Straße. Vor dem Geschäft waren unzählige Blumengestecke und Gratulationskränze aufgebaut. Aus überdrehten Lautsprechern dröhnte schlechte Musik und auf dem Gehsteig rannten einige Clowns herum.

»Halt da vorne rechts«, sagte Behzat Ç.

Der Taxifahrer tat es.

»Wieviel macht es?«

»Ich hab das Taxameter gar nicht erst angeschaltet, Herr Vorgesetzter. Das seh ich als Dienst am Vaterland an.«

Behzat Ç steckte die Hand in die Tasche und gab dem Taxifahrer den ersten Schein, der ihm zwischen die Finger kam. Das es ihm zu wenig vorkam, gab er ihm noch einen von der gleichen Größe. Der Taxifahrer nahm nur einen der beiden Scheine und sagte: »Das stimmt so. Wenn Sie wollen, warte ich hier.«

»Nicht nötig. Fahr einfach weiter.«

Es war ein seltsames, zweistöckiges Geschäft, wo man auf den ersten Blick gar nicht erkennen konnte, was dort verkauft wurde. Im Erdgeschoß gab es Bekleidung, im Obergeschoß Bücher und Tonträger. Vor dem Eingang signierte ein Sänger seine Alben. Behzat Ç kannte sein Gesicht aus dem Fernsehen, wußte aber den Namen nicht. Weibliche Teenager drängten sich kreischend vor der Absperrung. Hin und wieder gelang es einem Mädchen, die kalkulierte Nachlässigkeit der Leibwächter auszunutzen und sich dem Sänger an den Hals zu werfen. Sobald sie mit ihm fotografiert worden war, fiel sie in Ohnmacht, wurde in eine Ecke getragen und begann erneut zu schreien, wenn die Ohnmacht vorüber war. *Das Ziel ist ziemlich klug. Er hat sich den perfekten Ort ausgesucht, um aus dem Taxi zu steigen.*

Zuerst suchte er die Männer, die das Ziel verfolgten. Er fand den Kompakten am Seitenausgang des Geschäfts, wie er die herausströmenden Kunden beobachteten. Er positionierte sich auf der anderen Seite des Ausgangs und begann zu warten. Pro Sekunde drängten sich rund zehn Personen durch die Tür. Behzat Ç schaute nur auf die Schuhe der Personen, die herauskamen. Währenddessen hielt der kompakte Idiot immer wieder seine Hand ans Ohr und kommunizierte mit seinen Kollegen. Plötzlich wurde es am Hauptausgang turbulent. Die Teenager durchbrachen die Absperrung und fielen über den Sänger her. Seine Leibwächter, die Kaufhaus-Security und die Kameraleute stürzten sich ins Gewühl.

Zwei schwarzgekleidete Schränke packten den Sänger bei den Armen, rissen ihn förmlich in die Luft und bahnten sich einen Weg zum Seitenausgang, indem sie alles um sich herum plattwalzten. Der Sänger zumindest hatte sich seinen Auftritt in den Abendnachrichten gesichert. Die Leibwächter brachten ihn wohlbehalten durch die Menge und setzten ihn in einen Jeep, der vor dem Seitenausgang vorfuhr. Die Kameraleute und die ekstatischen Teenager stürmten ihnen hinterher. *Genau der richtige Zeitpunkt.* Behzat Ç entdeckte die schwarzen Glanzlederstiefel wieder. Tatsächlich funkelten sie ihm schon aus beträchtlicher Entfernung entgegen. Er näherte sich, ohne die Augen von den Stiefeln zu lassen. Er stieß ein paar Leute fort, die sein Sichtfeld einschränkten. Der Kompakte rannte schon wieder in Panik auf und ab. Seine beiden Kollegen kamen aus dem Laden und gesellten sich zu ihm. Erhitzt diskutierten sie, was nun zu tun sei. Behzat Ç lief bereits hinter dem schwarzen Glanzleder über den Bürgersteig. Das Ziel war mit einem schwarzen Mantel und Bart hineingegangen und mit einem dunkelgrünen Anorak, einer Wollmütze und ohne Bart herausgekommen. Die beiden bogen von der Nene-Hatun-Straße in die Noktalı-Straße ab und gingen in Richtung des Einkaufszentrums Karum. Die Straßen waren voller Menschen, da es mittlerweile Mittagszeit war. Behzat Ç hielt großen Abstand zum Ziel. Er hatte einen doppelten Vorteil. Da das Ziel sich sicher war, nicht mehr verfolgt zu werden, ging es entspannter und langsamer. Genau vor dem Karum drehte er sich plötzlich um und kontrollierte die Straße hinter sich. Doch

Behzat Ç war schon hinter einem Passanten verschwunden, der ihm gerade entgegenkam: »Kann ich mal Feuer haben?«

»Die brennt doch schon.«

»Ach, wirklich? Tut mir leid. Ich suche hier in der Gegend eine Mietwohnung. Wissen Sie vielleicht, wo welche leerstehen?«

Der Mann zeigte auf das schicke Einkaufszentrum und sagte: »Versuch es mal da drin. Du hast doch 'n Knall.«

Er sah, daß sein Ziel weiterging. Er nahm die Schirmmütze ab und steckte sie in die Tasche. »Danke, mein Herr«, sagte er und ließ den Mann stehen. Nun standen sie beide im Abstand von ungefähr fünfzehn Metern zueinander vor dem Karum und taten so, als warteten sie auf jemanden. Vielleicht wartete das Ziel wirklich auf jemanden; logisch erschien es Behzat Ç jedenfalls nicht, daß man ein Treffen vor dem Einkaufszentrum vereinbart hatte.

Er schaute unauffällig hinüber. Das Ziel blickte wieder auf seine Uhr. Er trug jetzt keine Plastiktüte mehr. *Was da wohl drin war?* Er versuchte, die Ereignisse zeitlich einzuordnen. *Er verließ die Wohnung mit einer Tüte. Der Mann, mit dem er sich im Schwanenpark traf, hatte die gleiche Tüte dabei. Vermutlich kannten sie sich nicht, sondern verständigten sich mithilfe der Tüten, die sie austauschten. Jedenfalls hat das Ziel etwas abgegeben und etwas in Empfang genommen. Sobald er merkte, daß er verfolgt wurde, ging er ins Kaufhaus und kleidete sich neu ein. Mich konnte er damit nicht abschütteln. Jetzt wird er sich mit jemand anderen treffen und das abgeben, was er im Park bekommen hat. Genau an dem Punkt müßte man eingreifen. Aber der Geheimdienst würde uns die Leute eh sofort wegnehmen. Es geht nur noch darum, soviel an dem Fall zu klären wie irgend möglich. Ich muß Unterstützung anfordern...* Seine Hand tastete nach seiner Waffe. Als das Ziel sich in Bewegung setzte, wartete er eine Weile und folgte ihm dann mit langsamen Schritten.

Das Ziel betrat eine Weinhandlung gegenüber des Hilton-Hotels und schaute sich die Weinflaschen an. Er blieb im Blickfeld von Behzat Ç, der sich mit den Taxifahrern vor dem Hilton unterhielt. Ein Kunde verließ die Weinhandlung. Das Ziel näherte sich dem

Weinhändler. Sie sprachen eine Weile. Sobald ein weiterer Kunde eintrat, beschäftigte sich das Ziel wieder mit den Weinflaschen und kontrollierte mit einem Auge unentwegt den Platz vor dem Hotel. Der zweite Kunde verließ das Geschäft. Wieder sprach das Ziel mit dem Weinhändler. *Vielleicht ist das der Mann, mit dem er sich treffen wollte. Warum hat er dann vor dem Karum gewartet? Er hätte gleich hingehen können.* Ein schwarzer Mercedes fuhr vor und parkte direkt am Eingang. Das Ziel steckte eine Hand in die Tasche seines grünen Anoraks und verließ eilig die Weinhandlung. Behzat Ç ging langsam auf den Mercedes zu. *Das ist also der Mann, mit dem er sich treffen will. Sie werden sich freuen, mich kennenzulernen.* Der Chauffeur des Mercedes stieg aus. Der Portier des Hilton kam ihm zuvor und öffnete den Verschlag. *Wenn sie sich im Hilton treffen wollten, hätten sie doch in der Lobby aufeinander warten können.* Er riß unwillkürlich die Augen auf. Es war Betüls Vater Hayrettin, der aus dem Mercedes stieg. Seine Hand fuhr sofort zur Waffe und er begann zu rennen. Doch er kam zu spät.

Die Wollmütze auf Gökhans Kopf entpuppte sich als aufgerollte Skimaske. Er zog sie im Gehen über das Gesicht, holte seine Waffe hervor und feuerte zweimal. Der Chauffeur schien gleichzeitig Bodyguard zu sein. Er warf sich schützend über Hayrettin. In diesem Augenblick hörte Behzat Ç ein schrilles Bremsgeräusch und fand sich auf der Motorhaube eines Autos wieder. Er drehte sich über die Schulter, ließ sich von der Motorhaube rollen und drohte dem Fahrer mit der Waffe. *Hol dich der Teufel.* Der Fahrer sagte zu der Dame an seiner Seite: »Mein Gott, das sind Räuber« und gab Gas. Das Auto war genauso schnell wieder weg, wie es gekommen war.

Während Gökhan die Straße hinunter floh, zog der Chauffeur eine Waffe und kniete sich in Zielposition. Behzat Ç ließ ihm keine Zeit zu schießen, sondern verpaßte ihm einen Volley-Tritt in den Nacken: »Keine Bewegung, Polizei!« Hayrettin war an der Schulter getroffen worden. Ihre Blicke trafen sich. Hayrettin deutete mit der Hand in die Richtung, in die Gökhan geflohen war. Behzat Ç lief so schnell er konnte in diese Richtung. Eine Ecke weiter teilte ihm ein Aktivbürger mit, daß Gökhan in den rechten Teil der Teheraner Straße eingebogen war, ohne daß Behzat Ç sich als Polizist zu erkennen geben mußte.

Sobald er sich sicher war, in welche Richtung Gökhan geflohen war, rannte er quer über die Straße, lief durch den Vorgarten des Hauses gegenüber, sprang über eine Mauer und überquerte einen Parkplatz. Über diese Abkürzung gelangte er an die Ecke, an der die Teheraner Straße auf die Bültenstraße trifft. Er versteckte sich hinter einem parkenden Auto und wartete auf Gökhan. Sein Herz wummerte. Als Gökhan nach kurzer Zeit an der Straßenecke erschien, sagte er sich: *Ich jage auch schon seit zwanzig Jahren auf diesen Straßen Leute.*

Gökhan kam näher. *Jetzt.* Er entsicherte.

»Waffe weg, Polizei!«

Behzat Ç zielte direkt auf Gökhans Herz. Gökhan hatte den Lauf seiner Waffe auf den Boden gerichtet. Bei der leisesten Bewegung würde er abdrücken. Doch als Gökhan sich unvermittelt umdrehte und in die Richtung lief, aus der er gekommen war, wußte Behzat Ç nicht, was er tun sollte. Seine Hand verkrampfte sich am Abzug. Er richtete die Waffe nach oben, um in die Luft zu feuern. Doch Gökhan war nach ein paar Schritten stehengeblieben. Denn vom anderen Ende der Straße rief eine andere Stimme ebenfalls: »Waffe weg, Polizei!«

Behzat Ç zog den Kopf ein und schaute hinüber. Es war das Phantom.

28

Gökhan warf seine Waffe weg und warf sich auf den Boden. Das Phantom hob die Waffe auf, Behzat Ç kam herbeigerannt und verpaßte Gökhan einen mittelstarken Tritt mit dem Innenrist, bevor er ihn durchsuchte. »Kopf unten lassen!« Während er Gökhan nach weiteren Waffen abklopfte, hörte man schon Polizeisirenen in der Ferne.

»Hol ein Taxi«, sagte er zum Phantom.

»Ein Taxi?«

»Keine Fragen. Schnell.«

»Aber warum ein Taxi, ich kann den Wagen holen.«

»Den habe ich in Ulus geparkt.«

»Ich hab ihn längst hergefahren.«

Behzat Ç packte Gökhan am Nacken und zog ihn hinter einen Müllcontainer am Straßenrand.

»Wehe, du streckst den Kopf hoch!«

Das Phantom kam im Handumdrehen mit dem Wagen. Behzat Ç öffnete die Hintertür und zwang Gökhan mit vorgehaltener Waffe ins Auto.

»Schnell«, sagte er zum Phantom.

»Wohin?«

»Setz das Blaulicht auf und fahr an einen stillen Ort.«

Das Phantom kurbelte das Fenster runter, setzte das Blaulicht auf das Wagendach und schaltete die Sirene ein. So kamen sie zügig an den Einsatzgruppen vorbei, die vor den Konsulaten die Straße abgesperrt hatten.

»Wer seid ihr?«, fragte Gökhan.

Sie antworteten nicht.

»Wohin fahren wir?«

»Red nicht so viel.«

Das Phantom fuhr auf einen abgelegenen Platz in der Nähe der Atatürk-Forstfarm, den vermutlich außer ihm nur wenige Menschen kannten. Er reichte das Mobiltelefon nach hinten: »Der Geier.«

Behzat Ç ließ Gökhan nicht aus den Augen. Mit der linken Hand richtete er die schußbereite Waffe auf ihn, mit der rechten nahm er das Telefon entgegen. »Rat mal, wen sie angeschossen haben«, sagte der Geier.

»Hayrettin.«

»Woher weißt du das?«

»Nicht so wichtig. Wie ist sein Zustand?«

»Gut. Er wird durchkommen. Er ist nur an der Schulter verletzt und wird gleich operiert. Aber wir haben hier nicht viel zu melden. Es wimmelt nur so von Leuten des Geheimdienstes, der Sonderoperationen und Terrorbekämpfung.«

»Verstehe. Bleib bei ihm. Warte auf Nachricht von mir.«

Behzat Ç ließ die Waffe sinken und steckte sie dann in den Holster. Er schaute Gökhan an und hielt ihm eine 216 hin: »Dein Freund lebt noch.«

Nachdem Gökhan ein paar tiefe Züge von der 216 genommen hatte, sagte Behzat Ç: »Na los, dann erzähl mal.«

Gökhan schwieg. Behzat Ç griff in Gökhans Gesäßtasche und riß daran. Die Naht platzte auf, und ein Portemonnaie fiel ihm entgegen. Er zog einen Personalausweis heraus, der Gökhans Bild trug, aber auf einen anderen Namen ausgestellt war. »Gute Arbeit. Wer hat den Ausweis gefälscht?«

»Wer seid ihr?« fragte Gökhan erneut. Behzat Ç holte sein eigenes Portemonnaie hervor und zeigte ihm seinen Dienstausweis. Das Phantom schaute ihn im Rückspiegel an. Als er ein Zeichen bekam, zeigte auch er seinen Dienstausweis vor.

»Mordkommission, wie du siehst.«

»Warum habt ihr mich hierher gebracht?«

»Wir wissen schon, was wir tun. So wie wir auch wissen, warum du auf Hayrettin geschossen hast. Du bekommst wegen versuchten Mordes mindestens sechs Jahre. Dazu kommt noch deine auf Bewährung ausgesetzte Haftstrafe. Also mindestens zehn Jahre. Aber wenn sie dir noch den Mord an Betül anhängen, wird daraus lebenslänglich. Du wirst Schlagzeilen machen. Mitglied einer illegalen Organisation stürzt Tochter eines angesehenen Arbeitgebers in den Tod, fingiert einen Selbstmord und führt dann einen Mordanschlag auf den Arbeitgeber durch. Ich würde an deiner Stelle anfangen zu erzählen, bevor es zu spät ist. Wir wollen den Fall lösen.«

»Warum interessiert ihr euch so sehr dafür?«

»Warum nicht, das ist unser Beruf. Außerdem hängen wir selbst in dieser Scheiße drin und wollen so viel wie möglich davon aufklären.«

»Das werdet ihr kaum schaffen. Die machen euch fertig.«

Behzat Ç schlug gegen die Scheibe und schrie: »Weißt du, wie oft ich diesen Mist jetzt schon gehört hab? Ich hab keine Lust, mir das auch noch mal von dir anzuhören!« Obwohl er nur mit dem Handrücken gegen die Scheibe geschlagen hatte, wäre sie um ein Haar zersprungen.

»Okay, ich erzähl es euch«, sagte Gökhan. »Wo soll ich anfangen?«

»Am Ende«, sagte Behzat Ç. »Was war in der Plastiktüte, die du aus der Wohnung mitgenommen hast? Wogegen hast du sie mit dem Mann auf der Parkbank getauscht?«

»In meiner Tüte war Geld. Ich habe bei dem Mann auf der Bank die Waffe gekauft. Wir haben die Tüten benutzt, um uns gegenseitig zu erkennen.«

»Wer war das?«

»Weiß ich nicht. Irgend jemand, der mit Waffen dealt. Wenn man ihm Bargeld mitbringt, kriegt man eine Waffe.«

»Woher hattest du das Geld?«

»Das tut nichts zur Sache. Ich bin kein Auftragskiller. Ich wollte mich rächen, zumindest habe ich es versucht. Ich hab kaum Ahnung von Schußwaffen außer ein paar theoretischen Grundkenntnissen, ich hab ihn nur an der Schulter erwischt. Die Sache ist meine Privatangelegenheit. Ihr kennt wahrscheinlich auch mein Motiv. Zumindest könnt ihr es euch denken.«

»Wir wissen, daß Resul der Kommunist dir das Geld für die Waffe gegeben hat.«

»Nicht ins Blaue schießen. Woher soll denn ein Lehrer so viel Geld nehmen?«

»Von eurer Organisation.«

»Resul Hoca ist nicht organisiert.«

»Erzähl das deiner Großmutter. Was ist er dann?«

»Resul Hoca ist ein Freund meines Vaters. Sie waren früher zusammen in der Lehrergewerkschaft aktiv. Er hat nichts mit unserer Organisation zu tun. Er hat mich versteckt, als ich in Schwierigkeiten war.«

»Wer hat dir dann das Geld gegeben?«

»Mein Onkel. Er hat es auf Resul Hocas Konto überwiesen. Der hat es abgehoben und in die leere Wohnung gebracht.«

»Ist das der Onkel, der dich nach England geschleust hat, als du auf Bewährung rauskamst?«

»Ja. Er hat das Geld von dort geschickt.«

»Was ist er von Beruf?«

»Er ist im Finanzsektor tätig. In leitender Position, sag ich mal.«

»Hast du Yavuz das Auge blaugeschlagen?«

»Nein. Ich kenne ihn nicht.«

»Was hat Muhsin mit der Sache zu tun?«

»Weiß ich nicht. Sie wollten ihn sowieso beseitigen. Er war ziemlich einflußreich und ihnen ein Dorn im Auge. Die Sache lieferte ihnen einen Vorwand, ihn zu verhaften. Wer weiß, wo sie seine Leiche verscharrt haben? Er hatte die ganze Sache durchschaut. Er wußte zuviel.«

»Hat er dir die Nachricht von Betüls Tod überbracht?«

»Ja. Als er mich anrief, wollte ich gerade nach England zurückfliegen. Ich bin dann hiergeblieben.«

»Jetzt gehen wir zum Anfang zurück. Deine Beziehung mit Betül...«

Gökhan schwieg. Er drückte die 216 im Aschenbecher aus. »Dann laß mich erzählen«, sagte Behzat Ç. »Unterbrich mich bitte, wenn ich etwas Falsches sage. Als Betül nach Ankara kam, warst du im Gefängnis. Ihr habt euch kennengelernt, weil sie dich aus Solidarität besuchen kam. Dann habt ihr euch verliebt. Stimmt das so?«

»In groben Zügen, ja.«

»Nach einem Jahr bist du auf Bewährung rausgekommen. Du bist ins Ausland gegangen, weil dir eine weitere Haftstrafe drohte. Du hast in Großbritannien einen Asylantrag gestellt. Vielleicht warst du vorher in einem anderen Land. Dazu habe ich keine Details. Dein Onkel wird wahrscheinlich seinen Einfluß geltend gemacht haben.«

»Ihr habt euch gut informiert.«

»Du mußtest dich entscheiden. Du hast dich von Betül getrennt...«

»Vorübergehend.«

»Genau, vorübergehend. Betül wollte erst ihr Studium abschließen und dann zu dir nach England ziehen. Aber warum hast du ihr währenddessen nicht unter die Arme gegriffen? Sie mußte in einem Supermarkt Käse verkosten.«

»Ich wollte ihr helfen, aber sie hat abgelehnt.«

»An dem Punkt kam Aykut ins Spiel und ihr hattet eine Drei ecksbeziehung.«

»Wir haben uns in der Hinsicht gegenseitig jede Freiheit gelassen. Vorübergehende Beziehungen waren kein Problem, aber mittelfristig wollten wir unbedingt wieder zusammenkommen. Das können Leute wie ihr natürlich nicht verstehen...«

Behzat Ç lächelte.

»Euer Liebesleben interessiert mich nicht«, sagte er. »Das habe ich auch schon Aykut gesagt. Ich konzentrier mich auf die Aspekte, die mit dem Fall zu tun haben. Jedenfalls verlief alles anders als geplant. Betül wurde während einer politischen Protestaktion in Polizeihaft genommen und ihr Vater kam nach Ankara, um sie von der Uni zu nehmen.«

»Ja.«

»Zu dem Zeitpunkt bist du auch in die Türkei gekommen. Vor vier Monaten. Warum?«

»Ich hab mir Sorgen gemacht.«

»Hattest du vor, sie nach England mitzunehmen?«

»Genau. Aber das war nicht nötig. Betül hat ihren Vater überredet und sie konnte weiterstudieren.«

»Ihr eigentliches Ziel war es, ihren Abschluß zu machen und dann zu dir zu ziehen.«

»Ja.«

»Wie bist du in die Türkei eingereist? Nach dir wird gefahndet.«

»Mit genug Geld geht alles. Gefälschter Personalausweis, Reisepaß, und wenn du's brauchst, sogar ein neues Gesicht. So ist das.

Ich hab erfahren, daß Betül bei einer Aktion verhaftet wurde, dann hab ich drei Tage nichts von ihr gehört. Ich mußte unbedingt sofort in die Türkei.«

»Warum?«

»Stell dich doch nicht so blöd. Als wenn du von nichts wüßtest. Hast du nie die Schreie gehört, die aus dem Parkhaus der Staatsschutzabteilung kommen? Hast du nie etwas gesehen?«

Behzat Ç hatte gehört und gesehen.

»Mitten im Winter brausen sie die Leute mit eiskaltem Hochdruckwasser ab... Das ist noch das geringste. Penetration mit dem Schlagstock, mehrfache Vergewaltigung, Pfahlhängen, Stromstöße. Zwei meiner Genossen habt ihr umgebracht, während ich zugucken mußte! In den Akten wurde das als Selbstmord ausgegeben.«

»Wir haben nichts getan.«

»Hör auf. Spiel mir nicht den unschuldigen Bullen. Ihr seid Teil der Maschine und tut so, als ob ausgerechnet euer Zahnrädchen sauber wäre. Sie hatten mir die Augen verbunden. Ich erkenne die Mörder an ihrem Geruch. Hier in diesem Auto stinkt es nach ihnen.«

»Lenk nicht vom Thema ab. Das alles sind Dinge, die in der Vergangenheit liegen. Da muß man mal einen Schlußstrich ziehen können. So etwas kommt heute nicht mehr vor.«

»Na klar, überhaupt nicht mehr! Früher habt ihr es auf offener Straße gemacht, jetzt tut ihr es im Geheimen. Überall habt ihr versteckte Folterzentren errichtet. Was ist denn mit Muhsin passiert, hä?«

»Ich hab gesagt, du sollst nicht vom Thema ablenken. Wo hast du dich aufgehalten, als du in die Türkei kamst?«

»Du weißt von der Wohnung in Ulus. Resul Hoca hat das klargemacht. Zwei Monate war ich dort, dann bin ich zurückgegangen. Betül war inzwischen in die Wohnung gezogen. Es ging ihr gut.«

»Warum hast du nicht bei Resul gewohnt?«

»Ich wollte den Hoca nicht gefährden. Er war sowieso schon bekannt als jemand, der verbotene Aktivitäten unterstützt...«

»Wurdet ihr je verfolgt, wenn du mit Betül unterwegs warst?«

»Ja. Da war so ein fetter Typ mit Brille. Er war ziemlich plump und ungeschickt. Er sprang einem förmlich ins Auge. Vielleicht ging es ihm sogar darum, uns merken zu lassen, daß er uns verfolgte.«

Behzat Ç tippte dem Phantom auf die Schulter und sagte: »Zeig ihm mal das Foto.«

Das Phantom zeigte Halis Tokgöz' Photo.

»Der?«

»Ja. Ich dachte zuerst, er wäre hinter mir her. In Wirklichkeit hat er Betül verfolgt. Das hab ich leider zu spät verstanden.«

»Das Ende deines zweimonatigen Aufenthalts fällt in den Oktober, nicht wahr?«

»Ja.«

»Zu dem Zeitpunkt war Betül schwanger von dir.«

Gökhan atmete tief durch und sagte: »Ja.«

Behzat Ç massierte seine schmerzende Stirn. »Entschuldige. Euer Sexualleben geht mich nichts an, aber...«, sagte er und suchte nach einem väterlichen Einstieg in die Frage, die er stellen wollte. Schließlich fragte er: »Du bist doch ein ausgewachsener Esel. Weißt du denn nicht, wie man verhütet?«

»Doch schon, ich bin ja kein Kind mehr. Betül nahm die Pille. Sie sagte, das reiche aus.«

»Wann hast du von ihrer Schwangerschaft erfahren?«

»Eine Woche nach meiner Rückkehr. Sie hat einen Bluttest machen lassen.«

»Denkst du, daß Betül gerne ein Kind wollte? Kann es sein, daß sie die Pille abgesetzt hat?«

»Ich weiß es nicht. Ich will es nicht ausschließen, aber die Wahrscheinlichkeit ist gering. Entschuldige, aber du bist auch ein ausgewachsener Esel. Meinst du, daß jeder Geschlechtsverkehr zur Schwangerschaft führt?

»Reiß dich am Riemen. Habt ihr je über Kinderwünsche gesprochen?«

»Also, irgendwann wollten wir eine Tochter und einen Sohn haben. Aber das war so dahergesagt. Zu dem Zeitpunkt wollten wir kein Kind.«

»Wie hat sie dir gesagt, daß sie schwanger ist? Klang sie eher gestreßt, traurig oder glücklich?«

»Wir haben telefoniert. Sie klang nicht traurig. Ich war zuerst etwas durcheinander, dann habe ich mich gefreut und gesagt, sie solle sofort herkommen und an einer britischen Uni weiterstudieren.«

»Warum ist sie nicht gekommen?«

Gökhan schwieg.

»Weil rausgekommen ist, daß du ein V-Mann bist?«, fragte Behzat Ç. Gökhan packte ihn plötzlich am Kragen. Das Phantom hatte alle Mühe, Gökhans Hand von Behzat Çs Kragen zu lösen.

»Das sind alles Verleumdungen«, sagte Gökhan schwer atmend. »Ich bin zwar aus der Organisation ausgestiegen, aber so tief gesunken bin ich nicht. Das Gerücht, daß ich ein V-Mann bin, hat schnell die Runde gemacht. Daß ich nicht so ohne weiteres in die Türkei einreisen könnte, wenn ich nicht für den Staat arbeiten würde, daß der Geheimdienst mich bei Bedarf verhaftet und ich ihnen dann verrate, wo welche Illegalen sich aufhalten, daß ich ein doppeltes Spiel treibe, und so weiter und so fort. Das ging so weit, daß ich mich sogar selbst verachtet habe. Am Ende hat sich Betül von mir getrennt und sich für eine Abtreibung entschieden.«

»Wer hat das Gerücht gestreut?«

»Das müßt ihr eure Kollegen fragen. Woher soll ich das wissen? Wenn jemand nur genug Dreck auf dich wirft, bleibt schon was hängen. Davon bleibt man bis auf ewig beschmutzt.«

»Warum bist du an dem Tag, an dem Betül Selbstmord begangen hat, in die Türkei gekommen?«

»Es war kein Selbstmord.«

»Ich weiß.«

»Ich dachte, ich könnte sie überzeugen und sie würde vielleicht mit mir zurückgehen. Ich bin vor ihrem Geburtstag hergekommen. Sie hatte für den dritten Januar einen Abtreibungstermin vereinbart. Ich fühlte mich verletzt, aber ich wollte sie sehen. Ich wollte einen letzten Versuch wagen. Aber ich bin gescheitert. Dann hab ich mich entschieden, nach England zurückzukehren. Als ich von der Tat erfuhr, gab ich es auf und blieb hier. Den Rest kennt ihr.«

»Du hast deinen Onkel um Unterstützung für deine Rachepläne gebeten.«

»Ja. Und ich würde es wieder tun.«

»Ihr habt die Wohnung in Ulus geräumt. Wo bist du danach untergekommen? Im Burgviertel?«

»Ja. Dank meiner alten Freunde. Ich bin dort großgeworden. Die Leute sind nicht sehr politisch, aber sie sind sehr mutig. Sie würden nie jemanden an die Polizei verpfeifen.«

»Wußtest du, daß Vahap Hoca Betül sexuell genötigt hat?«

»Vahap Hoca? Vahap Sarı? Wie hat er sie genötigt?«

»Nicht so wichtig. Vergiß es.«

Dieses Mal hätte Gökhan um ein Haar die Scheibe zerschmettert.

»Nein. Ich will es wissen. Wie hat er sie genötigt?«

»Er hat sie in seinem Büro bedrängt. Betül hat den Vorfall heimlich auf Band aufgenommen, um Beweise zu haben.«

Aus dem Mundwinkel murmelte Gökhan: »Arschloch.« Eine Zeitlang blickte er, den Kopf in die Hand gestützt, an die Decke des Autos.

»Es gibt da eine Waffe, die von eurer Organisation beim Überfall auf einen Juwelierladen benutzt wurde«, brach Behzat Ç die Stille. »Danach habt ihr einem Polizisten damit ins Bein geschossen. Euer Mann ist bei dem Schußwechsel umgekommen.«

»Das ist vor fünf Jahren passiert. Eine bewaffnete Auseinandersetzung. Er war ein tapferer Genosse. Wurde mit fünfundfünfzig Schüssen ermordet. Außergerichtliche Hinrichtung.«

»Schau mal, das ist ein wichtiger Punkt. Wenn wir den Fall aufklären können, dann von diesem Punkt aus. War noch jemand in der Wohnung? Was ist mit der Waffe passiert?«

»Es war nur eine Person in der Wohnung. Von der Waffe weiß ich nichts. Fragt diejenigen, die das Überfallkommando organisiert haben!«

Behzat Ç schloß die Augen und massierte eine Weile seine Nasenwurzel. Er öffnete die Fensterscheibe. Er zog die kalte Luft in seine Lungen.

»Woher wußtest du, wer Betül ermordet hat? Wer hat es dir gesagt? Betül?«, fragte er rasch hintereinander.

Gökhan lächelte bitter.

»Dafür muß man kein Genie sein«, sagte er. »Wir sind hier in der Türkei. Wie viele Mordmotive gibt es denn? Lest ihr denn nicht einmal Zeitung? Betül wußte genau, von wem sie bedroht wurde. Eigentlich ist das auch der Grund, warum ich gekommen bin. Ich wollte sie schützen, aber ich habe versagt... Ich hab einfach nicht erwartet, daß sie so kaltblütig und hinterlistig vorgehen würden. ›Dies ist nicht unser Land, sondern das derjenigen, die uns umbringen wollen.‹ Diesen Satz hat Betül sehr oft gebraucht. Am Anfang fand ich das pathetisch, aber sie hatte recht. Und es sieht so aus, als ob es so bleiben würde. So lange es solche Versager wie mich gibt...«

»Haßt du dich?«

»Ja.«

»Ich mich auch«, sagte Behzat Ç. »Dann haben wir wenigstens eine Sache gemeinsam.« Er tippte dem Phantom auf die Schulter. »Gib mir die Waffe. Und einen Lappen aus dem Handschuhfach.«

Das Phantom reichte ihm die Waffe, mit der Hayrettin angeschossen worden war. Gökhan machte ein angespanntes Gesicht.

»Was wird das? Wollt ihr mich erschießen?«

Behzat Ç antwortete nicht. Er nahm das Magazin aus der Waffe, leerte es in seine Hand und steckte die Patronen in seine Tasche. Mit dem Lappen wischte er die Spuren von der Pistole. Er hielt sie am Griff, reichte sie Gökhan und sagte: »Geh.«

Gökhan starrte ihn erstaunt an. Behzat Ç beugte sich über ihn und öffnete die Autotür: »Geh!«

»Warum laßt ihr mich laufen?«

»Keine Fragen.«

Gökhan stieg aus. Er tat zwei Schritte und wandte sich um. »Du hast das Magazin geleert, aber die Kugel im Lauf vergessen«, sagte er.

»Hab ich nicht. Wenn sie dich erwischen, kannst du sie dir in den Kopf jagen. Falls sie nicht schneller schießen als du...«

Gökhan hinterließ Fußspuren im Schnee. Er verlor sich im Gehölz der Forstfarm. Das Phantom drehte sich nach hinten. »Du hast ihn aufgrund seiner Glanzlederstiefel ausfindig gemacht, nicht wahr?«, fragte er.

»Was?«

»Er ist doch einmal in ein Kaufhaus gegangen und hat sich beim Rauskommen in der Menge versteckt. Da hast du die ganze Zeit auf die Füße geachtet, oder?«

»Ja. Hab ich dir nicht gesagt, du sollst Halis Tokgöz aufspüren? Warum bist du mir nachgegangen?«

»Ich hab ihn gefunden. Auf der Sakarya gibt es eine Kneipe, in der er immer sitzt. Er wird heute nacht dort sein.«

»Gut. Ich geh ihn holen. Finde du die Ratte auf dem heißen Blechdach. Aber verhafte sie nicht, ohne mir Bescheid zu geben.«

»Die Ratte auf dem heißen Blechdach?«

»Genau. Bist du noch nicht dahintergekommen, wer das ist?«

»Doch. Die Ratte auf dem heißen Blechdach ist durch das Fenster der Damentoilette auf die Terrasse gestiegen und hat die Seite, die sie aus Betüls Kladde gerissen hatte, in ihre Tasche gesteckt, damit es nach Selbstmord aussieht. Dann hat sie sie runtergestoßen. Bis hierhin ist alles klar. Nur, was hat die Waffe damit zu tun?«

»Die Ratte auf dem heißen Blechdach hatte noch nie eine Waffe benutzt. Weil sie sich für besonders klug hält, hat sie den eigentlichen Plan durchkreuzt und ihren eigenen umgesetzt. Die Waffe ist ein Teil des ursprünglichen Plans, den die Ratte auf dem heißen Blechdach vereitelt hat.«

»Wie meinst du das?«

»Hör zu...«

29

Die frittierten Kartoffelscheiben kamen erst, als er schon sein halbes Bier ausgetrunken hatte. Die ersten Schlucke waren ihm sauer aufgestoßen und hatten ihn daran erinnert, daß er seit langem nichts mehr gegessen hatte. Halis Tokgöz saß mit seinen Kumpeln an einem Tisch weiter hinten. Wenn jemand neu dazukam, stießen sie einmal rechts und einmal links ihre Schädelbeine gegeneinander und prosteten sich danach mit ihren Bieren zu.

Er schaute aus dem Fenster. Die Welt war von Rauhreif überzogen. Schneeflocken rieselten in Zeitlupe am Fenster vorbei wie die Wiederholung einer verpaßten Torchance, geräuschlos, schwerfällig, herzzerreißend. Im Gegensatz zu der stillen Welt vor dem Fenster herrschte in der überfüllten Kneipe ein geschäftiger Rummel. Er schaute sich die aneinandergedrängten Gäste an. Marmorgesichtige Männer, die erst nach dem zweiten Feierabendbier lächeln konnten. Er war über seinen toten Punkt hinweg; das Bier machte ihn wieder lebendig. Er lächelte zufrieden. Er war zwar mit seinen Kräften am Ende, aber er hatte verstanden, wie die Welt funktioniert. Während Halis Tokgöz sich am Bauch kratzte, kam Harun durch die Kneipentür. Er war nicht gerade begeistert, als er ihn sah, ließ sich aber nichts anmerken.

»Was machst du denn hier?«

»Das Phantom hat mir Bescheid gesagt. Ich bin da, falls du Hilfe brauchst.«

Fünf Minuten lang sprachen sie kein Wort. Dann fielen sie sich in die Arme.

»Es tut mir leid, Herr Vorgesetzter«, sagte Harun. »Ich hab sie ein für allemal abgeschrieben. Diesmal aber wirklich.«

Behzat Ç bestellte ein Bier für Harun und erzählte ihm, wie die Ratte auf dem heißen Blechdach den ursprünglichen Plan durchkreuzt hatte. Harun stellte die gleiche Frage wie das Phantom: »Wie meinst du das?«

»Hör zu… Diese Waffe, die der Organisation gehört und die wir auf der Toilette gefunden haben… Sie wurde bei der Operation beschlagnahmt, die Aybars geleitet hat. Sie haben sie aber nie als Beweismittel angegeben. Aybars hat die Waffe aufbewahrt. Er wollte sie einsetzen, um der Organisation irgendwann mal etwas anlasten zu können.«

»Ach, komm!«, sagte Harun ungläubig.

»Hast du noch nie von den Waffen gehört, deren Magazine leergeschossen wurden?«

»Doch. Aber was hat das damit zu tun?«

»Eine ganze Menge. Die Methode ist folgende: Du nimmst jemanden fest und findest bei ihm eine Waffe. Dann fährst du in die Pampa und schießt das ganze Magazin leer. Die Patronenhülsen sammelst du ein. Denn damit kannst du dem Verhafteten anhängen, was du willst. Du bringst sie zum Staatsanwalt und sagst, du hättest sie am Tatort gefunden. Dann hast du die Waffe und den Täter. Niemand kann das Gegenteil beweisen.«

»Verstehe, aber in diesem Fall ist das ja nicht so.«

»Nein, es ist noch viel besser. Die Waffe wurde nirgendwo als beschlagnahmt registriert. Es sieht so aus, als sei sie verschwunden. Aber die Waffe wurde vorher nachweislich bei einem Überfall auf einen Juwelierladen benutzt. Egal, wer sie jetzt benutzt, es sieht immer so aus, als ob es die Organisation gewesen wäre.«

»Heißt das, sie wollten den Mord der Organisation in die Schuhe schieben?«

»Genau. Und zwar nicht nur der Organisation im Allgemeinen, sondern Muhsin im Besonderen. Das war der Plan: Die Ratte auf dem heißen Blechdach sollte Betül erschießen, die Waffe am Tatort hinterlassen und durch das Toilettenfenster zurück in die Bar kommen. Dann hätte es so ausgesehen, als ob die Organisation eine Abtrünnige bestraft hätte. Als vermeintlichen Täter haben sie Muhsin in die Bar bestellt, indem sie von Betüls Mobiltelefon aus eine SMS an ihn schickten. Wir müssen das Telefon noch einmal untersuchen, vielleicht finden wir darauf Fingerabdrücke.«

»Hat Aybars die Sache geplant? Aber warum sollte er Betül aus dem Weg räumen wollen?«

»Es war nicht Aybars allein. Aybars und Hayrettin haben den Plan zusammen gemacht.«

»Hayrettin? Er hat seine eigene Tochter ermorden lassen? Warum?«

»Was meinst du? Warum könnte ein Vater seine schwangere Tochter ermorden lassen?«

»Natürlich! Befleckte Ehre... Ja, aber so läuft doch kein Ritualmord ab. Hätten sie Betül da nicht eher auf offener Straße erschossen? Warum diese ganzen Umstände?«

»Weil die Ratte auf dem heißen Blechdach ein junger Mann mit Zukunft ist. Er wurde nach dem Stammesrecht dazu bestimmt, Betül zu erschießen. Aber nach dem reformierten Strafgesetz hätte er für so eine Tat mindestens dreißig Jahre Gefängnis zu erwarten. Das konnten sie sich nicht leisten. Sie brauchten ihn noch. Da wird Aybars ihnen gesagt haben: Eure Ratte ist ein vielversprechender junger Mann, den müßt ihr nicht für eine solche Sache vergeuden. Erschießt Betül doch mit der Waffe, die wir hier rumliegen haben, dann können wir einen Vaterlandsverräter hinter Gitter bringen. So könnt ihr eure Tradition aufrechterhalten und eure befleckte Ehre reinigen, und gleichzeitig dem Vaterland einen Dienst erweisen. Also, geschmiedet haben den Plan Aybars und Hayrettin, umsetzen sollten ihn Halis Tokgöz und die Ratte auf dem heißen Blechdach.«

»Diese Schweine... Aber warum haben sie den Plan nicht umgesetzt?«

»Weil die Ratte auf dem heißen Blechdach noch nie eine Waffe in der Hand hatte. Er dachte, er hätte einen ungefährlicheren und klügeren Weg gefunden, und den ursprünglichen Plan verworfen. Das hat er aber niemandem gesagt. Als er auf die Terrasse ging, hatte er für alle Fälle die Waffe in der Tasche. Aber er hatte auch den Abschiedsbrief dabei, den er aus Betüls Kladde herausgerissen hatte. Er schnappte sie sich und stieß sie von der Terrasse. Das bedeutete aber, daß es keinen Sinn mehr ergab, die Waffe in der Gegend rumliegen zu lassen. Er wollte sie zurückgeben und sagen, er hätte seine Pflicht mit seinen eigenen Mitteln erfüllt.«

»Warum hat er die Waffe nicht zurückgegeben, sondern im Wasserkasten versteckt?«

»Weil vor der Toilette alles drunter und drüber ging. Er kletterte durch das Fenster der Damentoilette und wollte zurück in die Bar. Aber der Fettwanst, den du da hinten siehst, hatte vor der Tür Schmiere gestanden und niemanden reingelassen. Deshalb war es zu einem mittelschweren Auflauf vor der Toilette gekommen. Innerhalb von fünf Minuten bemerkten die Kollegen auf ihrer Streife durch Sakarya, daß jemand von der Terrasse gestürzt war, und kamen in die Bar. Die Ratte auf dem heißen Blechdach hörte, wie die Polizei kam. Er konnte also die Waffe nicht mit reinnehmen und versteckte sie im Wasserkasten. Als er aus der Toilette rauskam, geriet er zufällig den Spannern vor ihre Handy-Linse. Einer von ihnen hatte versehentlich den Aufnahmeknopf gedrückt. Wir bekommen vom Foto und Filmbüro eine Vergrößerung dieser Aufnahme. Sie wird ein wichtiges Beweisstück sein.«

Endlich hatte Harun die Zusammenhänge kapiert.

»Das heißt, Gökhan wollte Hayrettin erschießen, um Rache für den Mord an Betül zu nehmen«, sagte er. Dann deutete er mit den Augen auf Halis: »Herr Vorgesetzter, ich hab dir schon in der Tatnacht gesagt, daß wir den Fettwanst mitnehmen sollen.«

Behzat Ç schaute zu Halis Tokgöz hinüber, der fröhlich sein Bier schlürfte. Erinnerungen blitzten in seinem Kopf auf: Der Fettwanst, der sich in der Tatnacht draußen vor der Bar über die Polizei beschwert hatte. Der Mann mit dem Handbeil, mit dem er in der Fakultät für Geschichts- und Kulturwissenschaften Auge in Auge gestanden hatte. Die beiden Bilder fügten sich zusammen.

»Wer ist dieser Kerl?«, fragte Harun.

»Ein Spitzel, der für Aybars die Dreckarbeit macht. Ab und zu ist er auch als Leiharbeiter für den Geheimdienst tätig. Sie hetzen ihn auf die Leute, wenn sie eine Provokation brauchen, um dann eingreifen zu können. Zum Beispiel an der Uni.«

»Na los, dann treten wir ihn jetzt untern Tisch und nehmen ihn mit.«

»Nicht jetzt. Erst, wenn er rausgeht. Du mußt den Wagen vor die Tür fahren.«

»Cevdet ist hier. Ich sag ihm Bescheid, daß er den Wagen vorfährt.«

»Prima.«

Harun nahm einen großen Schluck von seinem Bier und sagte: »Herr Vorgesetzter... Die nennen das Ritualmord und so... Gut, aber wie bringt ein Vater es fertig, seine eigene Tochter...? Ich versteh das nicht. Deine Tochter ist doch auch...« Harun schwieg.

»Sag's ruhig. Du wolltest doch sagen, daß meine Tochter auch schwanger geworden ist.«

»Aber nein, Herr Vorgesetzter, ich bitte dich.«

»Doch, doch. Stimmt ja.«

Beide schwiegen lange.

»Wer noch Mensch genug ist, bringt sowas nicht fertig«, sagte Behzat Ç. »Seit ich bei der Mordkommission bin, habe ich pro Jahr mit durchschnittlich einhundert Mordfällen zu tun. Das heißt, ich hab in meinem Leben ungefähr zweitausend Morde gesehen. Ich versteh es immer noch nicht. Hayrettin war von Anfang an dagegen, daß seine Tochter studiert. Er hat uns angelogen. Bei dem ganzen Grundbesitz und der Kohle, die sie haben, muß er seine Tochter doch nicht in ein staatliches Studentenwohnheim schikken. Sie ist gegen seinen Willen auf die Uni, deswegen hat er sie nicht unterstützt. Er hat im Leichenschauhaus so sehr geweint, daß wir vergessen haben, ihn das zu fragen. Wir haben einiges übersehen. Weil er wirklich trauerte. Sein Schmerz war nicht gespielt. Er hat geweint, weil seine Tochter gestorben ist und er selbst dafür verantwortlich war.«

»Wann hat es bei dir klick gemacht?«

»Als ich eine Zweiunddreißigerpackung Klopapier aufriß. Ich war zwangsbeurlaubt. Eines Nachts hatte ich einen ganz komischen, fiesen Alptraum, von dem ich mich kaum befreien konnte. Aber er hat mein Gehirn in Bewegung gesetzt. Ich hab mir nämlich genau die Frage gestellt, die du mir gerade gestellt hast: Wie bringt ein Vater es fertig, seine eigene Tochter zu töten?«

»Aber irgend etwas stimmt mit dem Zeitablauf nicht. Wann haben sie beschlossen, das Mädchen umzubringen?«

»Als der Fettwanst rausgefunden hat, daß sie schwanger war. Nachdem Betül verhaftet wurde, hat Hayrettin es bereut, daß sie allein in Ankara war. Er wird sich gesagt haben, sie kommt vom rechten Weg ab, wenn er sich nicht um sie kümmert. Er wollte ein guter Vater sein und sie unter seine Fittiche nehmen. Deswegen hat er eine Wohnung für sie gemietet und ihre alte Amme nach Ankara geschickt. Obwohl Betül ihm versprochen hat, die Finger von der Politik zu lassen, hat er ihr nicht vertraut. Er hat beschlossen, sie überwachen zu lassen, damit er sich keine Vorwürfe zu machen braucht. Er bat Aybars um Hilfe, und wen hat der vorgeschlagen?«

»Diesen Typen da hinten. Ich werd dem Arschloch jetzt...«

»Psst! Bloß nicht. Der Fettwanst jedenfalls hat sich nicht damit begnügt, sie zu überwachen. Er hat gesehen, wie sie in die Geburtsklinik ging und gleich in vorauseilendem Gehorsam ihre Testergebnisse geklaut. Da hat Aybars Hayrettin nach Ankara gerufen, und sie haben beschlossen, Betül zu ermorden.«

»Was machen wir jetzt mit diesem Hayrettin?«

»Erst müssen wir unsern Kumpel hier verhaften. Dann die Ratte auf dem heißen Blechdach. Wenn wir alles aufgeklärt haben, beantragen wir beim Staatsanwalt einen Haftbefehl für Hayrettin. Der Geier bewacht ihn gerade im Krankenhaus, neben seinem Bett.«

Harun winkte dem Kellner mit seinem leeren Glas.

»Eine andere Sache«, sagte er. »Wem gehört der Schalldämpfer?«

»Dem Geheimdienst. Den haben sie sich nur ausgeliehen, damit der Mord geräuschlos verläuft.«

»Haben die bei der Terrorbekämpfung denn keine eigenen?«

»Bestimmt. Aber das hätte zuviel Aufmerksamkeit erregt. Der Geheimdienst kommt und holt zurück, was ihm gehört. Und dann kehren sie die Sache noch unter den Teppich, und niemand kann was dagegen sagen. Du hast ja mitbekommen, auf welche Weise sie den Schalldämpfer aus der Forensik geholt haben.«

»Ist das der Grund, warum die Leute vom Geheimdienst in der Tatnacht in der Bar waren?«

»Natürlich. Sie sind gekommen, um abzuholen, was ihnen gehört. Wenn der Plan funktioniert hätte, wären sie alle da angerückt, hätten gesagt, es war ein politischer Mord, und uns die Ermittlungen weggenommen. Völlig problemlos. Eigentlich idiotensicher. Aber als sie gesehen haben, wie das Mädchen auf den Boden geprallt ist, mußten sie sich im Hintergrund halten. Sonst hätte man gesagt, es ist noch nicht geklärt, ob es Mord oder Selbstmord gewesen ist, was macht ihr denn da. Um keinen Verdacht zu erregen, hielten sie sich zurück. Aber der grauhaarige Geheimdienstler ist ein kluger Kopf. Er ging in die Bar, als wäre nichts gewesen, und suchte nach dem Schalldämpfer.«

»Warum hat er ihn nicht gefunden? Ein Wasserkasten ist nicht gerade ein Geheimversteck.«

»Weil ich mich zu diesem Zeitpunkt vor dem Eingang zur Bar mit seinem Mitarbeiter in die Wolle gekriegt hab. Das Phantom und Sıtkı waren auch da. Vor unserer Nase konnte er schlecht die Waffe und den Schalldämpfer rausholen. Er hatte also keine andere Wahl, als unverrichteter Dinge zu gehen.«

»Wenn sich alle im Hintergrund gehalten haben, warum ist Metin von der Terrorbekämpfung da offen herumstolziert?«

»Das hat mit einem internen Machtkampf zu tun. Du weißt, daß die Beförderungs- und Versetzungsrunde bevorsteht.«

»Und deswegen hat Metin Informationen über Gökhan durchsickern lassen? Damit klar wird, daß Aybars mit der Sache zu tun hat, und er selbst anstelle von Aybars befördert wird? Meine Güte!«

»Genau so ist es.«

»Und was hat Özcan mit der ganzen Sache zu tun?«

»Gar nichts. Özcan haben sie als Köder benutzt. Sie wußten nämlich, daß wir Özcan auf den Fersen bleiben würden, um herauszufinden, wo Muhsin steckt. Wenn wir sie in Schwierigkeiten gebracht hätten, wäre uns vorgeworfen worden, daß wir Özcan gefoltert haben, und wir wären alle suspendiert worden. Warum sonst hat die Terrorbekämpfung diesen Mann an die Mordkommission übergeben? Das gab es doch noch nie. Das Höchste der Gefühle wäre gewesen, daß wir ihn einmal in ihrem Büro hätten befragen dürfen. Man kann nicht zwei Fälle separat ermitteln, wenn sie den gleichen Menschen betreffen. In diesem Fall werden die Akten zusammengeführt.«

Harun schlug sich mit der Faust in die Handfläche.

»Daran haben wir überhaupt nicht gedacht«, sagte er. »Wir haben ihn einfach mitgenommen.«

»Doch, ein bißchen habe ich schon daran gedacht. Deswegen habe ich den Rechtsanwalt Cansun zu Özcan reingelassen.«

»Damit er aussagt, daß Özcan bei der Terrorbekämpfung gefoltert wurde?«

»Genau.«

»Aber der Typ hat uns zur Sau gemacht.«

»Der macht jeden zur Sau, der ihm über den Weg läuft. Schließlich sind wir alle Polizisten. Mit Gökhans Worten: Wir sind Teil der Maschine.«

»Warum hast du Gökhan laufenlassen?«

»Wenn wir ihn verhaftet hätten, wäre uns der Fall weggenommen worden.« Behzat Ç drückte seine 216 aus. »Jeder Mordfall läßt sich in einem einzigen Satz zusammenfassen«, sagte er. »Nachdem Hayrettin erfuhr, daß Betül schwanger war, verständigte er sich mit Aybars und ließ seine Tochter durch Yavuz ermorden.«

»Und nachdem Gökhan davon erfuhr, entschloß er sich, Hayrettin zu erschießen«, ergänzte Harun.

»So ist es. Jetzt aber hoch die Tassen!«

Sie stießen an und tranken. Behzat Ç wischte sich die Unterlippe ab und sagte: »Jetzt sollten wir uns um die Mordfälle kümmern, die wir noch vor uns haben. Was ist mit dem Monster von Keçiören?«

»Also, der Vater des ermordeten Mädchens hat ja mal jemanden vergewaltigt...«

»Und?«

»Als sie dieser Spur nachgegangen sind, haben sie etwas gefunden. Ich weiß es nicht ganz genau, aber, es gibt wohl zwei Verdächtige, und der Herr Vorgesetzte Tahsin rennt die ganze Zeit herum, hört nicht auf zu telefonieren und jeder muß Nachtschicht machen. Wenn wir den Täter nicht finden, werden wir wahrscheinlich standrechtlich erschossen. Jedenfalls weist die Tatsache, daß der Dreckskerl das ermordete Mädchen extra an der Decke aufgehängt hat, auf einen Racheakt hin. Nur das Geld aus den Jahren vor der Währungsreform, das auf dem Bett gefunden wurde, ergibt noch keinen Sinn.«

»Den Sinn kennt nur der, den du als Dreckskerl bezeichnest.«

Halis war noch nicht in der Laune, zu gehen. Sie bestellten noch zwei Bier.

»Herr Vorgesetzter«, sagte Harun, »Ich will dich mal was fragen, aber versteh mich bitte nicht falsch. Also, da war doch so eine, die nicht ganz richtig im Kopf war. Mit der du spazierengegangen bist. Was ist eigentlich aus der geworden?«

»Meinst du Şule?«

»Ja.«

»Vermutlich ist sie in einer depressiven Phase. Keine Ahnung. Ich hab sie ein paarmal angerufen, aber sie ist nicht rangegangen. Sie ist sowieso nicht leicht zu erreichen. Wenn sie Lust hat, meldet sie sich. Das gehört zu ihrem Charakter.«

»Die war ganz schön hübsch.«

»Stimmt. Aber was soll ich tun, dafür bin ich schon viel zu alt.«

»Die wär genau richtig für mich.«

In seinem väterlichsten Tonfall sagte Behzat Ç: »Harun, paß auf... Nicht daß ich dir gleich den Kopf einschlage...«

Kurz bevor die Kneipe zumachte, saßen nur noch drei Leute an Halis Tokgöz' Tisch. Er forderte per Handzeichen die Rechnung an.

»Sag Cevdet, er soll den Wagen vorfahren«, sagte Behzat Ç. »Wir nehmen ihn fest, wenn er rausgeht. Ich will keine Kneipenschlägerei.«

Als Halis Tokgöz und seine beiden Kumpel sich auf den Weg nach draußen machten, standen auch Behzat Ç und Harun auf. Vor der Kneipe nahmen sie Halis Tokgöz in ihre Mitte und packten ihn von beiden Seiten.

»Polizei«, sagte Behzat Ç. »Halt den Mund und steig in das Auto.«

Einer der beiden Männer aus Halis Tokgöz' Gruppe rief: »Was soll das?«, und wollte dazwischen gehen. Harun verpaßte ihm eine saftige Ohrfeige. Der Mann rutschte aus und fiel hin. Harun drohte dem anderen mit dem Finger: »Halt dich bloß da raus!«

Halis Tokgöz versuchte, sich aus dem Zangengriff der beiden Beamten zu befreien.

»Was glaubt ihr denn, wer ihr seid, mich zu verhaften?« schrie er.

Harun legte einen Zeigefinger auf seine Lippen und sagte: »Psst!

Krakel nicht rum und steig ein. Wenn du noch einen Ton von dir gibst, ficke ich deinen Großvater.«

»Beleidige mich nicht, du Sack!«

Harun schlug Halis Tokgöz das von einer mit Militärkapital gegründeten Firma robust gefertigte Funkgerät auf den Kopf. Als er im Auto saß, rann das Blut aus der Platzwunde am Kopf seine dicken Wangen herunter.

»Ihr seid geliefert. Ihr seid am Ende. Ich bin vom Geheimdienst.«

»Na klar, Süßer.«

Cevdet fuhr schnell. Nachdem sie die für den Autoverkehr gesperrte Sakarya problemlos verlassen hatten, beugte sich Behzat Ç zu Cevdet herüber und sagte: »Herr Vorgesetzter, das ist der Kerl, der die Ergebnisse aus dem Krankenhaus geklaut hat.«

Cevdet bremste hart, drehte sich um und drohte mit der Faust.

»Du warst das also, Bursche? Deinetwegen mußten wir all die Leute vernehmen. Ich werd's dir schon zeigen.« Als er sah, daß Harun und Behzat Ç grinsten, fuhr er sie an: »Und ihr grinst nicht so blöd. Bringt mir die Schwestern und den Pflegehelfer her, wir machen eine Gegenüberstellung.«

Bei seiner Vernehmung wies Halis Tokgöz kaltblütig sämtliche Anschuldigungen zurück.

»Was wäre, wenn das alles stimmen würde?«, fragte er am Ende. »Was würde euch das nützen? Was passiert, wenn ich das alles gestehe? Ihr dürft mich gar nicht vernehmen. Wenn es hart auf hart kommt, holt mich der Geheimdienst hier ab und reißt euch allen den Arsch auf.«

Behzat Ç verpaßte ihm eine linke Gerade. Er öffnete seine Faust, ein Zahn löste sich zwischen seinen Fingerknöcheln und fiel zu Boden. Der Staatsanwalt hatte unterdessen einen Haftbefehl für die Ratte auf dem heißen Blechdach ausgestellt, doch gegen Morgen kam das Phantom und berichtete, er habe die Ratte verloren. Sie sei nicht in ihrem Loch. Behzat Ç verspürte einen jähen, stechenden Schmerz in der Stirnmitte. Er begann, wilde Flüche auszustoßen, die an keine konkrete Person gerichtet waren, und zerschlug ein paar Stühle an der Wand. Als er wieder zu sich kam, sah sein Büro aus wie ein Schlachtfeld.

»Schau bei allen Fluggesellschaften nach«, wies er Eda an. »Und zwar schnell.«

Eda konnte kein Ticket finden, das auf die Ratte ausgestellt war.

»Dann schau unter dem Namen Muhsin Süvari. Den haben sie beseitigt. Vielleicht darf die Ratte seine Identität benutzen.«

»Treffer!«, rief Eda. »Turkish Airlines 7 Uhr 15 nach Berlin Tegel. Ein Ticket auf den Namen Muhsin Süvari.«

Behzat Ç schaute auf die Uhr. Sechs. Er packte Harun an der Schulter: »In einer halben Stunde sind wir am Flughafen Esenboğa, und zwar heil. Haben wir uns verstanden?«

»Klar«, sagte Harun.

Harun nutzte sämtliche Möglichkeiten, die Auto und Fahrbahn ihm boten, einschließlich des Seitenstreifens, und schaffte es innerhalb von fünfunddreißig Minuten zum Flughafen.

»Die Personenbeschreibung der Ratte kennt ihr. Sein Reisepaß lautet auf den Namen Muhsin Süvari. Haltet im Abflugterminal eure Augen auf«, befahl Behzat Ç seiner Einsatzgruppe.

Er sah bereits aus dreißig Meter Entfernung jemanden von der Statur, die er suchte. Als er die Stiefel von der Größe eines Kindersargs erkannte, ging er zu ihm und tippte ihm auf die Schulter. »Hallo Yavuz«, sagte er. »Deine Reise ist zu Ende.«

Yavuz schaute ihn verwirrt an. Er hatte hautfarbenen Puder aufgetragen, um sein blaues Auge zu verdecken. Behzat Ç zögerte nicht, ihm die Perücke vom Kopf zu reißen. »Brauchst du Handschellen oder kommst du mit wie ein erwachsener Mann?«

»Gehen wir«, antwortete Yavuz.

Sie gingen zusammen bis zum Wagen. Behzat Ç hielt seine Hand schützend über Yavuz' Kopf, damit er beim Einstiegen nicht gegen das Auto prallte. »Wer hat dir das Veilchen geschlagen? Der kompakte Idiot?«

»Ja. Er wollte sein Geld für den Schalldämpfer haben.«

Unterwegs auf der Autobahn fragte Yavuz: »Warum seid ihr erst im letzten Augenblick gekommen?«

»Wir klären Morde auf, die nach Plan verlaufen«, sagte Behzat Ç. »Darin sind wir ganz gut. Aber du hast den Plan durchkreuzt. Deshalb haben wir etwas länger gebraucht. Es war dein Fehler, dich für klug zu halten. Du hättest tun sollen, was sie dir gesagt haben. Aber du kannst so gerissen sein, wie du willst, das rettet dich nicht. Denen passiert gar nichts, die kommen immer davon. Du bist geliefert. So ist halt das Leben.«

Gegen Mittag kam das vergrößerte Bild aus dem Foto- und Filmbüro. Es war jetzt bewiesen, daß Yavuz die Person war, die kurz nach dem Tatzeitpunkt von der Toilette kam und den Korridor entlangging. Darüber hinaus stimmten Yavuz' Fingerabdrücke mit denen überein, die man auf Betüls Mobiltelefon gefunden hatte. Eda spielte noch einmal die Videostrecke ab, die von den Spannern aufgenommen worden war, und fragte: »Aber wer ist dann der Mann an der Bar?«

»Das ist Fedai«, sagte Behzat Ç. »Bei dem winzigen Penner neben ihm handelt es sich um Kısmet. Wir haben Fedai für Yavuz gehalten, weil beide sehr kräftig gebaut sind und Glanzlederstiefel tragen. Solche Fehler können passieren bei all den Überstunden. Wir sind ja keine Roboter.«

Yavuz versuchte erst gar nicht, die Tat zu leugnen.

»Ich hab den Mord begangen«, sagte er. »Sie haben mir gesagt, ich müßte es tun, und ich konnte nicht anders, als zu gehorchen. Weil sie keinen Bruder hatte, war ich der nächste männliche Verwandte. Ich mußte es erledigen.«

»Betül wußte, daß sie von ihrer Familie bedroht wurde. Warum ist sie mit dir in eine Bar gegangen?«

»Wir hatten ja keine Probleme miteinander. Wir haben uns ganz gut verstanden. Eigentlich waren wir eher befreundet. Sie hätte sowas nie von mir erwartet. Ich hab es ja selbst nicht erwartet. Am Anfang hab ich gesagt, ich kann das nicht machen. Ich hab doch noch nie eine Waffe in der Hand gehabt. Sie haben mir gesagt, ich muß es tun, sonst dürfte ich später nicht die Farm übernehmen.«

»Wie bist du an die Seite aus ihrer Kladde gekommen?«

»Wir haben uns oft getroffen. Als die Hafize nach Ankara gekommen ist, hat Betül mich immer zum Essen eingeladen. Ich habe heimlich ihre Tagebücher gelesen. Als ich die Zeilen über den Selbstmord sah, kam mir der Plan in den Sinn. Sie war doch sowieso depressiv und hat auch professionelle Hilfe bekommen. Ich hab sie festgehalten und runtergestoßen. Es hört sich jetzt vielleicht etwas abgedroschen an, aber ich bereue meine Tat. Echt. Ich bereue es.«

Auf Grundlage dieser Aussage wurde ein Haftbefehl für Hayrettin angefordert. Der Staatsanwalt versprach, den Befehl gegen Abend auszustellen.

»Wer hat heute Bürodienst?«, fragte Behzat Ç. Selim hob die Hand. »Sobald der Haftbefehl eintrifft, holst du Hayrettin aus dem Krankenhaus und bringst ihn her. Ruft mich an. Ich bin zu Hause, ich muß etwas schlafen. Morgen früh will ich sie alle vor Gericht haben. Morgen abend kommt meine Tochter zurück, wir wollen ihren Geburtstag feiern.«

Harun hakte sich bei ihm unter, als er die Kommission verließ: »Herr Vorgesetzter, wo ist denn Berna?«

»Über die Semesterferien auf dem Uludağ.«

»Das Phantom hat sie in Sincan gesehen. Hat er dir nichts gesagt?«

»Blödsinn, was soll sie denn in Sincan?«

»Sie war in der Haftanstalt und hat anscheinend Alp besucht.«

»Was?«

»Sie hat Alp im Gefängnis besucht. Alles wegen diesem Osman.«

»Er hat ihm die Pillen in die Tasche gesteckt, stimmt's?«

»Klar. Aber ist doch jetzt egal, das war sowieso voll der Penner, laß den noch ein paar Jahre schmoren.«

Behzat Ç hatte noch die Worte jenes unglückseligen Sonntags im Ohr. *Du hast Alp doch die Pillen in die Tasche gesteckt! Du hast unsere gemeinsame Zukunft kaputtgemacht. Du hast mein Leben zerstört.*

Er rief auf der Stelle das Phantom an.

»Ich hab sie nicht selbst gesehen«, sagte das Phantom. »Ein Schließbeamter will sie gesehen haben, er hat es mir erzählt. Es ist aber keine vertrauenswürdige Quelle. Vermutlich hat er sie mit jemandem verwechselt. Wenn ich mir sicher gewesen wäre, hätte ich es dir schon gesagt.«

»Okay«, sagte Behzat Ç. Er rief Berna an. Sie nahm gleich beim zweiten Klingeln ab. Sie war auf dem Uludağ. Sie unterhielten sich nett. *Der beschissene Schließer, der sich das ausgedacht hat. Hoffentlich drückt Allah ihm dafür richtig eine rein.* Dennoch stellte er die Frage, die ihn so sehr beschäftigte: »Hast du Alp im Gefängnis besucht?«

»Nein, Papa. Du weißt doch, mit der Geschichte habe ich abgeschlossen.«

Berna versicherte nochmals, daß sie morgen abend zurückkehren werde und erkundigte sich nach dem neuesten Stand im Fall Betül Gülsoy.

»Den haben wir erledigt«, sagte er. »Es hat etwas länger gedauert, aber wir konnten ihn aufklären. Wenn wir uns morgen sehen, habe ich eine Überraschung für dich. Die wird dir sicher gefallen.«

Sie sprachen noch einmal Zeitpunkt und Ort ihres Zusammentreffens ab. Behzat Ç legte auf und fuhr Harun an: »Labert nicht rum, wenn ihr etwas nicht genau wißt. Und glaubt nicht alles, was ihr hört.«

Harun entschuldigte sich verlegen. Vor der Tür entstand ein Gerangel.

»Ach, da ist er ja«, sagte Harun und sprang auf.

»Wer?«

»Das Monster von Keçiören. Der Dreckskerl, der das dreizehnjährige Mädchen vergewaltigt und ermordet hat.«

Sobald das Monster zur Tür hereingekommen war, verpaßte Harun ihm einen Tritt und zwei Ohrfeigen. Behzat Ç nahm den beiden Beamten das Monster ab und schob es in das Vernehmungszimmer. Es war ein junger, schmaler Mann mit wettergegerbter Haut.

»Warum hast du das getan?«

»Rache.«

»Das ist uns klar. Aber an wem?«

»Am Vater des Mädchens.«

»Wofür?«

»Ich bin auf der Straße großgeworden. Der Mann hat Yeter vergewaltigt.«

»Wer ist Yeter?«

»Das Mädchen, das ich liebe. Sie ist auch auf der Straße großgeworden. Sie war dreizehn, als der Mann sie vergewaltigt hat.«

»Und dann hast du dich entschlossen, seine Tochter zu vergewaltigen?«

»Ja. Aber ich hab gewartet, bis sie dreizehn war.«

»Aber warum hast du sie ermordet? Warum hast du sie erhängt?«

»Weil Yeter sich nach der Vergewaltigung umgebracht hat. Sie hat sich aufgehängt.«

Behzat Ç schwieg. Er rieb sich seine blutunterlaufenen Augen.

»Also gut«, sagte er. »Was sollten die entwerteten Geldscheine auf dem Bett?«

»Der Mann hat uns damals allen Geld gegeben, damit wir vor Gericht nicht aussagen. Keiner von denen, die die Vergewaltigung gesehen haben, hat geredet. Ich auch nicht. Aber ich hab das Geld aufgehoben, das er mir gegeben hat, und es auf das Bett gelegt.«

Behzat Ç schlug die Tür zu und ging. Harun wollte ins Vernehmungszimmer gehen, doch Behzat Ç zog ihn am Arm mit sich fort.

»Was ist sein Motiv?«, fragte jemand.

Behzat Ç drehte sich um und sagte: »Fragt das den Vater des toten Mädchens.«

30

Liebe ist sich selbst genug
bis sich verschließt, wovor du stehst
und du darin auf ein Dich stößt
erwachsen, erfahren und erschöpft
Ezginin Günlüğü: ›Küçüğüm‹

Nachdem er sein staatsmonopolistisch gebrautes Bier getrunken hatte, schaltete er den Fernseher aus. Er fuhr seinen Relaxsessel nach hinten und fiel in einen wohltuenden Schlaf. Schon nach ein paar Sekunden befand er sich im schönsten Traum, den er seit Monaten gehabt hatte. Mitten in seinen Traum platzte das jähe Schrillen des Telefons. Er öffnete seine Augen, es war dunkel geworden. Das Telefon klingelte weiter, bis er den Hörer abnahm. Es war der Geier.

»Was ist passiert, habt ihr Hayrettin verhaftet?«, fragte er sofort.

»Hayrettin ist aus dem Krankenhaus verschwunden.«

Er fragte nicht, wer ihm zur Flucht verholfen hatte, sondern legte auf und rief den Staatsanwalt an. Er war nicht zu erreichen. Nach fünf Minuten klingelte erneut das Telefon. Diesmal war es Eda.

»Was gibt's?«, fragte er.

»Sie haben uns Halis Tökgöz weggenommen. Wir wissen nicht einmal, wer es war. Hier herrscht völliges Chaos.«

»Wo ist Yavuz?«

»In der Zelle.«

»Gut. Ruf Harun an, er soll auch kommen. Zieht eure Waffen und setzt euch neben Yavuz.«

Behzat Ç stieg ins Auto und machte sich auf den Weg zum Polizeipräsidium. Unterwegs hätte er mehrere Male beinahe einen Unfall gebaut. Er holte Yavuz aus der Zelle beim Vollzugsdienst und brachte ihn ins Vernehmungszimmer der Kommission. Harun war bereits da.

»Bringt mir ein Blatt Papier und einen funktionierenden Kugelschreiber«, sagte er.

Harun tat es.

»Jetzt hol dir einen Stuhl und setz dich vor die Tür. Laß niemanden herein.«

Als er das Zimmer betrat, fragte Yavuz ihn: »Was ist denn los?«

»Nichts. Bis zu deinem Gerichtstermin bleiben wir zusammen hier.«

Er holte Handschellen aus seinem Hosenbund hervor und legte sie um Yavuz' rechte und seine eigene linke Hand. Er verstaute den Schlüssel in seiner Tasche. Sie saßen jetzt nebeneinander auf zwei

Stühlen. Er nahm den Stift in die Hand und wollte gerade etwas schreiben, als sein Telefon klingelte. Ein unbekannter Teilnehmer rief an. Er nahm das Gespräch entgegen, ohne etwas zu sagen.

»Also, ich hab noch nie so einen unverläßlichen Zeitgenossen erlebt wie dich«, sagte der Grauhaarige vom Geheimdienst. »Du wolltest doch auf einen Tee vorbeikommen. Du hast mir das so oft versprochen und immer wieder dein Wort gebrochen. Da dachte ich, der kommt eh nie, ich schau einfach mal bei ihm vorbei. Du warst aber nicht da.«

»Habt ihr uns Halis Tokgöz weggenommen?«

Der Mann am anderen Ende lachte und sagte: »Nö, wer soll das sein?«

»Hast du den Schalldämpfer?«

Der Mann schwieg.

»Ich habe den Schalldämpfer nicht«, sagte er dann, » ich bin der Schalldämpfer. Ich bin dafür da, daß nicht zu viel Lärm entsteht. Also, mach's gut, ich schau mal wieder bei dir rein.«

Am nächsten Morgen saß er auf dem Weg zum Gericht neben Yavuz auf dem Rücksitz. Erst im Verhandlungszimmer schloß Harun die Handschellen auf und führte Yavuz weg.

Nach der Anhörung traf sein Blick den des jungen Staatsanwalts. Vermutlich hatte er sich diesen Schnurrbart stehen lassen, um älter zu wirken. Irgend jemand, der etwas vom Umgang mit Menschen verstand, mußte ihm einmal sagen, daß er mit diesem Bart nicht älter, sondern jünger wirkte. Nachdem sie sich die Hand gegeben hatten, neigte sich der Staatsanwalt zu ihm und sagte: »Du hattest recht. Wir leben wirklich in einer Traumwelt.«

Sie lieferten Yavuz in der Haftanstalt Sincan ab und kehrten auf die Kommission zurück. Er suchte sofort Tahsin in seinem Büro auf. Eine Weile musterten sich die beiden Männer, ohne zu sprechen.

»Du bist so furchtbar dickköpfig«, sagte Tahsin. »Aber du hast trotzdem gute Arbeit geleistet.«

Behzat Ç legte seinen Dienstausweis, seine Waffe und die Schlüssel des Dienstwagens auf den Schreibtisch.

»Was willst du mir damit sagen?«

Er antwortete nicht. Er legte lediglich das Schreiben dazu, das er in der Nacht verfaßt hatte. Tahsin las es und sagte: »Du brauchst gar kein Rücktrittsgesuch einzureichen. Man denkt darüber nach, dich offiziell in den Ruhestand zu schicken.«

Er stand auf, ohne etwas zu sagen. Am Ausgang der Mordkommission drehte er sich noch ein letztes Mal um und ließ seinen Blick in die Runde schweifen. Er hatte gerade einen Schritt vor die Tür gesetzt, da traf die Meldung ein, daß bei einer Schießerei in Bahçeli eine Person verletzt worden war.

»Ihr habt es gehört«, sagte er zu Eda, die ihm hinterherschaute. »Bitte eine Einsatzgruppe vor Ort.«

Necip, der Vorsitzende des Ballsportvereins Cebeci, empfing ihn lachend an der Tür: »Diese Mannschaft brauchte jemanden wie dich, der in unserem Verein großgeworden ist. Alles Gute für die Zukunft!«

Während er den Zweijahresvertrag unterzeichnete, der ihn auf die Farben des Ballsportvereins verpflichtete, knisterte sein Funkgerät in der Tasche.

»Entschuldige, das hab ich ganz vergessen«, sagte er.

Der Korrespondent einer Lokalzeitung traf ein. Nach einer Fotorunde mit Necip fragte ihn der Korrespondent, was er gerne sagen möchte. Er wurde nervös.

»Also, ich bin sehr glücklich«, begann er. »Ich bin in diesem Stadtteil geboren und aufgewachsen. Ich habe fünf Jahre beim Ballsportverein Cebeci als Innenverteidiger gespielt. Jetzt bin ich nach Hause zurückgekehrt.«

»Was ist Ihr Ziel für die nächste Saison?«

»Nicht abzusteigen.«

Als der Reporter gegangen war, ging er in Necips Büro und nahm Gratulationen entgegen. In einem günstigen Moment legte er seinen Arm um den Vereinsvorsitzenden und sagte: »Ich hab eine Bitte an dich.«

»Zu Befehl.«

»Aber ich bitte dich. Es ist mir peinlich, direkt am ersten Tag damit anzukommen, aber kannst du mir einen kurzfristigen Vorschuß gewähren?«

Der Vereinsvorsitzende griff mit der Hand in seine Hosentasche: »Wieviel brauchst du?«

»Dreitausendsechshundertfünfzig Neue Türkische Lira.«

»Hm. Warte, ich schau mal, was sich machen läßt.«

Er rief den Teejungen herein und schickte ihn zur Bank. Als alle Gratulanten fort waren, setzten sich die beiden Männer zusammen. Der Teejunge kam mit dem Geld von der Bank und zwei Gläsern Tee. Necip reichte ihm den Umschlag und sagte: »Du bist unser Bruder. Hier ist dein Vorschuß. Ich hätte dir gern mehr gegeben, aber du weißt ja, wie es unserm Verein finanziell geht. Ich fürchte, bis zur nächsten Saison können wir dir über den Vorschuß hinaus nichts mehr zahlen. Komm einfach vorbei, schau dir die Mannschaft an, beteilige dich ein bißchen am Training. Wenn du in der zweiten oder dritten Amateurliga Spieler findest, die dir gefallen, sag mir Bescheid, wir finden eine Lösung. Die jetzige Saison haben wir schon abgeschrieben, aber für die nächste Saison will ich eine topfitte, spielstarke Mannschaft. So wie damals, als ihr bei uns gespielt habt: Du, Selami der Brecher und Doppelpaß-Hasan. Ich will wieder so eine Traummannschaft sehen, die die Erste Amateur erschüttert.« Unvermittelt rief er: »Einer geht noch, einer geht noch rein! Weißt du noch?«

»Wie kann ich es vergessen? Wir waren gerade ins feindliche Mittelfeld vorgedrungen, da hast du die Tribüne erschüttert mit deinem ›Einer geht noch…‹ Du hast uns immer so in Fahrt gebracht, daß wir gelernt haben, aus dreißig Meter Entfernung aufs Tor zu schießen. Na ja, meistens über das Tor ins Aus.«

Er verließ den Verein und rief Samet an: »Du hast Engin noch nicht verkauft, oder?«

»Natürlich nicht. Ich hab ja auf deinen Anruf gewartet.«

»Schön. Dann bring ihn her. Ich hab dein Geld.«

Samet lieferte ihm Engin ab, beugte sich über die Motorhaube und flüsterte ihm etwas zu. Als er sich aufrichtete, fragte Behzat Ç: »Was hast du ihm gesagt?«

»Das bleibt zwischen uns. Du kannst ihm einen anderen Namen geben, aber paß gut auf ihn auf. Sprich beim Fahren mit ihm, frag ihn jeden Morgen, wie es ihm geht.«

»Mach dir keine Sorgen, es wird ihm gutgehen. Ich schenke ihn einer, die ihn sehr lieben wird.«

»Hast du Engin nicht für dich selbst gekauft?«

»Nein, für meine Tochter. Als Geburtstagsgeschenk.«

Der rote Käfer flitzte über die Straßen wie eine Blutspur. Behzat Ç. schaute auf die Uhr. Es war noch eine halbe Stunde bis zu seinem Treffen mit Berna. Er gab Gas, um nicht zu spät zu kommen.

»Na, Engin«, sagte er, »erzähl mal, wie es dir so geht. Glaubst du, daß du Berna gefallen wirst?«

Sofort antwortete Engin mit einem beleidigten Aufröhren.

»Natürlich, Mensch, warum sollte sie dich nicht mögen? Sie hat ihre ganze Kindheit damit verbracht, rote Käfer auf den Straßen zu zählen... Man mußte tagsüber neunundneunzig rote Käfer zählen und abends vor dem Einschlafen zehn Sterne, dann ging ein Wunsch in Erfüllung. Was für eine verrückte Form von Aberglauben, das könnte doch heute niemand mehr machen, so viele Käfer sind gar nicht mehr auf der Straße, geschweige denn rote. Eines Tages kamen wir alle zusammen aus dem Urlaub, da war meine Exfrau noch nicht so hysterisch. Berna hatte die ganze Fahrt über Käfer gezählt, egal ob rot oder schwarz, und an der Abfahrt nach Ankara hatten wir den neunundneunzigsten gesehen. Aber es war ein verregneter, mieser Tag. Bevor sie ins Bett ging, haben wir lange in den Himmel geschaut, aber wir konnten keinen einzigen Stern entdecken. Das arme Kind hat die ganze Nacht geweint, weil ihr Wunsch nicht in Erfüllung gehen konnte. Keine Ahnung, was sie sich gewünscht hat...«

Sie schwiegen eine Weile. Kurz vor Kızılay machte Engin Geräusche, die darauf schließen ließen, daß er sich langweilte. Er starrte auf die Leuchttafel über der roten Ampel, auf der die Sekunden von sechzig beginnend rückwärts gezählt wurden, und sagte: »Wenn dir langweilig ist, erzähl ich dir die letzten Neuigkeiten. Halis und Hayrettin haben sie uns weggeschnappt. Sie werden sicher nicht mehr unter ihrer Meldeadresse aufzufinden sein. Aybars wird nächsten Monat befördert. Seine Rolle wurde in der Anklageschrift nicht einmal erwähnt. Muhsin haben sie wer weiß wo verscharrt. Allah sei seiner Seele gnädig. Falls Gökhan es auch diesmal wieder schafft, abzuhauen, ist er in Sicherheit. Wir konnten nur die Ratte auf dem heißen Blechdach schnappen. Den hatten sie ohnehin abgeschrieben, deswegen haben sie ihn uns überlassen. Wegen qualifizierten Mordes kann er sogar lebenslänglich bekommen. Ich bin aus dem Polizeidienst ausgeschieden und zum Ballsportverein zurückgekehrt. Ich weiß nicht, was ich tun werde, wenn sie mir eines Tages eine Beamtenpension anbieten. Ich kenne ja die finanzielle Lage unseres Vereins. Und ein Recht auf eine Pension habe ich auf jeden Fall, ich hab der Mordkommission schließlich zwanzig Jahre meines Lebens geopfert. Die Arbeit hat mich ganz schön fertiggemacht. Ich werde Bahar anrufen und ihr sagen, daß sie recht hatte. *Es gibt kein richtiges Leben im falschen*. Ich weiß nicht mehr, von wem der Satz ist, irgendwas mit Storno oder Porno. Ich hab jedenfalls aufgehört. Hab mein Zahnrädchen eingepackt und die Maschine verlassen. Wenn Bahar auch ja sagt, könnte Berna mit bei uns wohnen. Gönül würde das verstehen, sie hat ja schließlich nicht das erste Mal mit einem Mann zu tun. Aber sie hat sich so sehr mit mir abgerackert. Lach nicht, nicht so, wie du denkst. Ich hab ganz viel von ihr gelernt.«

Behzat Ç betrachtete sich selbst im Rückspiegel. Er lächelte zufrieden, übernächtigt, stolz, aber nicht eitel. Er hatte verstanden, wie die Welt funktioniert… Als noch zehn Sekunden bis zur Grünphase angezeigt wurden, stieg aus seinem Funkgerät eine knisternde Melodie auf. »Siehst du, Engin«, sagte er, »jetzt hab ich alles an den Nagel gehängt, aber das Funkgerät hab ich immer noch in der Tasche.« Er wollte es gerade abstellen, da hörte er, wie die Funkzentrale einen Selbstmord durchgab. Als die Ampel auf Grün umsprang und er den ersten Gang einlegte, sagte Harun: »Herr Vorgesetzter, hast du gehört? Selbstmordfall am oberen Ende der Mithat-Paşa-Straße. Ende.«

Hat der Junge denn gar nicht mitbekommen, daß ich aus dem

Dienst ausgeschieden bin? Ich hab es ja niemandem gesagt, woher soll er es wissen.

»Hab ich«, sagte er. »Bitte eine Einsatzgruppe vor Ort. Ende.« Obwohl er die Antwort bereits kannte, fragte er: »Wer ist bei dir?«

»Ich, wer sonst«, sagte der Geier. »Wir sind schon fast am Tatort. Kommst du nicht? Ende.«

»Ich treff mich mit meiner Tochter. Fahrt ihr hin. Ende.«

Meine Tochter... In seinem Hirn brauten sich plötzlich Wolken zusammen, schon schlugen in rascher Abfolge Blitze ein. An jenem unglückseligen Sonntag hatte Berna wutentbrannt vor ihm gestanden.

»Du klebst an mir... Wie ein Phantom.«

»Ja, ein Phantom. Ich bin wie ein Phantom.«

»Du läßt mich nicht leben... Laß mich endlich in Ruhe...«

»Stimmt, wir lassen niemanden leben. Wir verdienen unser Auskommen mit Leichen.«

»Seit ich mich kenne, fügst du mir Schmerzen zu. Ich hasse dich.«

»Seit wann?«

»Seit langem. Du hast uns sitzenlassen. Du hast mich sitzenlassen.«

»Stimmt, hab ich bestimmt.«

»Ich war dir schon immer egal... Du hast mich nie ernstgenommen... Immer mußtest du arbeiten... Dann kümmere dich doch um deine Arbeit... Und laß mich in Frieden!«

»Hab ich doch getan. Und, was ist daraus geworden? Allen möglichen Mist hast du verzapft.«

»Ich verzapfe so viel Mist, wie ich will. Jeden Mist, den ich möchte. Was hast du mir denn je gegeben, daß du etwas zurückfordern willst? Was geht dich mein Leben an? Wer bist du denn überhaupt?«

Klatsch.

Er fuhr Engin rechts ran. Genau an dem Ort, wo er sich mit Berna treffen wollte, hatte sich eine Menge Schaulustiger versammelt. Der Geier hatte eine Absperrung gezogen und hielt mit seinen bedrohlichen Blicken die Leute davon ab, näherzukommen. Er versuchte, die Schaulustigen beiseite zu stoßen und sich durch die Menge zu wühlen.

Lieber Gott, nein, dachte er. *Nein, das kann nicht sein. Yunus hat sich das nur ausgedacht, um mir Angst einzujagen. Sie ist nicht suizidär. Das kann doch gar nicht sein. Aber warum hat sie sich so sehr für Betüls Geschichte interessiert? Warum hat Berna mich gefragt, ob sie sich an ihrem Geburtstag umgebracht hat, nachdem sie Betüls Abschiedsbrief gelesen hatte? Was hatte Şule gesagt? In diesem Alter ändern sich Frauen nicht von heute auf morgen. Erst recht nicht solche, die noch Kinder sind. Haben wir uns denn nicht versöhnt? Ist sie nur zu mir gekommen, um sich zu rächen?*

Die Worte, die sie an jenem unglückseligen Sonntag ausgesprochen hatte, ließen ihn nicht mehr los.

»Du hast Alp doch die Pillen in die Tasche gesteckt! Du hast unsere gemeinsame Zukunft kaputtgemacht. Du hast mein Leben zerstört.«

Sie hatte ihn im Gefängnis besucht. Nein, das hat sich der Schließer doch nur ausgedacht. Das ist alles Blödsinn.

»Was hast du mir denn je gegeben, als daß du etwas zurückfordern willst? Was geht dich mein Leben an? Wer bist du überhaupt?«

Klatsch.

Berna hielt sich ihr Gesicht.

»Das wirst du mir büßen. Ich werd dich alles büßen lassen.«

»Tu's doch.«

»Und ob. Du wirst schon sehen. In einem Augenblick, wo du es am wenigsten erwartest, werde ich dir so eine Ohrfeige verpassen, daß du verstehst, was es heißt, mich nicht ernstzunehmen.«

Wäre meine Hand nur abgefallen... Bin ich zu weit gegangen? Wer, ich? Ich soll zu weit gegangen sein? Nicht eher sie? Was soll das überhaupt heißen: »Ich verzapfe so viel Mist, wie ich will?«

Gegenüber dem eigenen Vater. Soll sie doch verrecken, die Undankbare.

Der Geier kletterte unter der Absperrung hervor, hakte sich ganz fest bei ihm unter und sagte: »Komm. Wir beide setzen uns jetzt in den Wagen.«

Es gelang ihm, seinen Arm loszureißen, doch es gelang ihm nicht, sich zu befreien. Der Geier hielt ihn an den Schultern fest und wollte ihn nicht loslassen. Sobald er ihn weggeschleudert hatte, stellte sich ihm Harun in den Weg. Er riß ihn um. Er rannte zu der Person, die auf dem Boden lag. Er hob die Zeitungsbögen an, unter denen sie lag. Es war sie. Seine Hand griff nach seiner Waffe, sie griff ins Leere. Es war ihm, als würde er verrecken. Im Umkreis des Tatorts drängten sich Schaulustige und gafften… Sie zertraten den niederrieselnden Schnee zu Matsch.

»Ich hab es nicht gesehen. Ich glaub, da vorne ist sie runtergesprungen«, sagte jemand.

»Warum ist sie gesprungen?«

»Vermutlich aus Frust, was weiß ich.«

»Versteh einer die jungen Leute. Von wo ist sie runtergesprungen?«

»Ich hab es gesehen, auf einmal ist sie unten aufgeknallt.«

»Ja, so richtig heftig. Man konnte die Knochen krachen hören.«

Der rote Käfer stand ganz in der Nähe. Aber es war kein Stern am Himmel, nicht ein einziger.

Ankara, 2006

DANK

Vielen herzlichen Dank an Gökçen Tongut, Eren Buğlalılar und Ayşegül Turan, die mit minutiöser Genauigkeit die ersten Manuskriptfassungen gelesen haben; unseren Propangaslieferanten Erkan Gologlu, von dessen folgender Darstellung ich mich habe inspirieren lassen:

»Nicht nur im großen Stadion, sondern auch in der Amateurliga riefen wir ständig ›Einer geht noch, einer geht noch rein‹, um die feindlichen Mittelfeldspieler reinzulegen, sobald sie zwei drei Meter über die Mittellinie hinauswaren. Unter ihnen fanden sich einige Spieler ganz ohne Argwohn, deren Naivität wir ausnutzten konnten. Sie schossen tatsächlich sofort aufs Tor.« *Söyleyince Yine Ben Kötü Oluyorum*, İletişim Yayınları, Istanbul 2006, S. 69;

Reha Mağden, der nach dem Militärputsch vom 12. September 1980 eine polizeilich gesuchte Person in seiner Wohnung versteckte und der Polizei gegenüber nur einen Satz sagte: »Ich bin Kommunist, junger Mann, ich tu so etwas gerne«, sowie an Adnan Bostancıoğlu, der diese Anekdote überliefert hat; an die Autoren mit den Benutzernamen *portakal, jacqueline wilson* und *ceydil*, die im Online-Wörterbuch *Ekşi Sözlük* (sourtimes.org) unter dem Eintrag »99 rote Käfer« ihr Wissen zur Verfügung stellen und mich über den Brauch in Kenntnis setzten, rote Käfer zu zählen; an A. Ömer Türkeş für wertvolle Kritiken und Vorschläge und selbstverständlich an Tanıl Bora.

Mit Dank ist meine Schuld nicht beglichen; erlaßt sie mir gnädigst.

Emrah

1. Auflage 2012

Deutsche Erstausgabe Edition Galata Berlin 2009

Umschlaggestaltung: Josephine Rank
Lektorat: Maja Otten
Satz: Vera Bednarič

Druck: Art-Druk, Szczecin
Printed in Poland

ISBN 978-3-943562-03-3